Martin Meyer-Pyritz
Der Feuerwehrmann

Martin Meyer-Pyritz

Der Feuerwehrmann

Droste Verlag

Bibliografische Information Der Deutschen Bibliothek
Die Deutsche Bibliothek verzeichnet diese Publikation in der Deutschen Nationalbibliografie; detaillierte bibliografische Daten sind im Internet über http://dnb.ddb.de abrufbar.

Umschlag unter Verwendung von Fotos der FW 6 Düsseldorf:
Zdenek Trunitschek (Coverbild), sowie des Autors
Satz: Fanslau Communication/EDV, Düsseldorf
Druck und Bindung: Clausen & Bosse, Leck
ISBN-3-7700-1169-4

www.drosteverlag.de

Inhalt

Vorwort 7
Hitzewelle 9
Feuerwache 6, II. Tour 16
Gefährliche Schnellstraße 21
Wespen 31
Ein Gewitter über der Autobahn 37
Von nun an heißt du »Rambo« 42
Auf der Hakenleiter 47
... und wieder brennt ein Pkw 51
Auf der Drehleiter 57
Um Leben und Tod 69
Gestatten, Harry Piel, Großwildjäger 81
Der Fremdenlegionär 89
Gratuliere, es ist eine Tochter 100
Seine schwerste Aufgabe 108
Auge in Auge 119
Schwarzarbeit 131
Es war ja nur ein Gartenhaus! 140
Eine Ära geht zu Ende 160
Der neue Dienst 164
Der Teufel und der Gottesmann 169
Harte Zeiten 185
In der Vergangenheit 192

Wie viel wiegt ein Pferd? 202
Der Großvater von Jochen Flesch 209
Betreten mit Schuhen verboten 224
Engel im Eis 232
Roter Himmel über Düsseldorf 247
Anhang 283
Danksagung 287

Vorwort

Das vorliegende Buch schildert die Realität, den harten, oft gefährlichen und ergreifenden Alltag der Düsseldorfer Feuerwehr. Alle in diesem Buch genannten Einsatzkräfte gibt es wirklich. Es sind jene Männer und Frauen, die tagtäglich zum Schutze der Bevölkerung ihr Bestes geben. Ihre Namen stehen stellvertretend für alle Feuerwehrmänner und -frauen der Berufsfeuerwehr Düsseldorf. Und genau wie mein Name nur stellvertretend steht für sie alle, so ist auch der Name der Stadt austauschbar. Denn überall in Deutschland – von Flensburg bis Passau, von Aachen bis Chemnitz – stehen die Männer und Frauen im blauen Rock und

retten – schützen – löschen – bergen,

so wie ich es in meinem Buch beschreibe. Dabei kommt es nicht darauf an, ob wir einer Freiwilligen Feuerwehr, einer Werksfeuerwehr oder einer Berufsfeuerwehr angehören – die Leistung, der Mut und der Idealismus dieser Männer und Frauen ist überall gleich!

In der heutigen Zeit, in welcher der Rotstift des Sparens auch vor der Feuerwehr nicht Halt macht und wir ständig unterbesetzt arbeiten müssen, benötigen wir fortschrittliche, kluge und weitsichtige Männer an unserer Spitze. Männer, die nicht nur hierarchisch über ihrer Mannschaft, sondern auch voll hinter ihr stehen. In Düsseldorf ist dies unser Leitender Branddirektor Armin Harbort. In meiner Heimatstadt Ratingen ist es der Stadtbrandmeister Helmut Gansen. Ihre

Namen stehen stellvertretend für etwa zwei Millionen Feuerwehrmänner und -frauen in Deutschland. Sie alle sind Garanten dafür, dass wir in Sicherheit leben können, denn jeder von uns hat einen Eid abgelegt, notfalls sein eigenes Leben einzusetzen, um das Leben anderer zu retten.

Sämtliche Einsätze wurden aus datenschutzrechtlichen Gründen verfremdet.

Martin Meyer-Pyritz

Hitzewelle

Eigentlich trinke ich nicht gerne Kaffee, aber nun stand dieser dickwandige Porzellanbecher doch vor mir und ich legte die frierenden Hände fest an seine wärmende Glasur. Ich war müde. Meine Augen waren trocken, stark gerötet und brannten noch von dem Qualm und der Hitze des Brandes, der uns bis vor knapp dreißig Minuten beschäftigt hatte.

Verdammt – es war nichts Besonderes gewesen, nur einer dieser viel zu oft angezündeten Müllcontainer, was wieder irgendeinem Menschen ein fragwürdiges Vergnügen bereitet hatte. In dieser Nacht war es schon der dritte und bereits der Tag hatte uns genug Arbeit beschert.

Wir, acht Mann, saßen abgeschlagen und still in der Küche der Feuerwache 6, zu müde zum Reden. Der nahe Morgen kündigte sich schon mit der Dämmerung an. Es lohnte nicht mehr, sich erneut hinzulegen, ab 7:00 Uhr würden die Männer der dritten Wachtour eintreffen und uns nach und nach ablösen. Spätestens um 7:30 Uhr hatte dann jeder von uns die Wache verlassen und befand sich auf dem Weg nach Hause.

Mit grimmigem Gesicht sagte Achim: »Man müsste diesen Kerl mal zu fassen kriegen.«

Unser Chef erinnerte sich: »Ich weiß noch, wie es im Sommer ’64 in der Kartonfabrik gebrannt hat, dabei verbrannte eine junge Frau. Auf dem Gelände lief ein Mann mit ’nem Benzinkanister rum, der aussah, als hätte er Kontakt mit dem Feuer gehabt. Wir haben ihn ins Löschfahrzeug herein gezerrt und wenn der Chef damals nicht dazwischen gegangen wäre, ich glaube, wir hätten ihn grün und blau geschlagen. Aber das ist so lange her, das kennt ihr jungen Burschen ja nicht.« Stille – jeder hing wieder seinen eigenen Gedanken nach, zu hören war nur das behagliche Schlürfen von Kaffee.

»Wer geht mit unter die Dusche?«, fragte Jochen, stand auf und schob mit den Kniekehlen den Stuhl zurück.

»Okay, vielleicht werde ich dann wach«, sagte ich und mit zwei weiteren Kollegen, die sich auch etwas langsamer bewegten als gewöhnlich, verließen wir die Küche.

»Duscht nicht alle gleichzeitig! Ich will jeden Mann dabei haben, wenn noch was kommt, ist das klar?!«, rief uns der Chef hinterher, während wir eine Etage tiefer gingen. Natürlich war uns das klar. Wir mussten mit katastrophalem Personalmangel leben und da durfte keiner zurückbleiben. Mit etwas Pech kommt der Alarm genau dann, wenn man unter der Dusche steht, klitschnass zum Fahrzeug rennen muss und auch noch versucht, sich dabei anzuziehen. Da wird die Zeit verflixt knapp, denn egal ob Tag oder Nacht, spätestens eine Minute nach Beginn des Alarms muss der Löschzug die Feuerwache verlassen haben. Da zählt nur eine Entschuldigung, wenn man nicht dabei ist: du sitzt gerade auf der Toilette und schaffst es nicht mehr schnell genug. Dann sind die anderen abgefahren und du siehst ganz schön alt aus.

Herrlich erfrischend lief das warme Wasser über unsere eingeschäumte Haut und etwas Energie kehrte mit dem massierenden Brausestrahl zu uns zurück. Aber lange durften wir das Vergnügen nicht ausdehnen, alles ging zügig vonstatten. Ein langes Duschen bedeutete im wahrsten Sinne des Wortes ein Spiel mit dem Feuer. Die Schnellsten trockneten sich gerade ab, als wir das leise Knacken der Rundspruchanlage hörten. Jeder hörte dieses Geräusch, jeder in jedem Raum. Wir wussten sofort, was das bedeutete, schon bevor der Gong ertönte und die Leitstelle ihre Durchsage machte. Selbst nachts genügte oft dieses kurze Knacken und der Schlaf wich in Erwartung des folgenden Alarms. Ein doppelter »freundlich-melodischer« Gong erklang, es folgte die knappe präzise Durchsage des Leitstellenpersonals:

»Einsatz für den Notarzt FW 6, Koblenzer Str. XXX – Atemnot!« Mit einer gewissen Erleichterung grinsten wir uns an.

»Oh, der arme Doktor muss auch mal raus, das tut uns aber leid.« Ein klein wenig Sarkasmus war nicht zu verleugnen. Während wir noch spöttelten, erklang die Wiederholung der Leitstelle durch die Lautsprecher. Diesmal vom Telegraphisten unserer Wache, der sämtliche Alarme, die in der Hauptwache eingingen und von dort zu uns geschaltet wurden, ein zweites Mal durchrief:

»Einsatz für den Notarzt; Einsatz für den Notarzt!«

Im Schlafraum des Arztes sowie in dem daneben liegenden Raum, in dem die drei Rettungssanitäter ruhten, ging mit dem Alarm das Licht an. Gleichzeitig sprangen vier Männer in ihre Hosen und Schuhe, und während die zweite Durchsage ertönte, befanden sie sich schon auf der Treppe ins Erdgeschoss, wo in der großen Fahrzeughalle neben den bulligen Löschfahrzeugen auch der Notarztwagen steht. Im Vorbeieilen drückte der Telegraphist dem Teamführer die schriftliche Alarmierung in die Hand: Name, Straße, Hausnummer, Uhrzeit. Die Versorgungsleitung Strom wurde abgekoppelt, der Maschinist startete, kurzer Blick nach hinten. Der Doc war drin und der Teamführer meldete den Notarztwagen der Leitstelle unter Angabe der Einsatzstelle über Funk aus. Die Leitstelle bestätigte, damit etwaige Irrtümer, z. B. gleich lautende Straßennamen, ausgeschlossen wurden.

Der Straßenverkehr ruhte; dennoch: Blaulichter einschalten, Sirene an. Einige Menschen fühlen sich bestimmt im Schlaf gestört, waren ärgerlich, sauer auf die Feuerwehr. An diesem Morgen rettete das Notarztteam ein Kind vor dem Ersticken! Dann blieb es ruhig für den kurzen Rest der Nacht.

Meine Ablösung kam pünktlich. Ich zog mich um und ging zu dem kleinen Bahnhof in der Nähe der Feuerwehr. Bald darauf saß ich auf dem Weg nach Hause zwischen den vielen Menschen, die zur Arbeit fuhren, in der S-Bahn Richtung Hauptbahnhof. Es war schon ein Glücksfall, während des morgendlichen Stoßverkehrs einen Sitzplatz zu erhalten. Düsseldorf Hauptbahnhof – wie in vermutlich allen westlichen Großstädten leerte sich die Bahn merklich, und die Menschenströme bewegten sich über die Bahnsteige zu den breiten Rolltreppen. Die Zwischenstops waren nur kurz, und unter dem signalisierenden »Piep – piep – piep« schlossen sich die hydraulischen Türen. Der Zug rollte wieder an. Ich sah noch, wie ein gehetzter junger Mann den Türgriff zog und dann fluchend vor den Waggon trat. Es gab keine Verzögerungen, kein zusätzliches Anhalten, denn die heutige Zeit ist schnell, vielleicht etwas zu schnell. Obwohl die S-Bahn fürchterlich unpünktlich ist und Ausfälle zur Tagesordnung gehören, benutze ich sie dennoch regelmäßig. Meine Fahrt nach Hause dauerte nur ca. 35 Minuten, kein Umsteigen erschwerte den Weg, und ich wohne nahe am Bahnhof. Auch die Feuerwache ist nur wenige Schritte von der S-Bahn-Station entfernt und diese Annehmlichkeit, besonders im Winter und bei chaotischen Straßenverhältnissen mit verstopften Autobahnen und Städten, tröstete mich immer wieder über den relativ teuren Fahrpreis und die vielen Unpünktlichkeiten hinweg.

»Hösel!«, kündigte der Zugführer an, wobei ein Nichteingeweihter wohl kaum dieses geflüsterte, verstümmelte Wort verstehen würde.

Hösel war einst eine selbstständige Dorfgemeinde und wurde später im Zuge der großen Flurbereinigung eingemeindeter Stadtteil Ratingens. Ungeachtet dessen ein nobler Villenvorort mit mehr Millionären als irgendwo sonst im Bundesgebiet. So berichtete das jedenfalls irgendeine Zeitung. Mittlerweile hatte sich die Bevölkerungsstruktur »normalisiert«, nur in den alten Wohngebieten standen nach wie vor noble Häuser und alte Villen hinter Vorgärten, die größer waren, als die Gärten der meisten Otto Normalverbraucher.

Meine Mietwohnung in einer alten Villa der Jahrhundertwende war glatt zwei Nummern zu groß für das Gehalt eines

Oberbrandmeisters. Aber da mir die Pflege von Haus und Garten übertragen war, hatte die Miete einen entsprechenden Nachlass, so dass ich hier wohnen konnte. Jeder, der seinen Garten intensiv pflegt, wird nachvollziehen können, was es heißt, für 1.600 m^2 verantwortlich zu sein. Ich verbrachte den größten Teil meiner Freizeit mit der Freundschaft zu Regenwurm und Blattlaus.

An diesem Morgen jedoch verspürte ich das dringende Verlangen, meinen Schlaf nachzuholen. Obwohl sportlich und körperlich topfit, belasteten mich die vielen nächtlichen Einsätze mit gerade vierzig Jahren mehr als noch vor zehn oder fünfzehn Jahren. Verständnisvoll dachte ich an die wesentlich älteren Kollegen, die oft forderten, dass man ab fünfzig nicht mehr für den Krankentransport eingeteilt werden sollte. Weiß Gott, die Kranken- und Rettungswagen fahren 24 Stunden rund um die Uhr mit ein und derselben Besatzung. Vierzehn Einsätze sind häufig die Norm, und von nächtlicher Ruhe kann kaum die Rede sein. Dieser jahrelangen Dauerbelastung sind alle Feuerwehrmänner ausgesetzt, denn wir wechseln regelmäßig zwischen dem Tätigkeitsbereich auf dem Löschzug sowie dem Einsatz im Rettungsdienst und Krankentransport. Rückenschmerzen durch erhöhten Bandscheibenverschleiß stellen sich unweigerlich bei den meisten ein. So gut wie jeder Patient wird auf einer Trage zum Fahrzeug getragen. Manchmal vermuten wir, dass Menschen, die in den oberen Etagen wohnen, öfter krank werden, und so mühen wir uns tagtäglich und nachtnächtlich durch enge Treppenhäuser. Nur selten existieren Aufzüge, die groß genug sind, um eine Trage aufzunehmen. Da es in diesem schönen Land für alles Richtlinien und Vorschriften gibt – was ich nicht unbedingt negativ sehe – darf ein arbeitender Mensch zum Schutze seiner Gesundheit maximal 50 kg an Lasten tragen. Das Durchschnittsgewicht eines Erwachsenen liegt in einem »Wohlstandsland« jedoch längst weit darüber, und so wuchten, stemmen und schleppen zwei Mann einen Dritten, wobei oft genug die Haut der Handknöchel am Rauputz enger Treppenhäuser zurückbleibt.

Aus dem ersehnten Vormittagsschlaf wurde nichts, ich musste dringend mit unserem Golf zum Getränkemarkt. Nicht eine Wasserflasche steckte mehr in den drei Kästen, und wir litten zur Zeit unter einer Hitzeperiode. Ozonloch und Treibhauseffekt sind längst Realität geworden, dachte ich und lüftete den glühendheißen Wagen, bevor ich einstieg.

Die Zufahrt zum Parkplatz des Getränkemarktes war total verstopft. Offenbar glaubte jeder, dass die anhaltende Trockenheit auch zur Verknappung von Limonaden und Bier führen würde; wie könnte man sich sonst diesen vorher nie erlebten Run auf Flüssigkeit erklären.

Die Hitze machte vielen zu schaffen. Hinter mir verlor ein Fahrer im Lieferwagen die Nerven, betätigte wild die Dauerhupe. Aber trotz »Penner, fahr weiter!«, der zweifellos ich sein sollte, gab es kein Fortkommen. Ich ließ drei, vier Autos vom Hof, was mir erneute Ehrentitel einbrachte. Mein Hintermann zeigte die ganze Begabung orientalischer Beredsamkeit. Ich blickte rückwärts aus dem Fenster und ließ mich zu einem charakteristischen Handzeichen verleiten, worauf mir dieser vollbärtige Recke mit Löwenmähne und tätowiertem Arm Prügel ankündige.

Endlich war ich auf dem Hof – der Kerl würde doch nicht etwa Ernst machen? Ein mulmiges Gefühl machte sich in der Magengegend breit. Sieben Jahre Tae-Kwon-Do hatten aus mir keinen Schläger gemacht. Im Gegenteil, die strenge Disziplin dieser Sportart lehrt auch die Ehrfurcht vor dem Menschen.

Aber dieser Mensch kam rüber. Ehrfurcht hin, Ehrfurcht her, hier drehte einer in der Sonnenglut durch. Mir stand nicht der Sinn nach Prügeln, obwohl das vielköpfige Publikum von Anfang an interessiert zugesehen hatte.

»Kommen Sie ruhig her, wenn Sie sich mit einem Polizisten außerhalb der Dienstzeit schlagen wollen!«, rief ich ihm mutig entgegen. Stocken im Gang – ein Stutzen – und mit einem Fluch auf den Lippen drehte die Gefahr ab. Dem Einkauf kühlen Wassers stand nichts mehr im Wege.

Was ich mir als Flaschenware kaufen konnte, blieb der Natur vorenthalten. Der dringend notwendige Regen stellte sich nicht ein und die flimmernde Hitze des Tages fand in dieser Nacht kaum Abkühlung. Nicht der geringste Durchzug strich durch die nach allen Seiten geöffneten Fenster und am nächsten Morgen fühlte ich mich zerschlagen und völlig unausgeruht.

24 Stunden Dienst, 48 Stunden frei, wobei die 12 Stunden des ersten freien Tages ja noch Nachtstunden bei der Feuerwehr waren. In den Frühnachrichten des Radios hörte ich von den alljährlichen verheerenden Waldbränden in Südfrankreich und Korsika. Trocken wie Pulver war es bei uns zur Zeit auch.

Der nächste Arbeitstag begann. Ausnahmsweise pünktlich um 6:31 Uhr traf die S-Bahn von Essen kommend über Düsseldorf nach Langenfeld auf dem Höseler Bahnhof ein. Meine Haltestelle ist Düsseldorf-Garath, Trabantenstadt mit stark expandierendem Einzugs- und Siedlungsgebiet. Ich erreichte meinen Wachbezirk um 7:04 Uhr und knapp drei Minuten später wechselte ich die zivile Kleidung gegen Stiefel und Uniform.

Feuerwache 6, II. Tour

Seit mehreren Jahren arbeite ich nun schon auf der Feuerwache 6. Es ist die größte und modernste von 8 Feuerwehrwachen sowie einer Feuerlöschbootstation im Hafen der Landeshauptstadt. Diese letzterbaute Wache in Düsseldorf besteht aus einem lang gestreckten dreistöckigen Gebäudekomplex, der förmlich zwischen Hauptverkehrsstrecken eingezwängt ist. Auf der Vorderseite verläuft eine Schnellstraße und hinter der Wache und unserer kleinen Zufahrtsstraße mit Wendehammer wird das Gelände der Wache durch die S-Bahnstrecke und anschließender Autobahn begrenzt. An die Großstadtwache und den Großstadtverkehr hatten wir uns gewöhnt, zumal der Architekt bestimmte Bereiche der Aufenthaltsräume geschickt nach innen verlegt hatte. Nur in den Ruheräumen der Rettungsmannschaften hatte man nachts bei geöffnetem Fenster das Gefühl, dass die Lastwagen und Bundesbahnzüge mitten durchs Zimmer fahren würden.

Diese Feuerwehrwache vereinigte alle Zweige unseres breit gefächerten Berufes in sich. Zum ersten das eigentliche Wachgebäude, das als so genannte Zugwache ausgelegt ist. Hier sind folgende Fahrzeuge mit Besatzung eingesetzt: ein Löschgruppenfahrzeug (LF 24), eine mechanische 30 m Drehleiter mit einem anzuhängenden Rettungskorb (DLK 23-12) sowie ein Tanklöschfahrzeug mit 5.000 Liter Wassertank und Wasserwerfer auf dem Dach (TLF 24/50) vorschriftsmäßig besetzt mit 21 Mann. Aber leider herrscht bei allen Berufsfeuerwehren Personalmangel und so lag unsere Wachstärke durch Urlaub oder Krankheit manchmal nur bei 12 bis 14 Mann. Eine schier untragbare Situation, die wir Männer vor Ort nicht verstehen können. Wir fahren immer unterbesetzt mit meist nur zwei Fahrzeugen in den Einsatz und sind schon oft durch Personalmangel in gefährliche Situationen geraten.

Der zweite Bereich ist die Rettungswache, wobei Feuerwache und Rettungswache eine Einheit bilden, da das Personal identisch ist. Auf unserer Wache sind ein Notarztwagen (NAW), ein Rettungswagen (RTW) sowie zwei Krankenwagen (KTW) und ein Bus (GKTW) als Großkrankentransport im Einsatz. Die andere große Hälfte dieser Wachanlage bildet die Feuerwehrschule, eine Ausbildungsstätte für angehende Feuerwehrmänner und Rettungssanitäter. Hier werden nicht nur die Feuerwehrleute für die Stadt Düsseldorf ausgebildet, sondern auch für viele andere Städte, die zwar ausbilden wollen, aber nicht über eine qualitativ hochwertige Schule sowie das entsprechende Ausbildercorps verfügen. Hier werden Werkfeuerwehrmänner, die freiwilligen Feuerwehrmänner der sieben in der Düsseldorfer Peripherie gelegenen Wachen sowie die Männer der Stadt Ratingen unterrichtet. Ebenso werden täglich Kurse und Seminare in allen Verwendungszweigen des feuerwehrtechnischen Bereichs für die eigenen 670 Kollegen in Theorie und Praxis gehalten. Das Lehrtauchbecken wird nicht nur von der Tauchergruppe der Berufsfeuerwehr Düsseldorf genutzt, auch Polizeitaucher und Tauchgruppen benachbarter Feuerwehren nutzen diese Möglichkeit, ihre Leute im sicheren Gewässer zu schulen.

Feuerwehr, das heißt körperliche Fitness und ständiges Erweitern seines Wissens. Das Erhalten und Anwenden des Erlernten, das ständige Trainieren verschiedener Extremfälle: Stromunfall, Säureunfall, Explosion, atomare Strahlung, Transport gefährlicher Güter auf allen Wegen – egal ob Straße, Schiene oder Luft –, Leitern klettern, Retten am Seil, Blut sehen, unter Straßenbahnen zu Verletzten kriechen, Fahrzeuge löschen, Tiere retten, Menschen trösten, Feuer bekämpfen.

Da, wo alle wegrennen, müssen wir hin. Dafür hat jeder von uns einen Eid geleistet, notfalls auch sein Leben einzusetzen, um anderen zu helfen.

7:28 Uhr, die gesamte Wachbesatzung traf sich in der Fahrzeughalle. 7:30 Uhr, das Knacken in der Leitung, aber wir blieben ruhig. Jeder Morgen brachte die gleichen Abläufe und das Leitstellenpersonal machte seine Durchsage.

»Guten Morgen, es ist 7:30 Uhr, es folgt Probealarm. – Ding Dong-Dong Dong! – Probealarm Ende.«

Unser Chef kam aus seinem Büro, den Wachplan in der einen, die Brille in der anderen Hand.

»Morgen Männer!«

»Morgen Hennes!«, klang es zurück. Wir waren alle per du. Der Chef war ein alter Fuchs, schon über 40 Jahre dabei, ein Pfundskerl, mit dem man blind in den Einsatz gehen konnte. Trotz seines Alters war er unheimlich fit und wir wussten, dass er jeden einzelnen persönlich aus einem Feuerloch holen würde, und wenn es noch so gefährlich wäre. Deshalb mochten wir ihn, diesen alten Bär mit Glatze, dem Schnurrbart und dem lieben Gesicht, wie das des Meister Eder vom Pumuckl. Obwohl natürlich auch er seine Mucken und Launen hatte und oft ein Donnerwetter losließ, dass man sich wünschte, zu Hause geblieben zu sein. Über den Rand seiner nach unten gerückten Brille blickte er in die Runde.

»Ihr könntet auch mal mehr sein!«. Dann las er den Dienstplan vor, der schon am Nachmittag des letzten Dienstages getippt und ausgehängt worden war, so dass jeder seine Position bereits kannte. Hinter seinen großen Pranken verschwand der überwiegende Teil des Papiers. Johannes Keup, liebevoll Hennes genannt, benötigte kein Stemmeisen bei verschlossenen Türen.

Getreu dem Schutzpatron gegen Feuersbrunst werden Feuerwehrfahrzeuge mit dem Namen Florian sowie einer Funkrufnummer bezeichnet. Und so ertönte nun die Aufzählung der Namen von Fahrzeugen, Männern und Aufgaben.

»Florian 6/46/1, Zugführer Keup, Maschinist Decker, Angriffstrupp Meyer-Pyritz und Schorn, Wassertrupp Zierfass und Hintz. Florian 6/33/1, Kindgen und Ehard; Florian 6/59/1 Kindgen und Ehard. Florian 6/24/1 nehmen wir nur im Bedarfsfall mit. Das gleiche gilt für den Rüstwagen. Im Ernstfall sag ich Bescheid. So weiter, Notarzt Florian 6/81/1 Heck, Schulze und Flesch. Florian 6/83/1, Osthoff und Sbrzesny, Telegraphist Bragoner. Dann ist hier noch ein Rundschreiben: Die Stettiner Straße ist wegen Bauarbeiten gesperrt. Die Leitstelle meldet vom Flughafen starke Sturmböen mit Gewitter am späten Nachmittag. Denkt dann daran, dass jeder sein Fenster schließt, sonst gibt es wieder eine Überschwemmung. Um 8:00 Uhr treffen wir uns in der Fahrzeughalle zum Unterricht – das wär's.«

Jeder begab sich zu seinem Fahrzeug und checkte seine Ausrüstung sowie die für seinen Bereich in Frage kommenden Geräte durch. Am gründlichsten arbeiteten die Maschinisten. In der knappen halben Stunde erfolgte eine Art kleine Generalinspektion der Feuerwehrfahrzeuge: Kraftfahrzeugtank, Löschwassertank, Batteriezustand, Stromaggregat, Lichtmast, Handfunkgeräte, Pumpenbedienstand und, und, und.

Die Leitstelle auf Feuerwache 1 in der Hüttenstraße rief durch die Lautsprecher zur Funkprobe.

»Florian Düsseldorf ruft zur Stationsprüfung: Feuerwache 6 kommen!« Das galt unserem Telegraphisten Hugo Bragoner; er war die Schaltzentrale unserer Wache, quasi ein Ableger der großen zentralen Leitstelle der Hauptwache.

»Feuerwache 6 verstanden«, antwortete er in das stationäre Funkgerät. »Florian 6/46/1 kommen.«

»Florian 6/46/1 verstanden«, bestätigte Peter Decker, der Maschinist des 1. Fahrzeugs.

»Danke, Florian 6/33/1 kommen.«

»Florian 6/33/1 verstanden.«

»Danke, Florian 6/81/1 kommen.«

»Florian 6/81/1 verstanden«, bestätigte der Teamführer Horst Heck über einen extra eingebauten Telefonhörer im Patientenraum des Notarztwagens. Diese Zusatzsprechverbindung ist erst vor wenigen Jahren fest eingebaut worden und hat sich als sehr nützlich erwiesen. Mit ihr ist der Arzt zum einen in der Lage, akute Zustände und Vorbereitungen des Patienten an die Leitstelle durchzugeben und zum anderen konnte der Rettungssanitäter z. B. in der Unfallstation Herzalarm auslösen. Das war früher schwierig. Entweder musste der Maschinist dies während der Fahrt alleine erledigen, oder er musste den Telefonhörer – die Telefonschnur bis zum Ende ausgezogen – durch das Schiebefenster nach hinten reichen.

Sieben Dienstschichten lang besetzt jeder die ihm zugeteilte Position, dann wurde in der Regel gewechselt. Nur der Teamführer auf dem Notarztwagen bleibt circa ein halbes Jahr auf seinem Posten. Dies ermöglicht eine bessere Zusammenarbeit mit den Ärzten, die gerne mit einer festen Bezugsperson zusammenarbeiten. Auf unserer Wache fährt immer ein fester Stamm junger Ärzte des Benrather Krankenhauses mit. Sie arbeiten wie wir 24 Stunden, lösen sich jedoch um 19:30 Uhr ab, so dass sie die Nacht mit der einen Feuerwehrschicht und den Tag mit der nächsten Tour fahren.

Da es so gut wie keine ruhigen Nächte für den Notarztwagen gibt, schaltet die Leitstelle bei den morgendlichen Durchsagen das Notarztzimmer ab, um dem Doktor noch etwas Schlaf zu gönnen.

Gefährliche Schnellstraße

Heute sollte unserem derzeitigen Notarzt Dr. Thomas Frankenhauser diese kleine Erholungspause jedoch nicht vergönnt sein. Notfallkoffer, Medikamente, Infusionen, Elektrokardiogramm, Defibrillator und Beatmungsgerät waren bereits überprüft, Laken und Bezüge für die Krankentrage gewechselt, als mitten im allmorgendlichen Desinfizieren und Auswischen von Ablagen und Fußboden der erste Alarm einging.

»Einsatz für Florian 7/83/1 und den Notarzt Feuerwache 6, Werstener Feldstraße, Ecke Münchner Straße, Verkehrsunfall!« Während das entsprechende Hallentor hydraulisch geöffnet wurde und die eigens für die Feuerwehr installierte Ampelanlage den frühmorgendlichen Verkehr stoppte, überprüfte ich gerade die Bebänderung meines Atemschutzgerätes. Alles ist auf Schnelligkeit ausgelegt, so sitzt man z. B. mit dem Rücken gegen das Gerät und kann es während der Fahrt anziehen. Atemschutzmaske, Helm, Hakengurt, Handlampe, Fangleine, Fluchthaube, Handschuhe und Lederjacke, alles war an seinem Platz. Im Mannschaftsraum des Löschgruppenfahrzeuges wird es durch zusätzliche Ausrüstungen immer enger. Sollten wir tatsächlich jemals mit vorgeschriebenen neun Feuerwehrmännern ausrücken, hätten wir kaum Platz, um uns auszurüsten.

Höchstens vier Minuten nach Alarmierung des Notarztes gab es erneuten Alarm. Die Lichter gingen an und der Vierfachgong schallte durch alle Gänge.

»Einsatz für Zug 6 und Florian 6/83/1 zur Werstener Feldstraße, Ecke Münchner Straße, Unterstützung Notarztwagen,

VU (Verkehrsunfall) mit eingeklemmten Personen.« Jetzt wurde es ernst; Nachforderungen durch das eigene Personal bedeuten immer eine echte Unfallsituation, im Gegensatz zu vielen Meldungen von Privatpersonen, die angesichts der Angst und Verwirrung an den Unfallstellen zu Übertreibungen neigen. Aber egal wie die tatsächliche Situation auch aussieht, die Leitstelle schickt lieber einen Wagen mehr oder einen Zug zu oft, als ein einziges Mal zu wenig.

»Die Drehleiter besetzt den Rüstwagen!« brüllte der Chef durch die Halle. Toni Kindgen und Addi Ehard hatten sich bereits mit ihrer persönlichen Ausrüstung dorthin begeben. Der Rüstwagen, ein altes Ungetüm mit einem unverwüstlichen Dieselmotor unter der langen Schnauze, war wohl das Lieblingsauto unseres Chefs Hennes Keup. Es schien uns oft so, als hätte er eine fast zärtliche Beziehung zu diesem Veteranen, der mit ihm gemeinsam in Dienst gestellt worden war. Das Gerücht hielt sich hartnäckig, dass der Rüstwagen mit der Pensionierung des Chefs im nächsten Jahr auch ausgemustert werden würde. Zwei von den Besten, Mensch und Maschine, dickes Blech, dickes Fell, robust und bestimmt noch tauglich für viele Jahre.

Die Motoren dröhnten und das Starktonhorn räumte den letzten Zweifel unter den Autofahrern aus, dass wir es eilig hatten. Aber trotz Wegerecht und gesetzlich legalisierter Vorfahrt mussten die Maschinisten, besonders im Zugverband, hochkonzentriert fahren. Zu leicht wird unser Signal nicht gehört; wer achtet in seiner rollenden Diskothek auf zuckende Blaulichter. Wir brauchten nur etwa fünf Kilometer auf der direkt an unserer Wache vorbeiführenden Schnellstraße in Richtung Innenstadt zu fahren. Dabei überquerten wir drei große Ampelkreuzungen, jede davon hat ihre Geschichte. Wir kannten sie alle, die Unfälle von Rasern, die die Gelbphase oder das dunkelste Rot überfahren hatten. Tempo 70 war erlaubt, also fuhr der Durchschnitt 90 km/h, manche mehr. Ein Feuerwehrdiesel von 16 Tonnen ist kein Rennpferd, aber wenn diese Masse ihre volle Beschleunigung erreicht hat, dauert es sehr lange, um sie abzubremsen. Es gibt genug Spinner, die uns zeigen wollen, dass sie schneller sind als wir. Andere Fahrer irren vor uns her, total verwirrt wie Krähen auf der Flucht mit den unmöglichsten, nicht vorhersehbaren Reaktionen. Die Fahrt stellt an den Maschinisten ein Höchstmaß an fahrerischem Können und Konzentration. Er leistet Schwerstarbeit hinter dem Steuer. Gott sei Dank verhielt sich der überwiegende Teil der Verkehrsteilnehmer diesmal diszipliniert und freundlich, so dass wir zügig durchkamen. Ein Polizeiauto mit eingeschalteten Sondersignalen rauschte an uns vorbei. Kurz darauf meldete der Chef die Fahrzeuge an.

»Florian Düsseldorf kommen für Zug 6.«

»Kommen Sie.«

»Zug 6 mit Rüstwagen und 6/83/1 eingetroffen.«

»Eingetroffen, verstanden, Ende.«

Vor unseren Augen bot sich ein Bild der absoluten Verwüstung. Auf der stadtauswärts führenden Spur dieser autobahnähnlich ausgebauten Schnellstraße hatte ein Sattelschlepper ein großes Metallgestell verloren. Der nachfolgende PKW mit angehängtem Wohnwagen war beim Ausweichmanöver ins Schleudern geraten und dabei auf dem Überholstreifen von einem anderen PKW erfasst worden. Hinter diesen beiden fuhr ein Tanklastwagen und hatte die gesamte Masse Autos mit blockierenden Bremsen in die Kreuzung geschoben. Der Wohnwagenanhänger war total zerfetzt und ein undefinierbarer PKW hing zwischen den Resten des Wohnwagens und dem Führerhaus des Lkws. Dieser wiederum hatte ein lang gezogenes Leck in seinem hinteren Tankaufbau in etwa 3 m Höhe. Orangefarbene Warntafeln signalisierten eine gefährliche Ladung. Der Anhänger musste das wuchtige, fast 6 Tonnen schwere Eisengestell beim Vorbeifahren gestreift haben. Im nachfolgenden Verkehr hatten sich durch überhöhte Geschwindigkeit oder zu geringen Abstand weitere Auffahrunfälle ereignet.

Die Straße war mit den Trümmern des Wohnwagens übersät. Der gesamte Hausstand einer Urlauberfamilie verstärkte das Bild des Chaos. Menschen irrten blutend und schreiend umher, übertönt von den klaren, laut gerufenen Befehlen unseres Chefs.

Alles, was später nach Beendigung des Einsatzes in Ruhe besprochen, diskutiert und analysiert wird und wo der Unfallhergang mit einer Unfallskizze bis ins letzte Detail nachvollzogen wird, musste jetzt vom Einsatzleiter in Sekunden erfasst, bewertet und durch klare Befehle an seine Männer weitergegeben werden. Die Einschätzung von Gefahrenschwerpunkten, die Art ihrer Bekämpfung sowie ein sicheres Erkennen, ob die eigenen Einsatzkräfte in Bezug auf Mannschaft und Material ausreichen, bilden die Grundlage, nach der sich der gesamte weitere Einsatzablauf gestaltet. Ständig können neue Umstände die Lage gefährlich verändern, so dass der Einsatzleiter immer den Überblick behalten und blitzschnell seine Mannschaft entsprechend einsetzen muss. Nur ein gut eingespieltes Team, in dem jeder einzelne voll belastbar, flexibel und aufmerksam ist, hat eine Chance, in einem solchem Chaos Ruhe zu bewahren und mit routinierter Gelassenheit Arbeiten zu verrichten, die den Einsatzkräften das Letzte abfordern.

»Pitter Rückmeldung – leck geschlagener Tankwagen, eingeklemmte Personen in PKW, mehrere Auffahrunfälle mit Personenschaden! Hydraulikspreizer vom Rüstwagen! Angriffstrupp, Säureschutzanzug, Leck abdichten! Wassertrupp, Schwerschaumrohr und ein C-Rohr vornehmen!« Der Einsatz lief mit der Präzision eines Uhrwerks ab, jeder kannte seine Aufgabe. Die Handgriffe saßen, wir wussten alle, das hier war ein Pulverfass, das jeden Augenblick in die Luft gehen konnte. Der Tanklastzug hatte Kraftstoff geladen und die letzte der fünf Kammern war aufgerissen. Ein armdicker Strahl Benzin ergoss sich auf die Straße, breitete sich zu einem großen See aus – ein Funke, ein heißes Blech, eine Zigarettenkippe würde das Ende für uns alle bedeuten. Aber da gibt es kein Weglaufen, kein »sich in Sicherheit bringen«, wir kämpften um die eingeklemmten Menschen in den unförmigen Autowracks.

Es war schon gewagt, in diesem zerquetschten, verbeulten und scheibenlosen Etwas Überlebende zu vermuten. Aber trotz der tonnenschweren Schubkraft des Tankwagens war die Fahrgastzelle noch halbwegs intakt. Verformungsenergie von Kofferraum und Motorhaube hatten ihre vorprogrammierte Arbeit geleistet. Als weiterer Puffer hatte der völlig zertrümmerte Wohnwagen gedient. Ein beträchtlicher Teil des hinteren Wagendaches war heruntergedrückt und steckte unter dem Führerhaus des Lkws. Dabei waren Front- und Heckscheibe herausgedrückt und die vier Türen total verkeilt worden. Der Teamführer des Notarztwagen hatte sich mit größter Mühe über die Trümmer, Splitter von Glas und scharfkantigen Blechteilen durch das Frontscheibenloch in den engen Raum zu den stöhnenden Menschen gequetscht. Draußen zogen die beiden Rettungssanitäter Medikamente in Spritzen auf, bereiteten Infusionen zur Kreislaufstabilisierung und zur Bekämpfung des Volumenmangelschocks vor, während der Notarzt in das Führerhaus des Tanklastzuges kletterte, um nach dem bewusstlosen, blutenden Fahrer zu sehen.

In fliegender Eile zurrte ich Schulter- und Beckengurt meines Pressluftatmers stramm.

»Zieh dir bloß vorher dic Jacke aus«, riet mir mein Kollege Achim, der sich mit gleicher Schnelligkeit ausrüstete. Auf Socken, nur mit Hose, Hemd und Helm bekleidet, half uns der Maschinist in die Chemikalienschutzanzüge. Bevor wir die Hauben über unsere behelmten Köpfe stülpten, drehte jeder dem anderen den Lungenautomat in das Anschlussgewinde seiner Atemschutzmaske. Sofort erklang das zischende Geräusch des Ausatemventils. Der Anzug in leuchtendem Gelb besteht aus einem säurefesten, beschichteten Stoffgewebe mit angeschweißten Stiefeln und Handschuhen und ist so groß zugeschnitten, dass trotz des darunter getragenen Atemschutzgerätes die Kunststoffhülle in weiten Falten um den Körper hängt.

Der Maschinist hatte bereits eine Kiste voller Holzkeile und einen Hammer bereit gestellt sowie zwei Steckleiterteile vom

Dach des Löschfahrzeuges herunter geholt, damit wir an das Leck heran konnten. Im Nachhinein ist es mir immer noch ein Rätsel, wie Peter in so extrem kurzer Zeit alles einsatzbereit hatte. Denn immerhin musste er auch die Feuerlöschkreiselpumpe im Heck bedienen und sämtliche Schlauchanschlüsse für das befohlene C-Rohr und Schwerschaumrohr herstellen.

Von den Aktivitäten unserer übrigen Kollegen sahen und hörten wir jetzt nichts mehr. Von der Außenwelt isoliert, bewegten wir uns wie zwei Raumfahrer auf das hintere Ende des Tankwagens zu. Ein Laufschritt war nicht nur wegen der beschwerlichen Ausrüstung unmöglich. Auch die Gefahr, in dem sich ständig vergrößernden Benzinsee auszurutschen, verhinderte allzu eilige Bewegungen. Ich ging voran, Achim hinter mir, die Leiter trugen wir wie eine Brücke zwischen uns, oben darauf die Kiste mit Keilen und Hammer. Äußerst behutsam setzten wir Leiter und Kiste links neben der Austrittsstelle ab, ein Funke, ein Schleifen der blechbeschlagenen Leiterfüße könnte die Zündung der Dämpfe des um uns befindlichen Benzinsees verursachen. Jetzt richteten wir die Leiter unmittelbar am Leck auf. Wie eine Schwalldusche spülte das sprudelnde Benzin über unsere Anzüge. Durch den Riss, etwa 30 – 35 cm lang und 2 – 3 cm breit, waren schon etliche hundert Liter Benzin auf die Straße geflossen. Der penetrant durchdringende Benzingeruch lag wie eine Dunstglocke über der ganzen Einsatzstelle. Davon bemerkten wir jedoch nichts – abgekapselt von der Außenluft stieg dafür mit jeder Minute die Temperatur in diesem »Saunaanzug«. Körpereigenes Schwitzwasser sammelte sich in den Stiefeln und die Ausatemluft pumpte unsere faltenreichen Anzüge immer mehr in eine ballonähnliche Form. Ich war auf die Leiter gestiegen und trieb mit festen Schlägen einen schlanken Holzkeil neben den anderen in das Leck, bis der gefährliche Inhalt nur noch durch den Riss tropfen konnte.

Um uns herum veränderte sich das Straßenbild. Aus dem gewaltigen Schwerschaumrohr hatten Hans Zierfas und

Waldemar Hinz eine mehrere Zentimeter dicke Schaumschicht, die wie flockiger weißer Schnee aussah, herausgepustet. Als Dämm- und Trennschicht schützte sie vor dem Entzünden der gefährlichen Flüssigkeit. Die Gefahr war aber damit bei weitem noch nicht gebannt. Zu viel Benzin war ausgeflossen und hatte sich weiträumig verteilt, die Fläche war zu groß, um sie zuverlässig mit Schaum abzudecken, zumindest für die Schaummittelvorräte eines Löschgruppenfahrzeugs.

Aber der Chef konnte jede Minute mit Verstärkung rechnen. Die anfänglich durchgegebene Rückmeldung zur Leitstelle löste dort eine Vielzahl von Aktivitäten aus. Der unserer Einsatzstelle nächstgelegene Löschzug von Feuerwache 7 war seit geraumer Zeit im Einsatz – Zimmerbrand mit starker Verqualmung des Treppenhauses in der 3. Etage. So erklärte sich auch, warum die erste Nachalarmierung von unserem eigenen Notarztwagen gekommen war und nicht vom Rettungswagen der Feuerwache 7. Denn dieser war vorsorglich zu deren Einsatz mit ausgerückt. Allerdings hatte die Leitstelle nach den ersten Meldungen den Rettungswagen vom Zimmerbrand abgezogen und mit dem Notarztwagen zu unserem Einsatzort geschickt.

Die Besatzung, bestehend aus zwei Rettungssanitätern, hatte sich geteilt. Als sie kurz nach dem Notarztwagen eintrafen, kümmerte sich einer um den Auffahrunfall, der andere kletterte zum Notarzt in das Führerhaus des Tankers. Der Tankwagenfahrer war durch die erzwungene Vollbremsung und sein fast gelungenes Ausweichmanöver um das herabgestürzte Metallgerüst mit großer Wucht auf den Lenkradkranz geprallt. Oberkörper und Kopf waren im Bruchteil von Sekunden unkontrolliert gegen die harten Teile des Armaturenbrettes sowie der Windschutzscheibe geschlagen. Der Fahrer hatte vor dem unvermeidbaren Zusammenstoß versucht, sich mit den Armen gegen das Lenkrad zu stemmen. Jetzt hing er schlaff wie eine Gummipuppe mit offenen Unterarmfrakturen im Handgelenkbereich über dem Lenkrad. Eine tiefe Bewusstlosigkeit ließ ihn die Schmerzen seiner schweren Verletzungen nicht spüren.

Gegenseitig öffneten wir uns den langen, von der Brust bis zum Bein herabreichenden Reißverschluss des Chemikalienschutzanzuges und stülpten dann die Kopfhaube nach hinten. Nachdem wir den Lungenautomaten abgedreht hatten, drang die erste frische Luft in unsere Lungen. Jetzt runter mit der Atemschutzmaske, die ihre Gummidichtungen als rötliche Striemen in unsere Gesichter gezeichnet hatte. Das verschwitzte Gesicht Achims lachte mich an.

»Was ist Martin, schon müde?«, flachste er, dabei sah er bestimmt nicht minder abgekämpft aus als ich. Eine Pause gab es aber nicht, zu viel musste noch getan werden, darum stiegen wir wieder in unsere Feuersicherheitsstiefel, setzten den Helm auf und meldeten uns beim Chef.

»Leck mit Holzkeilen abgedichtet«, meldete ich.

»Gute Arbeit! Achim, hilf du Toni bei der hydraulischen Schere, und du Martin kümmerst dich mit um die Verletzten.« Die Kollegen hatten fieberhaft an der Befreiung der eingeklemmten Urlauber gearbeitet. Mit der hydraulisch betriebenen Schere waren erst die vorderen und dann die mittleren Dachholme durchgekniffen worden. Mehrere Tonnen Druck ließen die gehärteten Stahlschneiden wie Butter durch die Profilbleche gleiten. Einige Querschnitte ins Dach und es konnte wie der Deckel einer Konservendose aufgeklappt werden. Die Limousine wurde zum Cabriolet.

Die zwei Kinder, die auf der Rückbank saßen, hatte die Notarztbesatzung bereits durch das Frontscheibenloch herausgeholt. Sie befanden sich im Rettungswagen und wurden von den Rettungssanitätern versorgt. Abgesehen von einigen harmlosen Schnittverletzungen waren sie nicht ernsthaft verletzt worden. Heinrich Osthoff, selbst Vater von drei Kindern, übernahm ihre Betreuung und es gelang ihm mit viel Geduld, die beiden verängstigten und weinenden Kinder zu beruhigen. Allerdings musste er bei ihnen bleiben, zwei kleine Händchen festhalten und die Geschichte vom kranken Goldhamster bei der Feuerwehr erzählen.

Ihren Eltern ging es schlechter. Beide benötigten Infusionen zur Stabilisierung des unterversorgten Kreislaufs. Schnittwunden, Prellungen, Knie- und Fußverletzungen wurden schon im Autowrack versorgt. Mit vorsorglich angelegter Halskrause hoben wir die vom Schock gezeichnete Frau aus dem inzwischen offenen Wagen, danach folgte ihr bewusstloser Mann. Beide wurden auf Vacuummatratzen gelagert und in die Rettungsfahrzeuge gebracht.

Mittlerweile waren mehrere verstärkende Fahrzeuge an der Einsatzstelle eingetroffen. Die Polizei hatte die gegenüberliegende Doppelfahrbahn wegen der großen Brandgefahr gesperrt. Dadurch konnte der Notarzt von Feuerwache 1 sowie ein Tanklöschfahrzeug, ein Umweltschutzwagen und ein Wechselladerfahrzeug zum Umfüllen der leck geschlagenen Kammer bis an die Unfallstelle über diese freie Fahrbahn herankommen.

Zu solchen umfangreichen Einsatzstellen schickt die Leitstelle immer den auf der Hauptwache stationierten Feuerdienst. Der Feuerdienst besteht aus qualifizierten Fachkräften des feuerwehrtechnischen Bereichs zur Koordinierung mehrerer Einsatzgruppen und Löschzüge, die auch die Folgemaßnahmen einleiten und überwachen. So wurde hier die untere Wasserbehörde wegen des auslaufenden Kraftstoffes eingeschaltet und die Gewerbeaufsicht zur Unfallerfassung und Klärung benachrichtigt.

Der Wasserwerfer auf dem Dach des nachgerückten Tanklöschzuges hatte etliche Kubikmeter Schwerschaum über den Benzinsee verteilt. In Schutzbekleidung begannen die Feuerwehrmänner des Umweltschutzwagens, den Inhalt der defekten Kammer in einen eigenen Tankwagen umzufüllen. Der schwer verletzte Fahrer wurde vom Notarzt der Feuerwache 1 versorgt und dann fuhren unter dem Heulen ihrer eingeschalteter Sirenen beide Notarztfahrzeuge zu verschiedenen Krankenhäusern in Richtung Innenstadt. Die Rettungswagen folgten, konnten ihre Patienten aber bei normaler Fahrt transportieren. Insgesamt waren acht Menschen verletzt worden. Drei davon schwer, die übrigen hatten leichte bis mittlere Verletzungen und eine Person wurde vorsorglich ambulant untersucht.

Die Aufräumarbeiten hielten uns noch über drei Stunden an der Unfallstelle fest und erst gegen 12:00 Uhr mittags fuhren die großen Feuerwehrfahrzeuge wieder auf ihre festen Plätze in die Fahrzeughalle der Feuerwache 6 ein.

Es herrschte ausgelassene Stimmung. Wir hatten gut gearbeitet und wir hatten Glück gehabt, viel Glück, aber das braucht man in unserem Beruf trotz der Qualität unserer Ausbildung und Ausrüstung.

Uns allen knurrte der Magen. Das Frühstück war ausgefallen, die Zubereitung des Mittagessens war ebenfalls nicht möglich gewesen und wir hatten noch alle Hände voll zu tun, um die Fahrzeuge und die Ausrüstung wieder auf Vordermann zu bringen.

Die Atemschutzgeräte wurden gewechselt, die Chemikalienschutzanzüge gereinigt und zum Trocknen aufgehängt. Wasser und Schaummitteltank mussten gefüllt, Armaturen gereinigt und Schlauchmaterial gewechselt werden.

Der Chef schickte einen Mann zum Essen holen. Gyros mit Pommes und Krautsalat für alle. Eine knappe Stunde später saßen wir kauend und schwatzend in der Küche. Der Notarzt war schon wieder unterwegs, aber wir hatten Glück, es blieb ruhig, jedenfalls die nächsten paar Stunden.

Wespen

13:30 Uhr; im Wachgebäude herrschte Ruhe. Die meisten Männer hatten sich aufs Bett gelegt und entspannten sich teils lesend, teils Radio hörend oder hatten die Augen geschlossen. Einige hatten die schwere Einsatzhose über die Stiefel gestülpt, andere nur die Stiefel ausgezogen. Es war heiß in unseren Schlafräumen und kein Lüftchen wehte durch die geöffneten Türen und Fenster. Die Temperatur stieg auf 28° C im Schatten. Gegen 14:00 Uhr hörten wir laute Befehle.

»Erstes C-Rohr! Wasser marsch!«

»Angriffstrupp mit 3-teiliger Schiebeleiter zum dritten Obergeschoss vor!« Der Grundausbildungslehrgang übte auf dem Hof. Ich hörte das Zischen des Wasserstrahls und die Geräusche der hydraulischen Drehleiter. Meine Gedanken schweiften in die Vergangenheit.

Vor 15 Jahren hatte ich selbst eine solche feuerwehrtechnische Grundausbildung erhalten. Damals fand diese Ausbildung noch an der Feuerwache 2 in Oberkassel statt. Die räumlichen Verhältnisse waren beengt, dennoch wurde intensiv gelehrt und gelernt, sowohl theoretisch als auch praktisch. Jeden Morgen Sport, Gymnastik, Laufen, Krafttraining, anschließend Unterricht in fachspezifischen Fächern wie Brandlehre, Löschlehre, Fahrzeug- und Gerätekunde, Fachrechnen sowie Physik und Chemie. Es war eine starke Zeit in einer prima Truppe. Die meisten haben es geschafft und sind seitdem wie ich auf einer unserer acht Wachen im Alarm tätig.

Heute wird den »Neuen« weitaus mehr abverlangt als damals. Der fortgeschrittenen Technisierung und der alltäglichen Bedrohung durch Chemikalien in allen Lebensbereichen, hatte sich auch die Feuerwehr angepasst. Ein hochmoderne Schulkomplex mit mehreren Unterrichtsräumen, einer umfangreichen, sich ständig vergrößernden und erneuernden Lehrmittelsammlung, sowie Ausbildern in allen Zweigen des breiten Feuerwehr- und Rettungsdienstes, ist die konsequente Antwort an die Aufgaben der Feuerwehr im Alarm der Großstadt. Wer diese Ausbildung mit Erfolg abschließt, gilt als befähigt, im Ernstfall eingesetzt zu werden. Danach kommt die Zeit der Bewährung draußen. Hier wird dir im täglichen Einsatz abverlangt, was vorher nur Übung war. Manche schaffen es nicht, die körperlichen und seelischen Belastungen sind sehr groß.

Heute bin ich selbst Ausbilder für das Personal im Rettungsdienst. Jeder Feuerwehrmann der Berufsfeuerwehr Düsseldorf muss auch Rettungssanitäter sein, denn er wird ständig bei Unfällen und Notfällen eingesetzt und es gab in den letzten 10 Jahren keinen Kollegen, der nicht bei mir in der Ausbildung war.

Durch den langen Einsatz auf der Frankfurter Straße hatte sich unsere Mittagspause verschoben und wir trafen uns um 15:00 Uhr in der Fahrzeughalle. In unserem großen Wachbetrieb fallen täglich Arbeiten an, wobei der überwiegende Teil aus Wartungs-, Pflege- und Instandhaltungsaufgaben besteht. Auch das Fenster putzen der Fahrzeughallentore gehört dazu. Allerdings erreichte einige Tage nach Beginn der großen Hitzeperiode ein Rundschreiben der Direktion alle Wachen:

»Aufgrund der großen Hitze sind die anfallenden Arbeiten im täglichen Dienst auf die notwendigen Bereiche zu beschränken.« So verzichteten wir auf die Reinigung der Hofanlagen.

Die Feuerwehr ist kein Produktionsbetrieb; die körperliche Einsatzkraft muss für den Ernstfall aufrechterhalten werden und die Arbeit auf dem in der Hitze flimmernden Hof ist dazu nicht gerade geeignet. Und so bedauerten wir die auszubildenden Feuerwehranwärter, die ihre anstrengenden Übungen unter der sengenden Sonne draußen in voller Montur absolvierten, und erledigten selbst nur einige Wartungsarbeiten an den Fahrzeugen.

Eine halbe Stunde später saßen wir alle in dem kleinen Fernsehraum, der von uns auch als Unterrichtsraum genutzt wird, weil er eine große Schultafel besitzt.

»Passt auf, Leute«, begann unser Chef. »Ich habe euch zusammengerufen, weil es einige neue Dinge in puncto Wespeneinsätzen gibt. Wie ihr wisst, gibt es mehrere Nachbarstädte, die keine Wespeneinsätze mehr fahren. Wir werden allerdings weiter damit zu tun haben. Das geänderte Umweltbewusstsein bringt es mit sich, dass Wespen nicht einfach getötet werden dürfen, nur weil sich einige Menschen gestört fühlen.«

»Machen wir doch sowieso nicht«, sagte Manfred. »Also, wenn ich z. B. ein Wespennest in einer Hecke finde, erkläre ich dem Besitzer, er solle diesen Bereich meiden, da Wespen nützliche Tiere sind. Stimmt doch, oder?«

»Absolut korrekt, Manni, nur denkt nicht jeder so wie du. Einige Kollegen vernichten Wespen immer noch mit Insektengift, aber das darf nicht pauschal vorkommen. Die Vernichtung muss eine Ausnahme bleiben, die nur bei akuter Gefahr anzuwenden ist. Das passende Beispiel dafür ist das Wespennest im Jalousienkasten vor dem Kinderzimmer. Es gibt Schutzbestimmungen für Insekten. Von den 17 bei uns bekannten Wespenarten stehen die meisten unter Artenschutz und ihre Vernichtung wird mit Geldbußen bis 50.000,– Euro bestraft. Ein absolutes Vernichtungsverbot gilt für Hornissen, Hummeln und selbstverständlich für Bienen. Überprüft bei dieser Gelegenheit auch mal wieder die Schutzausrüstung. Wer war das noch, der letztens dreimal von einer Wespe in den Nacken gestochen wurde, weil er das Netz des Imkerhutes nicht richtig zugebunden hatte?«

»Erinnere mich nicht daran, die Stiche der Mistviecher spüre ich jetzt noch«, erwiderte ich lachend. Wir hatten ein ziemlich großes Wespennest im Schrank auf einem Balkon in der 2. Etage vorgefunden. Die Bewohner waren im Urlaub und sahen bei ihrer Rückkehr die lieben Tierchen durch die Lamellen ein- und ausfliegen. Gott sei Dank hat keiner die Türe geöffnet; so aggressive Wespen wie diese hatte ich noch nie zuvor erlebt. Sie gingen direkt auf uns los.

»Ja, ja, jeder bekommt das, was er braucht«, spöttelten die anderen.

»Ok, ich denke, ihr wisst Bescheid«, beendete der Chef die aufkommende Heiterkeit. »Wir sollten unserer Verantwortung gerecht werden und entsprechend umweltbewusst handeln. Am besten gehen wir jetzt noch mal zum Wagen und sehen uns gemeinsam einiges an. Ich habe noch Verschiedenes zu erklären, was sich geändert hat.«

Das Fahrzeug, ein VW-Bus für kleinere Einsätze, die von zwei Mann ausgeführt wurden, stand in einer Nebenhalle zusammen mit einem Reservekrankenwagen. Wir führen den Wagen unter dem Begriff »Einzelhilfe«. Dieses Fahrzeug kommt zum Einsatz, wenn z. B. verschlossene Türen geöffnet werden müssen, bei kleineren Wasserschäden und auch beim Wespeneinsatz.

»Martin, du als zuletzt Gestochener erklärst uns jetzt den Unterschied zwischen Wespen- und Bienenstich.«

Die Aufgabe, die der Chef mir stellte, gehört zum üblichen schulungsmäßigen Training. Jeder kommt irgendwann an die Reihe und so können wir unser Wissen überprüfen und erweitern, teilweise durch Erklärung oder Demonstration.

»Wespen wie Bienen können durch einen am Hinterleib befindlichen Stachel Gift in ihr Opfer injizieren. Meistens reagieren Wespen aggressiver und sie können im Gegensatz zu Bienen mehrmals stechen. Ihr Gift ist nicht so toxisch wie das der Biene. Der Stachel der Biene besitzt einen Widerhaken, beim Stich reißt ein Teil des Hinterleibes aus dem Bienenkörper, die Biene stirbt daran. Am Stachel sitzen kleine mit Gift gefüllte Bläschen, die durch Nervenimpulse auch nach Wegflug der Biene selbständig das Gift in den Körper pumpen. Der

Stachel sollte unverzüglich entfernt werden. Man muss dabei aber darauf achten, die Bläschen nicht mit den Fingern auszudrücken. Optimal ist der Gebrauch einer spitzen Pinzette oder das schräge Wegziehen mit dem Fingernagel. Wespen wie Bienen können bei einigen Menschen gefährliche, allergische Reaktionen auslösen. Schmerzen und Schwellungen sind üblich, Störungen der Atmung und des Bewusstseins möglich. Allergiker sollen unbedingt zum Arzt.«

»Wie sieht es denn mit dem Aussaugen der Einstichstelle aus?«

»Riskant, denn über die Mundschleimhaut oder durch Zahnfleischverletzungen kann das Gift in die Blutbahn des Helfers gelangen. Am besten sind kühle Umschläge mit Essig oder Zitronenwasser, spezielle Gele oder das Aufdrücken einer aufgeschnittenen Zwiebel.«

»Also muss auf die Einzelhilfe noch 'ne Zwiebel gelegt werden«, lachte der Chef und wir verfielen in die abenteuerlichsten Ideen der Insektenstichbekämpfung.

Wir waren froh, dass es bei diesen hohen Temperaturen keinen Einsatz mehr gab. Eine Seltenheit, die uns Zeit ließ einige längst überfällige kleine Arbeiten am Wachgebäude auszuführen.

Der lange Abend ließ die Wärme des Sommertages nur langsam verklingen. Nach und nach fanden wir uns in dem kleinen Innenhof neben der Küche zusammen. Hauptgesprächsthema war der Einsatz vom Vormittag. In ziemlich erregten Diskussionen über die Verwendung hoch technischen Materials ergriff der Chef Hennes Keup das Wort.

»Also, nun mal langsam, Männer. Ihr schreit hier nach immer mehr Technik, nach noch aufwändigeren Geräten und könnt mit den einfachsten Werkzeugen nicht mehr umgehen.« Protest ertönte von allen Seiten.

»Ihr könnt ruhig schreien, ich habe ja doch Recht. Wie war das denn vor kurzem, als der Mann aus der Maschine befreit werden musste? Elektrisch lief doch gar nichts, also kamen die alten Werkzeuge zum Tragen: Hebel, Flaschenzug, Seile, Winden, Keile – stimmt's; nix mit hochmodernen Geräten. Ich habe euch genau beobachtet, meine lieben Freunde. Ich will gar keine Namen nennen, aber einige halten einen Hammer schon sehr seltsam in der Hand.«

»Also, Hennes, jetzt übertreibst du aber!«, sagte Waldemar.

»Es hört sich zwar schlimm an, ist aber teilweise wirklich so. Zu meiner Zeit gab es bei weitem noch nicht so viele technische Hilfsmittel

»Ja, ja, da gab es noch den alten Ledereimer.«

»Ich bin zwar etwas älter als du, Jochen, aber ins Deutsche Museum gehöre ich auch noch nicht.«

»Was erwartest du denn von uns, sollen wir etwa das Hydraulikaggregat wegwerfen und die Brechstange benutzen?«

»Nein, Manni, das sollt ihr nicht. Aber ihr sollt die Brechstange genauso gut und sicher handhaben wie das Hydraulikaggregat. Ich glaube nämlich, dass die Feuerwehr einen gefährlichen Weg begeht. Hochmoderne Technik unter Vernachlässigung einfacher handwerklicher Möglichkeiten, auf die wir aber manchmal, und zwar genau dann, wenn alles andere versagt, zurückgreifen müssen. Deshalb habe ich euch an den Mann in der Maschine erinnert. Ist das klar?! Ihr müsst auch in der Lage sein, ohne Strom, ohne die Supermaschinen einen Menschen aus dem Autowrack zu befreien, eine Baugrube zu verschalen oder eine Wand abzustützen.« Darüber herrschte Einigkeit und wir beschlossen in den nächsten Tagen Übungen ohne Maschinen und Hydrauliktechnik durchzuführen.

Jeder fühlte sich in seiner Ehre oder im Berufsstolz gekränkt, denn wir sind allesamt gelernte Handwerker – Schlosser, Zimmermänner, Elektriker, Schreiner. Darüber hinaus spornte der Gedanke an die Herausforderung unsere Phantasie an und der Abend verlief in angeregter Diskussion.

Ein Gewitter über der Autobahn

Am späten Nachmittag desselben Tages verdunkelte sich der Himmel, frischer Wind kam auf und eine merkliche Abkühlung war zu spüren. Hoffentlich setzte der schon seit Tagen ersehnte Regen ein. Alles war pulvertrocken, viele Sträucher und Bäume hatten schon mitten im August welke Blätter abgeworfen. Da, die ersten schweren Regentropfen fielen herab und dann schüttete es wie aus Eimern. Eine schwarze Wand, gepeitscht von Sturmböen, ergoss wahre Sturzbäche auf die Erde. Der Asphalt dampfte und innerhalb von Minuten stand das Wasser zentimeterhoch auf den Straßen. Wir eilten durch das Gebäude, um die noch offenen Fenster zu schließen und sahen die Autos mit eingeschalteten Lichtern über die Schnellstraße kriechen. Ihre Scheibenwischer konnten die Fluten kaum bewältigen und die Sicht betrug nur wenige Meter. Diese ersten Minuten sind immer äußerst gefährlich, denn meist reagieren die Autofahrer zu spät auf die veränderten Wetterverhältnisse. Jeder von uns erwartete förmlich den Alarm und spätestens vier Minuten nach Beginn der Regenflut traf er ein – Zugalarm –, alle Lichter gingen an, der Gong ertönte und aus jedem Lautsprecher kam die Alarmdurchsage.

»Einsatz für Zug 6, Florian 6/83/1 und den Notarzt, Verkehrsunfall A 59 in Richtung Innenstadt!«

Zu dritt befanden wir uns gerade in dem langen Gang über der Fahrzeughalle, von dem die Schlafräume abzweigen. Der kürzestes Weg nach unten führt von hier aus über die Rutschstange. Ich öffnete die zweiflügelige Tür des Rutschschachtes, umschlang die dicke Metallstange mit Armen und Beinen, glitt blitzschnell etwa 9 m hinab, landete auf dem dicken Gummipolster und sprang sofort beiseite. Direkt hinter mir folgten Achim und Waldemar.

»Tanklöschfahrzeug mitnehmen!«, rief der Chef.

»Alles klar«, die Leiterbesatzung war schon auf dem Weg – anscheinend war es ihre heutige Bestimmung, stets mit einem anderen Fahrzeug als mit ihrer Drehleiter auszurücken.

Mit eingeschalteten Sondersignalen fuhren wir aus der Fahrzeughalle, die Ampelanlage war auf Grün geschaltet. Hintereinander bildeten wir eine Kette von vier Fahrzeugen. Wir konnten nicht schnell fahren, noch immer war es fast dunkel und der Regen fiel mit unverminderter Stärke. Obwohl wir höchstens 10 m weit sehen konnten, rauschten einige Pkw an uns vorbei – unbelehrbare Raser, die sich und andere gefährdeten.

Der berühmte Chirurg Professor Sauerbruch soll einmal zu seinem Fahrer gesagt haben: »Fahren Sie langsam und vorsichtig, ich habe es eilig und will ankommen.«

Auch wir wollten ankommen, ohne andere zu gefährden, sonst wäre unsere Aufgabe ad absurdum geführt. Als wir die Auffahrt zur Autobahn erreichten, endete der Regen so schnell wie er begonnen hatte. Gleichzeitig riss der Himmel auf und der schwächer werdende Wind trieb die letzten Wolkenfetzen in südlicher Richtung fort – die Sonne schien wieder mit voller Kraft auf die nasse Erde. Wie in einer Waschküche bildeten sich dichte Schwaden von Wasserdampf – stiegen empor und verloren sich in der Höhe.

Fünf Pkw standen zum Teil arg ramponiert über 40 m verteilt auf der rechten Fahrspur. Eine Motorhaube lag vom Auto getrennt zwischen Glassplittern von Scheinwerfern, diversen Plastiktüten und bunt schillernden Lachen ausgelaufenen Motoröls. Wir hatten die Lage schnell im Griff, Menschen waren nicht verletzt worden, und während wir in unseren orangefarbenen Warnwesten die Verkehrsleitkegel zur Absicherung der Unfallstelle aufbauten, konnten Rettungswagen und Notarzt wieder einrücken.

Ich stand mit einem 12 kg Handfeuerlöscher bei dem BMW Touring, dessen Motorhaube vollständig herabgefetzt worden war. Die Fahrerin des mit noblem Leder ausgekleideten Pkw beteuerte mir unablässig, dass sie höchstens 60 km/h gefahren sei, aber ihr Vordermann habe so unvermittelt gebremst, na ja, da wäre sie halt aufgefahren. Ich versuchte sie zu beruhigen, während ich die Batterie abklemmte. Dies ist eine Sicherheitsmaßnahme, die fast immer durchgeführt wird. Ein Polizeibeamter kam an das Fahrzeug und bat sie höflich um die Fahrzeugpapiere. Die Frau weinte und wollte sie nicht abgeben. Sie beteuerte, wenn sie zu Hause sei und ihr Mann das erführe, erhielte sie Prügel. Ich redete beruhigend auf sie ein. »Wenn Ihr Mann Sie liebt, wird er Sie in die Arme nehmen, glücklich, Sie gesund zu sehen.« Sie blickte mich dankbar an, auch der Polizist lächelte und fand tröstende Worte. Beide gingen zu dem VW-Bus, wo die Personalien aufgenommen wurden. Ein Mann zog an meinem Ärmel.

»He Sie, jetzt kommen Sie endlich zu mir, ich bin immerhin unschuldig, diese blöde Ziege ist ja voll auf mich drauf gefahren!« Ich blickte mich um, sah das wütende Gesicht eines Mitfünfzigers.

»Na, lassen Sie mal sehen, ob ich Ihnen helfen kann.«

»Kann! Kann!« schnaubte der Mann und zeigte voller Empörung auf seinen arg demolierten Kofferraum, zog mich am Arm weiter und schrie durch die geöffnete Fahrertür zu einer völlig verängstigten, korpulenten Frau: »Und das eine sage ich dir, in diesem Auto wird NIE – hörst du – NIE mehr Kuchen gegessen!« Am liebsten hätte ich lauthals gelacht, so kurios war die Situation. Seine Frau hatte ein großes Tablett mit Sahne- und Obststückchen auf ihrem Schoß gehalten, das heißt, jetzt hielt sie nur noch das Tablett fest. Der Kuchen klebte am Armaturenbrett, an der Windschutzscheibe sowie im Fußraum. Die Gute hatte das Paket während der Fahrt geöffnet und genüsslich ein Stück verzehrt, als ihr Mann wegen der schlechten Sicht rapide bremste und der zweifellos zu schnelle BMW mit voller Wucht hinten aufprallte. Da beide ordnungsgemäß angeschnallt waren, waren sie unverletzt. Nur für Kuchentabletts gibt es keine Anschnallpflicht und so folgten die herrlichen Stückchen den Gesetzen der Fliehkraft.

Ich ließ die zwei in ihrem »Elend« allein und begab mich zum Chef, der bei der anderen Unfallgruppe, bestehend aus drei Fahrzeugen, mit einem kleinen, wild gestikulierenden Mann sprach. Gerade hörte ich die etwas gereizte Stimme meines Chefs.

»Zum letzten Mal, gehen Sie hinter die Leitplanke und hindern Sie meine Männer nicht an der Arbeit.«

»Ich verlange unverzüglich Ihren Namen. Einer Ihrer Leute hat mein Auto beschädigt, das lasse ich mir nicht gefallen!« Chef Hennes Keup blies die Backen auf, blickte nach oben und ließ merklich die Luft ab. Ganz ruhig, ganz ruhig, schien er zu denken, dann lächelte er, legte dem Kleinen die gewaltige Pranke auf die Schulter und antwortete:

»Guter Mann, sehen Sie sich Ihren Wagen einmal genau an und dann erzählen Sie mir, was wir da überhaupt noch mehr kaputt machen können?«

Die Umstehenden lachten und der kleine Mann blickte sehr betreten drein. Der »Übeltäter« Waldemar hatte, um die Batterie abklemmen zu können, eine Kunststoffabdeckung verbogen. Das war unvermeidbar, da er durch den Frontschaden sonst nicht an die Batterie herangekommen wäre.

Wir fegten die Scherben an den Straßenrand, streuten die Öllachen ab und gingen zurück zu unseren Fahrzeugen. Alles weitere war Sache der Polizei. Mehrere Abschleppwagen wurden ebenso wie eine Straßenkehrmaschine angefordert; für uns war der Einsatz beendet.

Um 19:00 Uhr saßen wir gemeinsam im Fernsehraum und sahen die Nachrichten im ZDF. Der Platzregen konnte die traurige Bilanz von drei Toten und mehreren Verletzten nach einer Massenkarambolage auf einer südlichen Autobahn auf seinem Konto verbuchen. Ursache: überhöhte Geschwindigkeit, zu geringe Abstände, schlechte Wetterbedingungen.

Die Stühle in unserem Fernseh-Unterrichtsraum sind von einer solchen Bequemlichkeit, dass es uns nur mit abenteuerlichsten Verrenkungen gelingt, einige Zeit dort sitzen zu bleiben. Aber Fernsehen bei uns lädt dann doch zum Sitzen bleiben ein. Grundsätzlich ist bei uns alles anders als zu Hause: Kultur, Krimi und Spielfilme werden live kommentiert, und zwar immer gleichzeitig von mehreren Sprechern, wobei sich deren Meinungen unbedingt widersprechen müssen. Etwaige ernsthaft interessierte Zuschauer, die um Ruhe bitten, erfahren sogleich, dass es sich hier um eine »Unterhaltungssendung« handelt. Die Programmwahl fällt durch Mehrheitsbeschluss der Anwesenden. Eine besondere Feinheit stellt das Umschalten dar, meistens durch eine Mehrheit von 4-5 Kollegen ausgelöst. Nach der Vertreibung der Vorgänger entfernen sich dann oft zwei der aktuellen »Programmänderer«, die sowieso nur aus Sympathie für eine zahlenmäßige Überlegenheit gesorgt hatten. Aber auch die »Sieger« werden oft durch Alarm wieder herausgeholt. Wir sehen auf diese Weise oft nur den Beginn und das Ende eines Filmes. Diese allabendlichen Kabbeleien sind jedoch belanglos und das Fernsehen hat einen geringen Stellenwert in der Gestaltung des Abends. Meist sitzen wir gemeinsam in der großen Küche oder dem kleinen Atrium, essen und spinnen Seemanns- besser »Feuerwehrmannsgarn«. Und das geht nie aus!

Von nun an heißt du »Rambo«

»Guten Morgen, es ist 6:30 Uhr.« Die Leitstelle weckt uns jeden Morgen mit dieser Lautsprecherdurchsage. Nicht nur Feuerwache 6 erhält damit die Aufforderung aufzustehen, alle acht Feuerwachen kommen gleichzeitig in den Genuss dieser Durchsage. Man trifft sich im Waschraum.

An diesem Morgen sah die Notarztwagenbesatzung allerdings etwas gestresst aus. Kein Wunder bei drei nächtlichen Einsätzen. Der Rettungswagen war immer noch unterwegs. Nach kurzer Zeit saßen wir gemeinsam in der Küche. Jochen hatte Kaffee gekocht und wir warteten in guter Stimmung auf das Eintreffen unserer Ablösung. Es war jetzt schon enorm warm und die Nachrichten informierten uns über das Anhalten der hochsommerlichen Hitzeperiode. Ich freute mich auf zwei freie Tage, in denen ich nicht untätig bleiben wollte.

Zwei Tage später: In einem Anflug von Wahnsinn hatte ich trotz der Sommerglut damit begonnen, einen Gartenteich auszuheben. Nachdem ich am Abend des ersten Tages todmüde mit starken Kopfschmerzen ins Bett gefallen war, verbrachte ich den nächsten Tag als fauler Mann im Schatten eines großen Apfelbaumes. Von nun an würde ich nur noch in den späten Stunden des Nachmittags graben, wenn die Sonne den künftigen Teichplatz nicht mehr beschien. Das ganze Unternehmen dauerte fast vierzehn Tage. Genauer gesagt: 14 Tage Muskelkater, Nackenverspannungen, ein dreifacher Konsum an Sprudelwasser und ein riesiger Berg Erde, der aufgehäuft das dreifache Volumen des ausgehobenen Teichloches ausmachte.

Jeweils drei Wochen dauert ein Turnus bei der Feuerwehr, in dem jeder Mann seine Position beibehält; danach wechseln wir. Die Rettungswagenbesatzung kommt wieder auf den Löschzug und innerhalb der Löschmannschaft wechseln Angriffstrupp, Schlauchtrupp und Wassertrupp ihre Funktionen. Dadurch ist gesichert, dass alle Feuerwehrmänner in den verschiedenen Zweigen ihres Berufes fit bleiben und universell einsetzbar sind. Ich wechselte zusammen mit meinem Kollegen Jochen auf den Rettungswagen.

Der Tag verlief relativ ruhig, worüber ich froh war, plagte mich doch durch die ungewohnten Grabtätigkeiten im Garten ein schmerzhafter Muskelkater. Einige, die mich steifbeinig auf der Treppe sahen, gaben mir spontan den Ehrentitel »Opa«, was mich zu einer lockereren Gangart anspornte.

Von einigen normalen Krankentransporten abgesehen, geschah nichts Besonderes. Die täglich anfallenden Arbeiten wurden routinemäßig abgearbeitet und am Nachmittag trafen wir uns in der hauseigenen Turnhalle zum Fitnesssport.

Das lockere Aufwärmtraining absolvierten wir in Sportsachen, mussten aber im Alarmfall jederzeit blitzschnell aus Turnhose und Turnschuhen in die Feuerwehrschutzkleidung wechseln können. Deshalb standen im Umkleideraum die Stiefel mit übergestülpten Hosen sorgfältig nebeneinander vor einer langen Holzbank. Auf ihnen lagen die Hemden, so dass man sie über den Kopf ziehen kann, ohne die Knöpfe zu öffnen.

Für die Notarzt- und Rettungswagenbesatzung ist die Teilnahme am Sport ein freiwilliges Vergnügen. Es ist ja auch nicht jedermanns Sache, durchgeschwitzt in einen Einsatz zu kranken oder verunglückten Personen eilen zu müssen. Ich bin allerdings so sportbegeistert, dass ich nicht auf diese Aktivität verzichten möchte. Darüber hinaus ist sie ein wichtiger Faktor für die körperliche Fitness der Feuerwehrleute, besonders für die, die nicht in einem Verein aktiv Sport treiben. Mitten im schönsten Schwitzen kam der Alarm.

»Einsatz für die Einzelhilfe und Florian 6/83/1 – hilflose Person in verschlossener Wohnung.« Vier Männer stürmten aus der Turnhalle, raus aus den Schuhen (die Schnürriemen blieben geschlossen, etwas, worüber ich mich bei meinem Sohn stets aufrege), rein in die Stiefel, Hose hochziehen (die Turnhose blieb aus Zeitgründen an), Hemd drüber, und schon ging es eine Etage höher in die Fahrzeughalle.

Unser Rettungswagen verließ mit eingeschalteten Sondersignalen als erster die Feuerwache. Es herrschte noch reichlicher Berufsverkehr, aber wir kamen trotzdem gut durch. Unser Ziel lag im Stadtteil Urdenbach, diesmal hatten wir also eine relativ kurze Anfahrt. Wir hielten vor einem mehrgeschossigen älteren Wohnhaus, dessen Haustür offen stand. Ich griff den Notfallkoffer und die Sauerstoffflasche – unsere ständigen Utensilien für jede Art von Ersthilfeeinsatz.

»Hallo! Feuerwehr hier, auf welche Etage müssen wir?!«, rief mein Kollege, während wir schon die untersten Treppenstufen hinaufliefen.

»Dritte Etage!«, ertönte es von oben. Auf der Straße klang das Martinshorn unseres Einzelhilfefahrzeuges und eines weiteren sich einsatzmäßig nähernden Autos, wahrscheinlich eines der Polizei. Heftig atmend erreichten wir die dritte Etage; mehrere Nachbarn sprachen aufgeregt auf uns ein.

»Moment, Moment Leute, so geht das nicht. Nur einer kann reden. Also, was ist passiert?«

»Frau Wilbers wohnt hier alleine, sie hat ganz laut geschrien!«

»Ja, um Hilfe hat sie gerufen und dann hörten wir sie nur noch wimmern!«

»Jetzt hört man gar nichts mehr!«

»Okay, seien Sie bitte mal ganz ruhig!« Ich legte mein Ohr an die Tür, schwache weinerliche Geräusche waren zu vernehmen. Ich klopfte laut, rief – keine Antwort. In diesem Moment kamen meine Kollegen mit dem Aufbruchwerkzeug für den Schließzylinder, hinter ihnen zwei uniformierte Polizeibeamte.

Ein fachmännischer Blick auf die Türe – »Scheiße, das ist ein guter Sicherheitsbeschlag, da haben wir dran zu knacken.«

»Komm, Toni, lass sein, wir haben diesmal keine Zeit, ich trete die Tür ein. Macht Platz, ich brauche den ganzen Flur!«

»Was hat der vor?«, fragte ein Polizist meinen Kollegen, als ich Anlauf nahm und in dem langen Korridor auf die Türe los sprintete. In einem mächtigen Sprung trat ich – mit der Ferse treffend – haarscharf neben den Türknauf. Mit lautem, berstendem Knall flog das gesamte Türblatt in die Wohnung. »Du meine Güte«, sagte der Polizist, »frisst der auch Nägel?!« Manchmal ist Tae-Kwon-Do recht gut zu gebrauchen!

Wir stiegen über das Türblatt in die Wohnung und fanden in der Küche eine alte Frau, die auf dem Boden lag. Unsere Verdachtsdiagnose: Oberschenkelhalsbruch und Schädelprellung mit einer mittelgroßen Schwellung am Hinterkopf.

Nachdem wir unsere Patientin etwas beruhigt hatten, trugen wir sie mit Hilfe der Einzelhilfebesatzung auf einer Vacuummatratze zum Rettungswagen. Die Polizei blieb dort und kümmerte sich um die Sicherung der aufgebrochenen Wohnung.

Zurück auf der Wache, bekam ich einen Spitznamen. Von nun an hieß ich »Rambo«. Ein – so finde ich – recht zweifelhafter Ehrentitel, den ich jedoch bis heute nicht mehr losgeworden bin.

Das Auftreten von Türen oder das schwungvolle Gegenwerfen mit der Schulter ist allerdings eine gefährliche Tätigkeit. Allzu leicht unterschätzt man die Stärke der Tür und kann von Glück reden, wenn es bei einer leichten Schulterprellung bleibt. Mir ist auch ein Fall bekannt, bei dem ein Kollege sich das Schlüsselbein gebrochen hat. Genauso bedarf es bei einem gezielten Tritt gegen die Tür eines absolut sicheren Auges und eines stabilen Fußgelenkes. Wehe dem, der auf Klinke oder Türknauf tritt: dann knickt der Fuß ab, Bänder- und Kapselrisse sowie schwierige Frakturen des Gelenkes können die Folge sein. Im übrigen wenden wir unmittelbare Gewalt nur in den Fällen an, wo wirklich eine akute Gefahr vorliegt oder mit hoher Wahrscheinlichkeit zu vermuten ist. In fast allen anderen Situationen wird versucht, ohne große Zerstörung in die Wohnung zu gelangen. Da kommt es auch schon einmal vor, dass Feuerwehrmänner durch geöffnete Fenster klettern oder vom Balkon des Nachbarn auf den nächsten übersteigen. Eine gefährliche Tätigkeit, von der ich Ungeübten nur abraten kann.

Auf der Hakenleiter

Das Klettern nimmt seit eh und je einen besonderen Stellenwert in der Ausbildung von Feuerwehrmännern ein. Zu Übungszwecken besitzen die meisten Feuerwehrwachen einen so genannten Steigeturm. Von außen kann man mit tragbaren Leitern, die immerhin 14 Meter lang und bis zur dritten Etage ausziehbar sind, verschiedene Fensteröffnungen besteigen. Im Innern des Turmes werden oft die 15 und 20 m langen Schläuche nach dem Waschen zum Trocknen aufgehängt.

Ein spezielles Gerät, das auch noch heute auf dem Dach eines jeden Löschgruppenfahrzeugs mitgeführt wird, ist die Hakenleiter. Die 4,40 m lange Leiter besteht aus Holz und ist an ihrem oberen Ende mit einem langen rechtwinklig abstehenden Metallhaken versehen. Wenn man diesen Haken an eine Balkonbrüstung hängt, kann man sich nach dem Ersteigen rittlings auf die Brüstung setzen, die Leiter zu sich empor ziehen und am nächsten Balkon erneut wieder einhängen. Dieses Verfahren lässt sich bis in beliebige Höhen fortsetzen und wird allein oder als Gruppe so lange geübt, bis wir es auch in größeren Höhen sicher beherrschen.

Es war im ersten Jahr meiner Tätigkeit als Feuerwehrmann an der Feuerwache 3 in der Münsterstraße, als ich die Hakenleiter während eines Einsatzes zum ersten Mal benutzte. Damals vor 15 Jahren rückte der Löschzug alarmmäßig in den dunklen Abendstunden aus. Kinder sollten am geöffneten Fenster eines Hochhauses spielen …

Der Alarm erfolgte gegen 22:30 Uhr.

»Einsatz für Zug 3! Es rücken aus: von Feuerwache 3 der Löschzug und der Rettungswagen, von Feuerwache 1 der Löschzug und der Feuerdienst! Menschenleben in Gefahr!« Die Blaulichter zuckten in der Dunkelheit, Erregung machte sich breit, diesmal ging es um Sekunden.

Passanten hatten im 6. Stock eines Hochhauses auf dem Sims eines geöffneten Fensters zwei kleine, spielende Kinder gesehen. Alter? Nicht ermittelt, aber vermutlich um 3 Jahre. Wir donnerten mit dem 16-Tonner in das Stadtviertel von Derendorf, hoffentlich war es noch nicht zu spät.

Beim Eintreffen überblickte unser Zugführer sofort die gefährliche Situation und gab laut seine Anweisungen.

»Angriffstrupp mit Aufbruchwerkzeug über das Treppenhaus vor! Schlauchtrupp mit Hakenleiter an die Rückfront und über die Balkone aufsteigen! Die anderen Scheinwerfer aufstellen!« Der Maschinist des Löschgruppenfahrzeugs kletterte auf das Wagendach und löste die Hakenleiter aus ihrer Halterung. Im Laufschritt eilten wir an die Rückseite des Hochhauses. Mittlerweile hatte sich auch eine große Menschenmenge eingefunden.

Wir blickten empor und erschraken bei dem Anblick zweier unbekümmert wirkender Kleinkinder, die im hell erleuchteten offenen Fenster auf dem Fensterbrett knieten. Wo waren nur die Eltern? Der Wettlauf begann! Im Treppenhaus jagten meine beiden Kollegen die Treppen hinauf. Sechs Etagen im Sprintertempo mit der Hoffnung, dass die Wohnungstür keinen großen Widerstand bieten würde.

Wir hakten die Leiter an der Balkonbrüstung der 1. Etage ein und kletterten so schnell es ging hinauf. Reitersitz auf der Brüstung, Leiter nachziehen, weiter am Körper vorbei und über den Kopf auf dem nächsten Balkon einhängen. Dann stiegen wir wieder hinauf. Diesmal etwas vorsichtiger, langsamer, ganz dicht an die Holme und Sprossen gepresst. Dann erhellte uns ein gleißender Lichtkegel den Weg nach oben.

Das lang gezogene »Aah!« der Menge drang in unsere Ohren. Einige vorlaute Jugendliche brüllten hämisch: »Opa!« und »Schneller!«

Aber wir durften uns nicht ablenken lassen oder zu einem riskanteren Tempo überwechseln. Vierte Etage, Blumenkästen sind recht hübsch, aber für uns ein nur schwer zu überwindendes Hindernis. Mit Kraft schlugen wir den Metallhaken gegen den Kasten. Ein lautes Krachen und der Haken griff. Vorsichtiges Anhängen. Mein Kollege sicherte mich, als ich auf die Leiter kletterte. Da, verdammt, ich stieg auf die unterste Sprosse und rutschte durch.

War es ein falscher Tritt – ich weiß es nicht mehr – ich spürte nur den starken Ruck in beiden Armen und klammerte die Finger mit eisernem Griff um das Leiterholz. Meine Beine baumelten völlig frei. Von oben flogen Teile des defekten Blumenkastens herab, zersprangen tief unter mir im dunklen Innenhof und verfehlten meine Schultern nur knapp.

»Nicht hochsehen!«, schrie mein Kollege und ergriff meinen Hakengurt. Seine blitzschnelle Reaktion erfolgte, als er noch im Reitersitz auf der Balkonbrüstung saß. Ich zappelte und versuchte wieder Tritt zu fassen. Der eiserne Haken der Leiter rutschte bedenklich hin und her. Erneut kullerten Gegenstände herunter. Eine Geranie donnerte auf meinen Helm und ein größeres Stück eines Betonkastens folgte und traf die Hand meines Kollegen, die mich immer noch hielt. Ich sah die Schmerzen in seinem Gesicht, hörte ihn laut aufstöhnen, aber er hielt mich fest, ließ nicht locker und so fand ich mit seiner Hilfe wieder sicheren Halt.

»Alles klar?«

»Alles klar!«

Also, dann weiter. Als wir eine Etage unter der sechsten waren, hörten wir lautes Jubeln auf der Straße. Wir blickten empor in die lachenden Gesichter unserer Kollegen vom Angriffstrupp.

»He, ihr könnt wieder runter, ihr Schnecken. Hier oben ist alles in Ordnung.« Wir atmeten erleichtert auf, waren froh, dass es so gut ausgegangen war und nahmen den gleichen Weg zurück, diesmal abwärts.

Am untersten Balkon an der Leiter hängend, erhielten wir brausenden Applaus von der Menge. Wir strahlten und winkten zurück, bis unser Zugführer die Vorstellung beendete.

»Ihr Artisten, macht, dass ihr da runter kommt, wir sind hier nicht im Zirkus!«

Gemeinsam bauten wir die Beleuchtungsanlage ab und verstauten die benutzten Geräte wieder ordnungsgemäß an den vorgesehenen Plätzen. Ich ging zu meinem Kollegen.

»Danke, Horst, das war knapp eben auf der Leiter. Wie geht's deiner Hand?«

»Halb so schlimm, der Handschuh hat mich gut geschützt.« Er zeigte mir den getroffenen Unterarm und sein bläuliches, langsam anschwellendes Handgelenk.

Ich bin heute auch wieder auf der gleichen Wache mit meinem etwas älteren und sehr erfahrenen Kollegen Horst Heck. Er ist einer der Feuerwehrmänner, auf die man sich stets verlassen kann!

… und wieder brennt ein PKW

Es war Sonntagnachmittag und die ganze Mannschaft saß gemeinsam am großen Tisch. Achim war Vater geworden. Ein kerniger »Naturbursche« wie sein Vater, so strahlte unser Jüngster im Team. Er war seinerzeit aus der Eifel nach Düsseldorf gezogen, um hier seine große Liebe zu heiraten. Wir feierten mit Kaffee und Kuchen, gegen Abend wollte unser Koch Addi Pizza backen.

»Prost Achim, auf den nächsten Sohn!«

»Hört mal zu, Männer, da wir gerade alle zusammensitzen: Ihr wisst ja, am Mittwoch fängt unser neuer Chef an.« Allgemeines Kopfnicken, von diesem oder jenem lediglich ein gewisses Brummen, das mehr Unbehagen als Wohlgefühl ausdrücken sollte.

»Na, macht euch nicht in die Hose, ihr wisst genau, dass ich nur noch knappe 2 Jahre habe, dann ist Feierabend – Pension. Ich kann euch schlappen Haufen ja nicht ewig sagen, wie das Feuer ausgeht.«

»Mensch Hennes, verschon uns mit ’nem neuen Boss, noch haben wir dich!«

»Ja, aber die Zeit vergeht schneller als man denkt und ich soll den Mann bis dahin einarbeiten. Kennt denn jemand von euch Dieter Seiter?«

»Soll noch recht jung sein, kommt von Wache 8.«

»Also seid nett, dann habe ich es auch leichter. Ich denke, er hat es verdient anständig empfangen zu werden.«

Wir haben ihn anständig empfangen, unseren neuen Wachabteilungsführer Dieter Seiter. Aber er hätte sicherlich auch einen weniger netten Empfang überstanden. An Größe und Körpergewicht steht er unserem Hennes nichts nach, dazu kommt noch das jugendliche Temperament. Dieter Seiter ist ein Mann, der sich nicht die Butter vom Brot nehmen lässt. Unser alter »Brummbär« Hennes fand ebenfalls Gefallen an dem »Neuen«, der im Rang eines Brandinspektors auch sein Chef war, und die beiden erwarben sich bald als verlässliches Team einen gewissen Ruf. Sie waren knallhart und ließen uns ihre Unzufriedenheit spüren, wenn es mal nicht so lief, wie sie wollten. Gerade deswegen wurden sie von der ganzen Mannschaft respektiert. Jeder wusste: wenn es richtig gefährlich würde, würden sich beide eher die Hand abhacken, als auch nur einen Mann irgendwo stecken zu lassen. Beide wurden oft genug aktiv, zogen sich ein Gerät an und stiegen in den Qualm ein, in die Ungewissheit eines undurchsichtigen Brandgeschehens. Sie hatten ihren Mann schon in vielen Situationen gestanden und nötigten uns nicht nur Respekt ab, sondern es entwickelte sich Freundschaft zwischen den Chefs und uns.

Im Laufe dieses heißen Sommers wurde die Feuerwehr häufig zu kleineren Bränden an Böschungen des Bahngeländes oder der Autobahnen gerufen. Das gesamte Buschwerk war knochentrocken, das Gras verdorrte und so löste jede gedankenlos aus dem Fahrzeug geworfene Zigarettenkippe in Sekundenschnelle ein rasch um sich greifendes Feuer aus. Auch Glasscherben oder ganze Flaschen hatten im grellen Sonnenlicht die gleiche Wirkung wie ein entsprechend gehaltenes Brennglas. Die Strahlen sind auf einen Punkt gebündelt und schon entzündet sich ein weiteres Schadenfeuer.

Von einem solchen kehrten wir gerade zurück. Auf dem Bundesbahngelände hinter der Feuerwache hatte ein etwa 150 m langes Stück Böschung gebrannt. Das trockene Gras und Gesträuch der Böschung war jetzt nur noch eine lang gezogene tiefschwarze Fläche. Verspritztes Wasser verdampfte in der flimmernden Luft, ein rußiger Belag überzog unsere Stiefel und

Hosenbeine. Unsere verschwitzten Gesichter zeigten Spuren des schwarzen Qualms und er klebte mit dem Schweiß auch überall am Körper.

Ah, jetzt duschen und etwas herrlich Kühles trinken. Unsere Fahrzeuge bogen gerade in die Frankfurter Straße ein. Die Feuerwache lag schon vor uns, als sich die Leitstelle meldete.

»Florian 6/46/1 mit Standort kommen!« Der Chef nahm den Hörer des Funkgerätes.

»6/46/1 hört, wir sind kurz vor der Wache.«

»Sie übernehmen eine neuen Einsatz – A 46 Auffahrt Garath in Richtung Innenstadt, brennender PKW nach Verkehrsunfall!« Dieter Seiter wiederholte die Information, die Sondersignale wurden eingeschaltet. Ein Blick in den Rückspiegel, Blinker einschalten und der gesamte Löschzug wendete auf der breiten Frankfurter Straße, genau in Höhe unserer Wache. Es war so, als würden wir aus den Hallentoren fahren.

Ich dachte sehnsüchtig an die Dusche und hätte gerne den belebenden kühlen Geschmack eines prickelnden Mineralwassers in der trockenen Kehle gespürt. Meinen Kollegen ging es ebenso, aber für einen solchen Sommerfrischetraum blieb keine Zeit. Während der Fahrt zum Einsatzort rüsteten wir uns erneut aus: Helm aufsetzen, Jacke überziehen, Handschuhe an. Das Löschfahrzeug bog aus der Auffahrtkurve in die lang gezogene Gerade der zweispurigen Autobahn. In ein paar hundert Metern Entfernung stieg tiefschwarzer Qualm in die Höhe.

Ein Polizeifahrzeug mit eingeschalteten Sondersignalen rauschte an uns vorbei, der gleichzeitig alarmierte Rettungswagen hatte sich bereits unserem Löschzug angeschlossen.

»Oha, Männer, das gibt Arbeit! Waldi, fahr das Löschfahrzeug so nahe wie möglich an den brennenden PKW, aber ein Stück daran vorbei, benutzt den Schnellangriff! Vergesst den P12 nicht!«

Diese Befehle entstehen in den Sekunden nach dem ersten Blick auf die Unfallstelle, noch bevor man sie erreicht hat.

Drei Fahrzeuge waren beteiligt. Ein japanischer Kleinbus brannte lichterloh und stand ganz rechts auf dem Standstreifen. Seine platt gedrückte Schnauze war tief in die Leitplanke gepresst und in seinem quer stehenden Heck hatte sich ein alter Ford verkeilt. In Kofferraum des Fords klemmte mit der Tür der Fahrerseite ein VW Golf, völlig verzogen. Mehrere Menschen rannten kopflos um die Unfallstelle. Auf der anderen Seite der Fahrbahn stockte der Verkehr und Schaulustige verursachten einen weiteren, gefährlichen Stau.

Die Scheiben des Kleinbusses platzten mit lautem Knall und Flammen schlugen aus seinem Inneren heraus. Mit ihrem lauten Rauschen, das wie ein Wasserfall klang, übertönten sie die Schreie zweier verzweifelter Kinder. Sie klopften im Ford wie wild gegen die Scheiben. Der Fahrer hing mit blutüberströmtem Gesicht regungslos über dem Lenkrad. Die Situation war im höchsten Maße gefährlich. Die Flammen konnten jederzeit auf den Ford übergreifen oder durch die Hitze die Frontscheibe zum Platzen bringen. Seine Türen waren völlig verkeilt und ließen sich nicht öffnen. Die einzige Möglichkeit an den Fahrer heran zu kommen, war der Einsatz des hydraulischen Spreizers!

»Hennes! Nimm zwei C-Rohre, wir öffnen mit dem Spreizer! Rambo, durch die Heckscheibe, hol die Kinder!«

Alle Handgriffe saßen, es ging um Sekunden. Während der Maschinist die Rollokästen aufriss und den Motor der Stromversorgung startete, flutete bereits ein breit gefächerter Wasserstrahl laut zischend gegen die Flammenfront des Kleinbusses, bildete eine schützende Barriere zu den im Ford eingeschlossenen, hilflosen Menschen.

Mit meinem kräftigen Klappmesser stach ich unter den verchromten Zierring der Heckfensterdichtung, hebelte ihn heraus und schnitt tief in die dicke Gummiwulst. So konnte ich die Scheibendichtung herausziehen und zog das schlauchähnliche Gebilde mit einem kräftigen Ruck samt Heckscheibe aus dem Fensterrahmen. Hinter mir stand die Rettungswagenbesatzung bereit, um die Kinder in Empfang zu nehmen. In einiger Entfernung hörte ich das ›Tatü Tata‹ weiterer Einsatzfahrzeuge, vermutlich von dem zusätzlich angeforderten Notarztwagen. Ich kroch mit den Füßen voran auf die Rücksitzbank.

»Keine Angst Kinder, jetzt kann nichts mehr passieren, wir sind ja bei euch.« Beide Mädchen – höchstens 10 Jahre alt – weinten, waren aber nicht ernstlich verletzt.

»Papi, Papi, was ist mit unserem Papi?!«, rief die eine, als ich sie durch das Fensterloch in die rettenden Arme meines Kollegen Jochen hob.

»Euren Papi holen wir auch raus, jetzt seid aber erst mal ihr beiden dran. Geht's, na komm, ich helfe dir.« Das zweite Mädchen krabbelte fast von allein heraus und wurde ebenfalls in Empfang genommen.

»Hier Rambo, nimm die Decke für den Fahrer.«

Irgend jemand warf mir die Flammschutzdecke zu. Ich legte sie von hinten über den bewusstlosen Mann und zog seinen Oberkörper zurück gegen die Rückenlehne, dabei tastete ich nach dem Halspuls. Gott sei Dank, er lebte, war aber stark eingeklemmt. Das Lenkrad presste feste gegen seinen Brustkorb, der Fahrersitz ließ sich nicht zurückschieben. Von außen zerplatzte die Seitenscheibe, Tausende kleiner Glasteilchen rieselten über die ihn schützende Decke. Ein lautes Knirschen und Knacken ertönte. Mit tonnenschwerer Kraft hebelte die Hydraulik die Fahrertür auf. Ich kroch nach vorne auf den Beifahrersitz und durchtrennte mit dem Messer den Sicherheitsgurt, klappte das Visier meines Helms herunter und zog die Decke weiter nach vorne über das Lenkrad. Keinen Moment zu spät, denn mit einem ohrenbetäubenden Knall zerbarst die Windschutzscheibe. Aus dem Armaturenbrett kräuselte leichter Qualm. Es wurde Zeit, diesen Blechhaufen zu verlassen.

»Schere! Lenkerkranz durchkneifen!«, dröhnte Dieters Stimme. »C-Rohr unter die Haube des Fords und eine Fangleine um die Pedale, die Füße sind verklemmt.«

Draußen herrschte höchste Aktivität. Mann, dachte ich, macht bloß schnell, die verdammte Karre da vor meiner Nase geht jeden Moment hoch, dann will ich aber einige Meter weg sein.

Wie ein großer stählerner Schnabel zerkniff die hydraulische Schere jetzt die Streben des Lenkrades, so dass der Lenkerkranz herabfiel und der eingeklemmte Brustkorb entlastet wurde. Die Decke wurde weggezogen und ich konnte mit zwei Verbandspäckchen aus meiner Jackentasche einen Druckverband über einer Platzwunde auf der Stirn des Fahrers anlegen. Ein Kollege befestigte eine stabilisierende Halskrause. Mit einem um die Pedale geschlagenem Seil wurden die Füße befreit. Dann endlich konnten wir den Mann vorsichtig aus dem Auto heben. Er wurde sofort auf die Vacuummatratze gelegt und war erst einmal gerettet.

Das Feuer des Kleinbusses war gelöscht, er war aber völlig ausgebrannt. Hinter dem Steuer hing die bis zur Unkenntlichkeit verkohlte Leiche eines Menschen. Für ihn war jede Rettung zu spät gekommen. Später erfuhren wir, dass der noch jugendliche Fahrer einen Blutalkoholgehalt von 2,8 Promille gehabt hatte. Es war ein grausiger Anblick und wir verrichteten den Rest der Arbeit in bedrücktem Schweigen.

Auf der Drehleiter

Gnadenlos brannte die Mittagssonne auf unsere behelmten Köpfe. Alle Augen waren in die Höhe gerichtet und verfolgten gegen das gleißende Licht den steil aufgerichteten Leiterpark, der sich Meter um Meter in den wolkenlosen blauen Himmel schob. Dreißig Meter Höhe auf 75° eingestellt, so ragte der Leiterpark unserer mechanisch-hydraulischen Drehleiter nach oben. Alle vier seitlichen Stützen waren ausgefahren und hatten das Fahrzeug aus seiner Federung gehoben.

Wir befanden uns an einer nahe gelegenen Auslegerstelle am Rheinufer; LF, TLF und Drehleiter. Ein »nettes Spiel«, hatten sich unsere beiden ausgedacht: im Leiterpark bis zur Spitze emporklettern. Dort oben wird es für korpulentere Menschen etwas eng, denn mit zunehmender Höhe verjüngt sich die Leiter. Wir mussten gegen die Stoppuhr klettern und hatten mit einem Schwindel erregenden Anblick zu kämpfen, der enormen Einfluss auf unsere Geschwindigkeit und das Klettern hatte: die Leiter ragte über die schnell strömenden Fluten des Rheins hinaus. Ich hatte bei dem Gedanken, sie zu besteigen, ein ziemlich mulmiges Gefühl. Im Alarmfall an der Einsatzstelle kommen allerdings nur selten solche Überlegungen auf. Da heißt es handeln, ohne zu zögern, aber hier?

»Was ist, will niemand, dann gehe ich selber zuerst!«, sagte der Chef, ohne irgendeinem von uns Gelegenheit zu geben, den Anfang zu machen. Das war typisch Dieter, er ergriff die untersten Sprossen und stieg zügig mit gleichmäßigem Tempo bis in die Spitze. Durch das Gewicht seines mächtigen Körpers schwankte der gesamte Leiterpark.

»Juhu, hallooo!«, rief er von oben, winkte mit dem Arm und stieg dann ebenso schnell wieder herunter.

»Na – welche Zeit?«, schnaufte er, wieder auf dem Boden stehend. Alle schwiegen.

»Jetzt sagt bloß, es hat keiner auf die Uhr gesehen?!« Wir grinsten, sogar Hennes lachte.

»Tja Chefchen, da musst du wohl noch mal rauf, es hat leider keiner daran gedacht, so endlos lang auf die Uhr zu schauen!«

»Nein, nein, ich nicht mehr, jetzt seid ihr dran. Und ich sage euch eines, schaut bloß nicht in das verdammte Wasser da unten, immer nur nach oben blicken. Stampft nicht rauf, sondern arbeitet viel mit den Armen, desto weniger gerät das Ding ins Schaukeln.«

Wir stiegen alle rauf, einer nach dem anderen. Als ich an der Reihe war, blickte ich noch einmal hoch und kletterte los. Man muss stets auf die Sprossen in Augenhöhe achten und sie ganz fest umfassen. Schaut man nach unten, entsteht Unsicherheit. Es ist ähnlich, wenn man eine Last die Treppe hinaufträgt: sieht man auf die Stufen, stolpert man schneller als bei normalem Steigen. Ich kletterte mit zügigem Tempo, aber nicht zu schnell, so erreichte ich die obere Leiterspitze ohne Atemprobleme. Mir wurde leicht schwindelig und die Leiter schwankte frei in der Luft. Über mir zogen einige weiße Wolken in östlicher Richtung und tief unten trieb die schmutzig braune Brühe des Rheins genau entgegengesetzt. Ich stieg wieder hinab.

»Na Rambo, weiche Knie?«, fragte der Chef und legte mir die Hand auf die Schulter.

»Etwas schon, aber es geht«, antwortete ich, alles andere wäre gelogen.

Der heiße Sommer ging zu Ende. Etliche kleinere Einsätze beschäftigten uns wie Containerbrände, Gerümpel, Grasflächen und zwei Pkws. Alles in allem blieb es aber recht ruhig. Dagegen hatten Rettungswagen und Notarzt fast gleich bleibende Einsatzzahlen und auch die Einzelhilfe musste öfter raus: Bienen fangen, Katzen befreien oder Türen öffnen. Aber unser Gefühl sagte uns, dass das nicht lange so bleiben würde. Nicht, dass wir uns Unfälle oder Brände wünschen, im Gegenteil. Aber, und das ist nun mal ein Charakteristikum einer Großstadt, die Möglichkeit eines Unglücks ist hier ständig latent vorhanden, fragt sich nur wann und wo sie zuschlägt:

Genau 3 Tage später passierte es, exakt um 13:27 Uhr, an einem dieser heißen Wochentage, wenn sich die meisten Menschen wegen der drückenden Hitze in ihren Wohnungen aufhielten und, wenn sie nicht durch die tägliche Arbeit oder unaufschiebbare Tätigkeiten gezwungen waren hinauszugehen, eine geradezu südländische Siesta hielten.

Addi, unser »Koch«, hatte einen exzellenten Salatteller mit hart gekochtem Ei, Thunfisch und selbst gemixten Saucen gezaubert. Selbst zwei sonst notorische Fleischesser zeigten sich damit ebenso zufrieden wie der Rest der Mannschaft.

Unter dem schlecht isolierten Flachdach der Wache stand die Luft wie in einem Backofen – unsere Aufenthaltsräume glichen Brutkästen und das Öffnen der Fenster verschaffte nicht die geringste Erleichterung. Unsere Direktion hatte wieder per Rundschreiben an alle Wachen aufgrund der hohen Temperaturen allgemeine Arbeitserleichterungen angeordnet. Mit anderen Worten, wir brauchten nur die dringend anfallenden täglichen Arbeiten zu verrichten. So hatten wir unsere Mittagspause auch schon gegen 12:00 Uhr begonnen und saßen nun – jeder mit einem gekühlten Getränk ausgestattet – in dem kleinen Innenhof des Küchentraktes.

Der Alarm elektrisierte uns nicht gerade, denn die Durchsage ließ vermuten, dass wieder einmal (wie schon so oft in diesem Straßenviertel) irgendein Spinner unsere Sirenen und Blaulichter in Aktion sehen wollte.

»... vermutlich Zimmerbrand, es rückt aus von Feuerwache 6 der Löschzug und der Notarzt, von Feuerwache 7 das Löschfahrzeug!« Trotzdem entwickelten wir die gleiche, routinemäßige Schnelligkeit wie sonst auch. Einer nach dem anderen rutschte die dicken Stangen herunter, federte auf dem Sprungpolster ab, um sofort dem Nachfolgendem Platz zu machen.

»Auf geht's, Männer, Schluss mit dem faulen Leben – Angriffstrupp sofort PA (Pressluftatmer) anziehen!«, rief Dieter. »Sollen wir nicht erst einmal warten, das ist doch sicher wieder der Verrückte«, fragte Jochen, als wir im Löschfahrzeug saßen und Addi den Diesel startete.

»Nein, nein, rüstet euch aus wie immer, wenn es diesmal ernst ist, stehen wir dumm da und brauchen jede Sekunde.« Keine Frage, der Chef hatte recht, außerdem hatten wir eine nur kurze Anfahrt. Die genannte Straße lag nur wenige Blocks entfernt. Hier steht ein Hochhaus neben dem anderen.

»Hoffentlich brennt es unten, ich schwitze jetzt schon wie ein Affe.«

»Hoffentlich brennt gar nichts, in den Klamotten verkoche ich auch ohne Feuer!« Ich bildete mit Achim den Schlauchtrupp, Jochen und Klaus waren der Angriffstrupp und wir halfen den beiden während der Anfahrt beim Anlegen der Atemschutzgeräte. Die Leiter war mit Horst als Fahrer und Hennes als Führer besetzt. Benötigten wir die Leiter nicht, würden die zwei als Wassertrupp arbeiten. Der Wassertrupp muss schnellstmöglich von einem Straßenhydranten eine Leitung zum Löschgruppenfahrzeug herstellen, damit ausreichend Wasser zur Verfügung steht. Während wir noch mit den letzten Ausrüstungsteilen in dem schaukelnden Löschzug kämpften, meldete sich erneut die Leitstelle.

»Zu Ihrer Information: Wir haben mehrere Anrufe erhalten und haben die Freiwillige Feuerwehr von Garath alarmiert!« Das war's also – kein Fehlalarm. Diese neue Information fegte alle Gedanken an eine ruhige Mittagszeit weg und eine, jedem Feuerwehrmann vertraute, nervöse Spannung stellte sich ein. Es ist wie vor einem 100 m Lauf, einige sind zappelig und angespannt, manche wirken ganz lässig, ganz kühl, aber das täuscht. Doch dann fällt der Startschuss und die Sprinter rasen dahin, gerade auf das Ziel zu, verbissen kämpfen sie um jeden Meter mit aller Kraft und Energie. So geht es auch dem Feuerwehrmann, er malt sich in Gedanken aus, wie es am Einsatzort aussieht. Er plant sein Vorgehen, prüft nochmals alle Gegenstände oder sitzt still im Fahrzeug, denkt an seine Frau oder seine Freundin, sein Kind und verscheucht schnell diese letzten Bilder, konzentriert sich und dann ist es so weit.

Unser Einsatzort lag vor uns auf der rechten Seite im 14. Stockwerk eines Hochhauses, das höchste in einer Reihe von vielen. Dicker Qualm drang aus mehreren Fenstern der oberen Etagen, offensichtlich dem Treppenhaus. Im vierten und fünften Stock standen Menschen auf den Balkons und schrien um Hilfe. Ohne zu übertreiben kann ich sagen, dass es von Schaulustigen nur so wimmelte, weit über 100 waren es wohl. Verdammt, sie, überwiegend Kinder und Jugendliche, zwangen uns zu extrem langsamem Heranfahren an das Gebäude. Mehrere Pkw standen natürlich auch noch da, wo sie nicht stehen durften! Unser Chef sprang als Erster vom Fahrzeug, winkte die Drehleiter vor, sie musste unbedingt in Stellung gebracht werden. Ich hörte die laute Stimme von Dieter Seiter.

»Fahr durch die Lücke! Schieb die Karren beiseite! Los, los, komm schon, die Leiter direkt auf die Fläche unter die Balkons!« Ich hörte ein lautes Krachen und Splittern von Glas, ein Aufschrei aus vielen Kehlen. Die tonnenschwere Drehleiter hatte sich gewaltsam ihren Weg zwischen falsch geparkten Autos auf die einzige mögliche Stellfläche gebahnt. Das wird Ärger geben – viel Ärger!

»Angriffstrupp – mit erstem C-Rohr durch das Treppenhaus vor! Wassertrupp – Pressluftatmer anziehen, ebenfalls zur Menschenrettung vor. Seht nach, wo der Brandherd ist!«

Es ist völlig klar, Menschenrettung geht immer vor Brandbekämpfung. Aber oft geht das eine nicht ohne das andere, deshalb wäre es unter Umständen tödlich, ohne Wasser in das Brandobjekt zu gehen.

An mehreren Stellen gleichzeitig liefen unsere fieberhaften Aktivitäten auf Hochtouren. Addi, der Maschinist, hatte den Nebenantrieb für die Kreiselpumpe eingelegt und kuppelte mit fliegenden Händen Schläuche an die Abgänge der leistungsstarken Pumpe. Achim und ich warfen uns noch zwei 30 m Fangleinen und die Fluchthauben für zu rettende Menschen über. Den schweren Pressluftatmer auf dem Rücken, eine Feuerwehraxt mit langem Stiel in der Hand, jeder einen 15m-C-Rollschlauch unter dem Arm geklemmt und gemeinsam die Schlauchkapsel mit vielen C-Schläuchen in unserer Mitte tragend, eilten wir dem Angriffstrupp hinterher. In solchen Situationen merkten wir immer wieder, dass uns vorn und hinten Personal fehlt.

Jochen und Klaus hatten die großvolumigen B-Schläuche bis zur Haupteingangstür ausgerollt und einen Verteiler angekuppelt. Dichter durchdringender Qualm lag wie eine Decke über uns, als wir die Treppe hinaufstiegen. Die ersten zwei Etagen konnten wir noch recht gut bewältigen. Die Brandetage war die vierte und hoffentlich blieb es auf diese beschränkt! Unter Umständen hatte sich das Feuer ja auch auf die darüber liegende Ebene ausgeweitet.

Vor uns vernahmen wir das rhythmische Zischen der Pressluftatmer, das sich mit unseren eigenen Atemgeräuschen mischte; Schsch – tschu, Schsch – tschu, im Dauertakt. Dann, mit Erreichen der 3. Etage, tauchten Klaus und Jochen in den undurchsichtigen Nebel aus dunklem rußigen Qualm ein. Sie entschwanden unserem Blick, als wären sie langsam im sumpfigen Morast eines englischen Moores versunken, hinter sich den roten C-Schlauch gleich einer armdicken Wasserschlange herziehend. Wir hatten diese lebensrettende Leitung für die beiden bis hierhin gebracht und auf jedem Treppenabsatz am Geländer festgebunden. Hier, auf der Wende zur 4. Etage, rollten wir noch zwei Schlauchlängen als Reserve aus, dann gaben wir über ein Sprechfunkgerät die Order:

»1. C-Rohr – Wasser Marsch!« Wenige Sekunden später schoss das Wasser mit hohem Druck durch die ausgelegte Leitung und verwandelte schlagartig den flachen Schlauch in einen steinharten, prall gefüllten Strang. Ohne die Fixierungen am Geländer würde das enorme Gewicht und der Druck die lange Schlauchstrecke nach unten reißen und ein Eindringen für den Angriffstrupp unmöglich machen.

Wir stiegen die letzten Stufen auf allen Vieren empor. Zu sehen war nichts mehr, so undurchdringlich war die schwarze Nebelwand um uns herum. Am Schlauch entlang tasteten wir uns voran. Es war eine höllische Hitze. Vor uns rauschte es wie ein tosender Wasserfall. Offensichtlich tobte das Feuer noch mit aller Macht in der Wohnung. Das Geräusch unserer Pressluftatmer war längst darin untergegangen.

Ich hielt mir das Funksprechgerät an die glühenden Ohren, um etwaige Befehle des Chefs überhaupt hören zu können. Prasseln, Krachen und lautes Zischen dicht vor uns, da berührte mich eine Hand am Arm, erkennen konnte ich nichts. Es war Klaus, er griff fest zu und zog mich herum. Damit ich etwas verstehen konnte, brüllte er laut:

»Wir haben einen gefunden!«

Im Gänsemarsch, aber auf allen Vieren robbend, krochen wir voran. Einer packte den anderen am Hosenbein. Meine Hände ertasteten etwas Weiches, wahrscheinlich ein Mensch. Achim öffnete die Kunststoffbox, um die darin befindliche Fluchthaube der gefundenen Person über den Kopf zu ziehen.

»Zugführer an Schlauchtrupp – kommen«, schrie ich ins Funkgerät.

»Ich höre, was ist los?«

»Wir haben eine Person, kommen jetzt runter!«

»Okay, ich schicke euch einen Trupp entgegen mit einem zweiten C-Rohr!« Wir wussten nicht, wen wir rausbrachten – einen Mann? Eine Frau, lebend oder gar schon tot? Nur eines war jetzt wichtig, es musste schnell gehen.

Achim war der körperlich kräftigere von uns beiden, deshalb hievte ich den leblosen Körper über seinen Rücken. Hätte man etwas sehen können, so würde man den Eindruck gewinnen, wir spielten Pferd und verletzter Reiter. Nur war das hier kein Spiel, es war der Kampf um Leben oder Tod. Aufrechtes Gehen war nicht möglich. Die Hitze betrug sicher über 600°, nur tief unten ließ es sich noch aushalten. Achim kroch, sich am Schlauch entlangtastend, zurück zum Eingang der Wohnung. Ich stützte die bäuchlings auf seinem Rücken liegenden Person, so dass wir den Treppenabsatz ganz gut erreichten. Unsere Lungen keuchten wie Blasebälge. In den Atemschutzmasken stand das Schwitzwasser und das Blut pochte heftig in den Schläfen; die körperliche Anstrengung war enorm. Gerade wollten wir die Treppe hinabsteigen, als uns der zweite Trupp entgegenkam. Noch immer war die Sicht hier oben schlecht. Wir schrien uns die nötigsten Informationen zu. Die zwei Kollegen (wer es war, wussten wir nicht, denn keiner konnte den anderen erkennen) übernahmen die leblose Person und brachten sie nach draußen. Wir zogen die zweite C-Leitung auf die nächste Etage. Wir hatten jetzt die Aufgabe, unbedingt die über dem Brand gelegene Wohnung zu überprüfen. Sollte das Feuer hier nicht eingedrungen sein, mussten wir zu den nächst höheren Etagen gehen. Wir mussten sicher sein, dass durch den Rauch keine weiteren Personen gefährdet waren.

Es waren bis dahin höchstens 10 Minuten vergangen, in dieser Zeit hatten sich draußen dramatische Ereignisse abgespielt. Auf den kleinen Balkons der vierten und fünften Etage schrien die verzweifelten Menschen in höchster Not. Als die Drehleiter sich gewaltsam zwischen den falsch parkenden Autos ihren Weg bahnte, rief unser Chef ihnen durch ein Megaphon zu, Ruhe zu bewahren, sie würden in wenigen Minuten gerettet. Aber die angstverzerrten Gesichter, die Panik in ihren Augen und ihre eigenen Schreie zeigten, dass alle Appelle zur Besonnenheit nicht bewusst aufgenommen wurden. Die hydraulischen Stützen fuhren seitlich aus, hoben die Leiter aus den Federn und schon schob sich der rettende Leiterpark den Bedrohten entgegen, da stürzte sich eine junge Frau in Todesangst in die Tiefe. Ein Aufschrei des Entsetzens, dann absolute Stille.

Rettungssanitäter eilten sofort zu ihr. Behutsam legten die Sanitäter sie auf eine Vacuummatratze und trugen sie in einen der bereitstehenden Rettungswagen. Sie hatte lebensgefährliche Verletzungen, so dass der Notarzt die von uns gefundene Person kurz verlassen musste, um nach der gesprungenen Frau zu sehen. Derweil wurde die 100%ige Sauerstoffbeatmung und Herzdruckmassage im Notarztwagen an der gefundenen Person weiter durchgeführt, an eine Fahrt zur Klinik war noch nicht zu denken.

In der Zwischenzeit waren ungefähr 12 Menschen über die ausgefahrene Drehleiter gerettet worden. Ein Fenster der 4. Etage wurde gewaltsam von innen geöffnet, dichter weißer Wasserdampf drang heraus, ein positives Zeichen. Gleich darauf zeigte sich die rußgeschwärzte Gestalt eines Angrifftruppmannes. Wer konnte bei diesem tiefschwarzen Feuerwehrmann sagen, um wen es sich handelte?!

Auch uns beiden war es gelungen, in der darüber liegenden Etage die entsprechenden Fenster zu finden und zu öffnen. Ja finden, denn in dieser Wohnung herrschte durch die heißen Brandgase eine einer Mondfinsternis ähnliche Dunkelheit. Hätten die Bewohner ihre Wohnungstüren verschlossen gehalten, so wäre der Schaden auf den Flur beschränkt geblieben, aber so stand nun eine Totalrenovierung an. Gott sei Dank waren hier alle unversehrt auf dem Balkon und hatten voller Panik und Verzweiflung auf ihre Rettung gewartet. Jetzt standen wir bei ihnen und konnten sie beruhigen. Unsere Atemmasken hatten wir abgezogen und genossen die frische, warme Sommerluft in vollen Zügen. Langes Ausruhen war allerdings nicht möglich. Wir warteten nur, bis sich der Qualm in der Wohnung und im Treppenhaus so weit verzogen hatte, dass wir gemeinsam mit den Bewohnern der 5. Etage den Weg nach unten in Angriff nehmen konnten. Ein Abstieg über die Drehleiter war jetzt nicht mehr nötig.

Immer noch lagen die dicken roten Feuerwehrschläuche im Treppenhaus und es stank penetrant. Der ehemals weiße Wandputz war oben an der Decke tiefschwarz und selbst unten am Boden konnten wir das Weiß mehr vermuten als erkennen. Zwar bestand keine akute Gefahr mehr für Leib und Leben, aber für die Einsatzkräfte der Feuerwehr gab es noch lange keine Verschnaufpause. Nachlöscharbeiten waren in der total ausgebrannten Wohnung der 4. Etage nötig und auch der Brandschutt musste von uns mühsam herausgeschafft werden.

Mehrere Bewohner hatten Rauchgasvergiftungen erlitten, zwei ältere Menschen hatten einen Kreislaufzusammenbruch und waren wie die anderen in umliegende Krankenhäuser gefahren worden.

Die Wiederbelebungsmaßnahmen an der in der Brandwohnung gefundenen Person wurden nach fast einstündiger Behandlung erfolglos eingestellt. Die gesprungene Frau, so erfuhren wir später, war außer Lebensgefahr und wird voraussichtlich, nach allerdings langem Krankenhausaufenthalt, wieder gesund nach Hause zurückkehren. Es gab allerdings auch einen Nebenschauplatz, auf dem genauso hart gekämpft wurde. Die Besitzer der reichlich ramponierten Autos hatten sich eingefunden! Einer von ihnen zählte sogar zu den über die Leiter geretteten Personen. Dass sein Leben sowie das der anderen nur dem konsequenten Einsatz eben dieser Drehleiter zu verdanken war, schien diese aufgebrachten Männer im Nachhinein überhaupt nicht zu interessieren. Und so wüteten sie in langen Schimpftiraden über die unverschämte Feuerwehr, verlangten lauthals Schadenersatz für ihre ach so wertvollen Nobelkarossen.

Selbstverständlich war schon seit längerem die Polizei vor Ort. Natürlich geht es dabei nicht allein um Beschädigungen an Fahrzeugen. Nein, bei einem solchen Ereignis ist es selbstverständlich, dass bei Einlaufen einer Feuermeldung gleichzeitig die Leitstelle der Polizei informiert wird. Auch von unserer Direktion war jemand herausgekommen, um das Ausmaß des von uns angerichteten Schadens zu begutachten und um sich ein Bild von der Notwendigkeit oder auch Vermeidbarkeit dieser Aktion zu machen. Als rücksichtslose brutale Rohlinge durch die Zeitungen gezerrt zu werden, ist für unseren Ruf in der öffentlichen Meinung sehr schädlich. In unserem Beruf ist die Distanz zwischen noch vertretbarer Gewalt bis zu angeblich brutalem Vorgehen sehr gering. Dabei müssen wir vor Ort in Sekunden über unsere Tätigkeit entscheiden. Ein Vorgehen, von dem nicht selten das Leben oder bedeutende Sachwerte der Menschen abhängen. Im Nachhinein – dann, wenn alles vorbei ist – urteilen andere in Ruhe und in langwierigen Diskussionen über die Art und Weise unseres Einsatzes. Und so sind wir angehalten, etwaige Schäden zu vermeiden, zumindest aber so gering als möglich zu halten.

Wenn z. B. die Besatzung eines Rettungswagens eine Wohnungstür auftritt, weil die Nachbarn berichten, dass sie Hilfeschreie gehört hätten, sich dann aber herausstellt, dass es doch ein Irrtum war, zahlt die Stadt oft den angerichteten Schaden. Das ist auch gut so. Wenn aber der Geschädigte sogleich mit Klage droht, weil seine billige Standardtür sich wundersamerweise in eine hochwertige 2.500,– Euro -Tür verwandelt hat, so ist dies Betrug, der dazu noch dreist und unverschämt ist. Dennoch zahlt die Stadt manchmal auch bei solchen Fällen den nicht gerechtfertigten Schadenersatz, weil ein Prozess wesentlich teurer ist. Der Druck, der aus solchen Gründen auf uns Feuerwehrleuten lastet, ist enorm. Wir sehen es als einen Akt hoher Zivilcourage, die bewusste Zerstörung fremden Eigentums trotzdem in Kauf zu nehmen, um auch weiterhin bedrohten Menschen helfen zu können.

Die alarmierte Freiwillige Feuerwehr von Garath war übrigens auch eingetroffen – allerdings nur mit 4 Mann. Wir freuten uns trotzdem über die tatkräftige Unterstützung bei den ca. 2 Stunden andauernden Aufräumungsarbeiten.

Irgendein Hausbewohner kam dann noch mit einem Kasten kühlen Mineralwassers, stellte diesen an das Löschgruppenfahrzeug und dankte uns für die tatkräftige Hilfe. Wir haben uns über diese Geste sehr gefreut!

Später auf der Wache galt es zunächst mit vereinten Kräften das Fahrzeug wieder einsatzbereit zu machen. Schläuche wurden gewechselt, Pressluftatmer ausgetauscht. Wir reinigten unsere Atemschutzmasken und wechselten die extrem verschmutzte und grässlich stinkende Uniform. Eine Dusche hatten wir ebenfalls dringend nötig und so schrubbten wir mit viel Seife die geschundene Haut, wobei gewohnheitsmäßig bei dieser ersten Reinigung noch nicht alles herunterging, denn dazu saß der schmierige Dreck zu tief in den Poren. Die Unterwäsche würde höchstwahrscheinlich ein sehr unrühmliches Ende im Abfall finden. Die Erfahrung hatte gezeigt, dass selbst bei mehrmaligem Kochen bei 95° weder der Dreck noch der Gestank auszutreiben waren, wie überhaupt meine Familie mit leicht gerümpfter Nase stets nach solchen intensiven Einsätzen meine morgendliche Heimkehr mit den Worten kommentierte: »Puh, bei Papa hat es wieder mal gebrannt!«

Um Leben und Tod

Die große Hitzewelle dieses Sommers ging vorüber, es war zwar immer noch sehr warm, aber die alles versengenden heißen Temperaturen wichen endlich normalen Durchschnittswerten, so dass auch für uns das Leben in der Feuerwache wieder erträglich wurde. Verschiedene Arbeiten, die bisher vernachlässigt worden waren, konnten nun in Angriff genommen werden. Das Reinigen der großen Hallenein- und ausfahrtstore stand an. Dazu »bewaffneten« sich alle Feuerwehrleute mit dem standardgemäßen Rüstzeug eines Fensterputzers und rückten den riesigen Stahlglastüren mit Hilfe von zwei ebenso großen Klappleitern auf den Leib. Diese Arbeit ist von frustrierender Eintönigkeit, denn die Glasflächen wollen und wollen nicht enden. Immerhin ist die Front unserer Fahrzeughalle so lang, dass es sich lohnt, sie mit dem Fahrrad abzufahren.

Aber ein gewisser Übermut, der auch vor den älteren Kollegen nicht Halt machte, und das sommerwarme Wetter verleiteten uns zu einer ausgiebigen Wasserschlacht, bei der es letzten Endes keinen Gewinner, sondern nur nasse Verlierer gab. Da sich ein guter deutscher Beamter – und das sind wir ja schließlich alle – aber nicht durch allzu intensive Arbeit seiner Arbeitskraft berauben darf, streckten wir diese hoheitsvolle Tätigkeit auf mehrere Tage.

Aber bei aller Selbstironie, ich behaupte und dazu stehe ich jederzeit: Wenn es darauf ankommt, stehen wir unseren Mann! Hat doch jeder von uns mit seinem Diensteid geschworen, bei Gefahr sogar sein eigenes Leben zum Wohle der anderen einzusetzen – keine leeren unüberlegten Worte, sondern eine feste, klare und bewusste Aussage, die sich in eindrucksvollen Taten tagtäglich in vielen Städten und Dörfern bei Berufs- und bei Freiwilligen Feuerwehren wiederholt.

Auch wir wurden wieder einmal auf das Äußerste gefordert! Es ist gut, dass man die Gefahr, in die man sich begibt, vorher nicht kennt, obwohl die Einschätzung dieser Gefahren wichtiger Bestandteil der Einsatztaktik ist. Zwar müssen wir dahin, von wo alle wegrennen – aber das dürfen wir nicht blind tun. Es gilt mit Kraft und Verstand gegen die vernichtenden Elemente der Natur und noch wesentlich öfter gegen den aus Dummheit, Leichtsinn oder Profitgier entstandenen Gefahrenherd zu kämpfen und ganz ohne das gewisse Quäntchen Glück stünden auch wir oft schlimm da.

Es war ein Sonntagvormittag, ein herrlicher Tag, um sein eigenes Auto zu putzen. Dazu muss man wissen, dass an Sonn- und Feiertagen nach dem allgemeinen Arbeitsdienst nur so genannte Bereitschaft herrscht. Auch ich, als umweltbewusster S-Bahn-Fahrer, nutze da schon mal die Gelegenheit, das Auto zum Zwecke der ausgiebigen Reinigung mit zur Wache zu nehmen. So standen daher mehrere Feuerwehrmänner mit den üblichen Putz- und Pflegemitteln auf dem Hof und widmeten sich voller Hingabe dem Polieren ihrer geliebten Autos. Dazu dudelte aus jedem Fahrzeug eine andere Musik und in dieser regen Betriebsamkeit herrschte eine ausgelassene Stimmung. Aber ein Sonntag bei der Feuerwehr macht vor solchen Idyllen nicht Halt, und so flogen Fensterleder, schaumige Waschschwämme und Polierwatte in die Ecke, als uns der erste Alarm dieses Tages zum Einsatz rief. Vermutlich Kellerbrand im Stadtteil Hellerhof, hieß es in der Alarmierung. Wir rückten mit den gleichen Fahrzeugen und mit der gleichen Besatzung aus wie beim letzten Einsatz.

»He Männer, wenn es wirklich brennt, denkt daran, Hellerhof hat Gas, dass mir also keiner eine brennende Gasleitung löscht!« Diese wohlmeinende Mahnung Dieter Seiters war keineswegs ein Witz: Feuerwehr und nicht löschen?! Im Gegenteil, solange eine ausströmende Gasleitung abbrennt, kann eben dieses Gas nicht explodieren. Hier galt es also enorm vorsichtig zu sein. Dennoch sollten wir heute eine schmerzliche Lektion in Sachen Gas erhalten, ohne etwas dafür oder dagegen unternehmen zu können.

Hellerhof, ein noch junger Stadtteil, ist schnell über die Frankfurter Straße zu erreichen. Wir donnerten mit zuckenden Blaulichtern und dröhnenden Martinshörnern über die erste große Ampelkreuzung. Löschgruppenfahrzeug, Drehleiter, Tanklöschfahrzeug, hinter uns der Rettungswagen. Der Notarzt war bereits zu einem anderen Einsatz ausgerückt. Auch heute wie gewöhnlich katastrophaler Personalmangel! Wie so oft war auch zu diesem Einsatz die Freiwillige Feuerwehr unmittelbar nach uns alarmiert worden. Dies liegt in folgendem Vorgang begründet: Die Städte müssen sparen und als nach einer Studie des Deutschen Städtetages, Bürokraten aufgrund von Statistiken die Einsatzkräfte der Berufsfeuerwehren rigoros dezimierten, wurden diese durch freiwillige Kräfte zahlenmäßig wieder aufgestockt, egal ob sie nun tatsächlich zur Verfügung stehen oder nicht. Wir kämpfen, genau wie die Feuerwehren in anderen Städten, oft mit einem nicht mehr zu vertretendem Minimum an Personal und können unsere eigene Sicherheit nicht mehr garantieren. Wir selbst wissen das, aber es liegt nicht in unserer Macht, es zu ändern. Und so sind wir immer öfter gezwungen, über unsere physischen und psychischen Grenzen zu gehen, wie jetzt, als es galt, alles zu geben.

Aus dem Kellerfenster eines dreistöckigen Mehrfamilienhauses drang dichter dunkler Qualm. Offensichtlich war das Feuer von den Bewohnern noch nicht bemerkt worden. Später erfuhren wir, dass das Feuer von einem Kirchgänger bemerkt worden war, der allerdings erst von seiner Wohnung die Feuerwehr alarmiert hatte, so dass die Bewohner von der akuten Gefahr noch gar nichts ahnten. Schon beim Erblicken des

Qualms gab der Chef die erste Rückmeldung an unsere Leitstelle.

»Florian Düsseldorf für 6/46/1 kommen!«

»Hört, kommen Sie!«

»Alarmstufe 2: vermutlich Kellerbrand Mehrfamilienhaus, müssen evakuieren, Gasleitung vorhanden, schicken Sie mehrere Rettungsfahrzeuge!«

Durch den Lärm unserer Sirenen aufgeschreckt, wurden nun mehrere Fenster der umliegenden Häuser geöffnet. Jetzt galt es rasch zu handeln. Hoffentlich gelang es uns, die Menschen aus allen Wohnungen herauszuholen, bevor das Treppenhaus total verqualmte. Außerdem musste der Angriffstrupp so schnell als möglich das Feuer ausfindig machen und löschen, bevor die heißen Brandgase die Gasanschlussleitungen am Gaszähler schmelzen ließen. Oder sollte es gar schon dazu gekommen sein? Egal, wie auch immer – wir mussten rein. Es war ein Himmelfahrtskommando! Alle wussten es, denn es konnte jeden Moment zur Explosion kommen. Es galt alles oder nichts. Gerade verschwanden Jochen und Klaus, das C-Rohr hinter sich herziehend, im Treppenhaus. Der Qualm war hier noch nicht eingedrungen. Die Kellertür, eine aus Blech bestehende Feuerhemmschutztür, hatte bis jetzt gut abgedichtet. Jochen zog einen Handschuh aus, tastete das Türblatt ab. Es ließ sich noch anfassen. Aus geduckter Stellung heraus klinkte er die Tür auf. Sofort drang dunkelbrauner Qualm hervor und hüllte die beiden ein. Noch war die Temperatur erträglich und so tasteten sich beide – leicht geduckt – in den unbekannten Keller, ohne auch nur die Hand vor den Augen sehen zu können. Dabei ist empfehlenswert, sich an der Wand entlang zu tasten. Man muss das Feuer regelrecht suchen und die steigende Temperatur ist ein wichtiger Hinweis. Bei einem Kellerbrand wird das Feuer durch die Dunkelheit oft erst bemerkt, wenn man nur noch einige Meter davon entfernt ist. Allerdings steht man längst nicht mehr, sondern kniet auf allen Vieren oder liegt sogar auf dem Bauch, denn jetzt vermischt sich die

Temperatur dieser Höllenglut mit dem heißen Wasserdampf des einsetzenden Löschstrahls. 600°C bis 800°C werden da ohne weiteres erreicht. Schon mancher Feuerwehrmann hat sich dabei Brandblasen an den Ohren geholt.

Wie Jochen und Klaus hinterher erzählten, war es erstaunlich ruhig, kein Knistern und Knacken oder lautes Knallen von zerberstenden Farbtöpfen und Spraydosen, aber es wurde zunehmend heißer. Da tastete die vorgreifende Hand ins Leere. Hier zweigte wahrscheinlich nach rechts ein Gang ab, der aber in der völligen Finsternis nicht zu erkennen war. Weiter ging es und es wurde immer mühsamer, den schweren dicken Schlauch hinter sich herzuziehen. Auf einmal war der Weg versperrt. Kisten, Kartons – tasten, fühlen, mehr nach links, verdammt, Fahrräder, es schepperte, einige Räder waren wahrscheinlich umgekippt.

»Meinst du, wir sind noch richtig?«

»Ich glaube schon, es wird ja immer heißer. Komm weiter!« Während sich die beiden durch den Keller kämpften, befanden sich alle anderen zu dieser Zeit im Treppenhaus. Es wurde kräftig an jede Tür geklopft und an die Bewohner appelliert, sofort zu öffnen. Hier darf man nicht zimperlich sein. Nicht jeder öffnet sogleich und wenn, wird die Notwendigkeit zum sofortigen Verlassen der Wohnung nicht immer eingesehen.

»Öffnen Sie die Tür, hier ist die Feuerwehr!«

Eine Frau mittleren Alters öffnet im Morgenmantel.

»Ach Gottchen, ist was passiert?«

»Bitte begeben Sie sich sofort auf die Straße, es brennt im Keller!«

»Moment, da will ich mir doch noch etwas überziehen.« Ich packte ganz schnell ihr Handgelenk.

»Sofort runter – bitte – es ist lebensgefährlich länger zu warten!«

»He, Sie Rüpel, lassen Sie gefälligst los – loslassen!«, zeterte die Frau, aber ich schob sie zur Treppe.

»Ist noch jemand in der Wohnung?«

»Nein, ich wohne allein. Aber ich muss unbedingt noch mal …« Achim kam aus der Wohnung gegenüber, eine ältere Frau, die nicht mehr laufen konnte, auf dem Arm; Mutter und zwei kleine Kinder folgten. Die Kinder kicherten vor Aufregung.

»Nimm die mit, ich gehe noch bis ganz oben!«, rief ich Achim zu und übergab ihm die Frau. Das Haus glich einem Taubenschlag. Oben rechts hörte ich Hennes Keup.

»Machen Sie auf, hier ist die Feuerwehr!«

»Hauen Sie ab, oder ich hole die Polizei!«, tönte eine keifende Stimme von innen.

»Gib mal her«, sagte Hennes und nahm die kräftige Feuerwehraxt, die ich in der Hand hielt. Ein mächtiger Schlag auf das Schließblech, dünnes Holz splitterte, die Tür sprang auf.

»Hilfe! Hilfe! Einbrecher!«, hörte ich jemanden schreien. Da musste man schon darauf gefasst sein, dass es zu Handgreiflichkeiten kam. Die Tür, vor der ich stand, öffnete sich, noch ehe ich anklopfen konnte. Ein junges Paar fragte besorgt, ob es gefährlich würde.

»Besteht noch Zeit etwas mitzunehmen?!« Ich verneinte.

»Wohnen Sie allein, ist noch jemand in der Wohnung?«

»Meine Katze, meine Katze ist noch drin!«

»Die kommt schon«, beruhigte ich sie. Bloß schnell nach unten. Katzen retten nur Helden im Film, hier gab es dafür keine Zeit. Draußen wurden die Leute alle hinter das Löschgruppenfahrzeug geschickt. Es herrschte helle Aufregung. Da, ein Aufschrei!

»Luise! Wo ist meine Luise, mein Kind?!«, und eine junge Frau stürzte zum Hauseingang. Doch da wurde sie von Hennes' Keup starken Armen aufgehalten, der gerade mit zwei alten Leuten herauskam.

»Was denn, Sie vermissen Ihre Tochter?«

»Ja, ja, lassen Sie mich, ich muss zu ihr!« Aber mit eisernem Griff zog Hennes die Frau wieder hinter das Fahrzeug.

»Welche Etage, rechts oder links? Wie alt ist das Kind?«

»Dritte Etage links bei Hermann.«

»Martin, Achim!«, rief Dieter und wir beide sprinteten los. Noch konnte man es einigermaßen im Treppenhaus aushalten. Der meiste Qualm verließ das Haus durch die Eingangstür. Dennoch mussten wir husten und die Augen tränten. Wir jagten ohne Pressluftatmer nach oben. Ich stolperte schon auf dem untersten Treppenabsatz, wo sich der rußige Qualm bereits als rutschiger Film auf den Stufen ablagert hatte. Achim hatte meinen Sturz bemerkt und wollte mir hoch helfen, doch ich mahnte zur Eile. So legte er den Weg nach oben alleine zurück. Gerade tastete ich nach dem umgeknickten Knöchel, da zerriss ein ohrenbetäubendes Krachen die Luft. Ich spürte, wie mich eine mächtige Druckwelle von der Treppe anhob und in die Luft schleuderte. Dann stürzte ich mitsamt der unteren Kellertreppe durch ein riesiges Loch im Fußboden nach unten. Ich schlug hart auf, es prasselte um mich herum und ein stechender Schmerz durchzog meine linke Schulter, dann verlor ich die Besinnung.

Jochen und Klaus sahen ein waberndes rötliches Licht wenige Meter vor sich, vermutlich eine größere Menge Gerümpel, unter Umständen alte Möbel. Durch eine Drehung nach links öffnete sich das Ventil des Strahlrohres und ein breit gefächerter Wasserstrahl ergoss sich laut zischend in das Flammenmeer vor ihren Augen. Sofort verschwand das noch gerade sichtbare Feuer und eine Welle heißen Wasserdampfes traf schmerzhaft alle nicht bedeckten Hautbereiche. Jochen hatte nur einen Moment draufgehalten und dann gleich wieder abgesperrt. Man muss sehen, wohin man spritzt, es ist absolut sinnlos, das Wasser unkontrolliert zu versprühen. Es dauerte auch nur wenige Sekunden, da leuchtete es erneut rot auf. Also, wieder Wasser, diesmal etwas länger, jetzt konnten sie den Gegner genau einordnen. Aber die Flammen hatten offensichtlich genug Nahrung gefunden und schon kräftig Glut gebildet, so hatten die beiden viel zu tun, um den Brand unter Kontrolle zu bringen. Ganz dicht am Boden liegend, richteten sie den Wasserstrahl in den immer wieder aufflammenden Brandherd. Endlich schienen sie Herr der Lage geworden zu sein, nur noch schwach glomm es aus der Dunkelheit. Jetzt mussten sie noch diese Glut löschen und möglichst viele Kellerfenster öffnen, damit sie endlich etwas sehen konnten. Jochen drehte das Rohr zu und griff zum Sprechfunkgerät, aber er kam nicht mehr dazu die Sprechtaste zu betätigen. Ein scharfer Knall bereitete den beiden höllische Schmerzen und ließ sie zutiefst erschrecken. Dann stürzte auf die noch am Boden liegenden Kollegen die Kellerdecke herunter und begrub sie mit zentnerschweren Lasten unter sich.

Draußen hatten sich Dieter und Hennes einen Pressluftatmer angezogen. Die angeforderte Verstärkung von der nächst gelegenen Feuerwache 7 war ausgeblieben, da die Kollegen selber einen Zimmerbrand hatten. Aber in der Ferne vernahm man das Tatü-tata eines herannahenden Fahrzeuges, vermutlich war es die Freiwillige Feuerwehr von Garath oder ein Löschzug der Innenstadtwache.

Dieter blickte auf die Uhr. Der Luftvorrat eines Pressluftatmers reicht gewöhnlich 30 Minuten, allerdings reduziert sich die Zeit bei schwerer körperlicher Arbeit oft erheblich. Eigentlich muss für jeden eingesetzten Trupp ein Ersatztrupp bereit stehen, der im Gefahrenfall als Rettungstrupp nachgeschickt werden kann. Da wir aber nicht genügend Männer hatten, gab es für unsere Chefs Dieter und Hennes kein Zögern, selbst die Geräte anzulegen. Gerade als Dieter auf die Armbanduhr blickte, erfolgte die Explosion, die so heftig war, dass Teile des Mauerwerkes um das Kellerfenster abgerissen und durch die Luft geschleudert wurden. Ein wahrer Steinhagel prasselte gegen das direkt vor dem Eingang stehende Löschgruppenfahrzeug. Eine mächtige Stichflamme schoss aus dem Hauseingang hervor und traf die beiden wie der heiße Atem eines Feuer speienden Drachens. Die Druckwelle warf alle vor dem Fahrzeug stehenden Feuerwehrmänner um; zum Teil wurden sie durch Steinbrocken und zerberstendes Fensterglas verletzt. Gott sei Dank waren sämtliche Hausbewohner hinter dem Feuerwehrfahrzeug in Sicherheit und auch die nachträglich eingetroffene Notarztwagenbesatzung blieb unverletzt. Der Teamführer informierte sofort die Leitstelle, dann kümmerten sie sich um die Verletzten. Es sah schlimm aus. Der Hagel aus Mauerwerk hatte die gesamte Fahrzeugfront zerschlagen und teilweise Löcher in die Seitenwand gerissen. Die Körper meiner Kollegen bestanden nicht aus Blech und hatten ebenfalls viele Treffer abbekommen. Dieter und Hennes hatten Brandverletzungen davongetragen, sie bluteten – aber lebten. Aber was war mit unseren Männern im Gebäude? Trotz vieler, zum Teil erheblicher Verletzungen ordnete der Chef sofort ein zweites C-Rohr an. Notverbände wurden angelegt, dann begannen die Kollegen mit aller Kraft zu den Verschütteten vorzudringen.

»He, wie sieht's aus bei euch?«, rief Achim aus einem Fenster des 3. Stockes. Er war unversehrt, hatte die kleine Luise entdeckt und war von der Explosion nicht getroffen worden.

»Das Treppenhaus ist hin, ich lasse das Mädchen am Seil herunter!«

Die Kleine, vielleicht 3 Jahre alt, wurde von der Notarztwagenbesatzung in Empfang genommen und der überglücklichen Mutter in den Arm gegeben. Dann seilte sich Achim selbst an der Hauswand ab. Unser Maschinist Addi und der unverletzte Achim zogen sich jetzt ebenfalls einen Pressluftatmer an. Mit Hilfe eines Steckleiterteils stiegen sie in das durch die Explosion entstandene Kellerloch. Die Gefahr war noch lange nicht gebannt. Es konnte ohne weiteres eine zweite Explosion geben, größere Einstürze waren jetzt noch nicht zu befürchten.

Ich erwachte aus meiner Bewusstlosigkeit. Um mich herum herrschte tiefe Dunkelheit. Beißender Qualm ließ mich heftig husten, wobei ich das Gefühl hatte, dass mir der Schädel platzen wollte. Es summte und brummte darin wie in einem Bienenstock. Ich versuchte mich aufzurichten, was auch leidlich gelang. Allerdings versagte der linke Arm seinen Dienst und auf den Beinen lastete ein schweres Gewicht. Schmerzen verspürte ich kaum und so tastete ich meinen linken Arm zunächst mit der freien beweglichen Hand ab. Es schien nichts gebrochen zu sein, aber im Schulterbereich fühlte es sich nass an. Ich traute mich nicht die kleine Stablampe einzuschalten, aus Angst eine erneute Explosion auszulösen. So weit konnte ich meine Gedanken ordnen, mir war ziemlich klar, wie es zu dieser Situation gekommen war. Nur wie lang lag ich hier schon und was war mit den anderen? Strömte unter Umständen immer noch Gas aus? Wenn ja, so musste ich hier schnellstens raus, der kleinste Funke, und hier würde alles erneut in die Luft fliegen. Ich bemühte mich unter Aufbietung aller verbliebenen Kräfte, die schwere Last von den Beinen zu entfernen – vergeblich! Weder mit der Hand durch Drücken, noch durch Anspannung der Beinmuskeln, was Gott sei Dank noch möglich war, kam ich auch nur einen Zentimeter frei.

»Hallo! Hallo! Hört ihr mich nicht?!«, rief ich so laut es ging. Dabei klang meine eigene Stimme seltsam fremd. Ein erneuter Hustenanfall schüttelte mich heftig durch, die Luft hier unten war alles andere als gesund.

»Hilfe! Ich bin hier unten!«, brüllte ich verzweifelt. Da berührte mich eine Hand am Arm und der scharfe Lichtstrahl einer Taschenlampe leuchtete mir mitten ins Gesicht.

»Brüll hier nicht so rum, du weckst ja alle Leute im Haus!«

»Hennes, Hennes«, meine Stimme versagte, ging in einem Schluchzen unter.

»Keine Angst, mein Junge, ich hol dich hier raus. Mal sehen, wie du hier festhängst.« Eine der mit mir herabgestürzten Kellerstufen lag quer über beide Oberschenkel, dabei hatte ich riesiges Glück gehabt, denn andere Trümmerteile hatten den Hauptdruck so weit abgefangen, dass mir das schwere Betongewicht nicht die Beine zerquetscht hatte. Mit seinen Bärenkräften hob Hennes die schwere Stufe zur Seite. Dazu hätte es zwei von meiner Sorte bedurft.

»Was ist, kannst du die Füße bewegen?«

»Es geht so, alles noch etwas wackelig.«

»Na los, sehen wir zu, dass wir hier raus kommen, ich helfe dir.« Im Licht der Lampe blickte ich über einen von Stein- und Betontrümmern bedeckten Boden. Wir kletterten darüber hinweg und dann fiel hinter einem Mauervorsprung helleres Licht von oben aus einem riesigen Loch. Eine Steckleiter ragte herunter und mehrere Hände griffen nach mir.

»Schafft ihn rauf«, hörte ich Hennes noch sagen, dann verlor ich erneut das Bewusstsein.

Draußen auf der Straße reihten sich mehrere Rettungswagen aneinander, zwei weitere Löschzüge waren eingetroffen, dazu verschiedene Sonderfahrzeuge, ein weiterer Notarztwagen sowie der Direktionsdienst. Die Polizei hatte die Straße abgesperrt.

Meine Kollegen Klaus und Jochen wurden gerettet, sie lagen hilflos von der Kellerdecke verschüttet, festgekeilt wie in einer Mausefalle; dabei hatten die Stahlflaschen der Pressluftatmer die schlimmsten herabstürzenden Trümmer abgehalten. Dennoch waren die beiden schwer verletzt und mussten stationär im Krankenhaus aufgenommen werden. Dieter hatte ziemliche Verbrennungen erlitten, dazu genau wie Hennes mehrere Fleischwunden, die sie einige Tage ans Krankenhausbett fesselten. Die anderen konnten nach ambulanter Versorgung nach Hause entlassen werden. Der Dienstbetrieb auf Feuerwache 6 wurde für unsere Tour mehrere Tage von anderen abkommandierten Kollegen übernommen.

Es war Wochen später, als wir gemeinsam in der Fahrzeughalle in unserem frisch reparierten Löschgruppenfahrzeug den günstigsten Platz für einen neuen Ausrüstungsgegenstand ermittelten.

»Also, ich finde er gehört in die Mitte hier links oben.«

»Nein, legen wir ihn doch in den Mannschaftsraum, da ist er sofort griffbereit.«

»Ich denke, wir befestigen ihn hier hinten, wo auch die Kupplungsschlüssel sind, das ist am zweckmäßigsten und du, Jochen, Rembrandt unter den Malern, kannst mit gelber Farbe Feuerwache 6 drauf schreiben.«

Und so bekam der für jede Feuerwache angefertigte Absperrschlüssel für Gasleitungen seinen festen Platz unter den vielen Ausrüstungsgegenständen im Löschfahrzeug.

Gestatten, Harry Piel, Großwildjäger

Der Sommer neigte sich dem Ende zu. Die Abende wurden schon merklich früher dunkel, obwohl die noch immer angenehm warmen Temperaturen es ermöglichten, abends gemütlich beim Grillen zusammenzusitzen.

Auch wir wollten an diesem Samstagabend den selbst gebauten Grill anzünden; die Koteletts waren schon vorher in eine Sauce eingelegt worden. Dazu sollte es schmackhaften Kartoffelsalat geben.

Am Vormittag standen alle Großfahrzeuge auf dem Feuerwehrhof und wir schrubbten die Fahrzeughalle. Da rief mich Hugo, unser Telegraphist, zu sich in die Zentrale.

»He, Rambo, Telefon für dich – Spezialauftrag!«

Ich wusste weder, um was es ging, noch wer am anderen Ende der Leitung war, und meldete mich entsprechend förmlich.

»Guten Tag, Meyer-Pyritz.«

»Oh, Herr Meyer-Pyritz, habe ich die Ehre, Sie persönlich zu sprechen? Hätten Sie die außerordentliche Freundlichkeit, eine Schlange einzufangen oder hast du Angst vor großen Regenwürmern?«

»Was für eine Schlange?«, fragte ich Jürgen Schulte von unserer Leitstelle, nachdem ich seine Stimme erkannt hatte.

»Also, pass auf: du hast doch Einzelhilfe, fahr mal nach Urdenbach in die XX Straße Nr. XX zu Denharts. Dort wird eine Schlange im Garten gemeldet, vielleicht ist es ja auch nur eine Blindschleiche. Oder hast du Angst?«

»Quatsch, ich werde das Tierchen schon fangen, ich rufe euch nachher an – also bis dann.« Ich rief meinen Kollegen Heinrich Osthof, mit dem ich gemeinsam Einzelhilfe fuhr. Heinrichs trockener Kommentar zu unserem Auftrag:

»Schlange, aha.« Das war alles, er ist eben mehr ein Mann der Tat als der langen Worte.

»Warte noch einen Moment, ich habe zufällig meinen Fotoapparat dabei, das muss ich unbedingt photografieren.«

Ich eilte zu meinen Spind und holte den Apparat. Heinrich hatte derweil den VW-Bus vor den Haupteingang gefahren, dann ging es los, diesmal allerdings ohne Alarm.

Es war eine ruhige Einfamilienhaussiedlung, wir wurden bereits auf der Straße erwartet und von Herrn Denhart begrüßt.

»Gut, dass Sie kommen. Also, wir waren gerade dabei den Rasen zu mähen, als wir die Schlange im Gras entdeckten. Ich habe sofort die Kinder ins Haus geschickt und angerufen. Man kann ja nie wissen ... Verstehen Sie was von Schlangen? Ich habe ausdrücklich um Spezialisten gebeten.«

»Nun, ich hoffe, wir werden Ihnen helfen können.«

»Sie sind doch Fachleute, oder?«, kam nun doch eine zweifelnde Frage.

»Hören Sie, ich bin zwar nicht Harry Piel, aber lassen Sie uns das Tierchen mal ansehen.«, antwortete Heinrich und so gingen wir in den großen rückwärtigen Garten. Aus respektvoller Entfernung deutete der Hausherr in die Richtung des »Ungeheuers«. Seine Kinder drückten sich die Nasen an der Innenseite des Terrassenfensters platt. Ich muss gestehen, dass dies mein erster Schlangeneinsatz war, und auch Heinrich hatte bisher noch keine nähere Bekanntschaft mit Nattern und Vipern gemacht, aber – es gibt nichts, was ein Feuerwehrmann nicht können muss.

Da erblickten wir vor uns, nur drei, vier Meter entfernt, das Reptil. Es sah ausgesprochen hübsch aus: etwa daumendick, von tiefschwarzer Färbung und auf dem Rücken eine beidseitige rot und gelb gezeichnete Doppelpunktreihe. Ich schätzte das Tier auf höchstens 60 bis 70 Zentimeter Länge. Auf jeden Fall handelte es sich um etwas Exotisches, vielleicht aus irgendeinem Terrarium entwichen. Wir mussten vorsichtig sein. Zunächst machte ich ein Foto, dann besprachen wir unser Vorgehen.

»Was hältst du davon, wenn wir versuchen, das Tier in einem unserer Bienenkästen einzufangen? Einer hält den Kasten auf, und der andere treibt die Schlange mit einem Besen oder Harke hinein.«

»Das ist gut. Ich hole den Bienenkasten – ehe sie uns davonschleicht.« Heinrich hatte noch nicht ganz ausgesprochen, da eilte er auch schon zum Fahrzeug, um das nötige Werkzeug für die Umsetzung der Idee in die Tat zu holen.

»Herr Denhart! Haben Sie einen Besen?«

»Ja, brauchen Sie den?« Ich nickte.

»Das wäre uns sehr hilfreich. Ich möchte diese Schlange nämlich nicht anfassen.«

»Um Gottes Willen, tun Sie das bloß nicht! Ich bringe Ihnen den Besen.« Er verschwand sofort im Haus. Tja, da war ich nun mit der Schlange allein und betrachtete das wirklich sehr schöne Tier noch einmal genau. Viele Menschen haben eine starke Abneigung gegen diese Tierart und hartnäckig hält sich die Meinung, Schlangen seien glitschig. Nun, ich möchte Schlangen nicht unbedingt im Haus haben, aber auch sie sind Geschöpfe Gottes. Und wer einmal vorurteilsfrei die Eleganz ihrer geschmeidigen Körper, ihre oft herrliche Farbzeichnung und die grazilen Bewegungen betrachtet, wird sich einer bewundernden Faszination kaum entziehen können. Ganz in Gedanken, wurde ich von der Rückkehr meines Kollegen überrascht, der neben unserem provisorischen Behälter auch gleich den erbetenen Besen mitgebracht hatte.

Also gut, auf ging's. Vorsichtshalber zogen wir unsere ledernen, mit langen Stulpen versehenen Rohrführerhandschuhe an und näherten uns von zwei entgegengesetzten Seiten langsam, zeitlupengleich, dem regungslos im Gras liegenden Reptil. Heinrich bückte sich. In der Rechten hielt er, dicht über dem Boden, den geöffneten Holzkasten, in der Linken den Deckel, um den Bienenkasten sofort nach dem Fang der Schlange zu schließen. Ich führte den Besen behutsam gegen das Reptil. Erst als ich es fast berührte, bewegte es sich mit den sprichwörtlichen Schlangenbewegungen durch das Gras. Heinrich, sehr bemüht das Tier in den Kasten zu bekommen, hielt ihm die große Öffnung unmittelbar vor die »Nase«.

Das alles lief noch recht gemächlich ab. Wir bewegten uns im Trio einige Schritte nach links, dann wieder nach rechts und im Wechsel vor und zurück. Kommandeur dieses unkontrollierten Bewegungsspielchens war allerdings die kleine Schlange. Schlangen wird bekanntlich nachgesagt listig zu sein, und wir beide sollten jetzt selber eine Lektion in Sachen Listigkeit erhalten.

Wir blickten uns an, dachten dasselbe: jetzt oder nie! Ich fegte blitzschnell den Besen über das Gras. Heinrich führte mit gleicher Schnelligkeit den Kasten in Richtung Schlange, die nun keine Chance mehr hatte, zu entkommen. Kasten und Besen berührten sich.

»Schnell, mach den Deckel zu! Schnell! Wir haben sie!«

»Verflixt, das gibt es doch nicht, wo ist sie hin? Ich hab doch genau gesehen, wie du sie in den Kasten gefegt hast!«

Wir blickten uns betroffen an und suchten das kleine Vieh um uns herum – nichts! Betreten sah ich zu den Denharts, die unsere ›professionelle‹ Jagd interessiert vom Wohnzimmerfenster verfolgt hatten.

So nicht, so nicht. Wir würden uns doch nicht von so einem Tierchen übertölpeln lassen. Heinrich ging den Zaun zum Nachbargrundstück ab, während ich einen großen Bogen um unser Jagdrevier machte.

»Hier ist sie, komm schnell, sie ist schon fast im anderen Garten!« In der Tat hatte sich unser kleiner Liebling völlig geräuschlos in die unmittelbare Nähe des Zaunes geschlichen.

Wäre sie erst einmal durch die Maschen geschlüpft und hinüber in den angrenzenden, dschungelartig verwilderten Garten gekrochen, in dem es von Verstecken zwischen all den Stauden und Sträuchern nur so wimmelte, hätten wir sie wohl nicht mehr wiedergefunden. Jetzt mussten wir sie unbedingt überlisten, zumindest sie von dem Zaun fern halten. Aber auf einmal schien ihr das Kasten-und-Besen-Spiel zu langweilig zu sein, vielleicht war sie auch nur erschöpft. Jedenfalls kroch sie diesmal fast freiwillig in den vorgehaltenen Kasten, lediglich einen kleinen, mehr freundschaftlichen Stups gab ich ihr noch mit dem Besen.

» Na bitte, warum nicht gleich so!«, lachte ich erleichtert.

»So, dann wollen wir mal mit unserer Beute nach Hause fahren.« Die gesamte Familie Denhart durfte selbstverständlich einen ehrfürchtigen Blick auf das ›gefährliche‹ Reptil werfen.

»Du, Feuerwehrmann, was macht ihr denn mit der Schlange?« fragte der jüngste Spross der Familie. Da ging Heinrich in die Hocke und blickte dem kleinen Mann in die Augen.

»Kennst du den neuen Aquazoo, den, wo die vielen Fische sind? Da gibt es auch Eidechsen, Frösche, Krokodile, Insekten mit wunderschönen Flügeln in tollen bunten Farben und …?«

»Schlangen!«

»Genau, darum werden wir eure kleine Schlange jetzt dahin fahren. Ich bin sicher, das wird ihr dort sehr gut gefallen. Und du kannst sie ja dann mit Mama und Papa besuchen.«

»Vielen Dank, meine Herren, ich bin froh, dass Sie das Tier gefangen haben, und wir werden sie bestimmt im Aquazoo besuchen.«

Auf dem Weg zum Auto wurden wir von den Kleinen begleitet. Sie sprangen um uns herum, schwärmten von dem Abenteuer und löcherten uns mit den unglaublichsten Fragen.

»Hast du auch schon einen Tiger gefangen? Wie groß war die größte Schlange, die ihr gesehen haben? Löscht ihr auch unser Baumhaus, wenn es brennt? Wenn ich groß bin, werde ich ein richtiger Schlangentiereinfänger bei der Feuerwehr!« Das Rufen und Winken der Kinder bei unserer Abfahrt nahm kein Ende. Wir winkten ebenfalls aus dem Fenster, dann bogen wir um die Ecke und entschwanden ihrem Blick. Es geschieht leider viel zu selten, dass wir von so glücklichen Menschen verabschiedet werden.

Auf der Wache fuhren wir das Fahrzeug nur kurz in die Halle.

»Ich sage eben Dieter Bescheid und rufe die Leitstelle an, ob wir die Schlange sofort wegbringen können.« Mit diesen Worten ließ ich meinen Kollegen Heinrich allein mit der Schlange zurück. Als ich meinem Chef berichtete, war er ganz begeistert.

»Super, die muss ich mir gleich ansehen!« Wir gingen gemeinsam in die Fahrzeughalle, während ich ausführlich von unserem »Abenteuer« berichtete. Am Auto herrschte bereits großer Andrang und die Tierschau lief auf Hochtouren. Alle Kollegen kamen und wollten unser gefährliches Reptil sehen. Auf einmal dröhnte die tiefe Stimme von Hennes Keup in unserem Rücken. Er klang reichlich verärgert.

»Was soll der Quatsch, seid ihr neugierige Waschweiber?« Er drängte uns auseinander.

»Seht ihr denn nicht, wie verängstigt das arme Tier in der Kiste liegt? Wer weiß, was die schon hinter sich hat, und jetzt kommt ihr und steckt eure Nase auch noch da rein!«

Einige maulten, aber eigentlich mussten wir ihm recht geben. Die Schlange hatte sich ganz klein zusammengerollt und lag in einer Ecke der Holzkiste. Hennes nahm den Deckel, verschloss die Kiste und meinte zu mir:

»Ihr könnt das Tier jetzt gleich in den Aquazoo fahren. Die Leitstelle hat schon während eurer Aktion dort angefragt.« Dabei reichte er mir einen Zettel. »Bei diesem Herrn sollt ihr euch melden.«

Kurze Zeit später waren wir erneut unterwegs.

Wie immer herrschte vor dem Eingang reger Publikumsandrang. Kein Wunder, denn seit der Aquazoo aus seinem ehemaligen Domizil, dem Löbbecke Museum im Bunker an der Brehmstraße, in diesen wunderschönen Neubau umgezogen war, strömten die Besucher von überall her. Selbst mit Reisebussen kamen die Menschen aus weiter entfernten Orten. Ich kenne kein Aquarium, das Fische, Reptilien, Insekten sowie Mineralien und eine hochinteressante paläontologische Abteilung in so einzigartiger Schönheit vorweisen kann.

Mit unserem hölzernen Bienenkasten betrachteten uns die Leute sehr neugierig. Ein Uniformierter vom Hauspersonal half uns weiter und führte uns in ein abgelegenes Seitenzimmer, das für das Publikum nicht zugänglich ist. Da saßen wir nun und warteten, zu unseren Füßen die Schlange in ihrer Kiste, eigentlich eine für so eine kleine Schlange viel zu große Kiste. Gott sei Dank fangen wir ja auch nicht jeden Tag exotische Tiere.

Endlich kam der Zoologe. Er lächelte freundlich, stellte sich vor und meinte:

»Na, meine Herren, da wollen wir einmal nachsehen, ob Sie nicht nur eine Blindschleiche eingefangen haben.«

Ich war etwas verstimmt.

»Wir können eine echte Schlange durchaus von einer Blindschleiche unterscheiden. Außerdem muss es sich um ein exotisches Tier handeln. Meines Wissens gibt es in unseren Regionen keine Schlangen mit einer solchen auffälligen bunten Zeichnung.« Der Zoologe blickte mich an, zog ein wenig die Augenbrauen hoch.

»Dann öffnen Sie doch bitte einmal den Kasten.« Heinrich nahm den Deckel ab und wir waren gespannt. Ein kurzer prüfender Blick auf die immer noch eingerollte Schlange.

»Ja, was haben wir denn da?!«, und er griff ganz ruhig in unsere Kiste.

»Da haben Sie mir eine allerliebste nordamerikanische Strumpfbandnatter gebracht!«, sagte er und zog unseren Liebling zwischen beiden Händen in die Länge. Wir sahen erst uns und dann ihn erstaunt an.

»Die ist absolut harmlos«, erklärte er, als er unsere Gesichter betrachtete.

»Dachten Sie, sie sei gefährlich?«

»Na ja, so genau kennen wir uns dann doch nicht mit diesen Tieren aus. Auf jeden Fall haben wir dicke Lederhandschuhe angezogen.«

»Das war auch in Ordnung. Wenn man nicht genau weiß, mit welcher Art von Natter oder Viper man es zu tun hat, ist Vorsicht angebracht.«

Wir erhielten noch eine kleine Privatstunde in Sachen Schlangen und erfuhren viel Wissenswertes. Unter anderem sollten wir uns unbedingt einen Stoffsack zulegen, der zum Transport von etwaigen weiteren Fällen wesentlich besser geeignet sei, als unser Bienenkasten.

Die Schlange konnte dableiben. Der Zoologe war wie wir der Meinung, dass sie entweder entwichen oder ausgesetzt worden war. In solchen Fällen setzt der Aquazoo eine Anzeige in die Zeitung. Wenn sich niemand meldet, bleiben die Tiere für gewöhnlich dort und erhalten eine gute Unterkunft und artgerechte Versorgung.

Wir verabschiedeten uns von dem freundlichen neuen »Besitzer« der kleinen Schlange und fuhren zufrieden zurück zur Wache.

Der Fremdenlegionär

Der heutige Tag schien schon am frühen Morgen schief zu laufen. Mein Wecker versagte, entweder war die Batterie leer oder ich hatte am Abend zuvor vergessen, den Alarm einzustellen. Aber wie dem auch sei – auch wenn ich mich noch so sehr sputen würde, käme ich trotzdem zu spät. Während der S-Bahn-Fahrt blickte ich immer wieder auf die Uhr, aber der Zug fuhr deswegen natürlich nicht schneller und die Fahrt schien endlos. Als der Zugführer Garath über den Lautsprecher ankündigte, zeigte meine Uhr, dass es bereits einige Minuten nach 7:00 Uhr war.

Im Grunde war es völlig egal, ob ich die 400 Meter bis zur Feuerwache im normalen Tempo ging, eilte oder einen Dauerlauf einlegte – es war und blieb zu spät! Ich lief; immerhin bin ich ja Sportler. Auf dem kurzen geraden Straßenstück kamen mir zwei Kollegen von der alten Tour in ihren Autos entgegen, deutliches Grinsen auf ihren Gesichtern. Als ich über den Feuerwehrhof eilte, öffneten meine Kollegen eines der großen Hallentore, so dass ich die Wache nicht durch den üblichen Haupteingang betrat.

»Guten Morgen, ich, äh, habe mich ein wenig verspätet.«

»Mahlzeit!«, klang es vielstimmig aus allen Kehlen.

»Aber das macht doch rein gar nichts, lieber Martin, wir freuen uns über jeden, der unser Koboldgesetz erfüllt. Du bist heute übrigens auf dem RTW, wir haben nämlich zwei Kranke.« So begrüßte mich Dieter, mein Chef. Die Kollegen rieben sich derweil die Bäuche, schmatzten »mmh« und »lecker« und machten zufriedene Gesichter! Das waren die Vorfreuden auf unser spezielles Koboldgesetz: Jeder, der zu spät kommt, muss den anderen ein Eis ausgeben. Sechzehn mal 1,50 Euro – ach nein, zwei waren ja krank, also nur vierzehn mal 1,50 Euro, macht nach Adam Riese 21,– Euro.

Ein teures Zu-Spät-Kommen. Aber es gibt keine Gnade, einziger Trost – ich bin auch schon öfters in den Genuss solcher Eisportionen gekommen.

Während ich mich noch umzog, gab es schon den ersten Alarm.

»Einsatz für RTW, Florian 6/83/1 zum Busbahnhof Benrath in der Linie 42.«

Schnell knöpfte ich mein Hemd zu und lief dabei von meinem Umkleidespind zur Rutschstange auf dem Flur. Man legt nur einen Hebel um, dann öffnet sich die Doppeltür und gibt die über neun Meter lange Rutschstange frei. Gleichzeitig ertönt das laute Rauschen eines riesigen Ventilators, der die Abgase des startenden Fahrzeugs nach unten drückt.

Mein Kollege saß bereits im RTW mit laufendem Motor, ich sprang auf den Beifahrersitz.

»Okay, kann losgehen, sind wir schon ausgemeldet?«

»Alles fertig, hast du das Geld für's Eis mit?«

Es herrschte normaler Verkehr, und so kamen wir gut durch. Die zweite Ampel an einer der großen Hauptkreuzungen zeigte Rot, wir verringerten die Geschwindigkeit erheblich. Alle Fahrzeuge standen, man hatte unsere Sondersignale erkannt. Gerade als wir wieder Gas gaben, raste von rechts ein Motorradfahrer an den haltenden PKW vorbei über die Kreuzung hinweg. Das war knapp.

»Idiot!«, fluchte Heinrich. »Das darf doch nicht wahr sein?!« Diesem folgten weitere Kommentare über Verkehrsrowdys und andere Strafen Gottes.

Die Ausfahrt von der Schnellstraße zum Busbahnhof Benrath bildet eine 360° Kurve. Wir mussten die Geschwindigkeit stark verringern, denn in der engen Kurve ist für ein Ausweichmanöver kein Platz. In der Rundung dieser Kurve liegt der damals gerade neu gestaltete Busbahnhof. Ungefähr zehn, zwölf Busse standen bei unserem Eintreffen auf dem Platz.

Die Busfahrer winkten uns gezielt zu einem Fahrzeug der Linie 42. Der Bus war leer, aber vor dem hinteren Ausstieg lag ein etwa 50-jähriger Mann auf dem Pflaster. Er war groß, korpulent und hatte eine kleine Platzwunde über der rechten Augenbraue, die schon fast aufgehört hatte zu bluten.

Ich beugte mich zu dem Mann hinunter, stellte einige Fragen. Er weigerte sich mitzukommen und eine unverwechselbare Alkoholfahne wehte mir entgegen.

»Och Jung, mach nich' solche Umstände, is' doch alles halb so schlimm.«

»Nein, nein – nehmen Sie den Mann mit, er ist ja die ganzen Stufen aus dem Bus herausgefallen!«

»So'n Quatsch, mir geht es gut. Ich steh' jetzt auf und geh' nach Hause!«

»Lassen Sie mich doch bitte einmal nach der Verletzung sehen. Ich werde die Wunde erst einmal verbinden und es ist schon ratsam, dass Sie sich von einem Arzt im Krankenhaus untersuchen lassen.«

»Dat is' doch nix, wat meinste wat ich schon all für Löcher im Körper hab', da tut mir so'ne Schramme och nich' mehr schaden.«

»Also ich kann Ihnen nur dringend raten mitzukommen, die Wunde muss sicher genäht werden und vielleicht haben Sie auch noch andere Verletzungen.«

Heinrich hatte während dieses Wortwechsels unserem heutigen ersten Patienten einen Druckverband angelegt, wogegen dieser zwar heftig protestierte, ihn aber letztlich doch gewähren ließ. Der intensive Alkoholgeruch ließ vermuten, warum der Mann aus dem Bus gefallen war. Auf meine Frage, wie viel er getrunken habe, antwortete er freimütig:

»Na klar hab' ich ordentlich getankt, deshalb komm' ich ja auch erst jetzt nach Hause.«

Da meldete sich wieder der Busfahrer:

»Ich muss unbedingt seinen Namen und seine Adresse haben. Aber die kann mir die Polizei ja dann besorgen, denn mir wollen Sie ja nicht sagen, wie Sie heißen, oder haben Sie es sich mittlerweile überlegt?«

»Von mir erfährst du gar nix. Außerdem geh' ich jetzt nach Hause und ihr könnt mich alle mal.«

Er tastete sich – noch etwas unsicher auf den Beinen – am Bus empor. In diesem Moment kam ein Polizeiwagen und hielt neben uns.

»Ach du meine Güte, auch noch die Bullen!«, ächzte der Mann. Der Busfahrer atmete jedoch erleichtert auf.

»Gut, dass Sie kommen. Der Mann ist betrunken aus meinem Bus gefallen. Ich habe sofort alles Notwendige veranlasst, er muss ins Krankenhaus und ich brauche dringend seine Personalien. Außerdem muss ich für meinen Bericht ...«

»Moment, Moment, eins nach dem anderen ...«

»Herr Oberpolizist! Ich hab' zwar einen getrunken, aber ich bin jetzt ganz lieb und geh' nach Hause, ne, dat is' doch okay, oder?«

»Ob das in Ordnung ist, das wird sich gleich herausstellen.« An mich gewandt, fragte einer der beiden Beamten: »Wie sieht es denn aus, besteht die Notwendigkeit, dass er ins Krankenhaus muss?«

»Ich meine schon. Außer der äußeren Wunde am Kopf kann ohne weiteres eine von mir nicht zu erkennende Verletzung vorliegen.«

»Also bitte, Sie haben gehört, was der Sanitäter gesagt hat. Fahren Sie mit diesen Leuten, oder wir müssen Sie mitnehmen.«

Unter unverständlichem Gebrummel, das sicher keine Begeisterung ausdrückte, stieg der Mann in unseren RTW.

»Wohin fahrt ihr?«, fragte der Polizist.

»Krankenhaus Benrath, in die C-Ambulanz«, antwortete mein Kollege Heinrich.

»In Ordnung, wir kommen gleich nach.«

Jetzt war ich mit dem Patienten allein im Fahrzeug und um den entstandenen Ärger wieder zu glätten, begann ich ein versöhnliches Gespräch.

»Ich finde es gut, dass Sie doch mit uns fahren, Herr…, Herr…, aber ich weiß ja immer noch nicht, wie Sie heißen, meinen Namen kennen Sie ja schon.«

»Reimers heiße ich, Günter Reimers. Aber Jung', komm lass mich gleich wieder raus, wenn die Bullen uns nicht mehr sehen. Dat is' doch viel zu viel Theater, das Janze.«

»Nein, nein, Herr Reimers, das kann ich wirklich nicht machen. Gibt es denn einen triftigen Grund, warum Sie nicht ins Krankenhaus wollen?«

»Du meine Jüte, ich war Fremdenlegionär, ich hab' so viele Narben am Körper, da kütt et doch auf die eine Macke nich' mehr an. Also, lass mich raus, ich hab doch kenem wat jetan.« Ich lächelte ihn an und meinte verschmitzt:

»Na, Herr Reimers, ich muss ja fast annehmen, Sie haben Angst.«

»Wat sachste da – ANGST! – ICH?! – willste ma' meine Narben sehen?!«

»Nein, nein, das war doch nicht ernst gemeint. Aber wenn ich Sie jetzt einfach laufen lasse und Sie sind doch nicht so fit, wie Sie glauben und kippen auf einmal um, dann bekommen wir beide eine Menge Schwierigkeiten. Sie wollen doch sicher nicht, dass ich meinen Job verliere?«

»Is' schon jut, Jung', ich fahr' ja mit euch. Ihr seid in Ordnung, die Feuerwehr kann ich sowieso jut leiden.«

Ich war froh, dass die Fahrt einen friedlichen Verlauf genommen hatte. Unser Patient war sogar bereit, sich auf der Krankentrage in die chirurgische Ambulanz fahren zu lassen. Dafür bestand zwar keine zwingende Notwendigkeit, aber für die Erhaltung unserer Jobs, so meinte er, sei dies wohl besser. Also hoben wir den Dicken mitsamt der Trage auf ein fahrbares Untergestell und nahmen den Aufzug in die fünfte Etage. Mein

Kollege Heinrich und ich waren einer Meinung, dass mit alkoholisierten kräftigen Patienten besser nicht zu viele Diskussionen geführt werden sollten.

Vor der eigentlichen Ambulanz liegt ein ziemlich großer Raum, in dem meistens zwei Liegen stehen, so dass die Patienten umgelagert werden können.

»Geh' du ruhig schon mal zum Doktor, ich mache das hier alleine«, sagte mein Kollege. Ich ging über einen kleinen Flur durch die offen stehende Tür in das Aufnahmezimmer. Der diensthabende Chirurg, ein kleiner, stets freundlicher Mann, saß am Schreibtisch und diktierte auf ein Bandgerät. Eine junge, zierliche Krankenschwester blickte mich an.

»Wen bringen Sie, ist es dringend?«

»Männlich, etwa 50, kleine Platzwunde oberhalb der rechten Augenbraue, alkoholisiert, kann aber gehen. Weitere Untersuchungen haben wir nicht gemacht, er ist leicht erregbar. Übrigens kommt die Polizei noch wegen der Personalienfeststellung.« Der Doc blickte kurz auf und wies die Schwester an, schon einmal nach draußen zu gehen und den Aufnahmebogen auszufüllen.

»Meine Güte, so früh am Morgen Alkohol, der Tag fängt ja gut an. Wo haben Sie den Mann denn aufgegabelt?«, fragte mich der Doc, während er sich die Hände wusch. Ich konnte darauf nicht mehr antworten, denn aus dem Vorraum hörten wir die wütende Stimme unseres bis jetzt noch recht friedlichen Herrn Reimers mit äußerst derben Flüchen. Lautstark hörten wir, dass er jetzt endgültig »die Schnauze voll« habe und nach Hause ginge. Das Ganze wurde vom mächtigen Getöse einer umstürzenden Trage und dem ängstlichen Aufschrei der Krankenschwester begleitet.

»Also, was ist denn da draußen los?!«, entrüstete sich der Doktor. Heftig schob er den Drehstuhl zur Seite und ging schnell nach draußen. Ich folgte ihm unmittelbar.

Unser gerade noch friedlicher Herr Reimers war gerade auf dem besten Weg, unser nettes, kleines Krankenhaus in einen

Kriegsschauplatz zu verwandeln. Er lag nicht mehr auf der Liege, sondern stand breitbeinig aufrecht, den linken Arm ausgestreckt – und daran hing mit bleichem Gesicht hilflos die kleine Krankenschwester.

»Was fällt Ihnen ein?! Lassen Sie sofort die Schwester los«, schrie der Doktor den wild gewordenen Mann an. Und obwohl Herr Reimers mehr als einen Kopf größer war als er, griff der Doc mutig in den ausgestreckten Arm. Dieser neue Gegner machte allerdings auf den alkoholisierten Fremdenlegionär keinen Eindruck. Er ließ die verängstigte Schwester kurz los und versetzte dem Arzt einen derben Stoß vor die Brust, so dass der Doc rückwärts gegen den Türrahmen taumelte.

Sogleich griff er mit derselben Hand wieder nach dem weißen Kittelkragen der Schwester, die sich in ihrem Schreck noch keinen Millimeter bewegt hatte. All das spielte sich in wenigen Sekunden ab – ebenso wie das folgende Geschehen: Herr Reimers, der völlig die Kontrolle über sich verloren hatte, holte mit der rechten Hand aus…, aber bevor er zuschlagen konnte, erhielt er von mir einen kräftigen Boxhieb gegen seinen Bauch. Kaum hatte ich diesen Schlag ausgeführt, bereute ich meine instinktive Reaktion auch schon wieder: Mein Gott, statt zu helfen, zu heilen, schlug ich den Patienten! Mein Kopf wurde schlagartig eiskalt – Blutleere – dafür rutschte mein Herz in die Hose. Allerdings hatte ich keine Zeit, mir darüber den Kopf zu zerbrechen. Mit stierem Blick und wutschnaubendem Gesicht wandte sich der Geschlagene mir zu, und während er die kleine, bleiche Schwester losließ, kam nur ein verächtliches »du Fliege!« über seine Lippen.

Das galt mir, keine Frage. Und mit einem Aufschrei stürzte der Wüterich in meine Richtung. Ich hatte – Gott sei Dank – einige schnelle Schritte rückwärts gemacht. Aber mit unkontrollierten Tritten und der unverhohlenen Androhung, mich fertig zu machen – woran ich keinen Augenblick zweifelte – trieb er mich durch den großen Vorraum.

Wenn der dich erst einmal zu fassen kriegt, dann war's das wohl. Davor hatte ich natürlich eine Heidenangst. Gleichzeitig schoss mir durch den Kopf, was passieren würde, wenn ich mit meinen Stahlkappensicherheitsschuhen einen beim Tae-Kwon-Do erlernten Fußtritt gegen seinen Kopf durchführen würde? Möglicherweise konnte ich ihn dadurch töten. Mir schoss durch den Kopf, dass in jeder Entscheidung Gefahr lauerte, völlig unabhängig von einer passiven oder aktiven Reaktion. Mehreren aufeinander folgenden Attacken konnte ich nur durch Geschick und Schnelligkeit ausweichen, und er jagte mich weiter durch den Raum.

Ich schrie ihn an: »Hör auf Mann!! Hör auf, oder ich schlage dich k.o.!« Das war natürlich genau das Falsche. Mein sowieso schon bis auf das Blut gereizter Gegner intensivierte seine Attacken nur noch. Ein grimmiges Lachen tönte aus seinem wutschnaubenden, verzerrten Gesicht.

»Du willst MICH k.o. schlagen? DU?« Und mit einem riesigen Schritt und weit ausgebreiteten Armen, in deren Umarmung er mich wohl zerquetschen wollte, griff er erneut an. In gleichen Moment drehte ich mich blitzschnell rückwärts und trat mit aller Kraft nach hinten aus. Das tiefe Stöhnen meines Gegners signalisierte den Treffer. Als ich mich umdrehte, beugte er sich mit schmerzverzerrtem Gesicht vornüber und rang nach Luft. Die Knie waren zusammengepresst, seine Hände fest gegen den Unterleib gedrückt. Der Fußtritt, der eigentlich die Magengrube treffen sollte, hatte etliche Zentimeter tiefer volle Wirkung gebracht.

Mein Kollege Heinrich und der Arzt hatten in den wenigen Sekunden seiner Attacke keine Zeit zum Eingreifen gehabt, jetzt aber packten sie ihn rechts und links am Arm, wobei der Doc ihn anfuhr:

»Jetzt ist aber endgültig Schluss! Was fällt Ihnen ein, hier solch ein Theater zu veranstalten?!« Dabei schüttelte er ihn und zog ihn in den Behandlungsraum. Willenlos ließ er sich – schlagartig ernüchtert – mitziehen.

»Hier setzen Sie sich hin! Und keinen Mucks mehr!« Dabei deutete er mit dem Zeigefinger auf einen Stuhl. Sein grimmiges Gesicht und die gestrenge Stimme ließen nicht eine Sekunde Zweifel, wer hier Herr im Haus war.

Ich zitterte derweil am ganzen Körper. Als medizinisch gebildete Person diagnostizierte ich bei mir selbst einen leichten neurogenen Schock.

»He, du bist ja bleich wie die Wand, Rambo.«

»Auf den Rambo kann ich gerne verzichten. Ich fühle mich total schlecht. Mensch Heinrich, was mache ich denn jetzt bloß?«

»Nichts machst du, gar nichts! Der Kerl hat bekommen, was er braucht. Hättest du nicht eingegriffen, dann sähe die nette kleine Schwester sicher nicht mehr so hübsch aus.«

»Trotzdem, du, ich bin einfach fertig. Das ist doch anders als im Film. Ich glaub, ich muss mal mit dem Mann reden.«

»DU machst jetzt überhaupt nichts! Du musst dich erst einmal wieder beruhigen. Ich werde mit dem Mann reden, dann sehen wir weiter.«

Ich war froh, dass heute Heinrich mit mir auf dem RTW fuhr. In solchen kritischen Situationen ist ein besonnener und erfahrener Kollege äußerst wichtig.

Im Behandlungszimmer hörte ich, wie Heinrich mit dem Patienten sprach. Ich konnte die Worte nicht verstehen, aber zumindest waren die Stimmen ruhig und nicht erregt. Jetzt sprach der Arzt. Auf einmal ertönte wieder die laute Stimme von Herrn Reimers.

»Nein, bleib' mir bloß weg damit!«

Und darauf hörte ich wieder den Arzt.

»HERR REIMERS! Entweder Sie halten jetzt still oder ich werde ernsthaft böse!«

Meine Güte, dachte ich, geht das Ganze schon wieder los? Was war taktisch klüger – rein gehen oder draußen bleiben? Unter Umständen regte er sich ja noch mehr auf, wenn er mich wieder sah. Ach was, egal, ich brauchte mich doch nicht zu verstecken. Immerhin war das alles ja nicht meine Schuld. Also ging ich mutig hinein. Am liebsten hätte ich bei dem Anblick, der sich mir bot, laut losgelacht: Da saß der große tapfere Kämpfer wie ein Häufchen Elend mit ängstlicher Miene zusammengekauert auf dem Behandlungsstuhl. Vor ihm stand aufrecht und mit entschlossenem Gesicht der Doc, eine Spritze in der Hand.

»Schwester, reinigen Sie bitte die Wunde. Ich nähe sie mit zwei Stichen. Aber zuvor erhalten Sie diese kleine Betäubungsspritze, Herr Reimers.«

»Ich will aber keine Spritze, lieber gehe ich so nach Hause«, maulte er kleinlaut. Das war also übrig geblieben von meinem todesmutigen Fremdenlegionär. Die unzähligen Narben von Stichen und Schüssen waren ein Nichts gegen die fürchterlichen Schrecken der modernen Medizin. Der Held unzähliger Kämpfe fürchtete sich vor einer kleinen Spritze!

»Wenn ich Ihre Wunde nicht nähe, werden Sie eine unschöne Narbe zurückbehalten. Möchten Sie das?«

»Ja, ja, ja! Eine Narbe mehr oder weniger ist mir doch völlig egal. Tun Sie doch endlich diese blöde Spritze weg.«

»Also gut. Schwester, machen Sie ein Wundpflaster drauf, das reicht dann.«

»Danke, vielen Dank, Herr Doktor. Ich hab' doch von Anfang an gesagt, alles halb so schlimm.« Nachdem der Erleichterte der gefährlichen Spritze entronnen und verpflastert worden war, streckte ich ihm meine Hand entgegen.

»Kommen Sie, Herr Reimers, lassen sie uns wieder vertragen.« Und Herr Reimers schlug ein. Aber statt eines kräftigen Händedrucks, riss er mich zu sich herunter – ich flog geradezu an seine breite Brust – und seine kräftigen Arme umschlossen mich wie eiserne Klammern. Das ist das Ende, dachte ich, unfähig, auch nur einen Finger zu rühren. Aber anstatt mir die Wirbelsäule zu brechen, bekam ich einen lauten schmatzenden Kuss auf die Wange, so dass es mir in den Ohren dröhnte. Dabei lachte der ›Bär‹ herzhaft und beteuerte mir:

»Junge, du bist schon in Ordnung!«

Mir fiel ein Stein vom Herzen. Mit einem Mal herrschte eine gelöste Stimmung und wir mussten alle lachen, nur die Krankenschwester blickte uns verständnislos an.

»Männer!«

»So, Herr Reimers, Sie können jetzt gehen. Schwester, Sie haben alle Angaben, oder?«

»Es ist alles in Ordnung. Ich finde auch, Herr Reimers sollte uns jetzt verlassen.« Herr Reimers erhob sich von seinem Stuhl.

»Doktor, vielen Dank.«, und mit einem undefinierbaren Grinsen rief er schon im Gehen der Schwester hinterher: »Und nix für ungut, kleines Fräulein«. Schon fast an der Tür fiel ihm ein, dass er den Weg zum Ausgang nicht kenne und außerdem ein Taxi brauche.

»Wir werden den Herrn nach unten begleiten. Der Pförtner kann ihm dann ja ein Taxi besorgen. Tschüs, bis später mal.«

»So gefällt mir das, kommt her meine neuen Freunde. Raus aus dem Krankenhaus. Ich lade euch ein. Jetzt gehn wir drei einen trinken.« Dabei legte er brüderlich seinen Arm um meine Schulter, was ich mittlerweile schon ohne Angst um Leib und Leben aushielt. Wir fuhren wie ein altvertrautes Trio gemeinsam mit dem Aufzug ins Erdgeschoss, wo Heinrich den Pförtner bat, ein Taxi zu bestellen.

»Ihr kommt mit! Das ist doch klar! Jetzt wird erst mal Brüderschaft getrunken.« Es kostete uns erhebliche Überredungskraft, dem neu gewonnenen »Freund« klar zu machen, dass wir jetzt nicht mit ihm einen trinken konnten. Daher gaben wir uns feierlich mit dem Versprechen die Hände, dies bei passender Gelegenheit nachzuholen.

»Okay, Jungs – ich heiße Günter.«

»Ich heiße Heinrich.«

»Und ich Martin.«

So endete der Beginn einer Männerfreundschaft. Wir haben uns seitdem nicht mehr getroffen, der Umtrunk steht also noch aus …

Gratuliere, es ist eine Tochter

Bis zum späten Nachmittag blieb es ruhig. Wir führten nur zwei ganz normale Krankenfahrten durch, bei denen der Hausarzt bereits die Einweisung für das Krankenhaus ausgestellt hatte.

Ungewöhnlich pünktlich zur Mittagszeit trafen wir wieder auf der Wache ein. Das ist weiß Gott nicht alltäglich, wenn man auf dem RTW fährt. Heute konnten wir gemeinsam mit den anderen essen. Aber sehr oft gibt es für uns nur noch aufgewärmte Kost, manchmal erst nachmittags oder noch später. Oft haben wir Pech auf der ganzen Linie und kommen gar nicht mehr auf die Wache. In diesem Fall sind wir froh, endlich gegen Abend etwas Warmes essen zu können. Und dann, ja dann steht einem noch die lange Nacht bevor. Aber wir machen unseren Job gerne, auch wenn er manchmal verdammt hart ist. Eine Änderung des 24-stündigen Alarmdienstes will keiner von uns.

Heute, wie gesagt, hatten wir Glück. Es gab Ochsenbrust in Madeira – die Spezialität unseres Kochs Waldemar. Er hatte dafür extra seinen eigenen Schnellkochtopf von Zuhause mitgebracht. Das Essen war ein Genuss und das Fleisch zerging auf der Zunge. Hinterher gab es sogar Pudding, nicht einen gekauften aus dem Plastikbecher – oh nein! Unser Spitzenkoch hatte es sich nicht nehmen lassen, den Schokoladenpudding selbst zu kochen. Leider zählt eine solche Leckerei zu den Nachspeisen, die ich nicht mag, obwohl süße Sachen schon mein Fall sind. Aber ich hatte viele Abnehmer für das kleine Glasschälchen und gab es aus alter Tradition meinem Freund Horst.

Heinrich, einer unser stärksten Raucher, hatte sich gerade eine Zigarette angesteckt, da ertönte aus der Rundspruchanlage ein Doppelgong.

»Einsatz für den Notarzt – Sternwartstraße – Unterstützung RTW.« Während die Notarztwagenbesatzung nach unten eilte, grinsten wir uns an. Glück gehabt! Aber kaum zwei Minuten später gab es erneuten Alarm. Diesmal ein einzelner Gong. Das galt uns. Heinrich drückte sofort seine Zigarette aus und schon liefen wir beide zur Rutschstange.

»Einsatz für die Einzelhilfe. Frankfurter - Ecke Stettiner Straße, Öl auf der Fahrbahn.«

Alles zurück, marsch, marsch. Wir setzten uns wieder, dafür rannten Horst und Achim zur Rutschstange.

Dieter bemerkte spöttisch: »Ihr seid sicher die beiden Neuen. Aber macht euch nichts daraus, am Anfang war ich auch noch so nervös. Das gibt sich mit den Jahren.«

»Ha, ha, ha«, entgegnete ich und Heinrich steckte sich erneut eine Zigarette an.

»Das lohnt sich sowieso nicht«, meinte Dieter, wobei er auf die Zigarette deutete.

»Hör bloß auf zu unken, jetzt will ich diese Zigarette endlich mal in Ruhe zu Ende rauchen.«

»Also ich wünsche mir lieber noch einen Alarm, das wäre doch die Chance für dich, mit dem Rauchen aufzuhören«, war mein Kommentar zu diesem Thema.

»Das darf doch wohl nicht wahr sein«, stöhnte Heinrich auf. Nicht wegen unseres »hochgeistigen« Zwiegesprächs, sondern wegen eines erneuten Gongs aus unserer unruhigen Rundspruchanlage, die ihn zwang, auch diese Zigarette auszudrücken.

»Einsatz für Florian 6/83/1. – Geburt ...« Es folgte noch die Angabe von Name und Wohnung sowie der freundliche Zuruf von Dieter: »Herzlichen Glückwunsch!«

Kurze Zeit danach fuhren wir mit eingeschalteten Sondersignalen aus der Fahrzeughalle. Wir hatten es nicht weit, unser Einsatzort lag in unmittelbarer Nähe der Feuerwache in einem der zahlreichen Hochhäuser.

Keine drei Minuten später erreichten wir die angegebene Hausnummer. Ich sprang vom vorderen Sitzplatz hinaus auf den Gehweg, öffnete die Schiebetür des Patientenraumes und griff nach dem Notfallkoffer.

»Vergiss' das Entbindungsbesteck nicht!«, erinnerte mich Heinrich, der bereits hinter mir stand und mir den Notfallkoffer abnahm.

»Hab' ich schon«, entgegnete ich, zog noch eine Sauerstoffflasche aus der Wandhalterung und versetzte der Schiebetür im Aussteigen einen kräftigen Schwung, so dass sie sich schloss, während wir bereits zum Hauseingang eilten. Die Tür stand weit offen, was jedoch nichts mit unserem Kommen zu tun hatte. Das ist hier so üblich, ein typisches Bild in dieser tristen Betonwüste. In den anonymen Wohnsilos von oft verwahrlostem Äußeren leben viele sozial schwache Familien. Eine Städtebaupolitik, die nicht gerade förderlich ist, um Menschen, insbesondere Kindern ein freundliches Zuhause zu bieten. Die Briefkastenanlage quoll über mit einer Flut Werbeprospekte, überwiegend von Möbelhäusern. Sie waren im gesamten Eingangsbereich verteilt. An die vierzig, fünfzig Klingeln, teils unlesbar, ohne Namenschild oder durch schwarzen (ehemals weißen) Kaugummi verklebt, ließen uns dennoch nicht verzweifeln. Wir waren von einem Schwarm kleiner Kinder und Jugendlicher umringt, die ungeniert fragten, was passiert sei. Ich rief laut in das Treppenhaus hinein.

»Hallo! Hier ist die Feuerwehr! Auf welcher Etage werden wir benötigt?!« Ein helles zartes Stimmchen klang verängstigt von oben herunter.

»Kommen Sie schnell auf die dritte Etage zu meiner Mutti. Wir bekommen gerade ein Schwesterchen!«

Na, das konnte ja gut werden, dachte ich, und begleitet von

den anhänglichsten Kindern erreichten wir die dritte Etage. Ein süßes blondes Lockenköpfchen empfing uns an der Wohnungstür. Ich schätzte sie auf höchstens acht Jahre. Hinter ihr blickten noch weitere drei Augenpaare neugierig hervor, allesamt Mädchen, doch alle jünger als die kleine Wortführerin.

Die Kinderschar war uns treu gefolgt, allerdings im respektvollen Abstand einer Armeslänge. Eindeutig ein Sicherheitsabstand aufgrund schmerzhafter Erfahrung. Sie drängten direkt hinter mir in die Wohnung. Intimsphäre, Datenschutz, Unverletzlichkeit der Wohnung, all das schien es hier nicht zu geben. Wie den hungrigen Hund am Metzgerladen schob ich das Grüppchen wieder heraus, dazu ein strenges Gesicht und die Worte:

»Ihr müsst draußen bleiben.« Aus einem hinteren Zimmer rief eine Frau, ihre Stimme verriet Hektik und Angst.

»Angelika, ist das der Doktor?«

»Ja, Mutti, es sind sogar zwei.«

»Nun bringt sie doch endlich zu mir! Schnell, schnell, HERR DOKTOR! Es ist gleich so weit!«

Ein kleines weiches Händchen fasste nach meiner Hand, ich wurde durch den Flur in ein gemütliches blitzblankes Wohnzimmer gezogen. Auf der Couch lag mit blassem Gesicht schwer atmend eine ziemlich kleine, dafür aber um so dickere Frau. Ihre Beleibtheit war ganz offensichtlich nicht ausschließlich das Ergebnis ihrer Schwangerschaft.

»Doktor, Doktor«, japste sie nach Luft ringend, »sehen Sie mal nach, ich glaube, es kommt.« Ich erklärte ihr, dass ich kein Doktor sei und stellte ihr einige wichtige Fragen, um mich über den Stand der Dinge genau zu informieren.

Die Frau war hochschwanger, Presswehen hatten bereits eingesetzt – ich entschloss mich, die Geburt in der Wohnung abzuwarten. Ein Transport zu diesem Zeitpunkt war nicht mehr zu verantworten, insbesondere da diese Frau ihr sechstes Kind erwartete. Da in der Wohnung kein Telefon vorhanden war, eilte Heinrich wieder nach unten, um über unser Funkgerät den Notarzt nachzufordern. Als ich der Frau meinen Entschluss mitteilte, geriet sie in helle Aufregung. Sie wollte unbedingt ins Krankenhaus, anstatt das Kind hier zu Hause zu bekommen.

»Nein, Herr Doktor, auf keinen Fall! Ich gehe jetzt sofort hinunter!« All mein Beteuern und Reden halfen nicht, sie blieb nicht liegen. So ergab ich mich ins Unvermeidliche und versuchte ihr klarzumachen, dass sie sich wenigstens von uns tragen lassen sollte. Gott sei Dank sah sie das ein. Darum lief ich zurück in das Treppenhaus und rief Heinrich zu, der gerade wieder auf dem Weg nach oben war: »Bring den Stuhl mit. Wir fahren doch!«

»In Ordnung, kommt sofort.«

Er kehrte um und lief zurück zum Wagen, um den Klappstuhl zu holen. Ich hatte im Laufe der Jahre einige Geburten erlebt, einmal im Rettungswagen, die anderen Male in der Wohnung. Es ist zwar der natürlichste Vorgang der Welt, aber dennoch wohl das aufregendste Ereignis, dem man als Feuerwehrmann oder Rettungssanitäter beiwohnen kann. Ich würde lügen, wenn ich behaupten würde, ich sei nicht nervös gewesen. Wobei es sich mehr um eine innere Anspannung handelte, die möglichst nicht nach außen gezeigt werden sollte. Immerhin stellte ich ja den sicheren Halt für meine Patientin dar, eine Garantie, die ich sehr ernst nehme und deren Verantwortung ich mich verpflichtet fühle. Leider hat man als Ersthelfer keine großen Möglichkeiten in den Geburtsvorgang einzugreifen, das ist eine Sache ausschließlich zwischen Mutter und Kind.

Verläuft die Geburt komplikationslos, werden wir erst aktiv, nachdem das Kind das Licht der Welt erblickt hat. Gefürchtet sind deshalb alle Situationen, die einer natürlichen Geburt entgegenstehen: Beckenendlage, Arm- oder Beinvorfall. Hier kann nur ein Gynäkologe im Krankenhaus helfen. Je nach Schwere der Gegebenheit muss ein sofortiger Kaiserschnitt durchgeführt werden.

Bei unserer hochschwangeren Frau war eine Sturzgeburt zu befürchten, denn immerhin stand sie unmittelbar vor ihrer sechsten Entbindung. Ich hoffte inständig, dass wir es noch bis zum Kreißsaal des Benrather Krankenhauses schaffen würden. *Also gut, du unvernünftige Mutter, lieber wäre mir die Geburt hier in der Wohnung, aber da du ja absolut nicht willst, steht uns eben eine flotte Fahrt bevor.* Während ich diesen Gedanken nachhing, hörte ich hinter mir lautes Schnaufen und Stöhnen.

Oh, nein, DAS DARF DOCH NICHT WAHR SEIN! Durch den Wohnungseingang drängte sich unsere überdimensionale Schwangere, im offenen rosafarbenen Morgenmantel, der den Blick freigab auf ein kleingeblümtes Nachthemd, dessen obere Knöpfe abgeplatzt waren. Dank seines Spannungszustandes über dem voluminösen Bauch endete es schon weit oberhalb der Knie. Die kurzen, dicken Beine steckten in zwei allerliebsten winzigen Pantöffelchen, die ich eher ihrer jüngsten Tochter zugeschrieben hätte, und obwohl sie eigentlich darin nicht hätte gehen können, wankte sie auf mich zu.

»Schnell, schnell, Herr Doktor! Es geht schon wieder los, ich kann nicht länger warten! Lassen Sie uns endlich abfahren!« Dass ich für sie immer noch der Doktor war, störte mich schon nicht mehr. Aber sie hier im Treppenhaus, das war das Letzte, was ich mir wünschte.

»Frau Behlemann, was machen Sie nur?! Ich sagte Ihnen doch, dass Sie nicht mehr laufen dürfen – in Ihrem Zustand. Kommen Sie, wir ...« Ich konnte nicht weiter sprechen. Ein schriller kurzer Schrei und ihr kreidebleiches Gesicht kündigten erneut einsetzende Wehen an.

Mit einer Geschwindigkeit, die ihr sicher niemand mehr zugetraut hätte, stürzte sie zum Treppengeländer und packte den Handlauf mit beiden Händen, als wolle sie ihn erwürgen. Die Beine weit auseinander gespreizt, stand sie starr wie ein Fels. Schweißperlen bildeten sich auf ihrem Gesicht, die Atmung wurde kurz, hart und hechelnd.

»Lassen Sie das Geländer los! Sie müssen sich sofort hinlegen! Frau Behlemann! LOSLASSEN!« Ich schrie sie regelrecht an und versuchte dabei, ihre Hände vom Geländer zu lösen. Vergeblich. Sie reagierte überhaupt nicht auf mich. Die Hände verkrampften sich so fest, dass es unmöglich war, sie zu lösen und sie schien mich gar nicht mehr zu bemerken. Mit stierem Blick erwartete sie die unmittelbar bevorstehende Geburt – im Stehen! Oh mein Gott! Das durfte einfach nicht wahr sein. Wenn das Kind jetzt kam, würde es unweigerlich auf die harten Fliesen des Hausflurs fallen.

»HEINRICH! SCHNELL! LASS DEN STUHL, KOMM HOCH! – Frau Behlemann! LOSLASSEN!« Ich zerrte mit aller Kraft an ihren Handgelenken, vergeblich. Das Kind, das Kind, ich musste irgend etwas machen!

Eine letzte hoffnungsvolle Idee durchzuckte mein Gehirn. Ich stellte mich hinter sie, drückte ihr meine Knie fest in ihre Kniekehlen, so dass sie einknickten. Gleichzeitig schlug ich, von hinten um sie herumgreifend, meine Fingerknöchel mit aller Kraft auf beide Handrücken. Es gelang! Der kurze heftige Schmerz lockerte ihren krampfhaften Griff und ich konnte die schwere Frau nach hinten reißen. Mit sanfter Gewalt zog ich sie vollends zu Boden. Keine Sekunde zu früh oder noch besser, keine Sekunde zu spät, denn in dem Moment, als sie auf dem Rücken lag, bekam sie ihr Kind … blitzschnell und komplikationslos … ein Mädchen (was sonst?), rosig, herrlich zappelnd und sofort schreiend.

Heinrich ließ den Stuhl im Treppenhaus stehen und hastete die Stufen zu uns hinauf. Mit fliegendem Atem und verwundertem Blick sah er auf uns herab. Dann lächelte er und tat das einzig Richtige.

»Herzlichen Glückwunsch, Frau Behlemann. Sie haben gerade eine niedliche Tochter geboren.« Während er gratulierte, zog er sich sterile Handschuhe an, um die Nabelschnur zwischen Mutter und Kind zu durchtrennen.

Frau Behleman hatte sich erstaunlich schnell wieder beruhigt, ich benötigte etwas mehr Zeit. Sie strahlte über das ganze, wieder rosige Gesicht, als wir ihr das muntere Töchterchen auf den Bauch legten. Um uns herum standen ihre anderen Mädchen mit offenen staunenden Mündern und großen glänzenden Augen.

»So, wer holt denn für die Mutti schnell eine Decke? Wir wollen sie doch nicht hier draußen frieren lassen.«

Auf diese Worte eilten alle besorgt hinein, um kurz darauf mit Decken und Kissen beladen wieder zu erscheinen. Offensichtlich hatten wir es hier mit einer Mutter zu tun, die von ihren Töchtern sehr geliebt wurde.

Von der Straße her ertönte die Alarmsirene des angeforderten Notarztwagens. Es gab nicht mehr viel zu tun für unseren Arzt und auf meine Worte:

»So, Frau Behlemann, jetzt schaut unser Notarzt noch einmal nach, ob wir auch alles richtig gemacht haben«, antwortete sie mit treuherzigem Blick:

»Aber Herr Doktor, das haben Sie doch schon alles gemacht.«

Seine schwerste Aufgabe

Sonntagmittags wird nicht gekocht! Dafür frühstücken wir umfangreich: Spiegeleier auf gekochtem Schinken; zusätzlich legen sich manche eine oder zwei Scheiben Käse darüber und lassen sie wie auf einem warmen Toast verlaufen. Unser Notarzt, der mit seinen Kollegen erst abends die Schicht wechselt, wird zum Frühstück durch einen Telefonanruf geweckt.

So auch an diesem freundlichen Sonntagmorgen. Wir umlagerten in der Küche, jeder mit Messer und Gabel bewaffnet, den Koch an der überdimensionalen Pfanne. Jeweils neun Eier können darin prima auf einmal gebraten werden, so dass immer drei Kollegen gleichzeitig ihr Frühstück erhalten. Hennes Keup kam dazu und blickte in die Runde.

»Das war mir doch klar, dass ihr Hungerleider alle schon wieder hier oben herumschleicht. Wo habt ihr denn euren Doktor gelassen, der ist doch sonst immer der Erste, wenn es was zu essen gibt?« Dann setzte er sich auf seinen angestammten Sitzplatz. Jochen, der auf dem NAW fuhr, ging zum Telefon und erklärte dabei:

»Mal sehen, ob der überhaupt schon aufstehen will. Die waren nämlich heute nacht mehrere Male raus und sind erst um 5:00 Uhr morgens reingekommen.«

»Dann sag' aber direkt, dass er sich seine Eier selbst braten muss, wenn er später aufsteht«, rief der Koch, »ich habe keine Lust, noch um 11:00 Uhr hier zu stehen!«

»Seid jetzt bitte mal ganz leise, ich werde den Doc ein wenig schocken.« Bei diesen Worten machte Jochen ein listig-schelmisches Gesicht und legte bedeutungsvoll den Zeigefinger auf seine Lippen. Wir konnten zwar nicht hören, was ihm der Doktor antwortete, aber das war auch nicht so wichtig, denn desto mehr mussten wir das Lachen unterdrücken, als wir Jochens Worte hörten.

»Doktor – ALARM! Haben Sie denn gar nichts gehört?! Die Leute warten schon mit laufendem Motor in der Fahrzeughalle!« Und zu uns gewandt, erklärte er: »Jetzt hechtet er gerade aus seinem warmen Bettchen.« Daraufhin rief er unseren Telegraphisten auf dem Hausposten an.

»Morgen Hugo, Jochen hier. Sag' doch bitte mal durch, dass der Einsatz für den Notarzt entfällt.«

»Wieso? Es gab doch gar keinen Einsatz.«

»Egal, sag' es trotzdem, wir haben den Doc gerade etwas unsanft gelüftet.«

»Ihr fiesen Burschen, das hättet ihr mal mit mir machen ..., oh, da kommt er schon angerannt!« Hennes hatte mit finsterem Gesicht den Vorgang verfolgt, aber ohne einzuschreiten. Jetzt stand er auf und rollte mit den Augen.

»Das war aber schon mehr als ein kleiner Scherz, mein lieber Freund. Und außerdem habe ich es gar nicht so gerne, wenn mit falschen Alarmen Missbrauch getrieben wird.« Bei diesen Worten blickte Hennes äußerst streng in die Runde.

»Das gilt übrigens für alle, glaubt ja nicht, ich wüsste nicht, dass jeder von euch das Gleiche getan hätte.« Unser Chef meinte es ernst, es herrschte schlagartig eine betretene Ruhe.

Ein paar Minuten später erschien der Doktor und sog den angenehmen Duft der frischgebratenen Eier ein, dazu begrüßte er uns mit einem unbekümmerten »Guten Morgen«.

»Morgen Doktor«, klang es vielstimmig zurück, allerdings leicht gequält.

»Wer war denn so freundlich, mich zu wecken?« Jetzt machte er ein listiges Gesicht. Scharfsichtig wie er war, hatte er sofort erkannt, dass bei uns dicke Luft herrschte und schnell zwei und zwei zusammengezählt. Deshalb wandte er sich an unseren Chef. »Ich habe den Eindruck, Sie haben den Leuten anscheinend schon ein paar Takte gesagt.« Mit dieser Äußerung hatte er sich allerdings die Sympathien von Hennes Keup verscherzt. Wenn sich einer von uns Schelte abholen musste, dann nur bei ihm. Und wenn eine Rüge in Anwesenheit von anderen erteilt wurde, insbesondere wenn der Rügende nicht der Feuerwehr angehörte, so mochte er das noch viel weniger.

»Ich weiß zwar nicht, wie ich diese Äußerung verstehen soll, möchte Ihnen aber ganz klar sagen, dass der Alarm abgeblasen wurde. Die Kollegen haben lange genug im NAW auf Sie gewartet und sich dann entschlossen, lieber für Sie dieses leckere Frühstück zuzubereiten. Guten Appetit.«

Donnerwetter, dachte ich, das saß. Der Chef war seine Rüge an uns losgeworden, wir hatten sie auch verdient, wie wir fairer Weise eingestehen mussten. Aber er hatte uns auch volle Rückendeckung gegeben und durch seine Worte klargestellt, wer auf dieser Wache wann, wie und wem die Leviten las.

Trotzdem dauerte es gar nicht lange, bis sich die gewohnte lockere Atmosphäre wieder eingestellt hatte. Es kommt nicht von ungefähr, dass ein gutes Essen dabei behilflich sein kann, Probleme in entspannter Gesprächsrunde zu lösen. Vielleicht werden von den Politikern deshalb immer häufiger so genannte Arbeitsessen veranstaltet. Diese dürften allerdings etwas kostspieliger ausfallen, als unser versöhnliches Sonntagsfrühstück. Während wir noch in trauter Runde beisammen saßen, kam eine Durchsage über die Rundspruchanlage.

»Wachführer, rufen Sie die Leitstelle an.« Hennes stand auf und ging zum Telefon.

»Keup hier, was gibt es für ein Problem?«

»Schick' doch mal den Kombi zur Benrather Schloßallee, wir haben gerade einen Anruf erhalten, dass in Höhe 324 aus einem Unterflurhydranten Wasser austreten soll.«

»Mmh, geht klar. Der Wagen fährt sofort raus, ich werde euch dann informieren. – Martin, Klaus, ihr habt die Einzelhilfe ...« Eine harmlose Kontrollfahrt, die wohl nur den Rohrnetzbauern der Stadtwerke Arbeit bescheren würde.

Auf dem Weg hinunter in die kleine Fahrzeughalle stellten wir noch zufrieden fest, dass wir Glück gehabt hatten. Einige Minuten eher und das leckere Frühstück wäre nicht in unseren Mägen gelandet, ein Schicksal, das wir aber mit allen Feuerwehrmännern auf der ganzen Welt teilen.

Wir meldeten uns über Funk aus und fuhren ohne Sondersignale zu der angegebenen Stelle. Am Ort angekommen, gab es keinen Hydranten, auch sahen wir nirgends eine Wasserlache auf dem Gehweg oder im Rinnstein. Sicherheitshalber fuhren wir die Benrather Schloßallee noch weiter hinauf und hielten Ausschau nach dem nächsten Hydrantenhinweisschild. Leider geschieht es immer wieder, dass diese wichtigen Schilder mutwillig beschädigt oder abgerissen werden. Oft werden sie auch bei Malerarbeiten aus Unachtsamkeit überstrichen und wir können sie, besonders nachts, nicht mehr finden. Und wenn es um Sekunden geht, wenn Menschenleben von unserer Schnelligkeit abhängen, ist es geradezu unmöglich, einen z. B. unter einer Schneedecke verborgenen Hydrantendeckel ohne das notwendige Hydrantenhinweisschild zu finden. Wir kehrten um. Nachdem wir uns davon überzeugt hatten, dass sich wieder einmal ein dummer Zeitgenosse einen Scherz erlaubt hatte, meldete ich mich bei der Leitstelle.

»Florian Düsseldorf für 6/59/1 kommen.«

»Kommen Sie.«

»Wir haben den entsprechenden Bereich abgefahren, keine Feststellung, wir sind frei.«

»Zu Ihrer Information: Wir erhalten soeben eine Feuermeldung ganz in Ihrer Nähe. Zug 6 wird gerade alarmiert.« Es folgte noch die genaue Adresse sowie der Hinweis: »Vermutlich Zimmerbrand in einem Einfamilienhaus.« Da wir beide zur Mannschaft des Löschzuges gehörten, mussten wir sofort zu dieser Einsatzstelle fahren. Ich funkte deshalb zurück:

»Florian 6/59/1 fährt alarmmäßig zur Einsatzstelle. Informieren Sie den Zugführer. – Los Klaus, gib Gas. Wir sind auf jeden Fall vor den anderen da.« Klaus schaltete die Sondersignale ein und erhöhte die Geschwindigkeit. Die Straßen waren menschenleer, und es gab keinen Autoverkehr. Es war eben Sonntagmorgen, ein Vorteil für uns, so hatten wir ideale Bedingungen für eine schnelle, gefahrlose Anfahrt.

Unser Ziel lag nur wenige Straßen weiter. In der Zwischenzeit überlegten wir, wie wir vorgehen sollten. Fest stand, dass wir beide mit den uns zur Verfügung stehenden Mitteln nur sehr begrenzt aktiv werden konnten. Wir hatten zwar unsere persönliche Ausrüstung mit, also Lederjacke, Helm, Hakengurt und Handschuhe, aber wir verfügten weder über einen Pressluftatmer noch über eine ausreichende Menge an Löschmitteln, um einen gesicherten Angriff wagen zu können.

»Wir werden uns nach der ersten Erkundung von der Situation leiten lassen. Zur Not nehmen wir den PG 12 (Glutbrandpulverlöscher mit 12 kg Löschmittelinhalt), Fangleinen, Handscheinwerfer und eine Axt und gehen rein. Aber keine unnötigen Risiken, der Zug muss ja auch bald eintreffen«, entschied ich.

Gerade bogen wir in die angegebene ruhige Nebenstraße ein. Hübsche Ein- und Zweifamilienhäuser standen in gepflegten Gärten, teilweise hinter hohen Hecken dem Blick Vorübergehender verborgen. Auf der linken Seite stieg in einiger Entfernung dunkler Rauch empor.

Plötzlich stürmte ein Mann mittleren Alters barfuß und nur mit einem Bademantel bekleidet auf die Straße. Er schrie laut um Hilfe und ruderte mit beiden Armen wild in der Luft. Jetzt erblickte er uns und rannte mitten auf der Fahrbahn auf uns zu.

»Oh ha, das scheint wohl was Ernstes zu sein. Ich fahre aber noch ein bisschen weiter vor, damit der Löschzug gleich hier vor dem Eingang halten kann.«

»Alles klar, Klaus, pass bloß auf den Mann auf, der rennt ja als würde er ... ACHTUNG! Der hält nicht an – BREMS! BREMSEN!« Klaus hatte die Geschwindigkeit schon beim Einbiegen in die Straße etwas verringert, dennoch näherten wir uns dem verstörten Mann sehr schnell, und er rannte noch auf Kollisionskurs frontal auf unseren Wagen zu.

Bei meinem erschrockenen Aufschrei riss mein Kollege geistesgegenwärtig das Lenkrad nach rechts und trat gleichzeitig hart auf die Bremse. Der rechte Vorderreifen sprang über den Bordstein, vor meinen Augen tauchte ein mächtiger Straßenbaum auf – da flog der Wagen wieder nach links auf die Fahrbahn und kam zum Stillstand.

»Boh! Das war knapp. Große Klasse, Klaus.« Aber Klaus konnte nicht antworten. An seiner Fahrerseite trommelte der aufgeregte Mann mit beiden Fäusten gegen die Scheibe.

»Mein Sohn ist da noch drin! Schnell, helfen Sie doch!« Inzwischen gab ich eine Rückmeldung an die Leitstelle. »Vermutlich Brand im Dachstuhl, Menschenleben in Gefahr.« Ich riss die Schiebetür des Kombi auf, hängte mir die Fangleine über, löste den PG 12 aus seiner Halterung und griff nach der Axt.

»Wer ist noch im Haus?!«, rief ich über das Fahrzeug hinweg.

»Nur der Sohn!«, rief mein Kollege zurück. »Es brennt oben im Zimmer von dem Jungen!«

»Komm Klaus, wir müssen rein!«

»Ich kann nicht, er lässt mich nicht los! Geh' allein, der Löschzug kommt schon!«

Ein Blick überzeugte mich von der Richtigkeit seiner Worte. Der Vater hatte sich regelrecht an meinem Kollegen fest gekrallt und schrie ihn voller Verzweiflung an. Ich hörte nur noch den mit schriller Stimme erhobenen Vorwurf:

»Wieso sind Sie denn nur mit zwei Mann gekommen …?« Ich hatte keine Zeit mich um die beiden zu kümmern und rannte auf die offen stehende Eingangstür zu, hechtete eine kleine marmorne Treppe hinauf und blickte um mich. Von Ferne klangen die Sirenen des anrückenden Löschzuges an mein Ohr. *Kommt schnell, kommt bitte ganz schnell!*

Vom großen Flurbereich wiesen drei Türen in angrenzende ebenerdige Räume, die mich aber nicht interessierten. Mein Augenmerk galt der Treppe aus blankpoliertem Naturholz, die sich rechter Hand in leicht geschwungenem Bogen nach oben wand. Es roch eindringlich nach Brandrauch, der sich deutlich im oberen Treppenbereich zeigte und wie ein leichter Nebel die Sicht beeinträchtigte.

Draußen auf der Straße war mir ein geöffnetes Dachfenster aufgefallen, aus dem der dichte Brandrauch herausquoll. Ein glücklicher Umstand, dem ich verdankte, dass hier drinnen noch einigermaßen gute Sicht herrschte. Die Treppe eilte ich zügig hinauf, dann musste ich mich auf allen Vieren weiterbewegen. Hier oben war die Luft nur noch einen halben Meter über dem Fußboden erträglich. Die Axt legte ich beiseite. Auf den schweren Feuerlöscher durfte ich jedoch nicht verzichten und zerrte ihn über einen dicken weichen Teppichboden, der wohl heute das letzte Mal weiß gewesen war. Ich kroch in die Richtung, aus der dichter, beißender Brandrauch kam. Solange ich hier unten, tief am Boden, einigermaßen Luft zum Atmen und genügend Sicht zur Orientierung hatte, musste ich unbedingt den Sohn finden und zu ihm vordringen. Sollte der Qualm aber so dicht werden, dass ich nichts mehr sehen konnte, durfte ich diese gefährliche Aktion nicht weiter fortsetzen.

Es trennten mich nur noch wenige Meter von einer offen stehenden Tür – die Tür zum Brandherd. Da ich weder das charakteristische Knistern, Prasseln und Zischen brennenden Feuers hörte und auch keine starke Temperaturerhöhung verspürte, vermutete ich einen Schwelbrand. Flach am Boden liegend blickte ich in den Brandraum. Unmittelbar vor mir, mit der ausgestreckten Hand erreichbar, lag reglos ein Mann bäuchlings auf dem Boden. Mit seinen nach vorn ausgestreckten Armen machte er den Eindruck, als hätte er mit letzter Kraft versucht, den Raum zu verlassen, war dann aber doch zusammengebrochen. Ich kroch ein Stückchen näher und rief den jungen Mann laut an. Vielleicht war er ja doch nicht völlig bewusstlos. – Keine Reaktion. Zur Überprüfung seiner Vitalfunktionen war hier weder die Zeit noch der richtige Ort.

Ich musste unbedingt den Rückzug antreten, der Qualm brannte beißend in meinen Augen, und ein heftiger Hustenanfall signalisierte, dass es allerhöchste Zeit wurde, wenn ich nicht selbst hier oben liegen bleiben wollte. Den schweren PG 12 ließ ich vor der Tür zurück. Es hätte auch nichts gebracht, ihn unkontrolliert in das Zimmer zu pusten. Ich musste unbedingt mit aller Kraft diesen Menschen aus der rauchgasvergifteten Atmosphäre retten. Dazu legte ich mich auf den Rücken und zog den Bewusstlosen mit seinem Oberkörper zwischen meinen Knien hindurch auf meinen Bauch. Er war schwer. Ich hatte die Knie angezogen und die Füße fest auf den Teppich gestemmt und arbeitete mich mühsam Meter um Meter in Richtung Treppe. Dabei bewegte ich mich wie ein Ruderer im Boot, ich lag auf den Händen hochgestützt und die Arme des Bewusstlosen hingen erschlafft rechts und links an meinen Oberschenkeln herab. Ich musste seinen Körper mit den Knien festklammern, um ihn in der Rückwärtsbewegung mitzuschleifen.

Der Schweiß rann mir über das Gesicht, die Lungen arbeiteten keuchend wie zwei Blasebälge, und ich atmete mehr Rauch ein als für mich verträglich war. Dabei hatte ich das Gefühl, dass das Gewicht des Bewusstlosen, das auf mir lastete, immer schwerer wurde. Aber wir kamen weiter.

Die Meter waren endlos und meine Kräfte schwanden. Vor meinen Augen tanzten flimmernde, schwarze Flecken und die Tränen aus den vom Brandrauch gereizten Augen vermischten sich mit dem Schweiß, der mir durch die Anstrengung aus allen Poren lief. Ein starker Schwindel raubte mir sekundenlang die Sinne. Dann spürte ich übermächtigen Brechreiz, hustete und spuckte zähen Schleim aus.

Das ist das Ende, dachte ich – hast dir doch zu viel zugetraut. Jeder Feuerwehrmann weiß ja genau über die Gefährlichkeit der giftigen Rauch- und Brandgase Bescheid. Du Idiot ... Du Idiot! Nein ... nicht aufgeben ... nicht jetzt liegen bleiben ...

ICH WILL HIER RAUS, und du kommst mit! Mit eisernem Willen mobilisierte ich meine letzten Kräfte und rutschte weiter in Richtung Treppe. Da packte eine starke Hand den Kragen meiner Lederjacke und zog mich über den Teppich bis an die Treppe.

Das zentnerschwere Gewicht des Bewusstlosen wurde mir abgenommen und ich hörte die vertraute Stimme meines Chefs Dieter Seiter.

»Na Rambo, hast wohl schlapp gemacht. Aber keine Angst, ich verrate nichts.« Auch er trug kein Atemschutzgerät, war aber, nachdem Klaus ihn über die Situation informiert hatte, sofort selbst nachgekommen, um mich zu suchen.

Auf der Straße entwickelte die Mannschaft, gemäß seinen zuvor erteilten Befehlen, mit routinierter Schnelligkeit einen entsprechenden Angriff. Zwei Mann drangen unter Atemschutz mit einem C-Rohr wenige Sekunden nach dem Chef in das Haus ein. Die ein- und ausströmenden Atemgeräusche der Lungenautomaten drangen wie himmlische Klänge an mein Ohr. Jemand steckte mir sein eigenes Anschlussgewinde in den Mund und ließ herrlich kühle Luft in meine Lungen strömen ... ahhhh ... ich nahm gierig einige tiefe Züge.

»Das reicht, komm jetzt, nichts wie raus hier.« Mit diesen Worten fasste mich Dieter am Arm und schleppte mich die Treppe hinunter.

Draußen an der frischen Luft kehrten die alten Kräfte erstaunlich rasch wieder zurück. Ich setzte mich auf ein niedriges Mäuerchen, das zu dem gegenüberliegenden Haus gehörte.

Die Schiebetür des NAW wurde geöffnet und einer meiner Kollegen kam zu mir. Er drückte mir eine kleine blaue Spraydose in die Hand mit den Worten:

»Hier, nimm das. Ich brauche dir ja wohl nicht zu erklären, wie du damit umzugehen hast.«

»Nicht nötig, es geht schon wieder«, entgegnete ich.

»Hör mal, du bist genauso verrückt wie unsere Patienten, die wollen auch oft nicht, weil sie meinen, es geht schon wieder.

Also nimm das Zeug, sonst liegst du gleich bei dem Jungen, den du da rausgeholt hast.«

»Wie geht's ihm denn?«

»Sieht schlecht aus, glaub' nicht, dass er durchkommt. Ich muss zurück, wir reanimieren.« Dann lief er wieder zum NAW und verschwand im Fahrzeug, in dem ein verzweifelter Kampf um das Leben des jungen Mannes geführt wurde. Ich nahm das Spray, das vor den Komplikationen einer Rauchgasvergiftung schützt, hielt die Dose auf den Kopf und inhalierte tief.

»Gib es mir auch mal«, neben mir stand Dieter. Ich reichte ihm das Spray und er inhalierte ebenfalls mit mehreren tiefen Atemzügen.

»Alle 5 Minuten wieder sprayen.«

»Ich weiß. Nur ich habe längst nicht soviel eingeatmet wie du.«

»Dieter, das war verdammt knapp für mich ... Danke!«

»Ist schon klar, du hast mächtig was riskiert, da lasse ich doch keinen hängen. Der Alte hat übrigens einen irren Terz aufgeführt von wegen unfähiger Feuerwehr und so. Ich weiß nicht, was schlimmer war, du da drin, oder der arme Klaus hier draußen mit dem Alten.«

»Weißt du schon, wie das passiert ist?«, fragte ich.

»Ja, die haben gestern bis in die Nacht gefeiert. Der Sohn hat im Bett geraucht, wahrscheinlich nachdem er irgendwann am Morgen zur Toilette musste. Alkohol, eingeschlafen, Schwelbrand. Dann wird er aber doch noch was gemerkt haben, immerhin hat er den ganzen Bauch verbrannt. Ja und dann ist er mit letzter Kraft bis an die Tür gekrochen und hat sein Bewusstsein verloren. Dort hast du ihn ja dann gefunden.«

»Scheiß Spiel.«

»Kann man wohl sagen.«

»Und der Vater, hat der was gerochen, oder wie?«

»Nein, irgend jemand, der mit seinem Hund Gassi ging, hat den Qualm bemerkt und bei den Leuten hier geschellt. Na ja, und dann hat der Alte angerufen.«

Wir saßen auf unserem Mäuerchen wie auf einem Logenplatz. Uns genau gegenüber lag der Hauseingang. Mittlerweile kam kein Qualm mehr aus dem Dachfenster. Dieter betätigte sein Handfunkgerät, das von Feuerwehrleuten in Anlehnung an den Feuerwehrschutzpatron Florian »Florentine« genannt wird.

»Angriffstrupp für Zugführer kommen.« Nachdem sich der Angriffstrupp im Brandraum gemeldet hatte, erkundigte sich der Chef über die momentane Lage. Die Antwort lautete:

»Lediglich das Oberbett hat gebrannt. Wir haben es mit der Kübelspritze gelöscht. Wir kommen jetzt runter.«

»Addi! Gib' mal 'ne Rückmeldung. Feuer aus ...« Es folgten weitere Anweisungen an den Maschinisten des ersten Fahrzeugs, der über Funk die Leitstelle informierte. Im Hauseingang erschienen die zwei vom Angriffstrupp. Einer trug die Kübelspritze, ein Feuerlöschgerät, bei dem man mit einem Handkolben Druck in einem Blechbehälter erzeugt und zehn Liter Wasser über einen angekuppelten Schlauch zum Löschen einsetzt. Der andere trug einen großen Ballen verrußte, durchnässte Bettwäsche und warf ihn in den Vorgarten. Diese penetrant stinkenden Sachen konnte man nicht in der Wohnung lassen. Hennes Keup kam mit ernstem Gesicht zu uns.

»Der Vater von dem Jungen ist jetzt bei den Nachbarn. Die Familie kümmert sich um ihn. Ich habe es ihm so gut es ging beigebracht. Der arme Mann ist hart getroffen, das war sein einziger Sohn.«

»Wie, ist er tot?«

»Ja, ich war eben noch einmal im NAW. Es war alles vergeblich. Der Doktor sagte, er hätte eigentlich von Anfang an keine Chance gehabt, aber keiner wollte das so einfach akzeptieren ... darum haben sie so lange ..., na ja, ich hab es ihm gesagt.« Eine Zeit lang schwiegen wir. Erst nach einer Weile erhob sich Dieter und gab Hennes die Hand.

»Danke.« Das war alles, aber ich wusste, was dieses eine Wort alles bedeutete. Hennes hatte die schwerste Aufgabe von uns allen übernommen.

Auge in Auge

– Meyer-Pyritz, Teamführer NAW. Von 10:45 Uhr bis 15:30 Uhr Ausbildung Schule. – So stand es auf dem Dienstplan, der gut sichtbar im Eingangsbereich am »Schwarzen Brett« hing. Ich las die mir zugeteilte Aufgabe ohne große Begeisterung. Es geht mir oft so mit dem Unterrichten – entweder bin ich voller Enthusiasmus oder aber, wie heute, möchte ich am liebsten kneifen. Lust oder Unlust sind schwierig zu begründen, es ist vergleichbar mit einer ungeliebten Laune, die sich aufzwingt und nicht nach dem Warum fragt.

Und so stieg ich missgestimmt die Treppe hinauf zu meinem stilecht feuerwehrrot lackierten Spind und zog mich um. Ich teile den Umkleidegang mit mehreren Kollegen und wirkte heute auf die anderen offensichtlich leicht muffelig, was mir normalerweise nicht zu eigen ist.

»Guten Morgen, Strahlemann – heute schon mal mit Lächeln versucht?« Horst stand hinter mir und zog sich gerade die dunkelblaue, schwere Feuerwehrhose an.

»Ach, ich bin sauer, weil ich heute Unterricht habe und absolut keine Lust dazu verspüre!«, entgegnete ich. Dabei lächelte ich leicht gequält.

»Na also, da haben wir es ja – das kleine Lächeln. Den Rest schaffen wir auch noch.« Und mit betont tiefer Stimme legte Horst mir schwer seine Hand auf die Schulter.

»Kommen Sie in meine Praxis, legen Sie sich auf meine Couch und dann ich werde machen Sie gesund.« Ich musste lachen.

»Spinner! Du kannst die blaue Hose gleich wieder ausziehen und gegen eine weiße tauschen.«

»Wieso?«

»Na, dreimal darfst du raten, wer wohl für mich auf den NAW geht.« Ich konnte den leichten Anflug von Schadenfreude kaum verbergen und aus der vor uns liegenden Schrankreihe klang Heinrichs wohlbekannte Stimme herüber:

»Das sind mir die richtigen Herren Obermeister. Der Chefausbilder will nicht ausbilden, und der andere Teamführer will nicht auf den Notarztwagen. Ich glaube, da gehe ich als Bürgerlicher gleich wieder nach Hause.«

»Oho!«, trumpfte Horst auf. »Hier geht keiner nach Hause, und wer den Ausbilder spielen will, muss auch dazu stehen. Und ihr Pfeifen, meint ihr denn, das bisschen NAW-fahren wirft mich um? Also bitte, hurtig, in zehn Minuten geht's los!« Mit diesem Frühmorgengeplänkel fand ich auch meine gute Laune wieder und dachte, dass sich die Motivation vielleicht doch noch während des Unterrichtes einstellen würde. Immerhin war es ein wirklich netter Lehrgang!

Solche kleinen, nicht ernst zu nehmenden Geplänkel sind übrigens bei uns an der Tagesordnung! Sie überdecken ein wenig den Ernst unseres psychisch sehr belastenden Berufes. Jeder braucht ein Ventil, denn dass, was wir tagtäglich erleben, das Leid, die menschliche Verzweiflung und der oft blutige Schmerz, der sich vor unseren Augen abspielt, summiert sich zu einem mächtigen Berg der eigenen seelischen Last. Meist glauben wir, abgebrüht und hart zu sein, aber manchmal bricht es auf und dann kannst du nicht mehr. So mancher hat für sich alleine geweint, um dann doch wieder weiterzumachen.

Die Jungen sind noch richtig heiß, obwohl auch sie manchmal Angst verspüren, weil alles noch neu ist und sie keine Erfahrung haben. Anfangs lachen sie über verschiedene »Alte«, über unsere Macken und Eigenarten, aber dann, irgendwann, werden auch sie ergriffen von der unnachgiebigen Hand des Schicksals, das vor niemandem Halt macht. Es ist nur eine Frage der Zeit! Meistens schlägt es zu wie ein Blitz aus heiterem Himmel: Wenn man den ersten toten Säugling aus seinem Bettchen hebt und nur noch hilflos erkennt, dass es zu spät ist. Diese Ohnmacht, diese Leere, und dann sind da Mutter und Vater des Kindes oder die Großeltern ...

Diese Schicksalsschläge kann man nicht beschreiben, und ich möchte das auch nicht. Ganz still, ganz klein kommt man dann auf die Wache zurück und es lästert keiner, denn wir alle kennen dieses Gefühl oder ahnen zumindest, was es bedeutet. Wer darüber reden kann, dem hilft das ein wenig, aber eben nur ein wenig. Und so summieren sich die miterlebten Schicksale der fremden Menschen und werden zum deinem eigenen. Du kannst dich nicht entziehen und nur noch zu deinem Herrgott beten.

Inzwischen war die Mittagszeit längst vorbei und hinter meinen 22 Schülern und mir lagen viele Stunden konzentrierten Arbeitens. An der Tafel konnte jeder lesen, welches Thema momentan im Mittelpunkt des Unterrichtes stand. Da stand in sauberer Handschrift auf der oberen linken Tafelseite:

»... Und so werden Sie nach diesem Unterricht in der Lage sein, aufgrund der erworbenen Kenntnisse von Gesetzen und Verordnungen, den rechtlich erlaubten Anwendungsbereich von Rettungsassistenten klar abzugrenzen und Ihre Handlungsweise in Verbindung mit dem Weisungsrecht von Notärzten folgerichtig einzusetzen«.

Recht! Wenn dieses Fach auf dem Stundenplan auftaucht, steht den Auszubildenden das große Grauen im Gesicht geschrieben. Jeder erwartet einen theoretischen Paragraphenreiter, der ihn mit unverständlichem Gesetzeschinesisch erschlägt. Diese Befürchtungen sind mir nicht neu und so trug ich, wie zur Bestätigung ihrer lähmenden Gedanken, einen sehr dicken Stapel Bücher und Akten in den Unterrichtsraum. Ein Raunen und ein qualvolles Aufstöhnen zeigten mir, in welch hochmotivierter Stimmung sich meine armen »Opfer« befanden.

»Meine Herren – ich begrüße Sie zum Rechtskundeunterricht. Wie Ihnen bereits bekannt ist, unterhält die Stadt Düsseldorf ein eigenes Rechtsamt. Nichts läge daher näher, als einen Vertreter dieses Amtes hier referieren zu lassen. Mit Sicherheit würden die rein rechtlichen Aspekte dabei noch besser zur Geltung kommen, als ich Sie Ihnen vermitteln kann. Aber – Sie stehen im Dienst sozusagen an vorderster Front, darum ist die Schulleitung der Meinung, dass Sie einen praxisbezogenen Rechtskundeunterricht erhalten sollen. Und deshalb stehe ich hier vor Ihnen. Ich bin kein Rechtsgelehrter, aber ich habe mich eingehend mit der Materie vertraut gemacht, und ich werde, gestützt auf viele Beispiele aus der eigenen Berufspraxis, zeigen, worauf es ankommt. Deshalb können wir getrost auf das verzichten.«

Mit diesen Worten ergriff ich die oberste Mappe des dicken Bücherstapels und warf sie demonstrativ über meine Schulter.

Erstaunte Gesichter, Heiterkeit, Lachen ...

»Das bedeutet nicht, dass Sie keine Paragraphen lernen müssen. Aber ich verspreche Ihnen eines: so spannend wie die Einsätze draußen sind, so packend kann auch das deutsche Recht sein und auch dieser Unterricht.«

Ja, und dann ging es los. Stunde um Stunde reihte sich aneinander. Ohne die realen Erlebnisse, die rechtlich von allen Seiten beleuchtet und lebhaft diskutiert wurden, hätte der Rechtskundeunterricht meinen Schülern einiges mehr abverlangt.

Es ist schon schwer, sehr schwer, längere Zeit überwiegend passiver Zuhörer zu sein und sich dabei auch noch ständig konzentrieren zu müssen. Wie bereits erwähnt, war die Mittagszeit längst vorbei. Wir befanden uns also in einer Tageszeit, die der Biorhythmus des Körpers durch Müdigkeit bestimmt. Ein Ausbilder muss da schon ausgesprochen ideenreich sein, um seine Zuhörer jetzt noch bei der Stange halten zu können. Aus diesem Grunde hatte ich für die letzten Stunden das Thema »Notwehr und Nothilfe« aufgehoben. Trotz aller Bemühungen, den Unterricht lebhaft zu gestalten, zeigten mir die ermatteten

Gesichter und die auf den Stühlen hängenden Körper vor allem Müdigkeit und Konzentrationsschwäche. Manchmal taten sie mir richtig Leid, diese kernigen jungen Burschen. Fast alle hatten bereits einen Beruf erlernt und waren meist schon lange mit der Schule fertig. Jetzt drückten sie hier wieder die Schulbank und besonders Rettungsassistenten müssen enorm viel lernen. Der theoretische Unterricht ist oft trocken und dauert lange. Wer dann nicht mehr an permanente Konzentration und ruhiges Sitzen gewöhnt ist, hat es schwer. Aber gerade in unserem Beruf müssen die Grundlagen stimmen und sicher im Gedächtnis verankert sein – also weiter! Ich griff nach dem Zeigestock. RUMMS! Er sauste herunter, landete mit voller Kraft auf der Tischplatte vor mir. Alle zuckten zusammen, schreckten auf aus ihrer Lethargie.

»Männer, wir kommen jetzt zum Faustrecht. Ich erkläre euch, wann ihr zuschlagen dürft und wann nicht. Aber erst mal öffnen wir die Fenster! Wir brauchen alle eine kleine Pause und frischen Sauerstoff«. Frischer Sauerstoff schien für viele gleichbedeutend mit Nikotin zu sein, und so zündeten sie sich draußen auf dem Gang, wo es noch stickiger war, ein Zigarettchen an. Ich staune immer wieder.

Wie oft habe ich es schon erlebt, dass Kollegen schweißnass, total abgekämpft aus einem Kellerbrand erschienen. Draußen reißen sie sich die Atemschutzmaske vom hochroten Gesicht. Schwitzwasser rinnt aus der Maske, aus den Haaren, verteilt den schwarzen Ruß über die Haut.

»AHH!« – tiefe wohltuende Atemzüge frischer kühler Luft dringen in die gequälten Lungen. Und dann ... Ein sinniges Lächeln umspielt die Lippen. Aus einer Tasche der verschmutzten Uniform fingert der Feuerwehrmann ein zerknittertes Päckchen Zigaretten. Ein Nebenstehender gibt ihm Feuer. Verklärten Blickes zieht er genüsslich den Rauch des Tabaks inhalierend ein, um ihn ein wenig später durch die Nase wieder hinauszustoßen. Als Nichtraucher werde ich nie hinter das Geheimnis des Rauchens kommen.

Die kleine Pause war vorbei, man nahm die Plätze wieder ein. Angeregte Gespräche mit den Nachbarn zur Rechten und zur Linken, begleitet von eindeutigen Gesten, zeigten mir, dass man sich mit dem zu erwartenden Unterrichtsthema »Faustrecht« bereits intensiv auseinander gesetzt hatte. Es gelang mir, mit wenigen einführenden Worten die Ruhe wiederherzustellen. Dann definierten wir mit teilweise hitziger Diskussion die Begriffe Notwehr und Nothilfe. Dieser Punkt ist für die künftigen Rettungsassistenten von nicht zu unterschätzender Bedeutung. Kommt es doch immer wieder vor, dass wir selber Ziel eines tätlichen Angriffs werden, oder erleben, wie andere ihre Mitmenschen körperlich bedrohen und verletzen. In solchen extremen Ausnahmesituationen muss man sich gewaltig unter Kontrolle haben und darf sich nicht seinen Emotionen überlassen. Schließlich sind wir Retter mit hoheitlichen Aufgaben und keine Prügelknaben und haben uns hundertprozentig an das Gesetz zu halten.

»Meine Herren, im Bürgerlichen Gesetzbuch §§ 227-230 steht folgender Text: ›Notwehr ist diejenige Verteidigung, die nötig ist, einen rechtswidrigen gegenwärtigen Angriff von sich oder einem anderen abzuwehren. Die Notwehrüberschreitung bleibt straffrei, wenn sie aus Furcht, Angst oder Schreck erfolgte.‹ Ich werde Ihnen dazu jetzt ein selbst erlebtes Beispiel erzählen. Bilden Sie sich Ihr eigenes Urteil.«

Jede größere Stadt hat ihre ganz bestimmten Straßen und Wohnblocks, in denen Menschen wohnen, denen das Schicksal versagt hat, auf der Sonnenseite des Lebens zu stehen. Es ist nicht unsere Aufgabe darüber zu richten, wer aus eigenem Verschulden oder aus harter bitterer Not hier wohnen muss. Am schlimmsten trifft es wie immer die Kinder! Sie wissen oft nicht, wie traurig es um sie und um ihre Zukunft bestellt ist. Dort leben Menschen, deren einzige trügerische

Hilfe der Alkohol ist. Da gibt es tagtäglich Streitigkeiten um nichts und so mancher bildet sich mit hohltönendem Geschrei ein, ein besonders hochstehendes Mitglied der Gesellschaft zu sein.

Schmutz und Vandalismus gegen sich selbst und die eigene Behausung sind an der Tagesordnung. Sozialhilfe und Kindergeld werden nur allzu oft in die neuesten, modernsten Fernseh- und Videogeräte umgesetzt. Es gibt sie wirklich, die Faulen, die Arbeitsscheuen. Aber daneben, nein, mittendrin leben auch jene, die aus all dem Elend herauswollen. Manche Familie wohnt in einer überraschend sauberen Wohnung, wo zwar die Armut aus allen Ecken schaut, dafür aber eine herzgewinnende, geradezu rührende Sorge und Liebe um die Kranke herrscht, um derentwillen wir gerufen wurden. Diese wahre Menschlichkeit lässt sich eben nicht erkaufen.

An einem Spätsommertag gegen 22:00 Uhr erfolgte die Alarmierung für den Notarztwagen. Unser Einsatzziel lag in einem Wohnviertel, das noch vor einigen Jahren besonders verrufen war. Dort herrschte nackte Gewalt, deshalb wurde bei allen Kranken- und Rettungseinsätzen immer ein Polizeifahrzeug mitgeschickt. Über den Lautsprecher meldete sich die Leitstelle.

»Zu Ihrer Information: es handelt sich höchstwahrscheinlich um eine Messerstecherei. Die Polizei ist benachrichtigt.« Vier Männer sprinteten zum NAW: Der Notarzt Dr. Nischik, Achim und ich, sowie unser Neuer, Mark Vogel, als Auszubildender.

»Na, wie wunderbar! Es ist Abend, es ist dunkel, und wir fahren zu unserem Lieblingsplatz und einer Messerstecherei. Hoffentlich sind die Grünen wenigstens vor uns da.« (Die »Grünen«, so nennen wir die Polizei nach ihren grünen Uniformen, genauso werden wir Feuerwehrmänner oft als »Blauröcke« bezeichnet.) Von hinten rief unser Notarzt:

»Herr Schorn, fahren Sie doch einfach etwas langsamer!«

»He, Doktor, Sie haben wohl Angst, oder?« Achim Schorn, der Mann aus der Eifel, zählt zu denen, die sich vor nichts fürchten. Mit knapp dreißig Jahren, blonden Haaren, einem offenen freundlichen Gesicht und einem sportlich gestählten Körper ist er der Robert Redford unserer Wache. Aber so fährt er auch, für meinen Geschmack oft etwas zu draufgängerisch. Jetzt zum Beispiel: wir flogen nur so über die Koblenzer Straße.

»Achim, mach bitte etwas langsamer!«, warnte ich. »Wenn dir jetzt einer in die Quere kommt, kriegst du die Karre nicht mehr zum Stehen.« Er grinste mich schelmisch an.

»Was denn, noch so'n Angsthase?«

»Ich habe keine Angst vor dem, was uns dort erwartet, sondern vor dem, was uns blüht, wenn du weiter fährst wie ein Hell-Driver.«

»Pass mal auf – Ihr könnt alle ganz ruhig sein. Ich bin's doch, der fährt, ICH hab' alles im Griff, und außerdem sind wir schon fast da.«

Das ist Achim, wie er leibt und lebt. Innerlich musste ich ihm sogar zugestehen, dass er trotz der Geschwindigkeit sein Fahrzeug voll unter Kontrolle hatte. Im Gegensatz zu einigen anderen, die bei hoher Geschwindigkeit weder sich noch das Fahrzeug beherrschen, hat er den nötigen Überblick und die erforderliche Nervenstärke. Man kann sich ihm im Notarztwagen und auch im Löschfahrzeug vollkommen anvertrauen. Trotzdem hatte ich Angst, die ewige Angst des Beifahrers.

Wir trafen als Erste am Einsatzort ein, von der Polizei war weit und breit keine Spur. Egal, unser Programm rollte ab wie einstudiert. Der Doktor trug das EKG-Gerät, Achim und Mark, der Azubi, nahmen je einen der beiden Lederkoffer mit medizinischer Ausrüstung, ich hatte den großen, flachen Aluminiumkoffer, der die Medikamente und andere Verbrauchsartikel enthält.

Als wir durch die offen stehende Haustür in das unbeleuchtete Treppenhaus traten – in den zerstörten Deckenleuchten steckten wie immer nur noch die Reste der Glühbirnen – hatte sich schon eine Menge Neugieriger versammelt. Im Schein unserer Taschenlampen wirkte das kahle, roh verputzte Treppenhaus mit seinen Wandschmierereien noch abstoßender als bei Tageslicht.

Der Notruf führte uns in die erste Etage zu einem fremdländischen Namen, den keiner aussprechen konnte. Ich ging voran, suchte mit der Taschenlampe aber vergeblich nach dem Namensschild an der dafür vorgesehenen Stelle. Der gelbliche Strahl fiel auf einen an die Tür geklebten Zettel, kaum zu lesen und sehr kompliziert – das musste es sein.

Stimmengewirr hinter der Tür, dunkle Männerstimmen, dazwischen die schrillen Töne einer jammernden Frau. Eine Klingel gab es nicht, ich klopfte ziemlich laut an die Tür. Keine Reaktion. Ich wiederholte mein Klopfen, allerdings deutlich heftiger als beim ersten Mal.

»Öffnen Sie! Hier ist der Notarzt!«

Die Stimmen verstummten – Schritte näherten sich – die Tür wurde mit heftigem Schwung aufgerissen. Vor mir im hell erleuchteten Türrahmen stand ein riesiger, dunkelhäutiger Mann. Schwarze, lange Haarsträhnen fielen wirr in sein Gesicht. Die dunklen Augen blitzten mich an, und seine weißen Zähne glänzten. Mit der linken Hand umklammerte er ein mächtiges Metzgermesser. Blut klebte an der Klinge und Blutspritzer bedeckten seinen nackten, muskulösen Oberkörper. Der Schreck fuhr mir in die Glieder, in meinem Kopf rauschte es und meine Knie waren bleischwer. Vor meinem inneren Auge sah ich schon, wie der schwarze Riese mit dem Messer auf mich einstechen würde. Im vermeintlich letzten Moment riss ich den schweren Aluminiumkoffer nach vorne, rammte ihn dem Messermann in den Unterleib. Er verzog schmerzhaft das Gesicht. Das Messer fiel klirrend auf den kalten Betonfußboden. Ungläubige Augen blickten mich an, seine Hände verkrampften sich im Unterleib, so ging er aufstöhnend zu Boden. GERETTET!

Hinter uns stürmte die Polizei die Treppe herauf. In der Wohnung herrschte Chaos, ein heilloses Durcheinander schreiender und jammernder Stimmen in mir unbekannter Sprache drang auf uns ein. An mir rauschte alles nur vorbei, ich nahm zwar alles wahr, aber es lief wie im Traum ab – diese vielen Menschen in dem kleinen Zimmer, der riesige Mann, der zu meinen Füßen lag, alles war unwirklich.

Acht Personen, alle Farbige, schienen hier zu leben. Auf dem Boden stand eine große Zinkwanne, in der geschlachtete Hühner lagen. Überall flogen Federn herum und von einem großen, schweren Holztisch tropfte Blut in eine Lache. Auf einem Stuhl saß das »Opfer«, eine junge Frau mit verheultem Gesicht. Um die linke Hand hatte sie einen schmutzigen Lappen gewickelt. Sie zeterte, als ginge es um ihr Leben. Achim war Gott sei Dank sehr schnell Herr der Lage, und die gefährliche Situation klärte sich auf denkbar einfache Art und Weise. Man hatte ein großes Schlachtfest veranstaltet, wobei sich die Frau unglücklicherweise recht tief in den Finger geschnitten hatte. Es gab eine riesige Aufregung und da kein Telefon vorhanden war, war einer der Männer zur nächsten Telefonzelle gerannt. Im Nachhinein wunderten wir uns noch, dass sie in Ordnung war. Meistens mussten wir diese Telefonzellen nämlich löschen, mindestens war der Hörer abgerissen oder ähnliches zerstört. Jedenfalls hatte es an diesem Abend aufgrund der sprachlichen Schwierigkeiten und der Aufregung eine folgenschwere Verwechslung gegeben. Der Anrufer hatte so schnell aufgehängt, dass unser Leitstellendisponent keine gezielten Fragen mehr stellen konnte und so entstand aus einer eigentlich recht harmlosen Schnittverletzung eine gefährliche »Messerstecherei«.

Ich war immer noch nicht in der Lage etwas Vernünftiges zu tun. Tief saß der Schock. Mein Gott, ich hatte einen Unschuldigen verletzt, ich war verzweifelt. Mein Blick ging Hilfe suchend zu unserem Notarzt, der sich um »mein Opfer« kümmerte. Da boxte mich Achim freundschaftlich gegen den Arm.

»He, komm wieder zu dir! Das war klare Notwehr, da, sieh, er steht schon wieder auf.« In der Tat war mein Tiefschlag ohne ernsthafte Folgen geblieben und bevor ich mich entschuldigen konnte, trat der Riese an mich heran.

»Du viel Angst vor groß Messer. Ich dir nix tun, ich gut Mann.«

Dabei strahlte er mich mit seinem beneidenswert kräftigem Gebiss freundlich an, so dass ich ganz beschämt war. Ich stammelte eine Entschuldigung und dann schüttelten wir uns die Hände. Mark hatte derweil seinen ersten Druckverband im einem wirklichen Einsatz angelegt. Für den Notarzt gab es weiter keine Verwendung und so fuhren wir wieder zurück auf die Wache.

»Herr Meyer-Pyritz, ich finde es ja überaus mitdenkend, dass Sie unserem Azubi so schlagkräftige Probanden verschaffen, aber eigentlich haben wir doch schon genug Arbeit – oder?«

»Okay, okay, ist angekommen, Doktor. Wer den Schaden hat, braucht für den Spott nicht zu sorgen.«

Neben mir saß Mark, unser Azubi, und grinste geradezu unverschämt.

»Sei bloß still«, zischte ich gefährlich leise, »das war lediglich eine praktische Demonstration, wie man es nicht machen soll. Merk dir das!«

»Ja, oh mein ehrwürdiger Teamführer – Ausbilder Massa Bwana!«

»Ach, das ist unser Chef!? Toller Bursche, aber ganz schön gefährlich.«

»Halts Maul, Achim, sonst zeige ich dir, wie gefährlich ich bin.«

»Ich zittere jetzt schon, und wir werden auch ganz sicher nie, niemals ein Sterbenswörtchen zu irgend jemanden verraten … jedenfalls nicht, bevor wir auf der Wache sind.«

Mark Vogel arbeitete später als versierter Rettungsassistent auf Feuerwache 3 und zählt ebenso wie sein älterer Bruder Thomas zu den Feuerwehrmännern, denen ich mich besonders freundschaftlich verbunden fühle.

Nichts wirkt tiefer als die erlebte Praxis, wie mir meine aufmerksamen Schüler nach diesem langen, schweren Tag wieder einmal bewiesen.

Schwarzarbeit

Auf dem Bahnsteig des S-Bahnhofes in Garath herrschte dichtes Gedränge, wie immer wochentags um diese Zeit, sieben Uhr morgens. Büroangestellte, Verkäuferinnen, Arbeiter und Arbeiterinnen aus den unterschiedlichsten Berufen, dazu eine Vielzahl Schüler, überwiegend mit dem obligatorischen Rucksack ausgerüstet, warteten auf den einen, viel zu kurzen Zug.

Die Zeiten, in denen man morgens in der S-Bahn einen Sitzplatz bekam, gehören längst der Vergangenheit an. Schon während des Einlaufens sah ich durch die Fenster die Menschen eng aneinander gedrängt in den Gängen stehen. Oh je – und da wollten wir hier alle auch noch mit hinein?! Der Zug hielt, zischend und vom ständigen Piep-Piep-Piep der geöffneten Türen begleitet, zwängten sich die Menschen in die bereits überfüllten Waggons. Ich hatte keine Lust, mich dieser Qual ebenfalls auszusetzen und beschloss kurzerhand auf die nächste Bahn zu warten, eine zeitliche Freiheit, die sich ein zur Arbeit fahrendes Heer von Menschen nicht leisten kann.

Oh Mann, dabei war ich so müde, die Nacht hatte mich wieder einmal hart gefordert. Viermal mussten wir zu besonders unchristlichen Zeiten raus: 24 Uhr, 1:30 Uhr, 3:20 Uhr und noch einmal gegen 5:00 Uhr. Ich war hundemüde und setzte mich deshalb auf die mit »wunderschönen« Schnitzereien verzierte Bahnhofsbank.

Früher schnitzten Verliebte Herzen mit Pfeilen oder Monogramme in das Holz. Die heutige Generation ist da wesentlich unromantischer. Da verbrüdert sich das Messer mit dem Filzstift zu unmissverständlichen Aufrufen wie »Fuck me« und ähnlichen Perversitäten. Ganz offensichtlich scheint nicht nur die Qualität der Sprache, sondern auch die Verquickung amerikanisch-deutschen Schrifttums den Intellekt und die geistige Gesinnung unserer früh(un)reifen Jugendlichen widerzuspiegeln.

Um mich wach zu halten, begann ich die Zigarettenkippen zu zählen, die meinen idyllischen Sitzplatz einrahmten. Bei der sechsundachtzigsten Kippe gab ich frustriert auf, weil sich mittlerweile wieder einige neue Fahrgäste eingefunden hatten und »rücksichtslos« in meiner Zählfläche herumstanden. Dazu gesellten sich vier Kinder, ich schätzte sie auf höchstens zwölf Jahre, die mit gespielter Lässigkeit dem Gift des Nikotins zusprachen und beim Einlaufen des Zuges mit gekonntem Schnippen des Mittelfingers den Zigarettenrest in hohem Bogen über den Bahnsteig katapultierten. Erstaunlich, dass gerade diese kleinen Dreckspatze besonders oft gegen die »große« Umweltpolitik wettern und selbstverständlich auch genau wissen, wie alles besser gemacht werden sollte.

Warum hatte ich eben eigentlich gewartet? Der jetzige Zug war genauso voll wie der vorherige und auf dem Bahnsteig standen auch wieder die gleichen Menschenmengen ... Aber diesmal wollte ich mit, denn es war höchste Zeit, dass ich in mein Bett kam.

Es gelang mir im Gang dieser Ölsardinendose einen garantiert umfallsicheren Stehplatz zu erkämpfen. Sehnsüchtig blickte ich zu den winzigen, überall verschlossenen Fensterklappen. Die Luft war stickig und verbraucht, man hätte sie fast mit einer Machete zerteilen können. Einen Versuch ist es wert, dachte ich: »Wären Sie bitte so freundlich das Fenster zu öffnen?« Ich wurde nicht enttäuscht. Das mir nächstgelegene Fenster wurde aufgeklappt. Ich lächelte dankbar mein freundlichstes Lächeln. Leider folgten die anderen Fahrgäste unserem lobenswertem Beispiel nicht. Und obwohl uns ein einzelnes Fenster nicht mit der gewünschten Menge Frischluft versorgen konnte, fühlte ich mich ein wenig wohler.

Die große Entlastung kam erst im Düsseldorfer Hauptbahnhof. Wie eine große Welle entleerten sich die vollgestopften Waggons und die Menschenflut strömte zu den Treppen. Die neuen Passagiere reagierten sofort auf die verbrauchte Luft und rissen die geschlossenen Fenster auf. Ich hatte mich mittlerweile an den ermüdenden Mief gewöhnt. Jetzt durfte ich bloß nicht einschlafen, wie es mir schon einmal passiert ist. Damals war ich, Gott sei Dank, nur eine einzige Station zu weit gefahren und der Gegenzug kam schon nach wenigen Minuten. Seit dieser Zeit riskiere ich es nicht mehr die Augen zu schließen.

Zuhause angekommen, ging ich bei unserem Konditor vorbei.

»Guten Morgen Herr Bieger. War meine Frau schon bei Ihnen, sonst nehme ich die Brötchen mit?«

»Guten Morgen Herr Meyer-Pyritz, nein, Ihre Frau war noch nicht hier.«

»Dann nehme ich vier normale.«

»Jawohl, unnormale haben wir sowieso nicht.«

»Ist klar, sie wissen schon, was ich meine.«

»Aber natürlich. So und Sie haben schon wieder frei, das ist ein Leben.«

»Moment, ich habe immerhin die ganze Nacht gearbeitet!«

»Ich bin auch schon seit vier Uhr auf und Sie haben doch, wenn ich das richtig sehe, morgen auch noch frei, oder?«

»Ja, ja, dafür hatte ich aber gerade vierundzwanzig Stunden Dienst.«

»Weiß ich doch, weiß ich doch, war ja auch nur ein Scherz.« Mit Herrn Bieger verbindet uns eine gewisse Freundschaft. Er ist jünger als ich und hat den Laden von unserem ersten Hauswirt, dem Konditormeister Müller gepachtet, bei dem auch mein Schwiegervater lange Jahre gearbeitet hatte.

»Tschüs, Herr Bieger.«

»Tschüs, Herr Meyer-Pyritz, guten Appetit und gute Nacht.« Ich lachte beim Verlassen des Höseler Cafehauses, meiner Lieblingskonditorei, die meines Erachtens die köstlichsten Leckereien weit und breit zubereitet.

Am frühen Nachmittag hatte ich etwas in der Stadt zu erledigen und fuhr mit dem Wagen nach Ratingen. Das Parkplatzproblem löste ich, indem ich das Auto schon außerhalb der Innenstadt auf einem Parkplatz abstellte. Mittlerweile hatte man auch hier einen Parkautomat aufgestellt und die Stadt kassierte horrende Summen.

Die paar hundert Meter bis zur Innenstadt ging ich zu Fuß, hatte fast die Fußgängerzone erreicht, da zuckte ich durch einen ohrenbetäubenden Knall erschreckt zusammen. Ich konnte gerade noch sehen, wie ein Fahrradfahrer durch die Luft geschleudert wurde. Er hatte einen Pkw übersehen und war blindlings links abgebogen, so dass die Kollision unvermeidbar war.

Was zuerst tun? Höchstens zehn Meter entfernt von mir stand ein Telefonhäuschen, oder sollte ich erst zum Unfallort eilen um Hilfe zu leisten? Erst anrufen, sagte ich mir und sprintete die kurze Strecke zum Telefon. Nervös fingerte ich die Groschen aus dem Portemonnaie, mein Atem ging außergewöhnlich schnell. Das konnte unmöglich von dem kleinen Sprint kommen.

»Die Feuerwehr Ratingen, guten Tag, was kann ich für Sie tun?«

»Äh – ja äh, also hier ist ein Unfall passiert und ich bin hier auf der ... auf der ..., verdammt wie heißt denn bloß die Straße. Schicken Sie unbedingt einen Krankenwagen.«

»Bleiben Sie ganz ruhig! Ich werde Ihnen jetzt einige Fragen stellen und bitte hängen Sie nicht auf.«

»Ja, ich bin ein Kollege aus Düsseldorf.« *Idiot! Du bist ein Idiot, babbelst hier wie ein Depp und erzählst ihm noch, du seiest ein Kollege.* Aber dann ging es doch noch. Ich schwitzte, mein Herz klopfte bis zum Hals, aber ich beantwortete brav die mir gestellten klaren Fragen. Dann rannte ich zur Unfallstelle.

Die Nervosität war mittlerweile gewichen und hatte der gewohnten Ruhe Platz gemacht. Das war auch gut so, denn der Fahrradfahrer benötigte dringend Erste Hilfe. Das ziemlich demolierte Fahrrad und sein gebrochenes Bein bildeten ein wirres Knäuel und es bereitete viel Mühe und Geschick, die beiden zu trennen. Ich war aber nicht der Einzige, der fachgerecht zupacken konnte und als wir schon nach kurzer Zeit die Sirenen des herannahenden Feuerwehrautos vernahmen, hatte der Radfahrer einen Druckverband am Kopf und lag mit provisorisch geschientem Bein zugedeckt in stabiler Seitenlage transportbereit.

Zwei Rettungssanitäter stiegen aus dem Rettungswagen. Ich kannte beide, denn es waren ehemalige Schüler von mir. Allerdings wusste ich ihre Namen nicht mehr. Die zwei waren im Vorteil, sie grüßten mich sofort.

»Oh, guten Tag, Herr Meyer-Pyritz, was ist denn passiert?«, Ich gab kurz Bericht und freute mich sehr darüber, mit welcher Umsicht und Sicherheit die beiden ihre Rettungsmaßnahmen durchführten. Die Polizei traf ein und regelte das Verkehrschaos um uns herum.

»Möchten Sie mit rein?«, fragte mich einer der beiden Kollegen. Das war vermutlich eine Respektsbekundung gegen den eigenen Ausbilder und ich antwortete:

»Nein, das ist jetzt ganz euer Patient. Es sei denn, ihr benötigt noch weitere Hilfe, dann komme ich natürlich mit.«

»Das schaffen wir schon, hatten ja einen prima Ausbilder!«, lächelte er.

»He, sieh zu, dass du reinkommst. Und beim nächsten Mal bitte kein Sie mehr, ich heiße Martin.«

»Sie kennen diese Leute?« fragte mich der Herr, der mit mir die Erste Hilfe gekonnt durchgeführt hatte.

»Ja, wir sind Kollegen, allerdings arbeite ich in Düsseldorf. Aber darf ich Sie fragen, wo Sie Ihr medizinisches Können gelernt haben?« Er winkte ab.

»Nein wirklich, Sie sind echt gut, wir beide könnten glatt einen eigenen Rettungswagen besetzen.«

»Nun, ein wenig habe ich wohl doch aufgepasst während meiner Studienzeit.« Dann stellt er sich vor.

»Das ist stark, Doktor, da hocken wir hier auf der Straße und leisten Erste Hilfe und Sie sagen kein Wort.«

»Warum auch, der Verletzte musste versorgt werden, für lange Diskussionen war keine Zeit. Spinner, die sich dicke tun, und Gaffer gibt es genug. Wir beide, Sie und ich, wir wissen doch, worauf es ankommt. Das genügt. Übrigens, Sie waren auch gut.«

»Danke. Aber da muss ich Ihnen etwas beichten!«

»Nur raus damit.«

Ich berichtete von meinem unprofessionellen Notruf und er musste lachen. Ich war etwas beschämt, offensichtlich wurde mein Gesicht von einer leichten Röte überzogen.

»Ich bitte Sie, so war mein Lachen nicht gemeint. Jeder von uns kann genau wie Sie von so einer Situation überrascht werden. Es ist ein alter Hut, dass auch Fachleute wie Sanitäter, Ärzte und Krankenpfleger außerhalb ihrer beruflichen Umgebung genau die gleichen Schwierigkeiten haben wie Laien. Wichtig ist einzig und allein, dass man sich wieder schnell in den Griff bekommt. Und das war bei Ihnen ja der Fall.«

»Danke Doktor, Sie haben mich psychisch wieder aufgebaut.«

»Oh, ich kann noch mehr für Sie tun, Sie müssen nur in meine Praxis kommen und dann sollen Sie mal sehen, wie schnell wir Ihrer Krankenkasse das Geld entziehen.« Wir lachten und gaben uns zum Abschied die Hand mit dem Bewusstsein zweier Männer, die sich gegenseitig achteten.

Später auf dem Nachhauseweg überlegte ich ständig, wie die Namen der beiden Feuerwehrmänner lauteten, aber ich kam nicht drauf. Ich ärgerte mich, insbesondere da sie mich sofort mit Namen angeredet hatten. Aber sie waren eindeutig im Vorteil: Ich musste mir in einem Lehrgang immer zwischen achtzehn und fünfundzwanzig Namen merken und sie nur den einen. Und ich war schon mehr als zehn Jahre lang als Ausbilder tätig!

Ich war in Hochstimmung! Klasse, die Burschen, wirklich Klasse, und ich hatte etwas dazu beigetragen. He, ist das nicht ein herrlicher Tag heute!

Die Zeit war knapp, aber ich schaffte es noch, das eigentliche Ziel, meinen Einkauf, zu erledigen. Jetzt saß ich bereits wieder im Fahrzeug auf der Heimfahrt.

Hinter mir hupte jemand. Ich blickte in den Rückspiegel und sah emporgehobene Arme eines genervten Autofahrers, sein Gesicht sagte alles. Kurzer Blick zum Tacho – ich schien in meiner Glückseligkeit vergessen zu haben, Gas zu geben. Vierzig km/h auf freier Landstraße, wo siebzig erlaubt sind. Ich lenkte hart an den rechten Fahrbahnrand, winkte aus dem geöffneten Fenster – ein silbergrauer GTI rauschte vorbei. Heute dürft ihr alles, dachte ich, fuhr nun aber wieder etwas schneller.

Oh, der von uns Autofahrern so geschätzte Bahnübergang am Höseler S-Bahnhof hatte – wie konnte es auch anders sein – seine Schranken geschlossen. Ich stellte den Motor ab und hielt – hinter dem GTI! Hatte ich da etwa schadenfroh gelächelt?

Während meiner nächsten Schicht auf der Wache erzählte ich meinen Kollegen von meinem privaten Rettungseinsatz.

»Oh, oh! Das darf ich ja eigentlich gar nicht hören«, warf mein Chef ein.

»Wieso?«, fragte ich ahnungslos.

»Schwarzarbeit. Ich sage nur Schwarzarbeit. Ich denke, damit haben wir dich im Griff. Du bist dran. Es sei denn …«

»Es sei denn was?«, lachte ich.

»Für eine Runde Kuchen könnte ich möglicherweise diesen Vorfall vergessen.«

»Du hast wohl eine Schraube locker«, entgegnete ich. »Wo kommen wir denn hin, wenn man jetzt statt Lob Strafe erhält. Kuchen is nich!« Aber Dieter ließ nicht locker.

»Männer, sollen wir diese schändliche Tat einfach so durchgehen lassen?«

»Nein, niemals!«

»Kuchen her!«

»Keine Gnade!«

»Du hörst es selbst. Das Urteil ist einstimmig.« Ich blieb hartnäckig.

»Ihr könnt mich mal ...«

»Das geht klar gegen meine Autorität! Der Sünder ist verstockt und uneinsichtig. Sollen wir mit aller Härte durchgreifen?«

»JAAA!«

»Das ist deine letzte Chance, Junge, überlege es dir gut. Sonst trifft dich die ganze Härte der Feuerwehrhausordnung.«

»Das kann ja wohl nicht wahr sein, seit wann regelt die Hausordnung euer gieriges Verlangen auf unrechtmäßigen Kuchen? Ich lehne es ab euch Fettwänste zu füttern!«

»Also dann ... packt ihn!«

Dieser Aufruf zur gewaltsamen Einlösung der »Kuchenstrafe« kam von Horst Heck und wurde umgehend von vielen kräftigen Armen in die Tat umgesetzt. Widerstand war zwecklos.

»Wir werden ihn ein klein wenig kitzeln.« Und mit hämischem Grinsen machte Horst einige viel sagende Fingerübungen in der Luft.

»Nein! Nicht kitzeln! Ich bereue!«

»Bereuen allein nutzt nicht. Wir wollen mehr!« Die Hände legten sich an meine kurze Rippe ...

»Aufhören! Sofort aufhören!« Ich wand mich wie ein Aal. Zwecklos! Ich wurde durchgekitzelt, es war eine Höllenpein.

»Ich zahle, ich zahle! Gnade, Gnade!« Mir blieb die Luft weg, ich prustete und schnappte nach Luft wie ein Fisch auf dem Trockenen, bis sie endlich von mir abließen.

»Geständnisse unter Folter gelten nicht«, wagte ich zu sagen. Sogleich streckten sich wieder mehrere Hände nach mir aus.

»Okay – ich kapituliere. Ich weiche der Gewalt, aber nur unter Protest!«

»Das ist egal, Hauptsache der Kuchen kommt.«

Ich kann nur jeden vor der Arbeit bei der Feuerwehr warnen. Hier herrschen mittelalterliche Foltermethoden und Anarchie, wenigstens auf der zweiten Tour der Feuerwache sechs. ICH würde mich niemals zu solch einem schändlichen Tun hergeben!

Es war ja nur ein Gartenhaus!

Die Gespräche der letzten Tage drehten sich um ein zentrales Thema: Die Versetzung. Schon seit langem hielt sich das hartnäckige Gerücht, dass unsere Truppe aufgelöst werden sollte. Das bedeutete zwar nicht, dass wir alle zu anderen Wachen versetzt würden, aber der eine oder andere musste doch damit rechnen, nicht nur auf eine andere Feuerwache, sondern auch auf eine andere Tour wechseln zu müssen. Solch ein Tourwechsel ist meist nicht angenehm, man bekommt neue und häufig unbekannte Kollegen. Das Ganze hat einen gewissen Neuanfangscharakter und irgendwann erwischt es fast jeden. Langjähriger Dienst auf ein und derselben Wache oder sogar auf der gleichen Tour – das sind absolute Ausnahmen.

Meist erfolgen Versetzungen mit der Beendigung von Grundausbildungslehrgängen. Die Neuen werden verteilt und bei dieser Gelegenheit werden durch weitere Umbesetzungen die Strukturen der Wachbereitschaft neu zusammengestellt.

Wenn man schon so lange zusammenarbeitet wie wir, ist es ein wehmütiges Auseinandergehen. Aber in der Regel findet man sich auch schnell in seinem neuen Wirkungskreis zurecht!

Um 16:30 Uhr trafen wir uns zu einer Dienstbesprechung in der Küche. Der obligatorische Kaffee war bereits gekocht, das Radio dudelte schnulzige Melodien aus den siebziger Jahren, aber keiner hörte hin. Alle Augen blickten gespannt auf ein Papier, das vor Hennes Keup lag. Mit dem Papier wedelnd, hatte er die Küche mit den Worten betreten:

»Männer, die Versetzungsliste.«

Diesmal gab es kein eifriges Gerede unter den Kollegen, heute blieben wir alle voll Erwartung stumm.

»Wollt ihr Radio hören oder soll ich die Versetzungen bekannt geben?« Ein etwas bissiger Unterton war deutlich zu hören und ließ uns auf nichts Gutes schließen.

»Aber erst haben wir da noch verschiedenes anderes.« Großes Aufstöhnen in der Mannschaft. Hennes blickte über den Rand seiner Brille finster in die Runde.

»Ist irgend etwas?«

»Komm, rück schon raus mit den Versetzungen, mach es nicht so spannend! Den anderen Quatsch kannst du später erzählen.«

»Mein lieber Klaus, in welcher Reihenfolge ich die Nachrichten unser Dienstbesprechung bringe, entscheide ich ganz allein.« Das saß! Entweder der Chef hatte extrem schlechte Laune, oder es stand eine Versetzung an, die ihm sehr gegen den Strich ging. Klaus verzichtete klugerweise auf einen Kommentar zu diesem scharfen Verweis, stand statt dessen auf und stellte das Radio ab.

»Es ist eine schriftliche Beschwerde bei der Direktion über einen RTW eingegangen – über unseren RTW . . .!«

Wir blickten uns betroffen an. Schweigen!

»Ich bin offiziell beauftragt, diesen Vorwürfen, und sie sind massiv, nachzugehen. Ihr werdet euch vielleicht fragen, warum ich die betreffende Besatzung nicht in mein Büro hole – das werde ich auch noch tun, aber der Angriff richtet sich nicht alleine gegen einen, obwohl der Anlass für die Beschwerde ein spezieller ist. Darüber hinaus hat sich dieser Arzt äußerst negativ über das Verhalten unseres Rettungsdienstpersonals geäußert.« Stimmen des erregten Widerstandes wurden laut.

»Moment mal, so geht das nicht! Seid ihr ein Haufen wilder Hühner oder was soll euer Gegacker? Ihr werdet den Namen erfahren und ich möchte eure Stellungnahme dazu. Aber schön ruhig und einer nach dem anderen. Ich hoffe, wir haben uns verstanden, ansonsten kann ich mir auch jeden einzeln ins Büro holen, okay!?« Aber die Wogen der Entrüstung brandeten erneut auf, als Hennes Keup den Namen des betreffenden Arztes nannte. Entnervt ließ er das Schreiben fallen. Zornesröte überzog seinen mächtigen Schädel und seine Halsschlagadern schwollen an wie dicke Filzschreiber. Dieter Seiter, der neben ihm saß und bisher geschwiegen hatte, legte eine Hand auf seinen muskulösen Unterarm.

»Reg dich nicht auf, Hennes, bleib ganz cool.«

»Cool soll ich bleiben! Cool! Ja Leute, seid ihr denn alle vom wilden Affen gebissen? Kapiert ihr denn nicht, dass ich hinter euch stehe?! Also bleibt schön auf dem Teppich und unterlasst es, weitere unqualifizierte oder diffamierende Äußerungen zu machen. Wir sind hier massiv in breiter Front angegriffen worden, und ich gebe euch Gelegenheit jetzt und hier, so wie es sich unter gesitteten Menschen gehört, darüber zu sprechen.« Wir hatten es begriffen. Die entsprechende Ruhe kehrte ein, dennoch konnte man die Aufregung einigen Kollegen vom Gesicht ablesen.

»Lies' doch bitte noch einmal die einzelnen Punkte vor, um die es sich genau handelt«, forderte Dieter Hennes auf. Die Situation entspannte sich wieder, und der grimmige Gesichtsausdruck von Hennes Keup verflüchtigte sich.

Es gibt viele Kollegen, die ihn von früher kennen, und man erzählte sich so manche Geschichte, in der er als ein knallharter, ja oft sogar als ungerechter Chef beschrieben wurde. Mit diesem Ruf hatte er auch bei uns angefangen. Ich kann mir über solche Geschichten kein objektives Urteil erlauben, statt dessen mahne ich zur Vorsicht, sie unbesehen zu glauben. Storys dieser Art sind oft falsch oder maßlos übertrieben. Wir erlebten heute jedenfalls einen Hennes Keup, wie sich jede Mannschaft ihren Chef nur wünschen kann. Offen und fair – objektiv und gerecht. Die Fakten wurden auf den Tisch gelegt und jeder bekam eine Chance seine Meinung zu vertreten. Worum ging es eigentlich?

Ein niedergelassener Arzt in unserem Wachbezirk hatte sich mit einer schriftlichen Beschwerde an die Direktion der Berufsfeuerwehr Düsseldorf gewandt und Bestrafung sowie Entschuldigung gefordert.

Es war ein Mittwochvormittag, als kurz vor Schließung der internistischen Praxis dieses Arztes ein älterer Mann mit seinem Fahrrad in der Nähe vorbeifuhr. Auch heute lag wie schon seit mehreren Tagen eine drückende Schwüle glockenartig über der Stadt.

Herr Kranz war Asthmatiker und litt besonders unter dieser Wetterlage. Vor der Apotheke stieg er von seinem alten Rad, wischte sich den kalten Schweiß von seiner Stirn und atmete schwer. Als er die Apotheke betrat, verspürte er einen heftigen Schmerz in seiner Brust. Wie ein eiserner Reifen legte er sich um ihn und große Angst bemächtigte sich seiner.

»Meine Güte, Herr Kranz, Sie sind ja ganz blass! Geht es Ihnen nicht gut?«

»Die Luft«, ächzte Herr Kranz »Die Luft, Sie wissen ja ... mein Asthma ...«

»Setzen Sie sich erst mal hin. Heute scheint es Ihnen besonders schlecht zu gehen. Sollen wir mal Blutdruck messen?« Herr Kranz nickte nur und setzte sich auf den bequemen Stuhl neben dem Messgerät. Er kam öfters hierher zum Blutdruckmessen, seit er vor einigen Jahren einen Herzinfarkt erlitten hatte. Der freundliche Apotheker legte die Manschette um den entblößten Oberarm und betätigte das automatische Gerät. Sein Gesicht wurde sehr bedenklich.

»Herr Kranz, Ihr Blutdruck ist ganz, ganz schlecht. Sie müssen unbedingt zum Arzt.«

»Wirklich? Aber es ist doch Mittwoch, da gehe ich morgen – wenn's nicht besser wird.«

»Sie sollten heute noch gehen. Am liebsten würde ich Ihnen einen Krankenwagen rufen, so wie Sie aussehen.«

»Meinen Sie wirklich, dass das nötig ist?«

»Unbedingt!«

»Aber bis ich bei meinem Doktor bin, ist die Praxis geschlossen.«

»Dann gehen Sie doch zu dem Arzt hier gleich nebenan. So dürfen Sie auf keinen Fall nach Hause. Ich werde meine Assistentin bitten, Sie dorthin zu begleiten.« Den schwachen Widerspruch ließ der resolute Apotheker nicht gelten und kurz darauf saß Herr Kranz im Behandlungsraum in der Praxis nebenan.

»Meine Güte, Herr Kranz sah aus, als stünde er vor einem Herzinfarkt«, erzählte die Apothekenhelferin ihrem Chef, als sie zurückkam.

»Das Gleiche habe ich auch gedacht, deshalb habe ich Sie ja mit ihm rüber geschickt. Sie kennen ihn doch auch, wenn man ihm nicht auf die Sprünge hilft, passiert nichts. Er wäre glatt wieder nach Hause gefahren.«

»Na, das hätte er heute aber nicht mehr geschafft. Übrigens war der Doktor nicht gerade begeistert, als wir beide so kurz vor Schluss rein kamen.«

»Wieso?«

»Nun ja, er war vorne an der Theke und blickte direkt auf seine Armbanduhr und meinte dann, dass sie eigentlich schon geschlossen hätten. Und überhaupt so auf den letzten Drücker erscheinen ...«

Wenige Minuten später ertönte die immer lauter werdende Alarmsirene unseres RTW. Neugierig sahen der Apotheker und seine Gehilfin durch die große Scheibe das Alarmfahrzeug in die Einfahrt zur Arztpraxis direkt neben ihnen einbiegen. Die Sirene verstummte, die Blaulichter liefen weiter und zwei Männer in weißen Kitteln sprangen aus dem Fahrzeug. Einer öffnete die große Schiebetür und reichte dem anderen eine Tasche heraus. Dann eilten beide im Laufschritt die Stufen zur Praxis hinauf. Der Apotheker blickt seine Gehilfin an und sagte lakonisch »Herr Kranz!«.

Dem ging es inzwischen gar nicht gut. Er lag mit entkleidetem Oberkörper auf einer Untersuchungsliege. Auf seiner

Brust hafteten Saugnäpfe mit Kabelanschlüssen. Auch an beiden Beinen und Armen waren Kabel angelegt, die sich allesamt in einem EKG Gerät vereinigten und die Tätigkeit seines schwer arbeitenden Herzen auf einem breiten Papierstreifen aufzeichneten. Herr Kranz war blass, kalter Schweiß stand auf seiner Stirn und auf seiner Oberlippe. Er schien kaum zu atmen, hatte die Augen aber weit geöffnet – Augen, die Todesangst zeigten.

Jochen Flesch und Addi Ehard bildeten das Team auf dem Rettungswagen. Beide sind das, was man für gewöhnlich als »alte Hasen« bezeichnet. Sie besitzen neben ihrer fachlichen Qualifikation auch die nötige Routine für außergewöhnliche Situationen.

»Weißt du eigentlich, wo wir hinfahren?«, fragte Jochen sein Gegenüber.

»Wieso, ist da etwas Besonderes?«

»Überleg' mal. Fällt dir bei dem Namen des Doktors nichts ein?« Bedeutungsvolles Schweigen.

»Ist das nicht der Spinner, der immer gleich durchdreht und keine Ahnung hat?«

»Genau der! Ich bin jetzt schon gespannt, was er diesmal auf Lager hat.«

»Na ja, Jochen, der muss ja nicht immer so verrückt sein.«

»Komm, hör auf! Oder kannst du dich an einen Einsatz erinnern, nur einen, bei dem er uns gerufen hat und alles glatt lief?« Addi blieb die Antwort schuldig, denn beide hörten gespannt einer Feuermeldung über Funk zu. Zug sieben und das Löschgruppenfahrzeug von Wache sechs rückten zu einem Brand eines Einfamilienhauses aus.

»Wir sind gleich da. Er hat eine eigene Einfahrt, auf der wir halten können.«

In der Praxis wurden die beiden von dem überaus erregten Arzt ungeduldig empfangen. Aber was für ein Empfang war das!

»Kommen Sie schnell! Schnell! Schnell! Der Patient muss sofort ins Krankenhaus! Fahren Sie mit Blaulicht!«

Das kam alles so hastig und ohne Information über seine Lippen, dass keine Zeit für Fragen blieb. Dazu kam noch, dass sich der Arzt im Eiltempo durch seine Räume bewegte und meine beiden Kollegen Mühe hatten, ihm zu folgen.

Herr Kranz lag noch immer »verkabelt« auf der Liege. Sein Gesicht war noch mehr eingefallen.

»Doktor, Sie sollten ihm Sauerstoff geben. Und dann lassen wir lieber unseren Notarzt kommen. Dieser Mann ist für uns nicht mehr transportfähig.«

Diese klare Aussage hätte jeder vernünftige Rettungsassistent gemacht. Ein Transport ohne Notarzt wäre in der momentanen Situation nicht nur unverantwortlich gewesen, sondern auch gegen jede notfallmedizinische Praxis. Das schien den Arzt allerdings überhaupt nicht zu interessieren, denn er brüllte und schäumte vor Wut.

»Was fällt Ihnen ein, meine Anordnungen zu kritisieren! Auf der Stelle holen Sie ihre Trage und transportieren diesen Mann! WAS STEHEN SIE HIER NOCH RUM?!«

»So nicht, HERR Doktor. Entweder SIE fahren mit und begleiten IHREN Patienten, oder wir holen unseren Notarzt. Der Mann stirbt mir sonst unterwegs, und das kann ich nicht verantworten!«

»Wer ist denn hier der Arzt!? Fahren Sie! Jetzt sofort! Der Mann hat einen Herzinfarkt!«

»Addi, geh raus an den Funk. Wir brauchen den Notarzt. Ich bleibe hier.«

»SIE, das hat ein Nachspiel! Was bilden Sie sich ein! Ich will sofort Ihren Namen!«

»Hören Sie Doktor, mit Schreien und Toben ist dem Mann nicht geholfen und wenn Sie nichts unternehmen, werde ich es tun.« Ohne sich weiter um den fassungslosen Arzt zu kümmern, öffnete Jochen die große Notfalltasche und entnahm ihr eine Sauerstoffflasche sowie eine dazugehörige Inhalationsmaske. Er wandte sich dem totenblassen Patienten zu. Mit einer leichten Kopfdrehung fragte er den Arzt:

»Wie heißt der Patient überhaupt?«

Der Arzt schien in diesem Moment erst seine Sprache wieder gefunden zu haben. Er starrte Jochen mit fassungslosem Gesicht an und kein Wort des Widerstandes kam über seine Lippen. Statt dessen sagte er leise:

»Kranz – ja, Kranz heißt der Mann.« Dann verließ er kopfschüttelnd und sichtbar vor Wut kochend den Raum. Jochen war mit dem Patienten allein. Aber das konnte ihn nicht aus der Ruhe bringen. Er redete mit leisen beruhigenden Worten auf den Patienten ein, ließ ihn Sauerstoff inhalieren und maß den Blutdruck. Addi kam wieder zurück.

»Ich hab mal eine Decke von uns mitgebracht. Ich glaube, die kann er gebrauchen.«

»Super, was ist mit dem Notarzt?«

»Ist in ein paar Minuten bei uns. Und, wie sieht es aus?«

»Oh, es geht schon etwas besser, nicht wahr, Herr Kranz?« Diese Worte halb zu Herrn Kranz, halb zu seinem Kollegen gesprochen, entsprachen leider nicht der Wahrheit. In Wirklichkeit ging es Herrn Kranz sogar noch etwas schlechter, aber es war nicht angebracht, das so deutlich auszusprechen.

»Wo ist denn der Doktor?«

»Keine Ahnung, sei froh, dass er fort ist.« Und in Gedanken sagten sich beide, dass das noch Ärger geben würde.

Normalerweise gibt es keinen Ärger, solche Einsätze laufen in der Regel routinemäßig ab. Jeder niedergelassene Arzt, der einen zu transportierenden Patienten hat, überlegt sich vorher, ob dieser mit einem Krankenwagen oder mit einem Notarztwagen zur Klinik gefahren werden muss. Außerdem erfolgt selbstverständlich eine adäquate Vorversorgung des Patienten in der Praxis. In seltenen Fällen, wenn es z. B. zu einer spontanen, nicht vorhersehbaren Verschlechterung des Gesundheitszustandes nach Eintreffen des Krankenwagens kommt, steigen die niedergelassenen Ärzte mit in den Krankenwagen.

Aus Verantwortung ihrem Patienten gegenüber lassen sie ihre Praxis im Stich und verzichten auf die unter Umständen zeitraubende Wartezeit bis zum Eintreffen des Notarztes. Die Zeiten, in denen man Patienten einfach einlud und dann mit heulenden Sirenen in die Klinik schaffte, gehören schon seit vielen Jahren der Vergangenheit an – aber es kommt leider auch heute noch vor, dass ein Arzt die Situation nicht richtig einschätzt. Verliert er dann die Nerven und die Kontrolle über sich, kann es zu schicksalhaften Fehlentscheidungen mit allen Konsequenzen kommen. Wehe dem Patienten, der dann von einem unerfahrenen Sanitätspersonal transportiert wird. Aber nicht nur der Patient ist schlecht dran, auch die Sanitäter sind die Dummen. Haben sie erst einmal die Praxis mit dem Patienten verlassen, so obliegt ihnen die Sorgfaltspflicht und die Verantwortung für sein gesundheitliches Wohl. Zum beruflichen Können gehört also unbedingt, dass der Sanitäter erkennt, wann ein Transport nicht mehr ohne Notarzt durchgeführt werden sollte. Und wenn er sich gegen einen Arzt durchsetzen muss, so benötigt der Sanitäter neben fundiertem Wissen, um die Situation richtig einschätzen zu können, auch eine gehörige Portion Erfahrung und Zivilcourage.

Davon besaßen meine Kollegen Gott sei Dank genug, und sie waren so vernünftig sich auf keinen Streit einzulassen.

Während sich die Besatzung des RTW von Feuerwache 6 bemühte, das Leben von Herrn Kranz zu retten, öffneten sich zum wiederholten Male die hydraulischen Tore der Wache. Erst vor wenigen Minuten hatte das Löschgruppenfahrzeug mit eingeschalteten Sondersignalen die riesige Fahrzeughalle verlassen, jetzt raste der Notarztwagen hinaus. Die Männer wussten genau: Wenn sie durch ihren eigenen Rettungswagen angefordert wurden, handelte es sich um einen echten Notfall. Der Weg war zwar nicht sehr weit war, dennoch vergingen wertvolle Minuten, und sie wurden zusätzlich durch den immer früher einsetzenden Berufsverkehr aufgehalten.

Der Apotheker und seine Mitarbeiterin wurden zum zweiten Mal an diesem Tag von der Sirene eines rotweißen Rettungswagen ans Fenster gelockt.

»Sehen Sie, ein zweiter Rettungswagen!«

»Das ist ein Notarztwagen«, stellte der Apotheker fest und als Bestätigung seiner Aussage deutete er mit ausgestrecktem Arm zu dem gerade haltenden Fahrzeug. »Sehen Sie die seitliche Beschriftung? Notarztwagen.« Beide sahen sich betroffen an.

»Ich habe übrigens, als Sie vorhin im Lager waren, die Frau von Herrn Kranz angerufen. Sie kennen sie ja auch, die alten Leute machen sich doch immer gleich solche Sorgen, wenn jemand zu spät kommt.«

»Ach, die Arme, sicher muss ihr Mann jetzt ins Krankenhaus. Soll ich nicht mal rüber gehen und mich erkundigen, was überhaupt geschehen ist?«

»Tja, ich weiß nicht, eigentlich kann das ja auch der Doktor machen.«

»Der kennt den Herrn Kranz doch gar nicht. Und bei uns sind die zwei doch schon so viele Jahre Kunden.«

Der Apotheker blickte gedankenverloren in die Ferne.

» Sie haben recht. Laufen Sie noch mal rüber und sehen Sie, ob wir helfen können. Aber bitte – diskret.«

Zu gleicher Zeit wurde Wache 7 und unser LF zum Brand in einer Schrebergartenanlage alarmiert, nur zu viert saßen wir in dem großen Löschfahrzeug.

»Wieso schickt die Leitstelle eigentlich noch ein zweites Fahrzeug zu dieser Brandstelle? Es ist doch nur ein Gartenhaus!« Diese Frage richtete Waldemar Hinz an seinen Chef Dieter Seiter, ohne dabei den Blick von der Fahrbahn zu nehmen. Er lenkte das tonnenschwere Gefährt mit ca. 80 km/h über die Schnellstraße.

»Menschenleben sind in Gefahr, dann wird doch immer ein zweites Löschfahrzeug geschickt. Ich glaube, das ist die alte Schrebergartensiedlung, in der noch viele richtig wohnen.«

»Was ist, sollen wir uns überhaupt ein Gerät anziehen? Ich schätze, bis wir da sind, hat die Wache 7 alles im Griff.«

»Zieht es trotzdem an, wahrscheinlich hast du recht, Rambo, aber sicher ist sicher.« Mein Kollege Manfred Sbrzesny und ich bildeten den Angriffstrupp. Unsere Aufgabe bestand also darin, den ersten Angriff gegen ein Feuer oder eine andere Gefahr vorzunehmen. Unser Manni ist ein echter Kämpfer. Er wird bald fünfzig, qualmt wie ein Schlot und hat doch die Kondition eines Zwanzigjährigen.

»Manni ist ein Tier, wenn er eine Axt in der Hand hält, dann haltet am besten 5 m Abstand.« sagen wir immer. Es gibt nichts, was ihn aufhalten könnte. Er besitzt eine Zähigkeit und Ausdauer, mit der sich andere nicht messen können. Seine Kondition und Kraft hat er sich durch Kegeln erworben. Dabei handelt es sich jedoch nicht um das lockere Kugelrollen in trinkfreudigem Kreise – nein, Manni ist Sportkegler. Und zwar einer der Spitzenklasse. Vor vielen Jahren ging uns sein Gerede von den mehreren hundert Kugeln, die er angeblich täglich schob, ganz schön auf den Geist. Nicht nur seine vermeintliche Übertreibung, auch seine angeblich hohe Trefferquote empfanden wir als maßlos übertrieben. Und so entstand eine Wette zwischen unserem Superkegler und dem Rest der Mannschaft. Auf einer Großanlage sollte Manni ohne Pause gegen jeden von uns antreten. Es galten jeweils fünfzig Wurf auf die Vollen, sowie fünfzig Wurf zum Abräumen. Dabei erhielt jeder von uns sogar noch einen Punktevorsprung und Manni unterlag freiwillig dem Gassenzwang. Weiter möchte ich unsere Blamage nicht ausschmücken. Am nächsten Tag hatten wir allen einen heftigen Muskelkater. Manni konnte darüber allerdings nur lächeln, er strahlte sogar und sein immer freundliches, offenes Gesicht glänzte wie eine polierte Kegelkugel. Er hatte jeden von uns mit einem niederschmetternden Ergebnis in seine Schranken verwiesen!

Dieser Pfundskerl saß jetzt neben mir im Mannschaftsraum des LF. Wir lehnten mit dem Rücken gegen das Atemschutzgerät und legten die Gurtbänder an. Für gewöhnlich ist es dabei im Fahrzeug ziemlich eng, denn es hätten sich eigentlich einige Feuerwehrmänner mehr darin befinden sollen – aber durch unsere derzeitigen Personallage hatten wir für das Ausrüsten genügend Platz. Über Funk hörten wir, wie sich Feuerwache 7 meldete.

»Wir kommen nicht durch! Die Gruppe von Wache 6 soll den Nebeneingang anfahren, hier ist alles zugeparkt.«

Bevor die Leitstelle uns ansprach, meldete sich Dieter.

»Wir haben mitgehört, fahren den Nebeneingang an.«

»Wenn Sie eingetroffen sind, geben Sie umgehend Rückmeldung. Hier sind mehrere Meldungen eingegangen.«

Irgendwo inmitten der grünen Oase stieg dichter dunkler Qualm auf. In der Ferne vernahmen wir die Sirenen von Zug 7.

Das Schrebergartengelände stammte noch aus der Nachkriegszeit. Vier breite Wege kreuzen sich und bilden so neun große annähernd gleiche Quadrate, die von kleineren Fußwegen durchzogen wurden. Wir konnten mit unseren großen Fahrzeugen nur die Hauptwege befahren. Trotz der symmetrischen Geländeaufteilung vermittelt das Gartengelände den Eindruck eines mittleren Bau-Chaos. Es hatte keine Beschränkungen zum Thema Bauhöhe, Art oder Größe gegeben. Die Bewohner hatten nach der Not des Krieges alle Materialien verarbeitet, die zur Verfügung standen. So existieren auch heute noch namenlose Baustile, die Zeugnis von dem Einfallsreichtum ihrer Erbauer geben. Ganze Lauben- und Gartenschuppenkomplexe werden von prächtigen Rhododendrenhecken und wilden Heckenrosen eingefasst, unterbrochen von mächtigen Obstbäumen mit moosüberzogenen Stämmen. Viele Menschen hatten sich schon vor Jahrzehnten hier ihr Heim geschaffen. Sicher ist es nicht das, was man normalerweise sein eigenes Haus nennt, und vielen sind diese Dauerprovisorien ein Dorn im Auge. Aber wer hier lebt, möchte nicht mit der

Enge einer Stadtwohnung tauschen. Und für mehr würde das Geld bei den derzeitigen Mieten sowieso nicht reichen.

Wir hatten Glück. Der Nebeneingang, mit einem alten rostigen Vorhängeschloss verschlossen, war nicht zugeparkt. Wir machten kurzen Prozess und zerkniffen das Schloss mit dem Bolzenschneider. So erreichten wir noch vor Wache 7 den Einsatzort.

Hinter einer halb hohen Ligusterhecke brannte ein altes, einfaches Schrebergartenhaus. Es war eine Holzkonstruktion mit vorgebauter, überdachter Terrasse und einem angebauten Schuppen mit Wellblechdach. Um das brennende Haus standen viele Menschen, meist ältere, und obwohl die Wärmestrahlung sehr groß war, hatten sich einige Mutige mit Gartenschläuchen nahe herangewagt. Ihre Löschversuche waren jedoch vergeblich, längst schlugen die Flammen aus den Fensteröffnungen und ließen ein Eindringen in das Innere nicht mehr zu.

Kurz und präzise erteilte Dieter seine Befehle und wandte sich an die Umherstehenden. Waldemar hatte die Pumpe angeworfen, einen Verteiler mit Schlauch angeschlossen und direkt Wasser aus dem Tank eingegeben. Manfred und ich rollten jeder einen eigenen C-Schlauch aus, um das Feuer direkt von zwei Seiten zu bekämpfen.

Es zischte und prasselte, als unsere Wasserstrahlen in das Flammenmeer einschlugen. Manni hatte sich ganz nah an ein Fenster herangearbeitet, um das Feuer gezielter angreifen zu können. Dadurch stand er in so einem ungünstigen Blickwinkel zu mir, dass ich ihn nicht mehr sehen konnte. Auf einmal brüllte Dieters Stimme: »Rambo! ZU MIR!«

Ohne zu zögern sperrte ich das Stahlrohr ab und ließ es fallen. Ich eilte um das brennende Haus nach vorne, wo dringend nach mir verlangt wurde. Was war geschehen?

In der Zwischenzeit versuchten die Besatzungen des Notarztwagens und des Rettungswagens alles, um Herrn Kranz, der immer noch in der Arztpraxis lag, am Leben zu erhalten. Leider hatte sich seine gesundheitliche Situation derartig verschlechtert, dass er trotz umfassender Behandlung mit Notfallmedikamenten künstlich beatmet werden musste. Sein Herz setzte immer wieder aus, und er erhielt eine extrakorporale Herzmassage.

Unser Notarzt, Dr. Thomas Frankenhauser, zählt zu der Sorte Arzt, die erst aufgeben, wenn der Tod unabwendbar Sieger bleibt. Aber bis dahin zieht er alle Register seines medizinischen Könnens und seiner Möglichkeiten. Mit Zähigkeit und Ausdauer kämpft er selbst dann noch weiter, wenn andere aufgeben. Die mit ihm schwitzenden Rettungsassistenten bekamen langsam das Gefühl, dass es vorbei war, dass sie den Kampf gegen den Tod verlieren würden – aber Thomas (wir duzen uns) gab nicht auf. Nach mittlerweile 45 Minuten Wiederbelebungsmaßnahmen riss er nicht nur seine Assistenten durch seine motivierende Art mit – er hatte auch Erfolg bei Herrn Kranz!

»Das Herz, es schlägt, seht doch nur, es schlägt wieder! Jetzt keine Massage mehr. Wir schaffen es. Ich weiß es genau, Jungs, wir schaffen es! Kommt jetzt, schnell die Trage vorbereiten. Voranmeldung mit Herzalarm an die Klinik und dann ab durch die Mitte!«

Nachdem Manni die Flammen mit seinem Strahlrohr in das Innere des Hauses hatte zurückdrängen können, entdeckte er den leblosen Körper einer Frau am Boden. Ohne lange zu fackeln, hechtete er durch das offene Fenster in die Feuerhölle hinein. Er hatte sich nur einmal kurz umgeblickt, um sicher zu gehen, ob er bei seiner Aktion bemerkt wurde. Das geschah jedoch nicht aus Eitelkeit, sondern war der winzige Rest an Eigenschutz. Er konnte sicher sein, dass wir ihm sofort helfen würden. Unser Chef hatte die tollkühne Aktion mitbekommen und sprang mit riesigen Sätzen zu dem Fenster, ergriff Mannis Strahlrohr, das er draußen hatte liegen lassen müssen und legte einen Wasserschleier schützend über seinen Mann. Dabei rief er nach mir.

»Los Rambo, hinterher, die Frau muss raus!«

Hätte er ein Atemschutzgerät getragen, wäre er ohne Bedenken nachgesprungen, glatter Selbstmord ohne die sichere Atemluft aus der Stahlflasche. Aber auch mit Atemschutzgerät war das Risiko extrem hoch, selbst von den Flammen erfasst zu werden, und man konnte man es ohne Spezialflammschutzanzug nur sehr kurze Zeit in diesem Glutofen aushalten. Wir mussten mit eiserner Willenskraft dem Körper das Letzte abverlangen. Dieser Einsatz war durch sein hohes Risiko sicher an der Grenze dessen, was gewagt werden durfte, aber Manni hatte die Chance, die Frau zu retten erkannt, abgewogen und gehandelt.

Die Hitze war schier unerträglich. Zwar schützte uns das Wasser aus dem C-Rohr, aber trotzdem verbrühte aufsteigender Wasserdampf unsere Ohrmuscheln.

Die Frau war schwer, ich schaffte es kaum. Gut, dass mein Kollege Manni so viel kräftiger war. Auf einmal prasselte ein zweiter kräftiger Strahl Wasser auf uns, und vier zusätzliche Hände packten mit zu. Die Männer von Feuerwache 7 – dem Himmel sei Dank. Auf einmal ging alles blitzschnell, und nachdem wir den leblosen Körper der Frau durch das Fenster in die Arme der anderen, bereitstehenden Kollegen übergeben hatten, sahen wir zu, wieder auf dem gleichen Weg herauszukommen, wie wir hineingekommen waren.

Ich ging nur noch so weit, bis ich aus dem Bereich der Strahlungshitze kam, dann ließ ich mich auf das Gras fallen. Bloß runter mit der Maske. Aua, die Gummibänder streiften über die verbrannten Ohren. Neben mir saß Manni, auch er hatte seine Maske abgezogen und strahlte über das ganze schweißnasse, rot glühende Gesicht.

»Na bitte, das war doch mal was. Nett, dass ihr auch gekommen seid.«

Ich atmete heftig und tief die angenehm kühle Luft ein und blickte ihn an.

»Manni, du Tier ...«

»Wer ist denn da noch zu uns reingeklettert?«

»Das waren wir«, klang es von hinten. Ich blickte mich um. Da standen Ludwig Peil und Dieter Klüppel. Sie legten gerade ihr Atemschutzgerät ab.

»Da lässt man diese Anfänger einmal kurz alleine und denkt, die schaffen das und dann so was. Ihr habt wohl nix in den Muskeln, wie?«, meinte Ludwig.

»Ludwig, du alter Schwede. Wir wollten gerade raus kommen und sind nur euch zu Gefallen noch etwas geblieben.«

»Was ist, ihr Plaudertaschen, was soll das hier geben, ein Kaffeekränzchen?« Die Worte kamen aus dem Mund unseres Chefs, der aussah wie eine geröstete Tomate.

»Schätze, dass ihr euch genau wie ich etwas Brandsalbe in die Gesichter schmieren dürft.«, meinte er. Das war tatsächlich nötig. Bei uns waren es nur die Ohren und der Nacken, bei ihm noch etwas mehr. Die kurze Zeit, die er ohne Atemschutzmaske am Fenster stehend den schützenden Wasserstrahl auf uns gerichtet hatte, hatte seine untere Gesichtspartie geschädigt. In der oberen Gesichtshälfte hatte das heruntergeklappte Visier eine gewisse Schutzwirkung erfüllt. Aber wir waren zufrieden, alle, das war ganze Arbeit. Wir durften pausieren.

Unsere Kollegen von der Feuerwache 7 hatten alles im Griff. Zwei Mann kümmerten sich intensiv um die Frau, sie wurde beatmet und erhielt 100% Sauerstoff. Der Notarztwagen war schon unterwegs. Zur Zeit lag sie im miteingetroffenen Rettungswagen. Einer der Rettungssanitäter kam zu mir.

»Weißt du, wie die Frau heißt? Wir haben noch keine Personalien.«

Ich zuckte mit den Schultern.

»Keine Ahnung.«

Da trat ein älterer Mann zu uns, der in der Nähe gestanden hatte. Er löste sich aus der kleinen Menge Menschen, die voller Entsetzen den Brand mitangesehen hatten.

»Entschuldigung, ich habe die Gartenlaube nebenan.«

»Oh, das ist gut, dann können Sie uns sicher weiterhelfen.« Mit diesen Worten wandte sich mein Kollege an den hilfreichen Gartennachbarn. Ich hörte nur noch, wie der sagte:

»Frau Kranz, ja das ist Frau Kranz, mein Gott die Arme ...«

Das Feuer war relativ schnell gelöscht. Zwar stand das Haus noch, aber es war nur noch eine abbruchreife Ruine. Mittlerweile wimmelte es nur so von Schaulustigen und ich hörte, wie einer sagte:

»Was soll's, es war ja nur ein Gartenhaus.« Ja, es war »nur« ein Gartenhaus, aber es war das Heim von Menschen, und einer von ihnen kämpfte gerade noch um sein Leben.

Auf der Intensivstation des Benrather Krankenhauses lagen wenig später zwei neue Patienten. Sie würden beide bald auf die normale Station entlassen. Ihre Namen: Wilhelm und Anna Kranz.

Herr Kranz, eingeliefert durch den Notarztwagen der Feuerwache 6 mit einem Atemstillstand nach Herzinfarkt.

Frau Kranz, eingeliefert am gleichen Tag durch den Notarzt der Feuerwache 1 mit Atemstillstand nach schwerer Rauchgasvergiftung und Verbrennungen. Sie würden auch diese Station bald verlassen und nach Hause gehen können. Nach Hause? Wo war das? Was war übrig geblieben nach dem alles vernichtenden Feuer?! Trübe Gedanken quälten die beiden alten Menschen. Da waren sie dem Tod von der Schippe gesprungen, aber ihre Lebensgrundlage war dahin. Alles war dahin, es gab niemanden, der für ihren Schaden aufkam, keine Versicherung, keiner ...

Ersparnisse? Ach, wäre das schön, welche zu haben. Aber das Leben hatte nicht genug abgeworfen für ein dickes Sparbuch. Ja, es gab einen kleinen Notgroschen, er würde aber völlig aufgezehrt werden. Gab es doch so vieles, was in dem Brand mit vernichtet worden war und neu angeschafft werden musste. Immer und immer wieder rechneten die beiden Unglücklichen die Kosten für Möbel, Kleidung, Bettwäsche,

Gegenstände des täglichen Bedarfs usw. durch. Selbst bei strengster Beschränkung und dem Kauf billigster Sachen und natürlich auch nur der notwendigsten Dinge reichte es vorne und hinten nicht. Was hatte doch der nette Doktor hier im Krankenhaus gesagt? Das Sozialamt werde für sie aufkommen, das stünde ihnen rechtlich zu. Aber wir sind doch keine Bettler. Immer habe ich mein Geld ehrlich verdient, gewiss, es war nie viel, aber es hatte immer gereicht. Und jetzt, wo wir beide so alt sind, soll ich beim Staat betteln müssen.

Herr Kranz weinte, er weinte eine von vielen Tränen des Kummers und der Sorge. Dabei sollte er nicht weinen, keine trüben Gedanken haben. Das belaste sein Herz, sagten sie. Er atmete tief und fühlte die Schläge seines Herzens. Wäre er nicht besser gestorben?

Und Frau Kranz? Ihr ging es nicht besser als ihrem Mann. Dazu quälten sie schwere Selbstvorwürfe. Hatte sie doch nach dem Anruf des Apothekers in ihrer Aufregung das Bügeleisen auf der Wäsche stehen lassen. Ach, hätte ich doch, ja, wenn, wenn, wenn..., es war nicht mehr ungeschehen zu machen. Ich hätte nicht versuchen dürfen, noch mal rein zugehen, um unsere Papiere zu retten, aber es war geschehen, es war geschehen.

»Wenn wir den LKW von Wache 1 bekommen, den von der Fahrschule, fahre ich morgen zu dem Holzhändler und bringe alles auf einmal mit.«

»Das mit dem Wagen geht klar. Die Direktion gibt uns volle Unterstützung. Wir können sämtliche Zuschnitte in der Schreinerei auf Wache 4 durchführen.« Diese erfreuliche Nachricht vom Wachabteilungsführer Egon Pöhl löste ein echtes Transportproblem. Schon seit einer Stunde saßen die Kollegen der zweiten Wachbereitschaft gemeinsam in ihrem Aufenthaltsraum und besprachen eine höchst wichtige Aktion.

»Ist der Beton schon ausgehärtet?«

»Mann, frag nicht Dinge, von denen du nichts verstehst.

Sieh' lieber zu, dass du deine Schlosserarbeiten rechtzeitig fertig hast.«

»Bei mir ist schon lange alles fertig.«

»Ganz ruhig Männer. Ist doch eigentlich alles klar. Das Fundament liegt, Alfons holt morgen den LKW und trifft sich gegen neun Uhr mit Ludwig beim Holzhändler. Die anderen kommen wie besprochen direkt auf die Baustelle. Was ist mit der Toilettenschüssel und dem Waschbecken?«

»Habe ich bekommen. Außerdem habe ich denen noch neue Armaturen abgeschwatzt.«

»He, super, dann fehlt nur noch die Dachpappe.«

»Die werde ich wahrscheinlich morgen früh erhalten, ich komme dann aber etwas später.«

»Spitze, ich bin stolz auf euch. Morgen Abend steht das neue Haus für die beiden Alten, hoffentlich spielt das Wetter mit und es bleibt trocken.«

Einige Zeit später, die Kartoffelernte stand bevor und in dem Schrebergarten der Familie Kranz wurde kräftig gearbeitet. Allerdings keine schweren Arbeiten, man musste sich noch schonen. Deshalb legten die beiden öfters eine kleine Pause ein und saßen unter der Pergola ihrer Terrasse, die an ein schönes neues Holzhaus grenzte. Ein Haus, in dem man wohnen konnte, gebaut von den Feuerwehrmännern der Feuerwachen sechs und sieben.

Ihr Lohn? Mehr als ein Mensch je hätte zahlen können: der Dank und das Glück der beiden netten alten Leute, die da auf der Bank saßen und sich bei den Händen hielten.

»Das ist es, worüber der Arzt sich beschwert hat. Jetzt sag selber, ob wir im Recht waren oder nicht.«

Hennes Keup blickte sinnend vor sich hin. Nach einiger Zeit meinte er:

»Damals hatte ich Urlaub. Du warst bei dem Brand dabei, Dieter?«

»So ist es Hennes, und die Story mit dem Doc habe ich von den Kollegen schon gehört. Ich habe auch mit unserem Notarzt gesprochen. Die Jungs haben sich korrekt verhalten. Wir sollten ihnen den Rücken decken.«

Hennes blickte grimmig in die Runde. Dann zeichnete sich ein leichtes Lächeln auf seinem Gesicht ab.

»Ihr habt doch immer wieder Glück, ihr Burschen.«

»Und was ist jetzt mit der Versetzung?«

»Versetzung?« fragte er scheinheilig, als wüsste er nicht, dass wir fast vor Neugier zerplatzten.

»Also, von uns wird keiner versetzt, aber ich gehe in Pension. Noch irgendwelche Fragen?!«

Eine Ära geht zu Ende

Die vielen Jahre seit meiner eigenen Ausbildung zum Feuerwehrmann schienen wie im Flug vergangen zu sein. Jahre? Mir war, als wären es nur Tage gewesen. Hatte ich nicht gerade erst – war nicht vor kurzem noch – weißt du noch, wie wir damals den Brand in dem Hochhaus …

Nein, es war viel länger her als »vor kurzem«. Die Zeit verflog, neue, junge Kollegen ergänzten die Mannschaft und auf einmal gehörten wir zum Mittelalter. Wir, die »BIVIS« (bis vierzig).

Auch die Aufgaben der Feuerwehr waren andere geworden, hatten sich in vielem verändert und jetzt verließ uns einer der Besten. Unzählige Brände wurden von seiner Hand gelöscht, unzählige Leben von ihm gerettet. Er hatte Generationen kommen und gehen sehen, hatte sie geprägt und sich von ihnen prägen lassen. Nicht nur Freunde gab es, auch Gegner und Neider. Aber in der Bilanz dieses wechselhaften, aufregenden Lebens stehen weit mehr Pluspunkte, als solche mit dem gegenteiligen mathematischen Vorzeichen.

Wir hatten lange und hitzig diskutiert, wie wir unserem Hennes einen würdigen Abschied in den wohlverdienten (und doch ungeliebten) Ruhestand bereiten wollten. Es war klar, dass der letzte Tag etwas Besonderes werden musste. Zwar sollte er ein normaler ›Feuerwehralltag‹ sein wie jeder andere auch. Aber nach den vierundzwanzig Stunden dieses letzten Dienstes war ein Abschied geplant, an den sich alle noch lange erinnern sollten.

Für die Durchführung solcher Ereignisse gibt es keinen Besseren als unseren Kollegen Jochen Flesch. Koordinator,

Initiator für Festlichkeiten aller Art – generalstabsmäßige Abwicklung von der Idee bis zur Durchführung, bei ihm laufen alle Fäden zusammen. Je größer das Fest, desto intensiver wirft er sich ins Zeug – ein echter Profi! Besonders wichtig: Seine hilfreichen »internationalen« Verbindungen ermöglichen es immer wieder, unsere nicht gerade üppige Kasse liebevoll zu schonen. Kurzum, was lag damals näher als seinen Vorschlag, der – vorurteilsfrei – der Beste war, in die Tat umzusetzen. Und so lief sein Einmann-Unternehmen auf Hochtouren und zur Hochform auf.

Der Tag X kam, ein sonniger Frühsommertag, aber das schöne Wetter täuschte, an diesem Morgen war es nach unserer vierundzwanzigstündigen Schicht noch empfindlich kühl.

Eine offene Kutsche mit zwei blitzblank geputzten Pferden rollte mit eifrigem Hufeklappern auf den gepflasterten Feuerwehrhof. Gewienerte Feuerwehrstiefel spiegelten sich im Sonnenlicht in nie gesehenem Glanz.

Stan Trunitschek, seines Zeichens Haus- und Hoffotograf von der anderen Wachbereitschaft, hatte seine professionelle Großformatkamera auf einem geradezu gigantischem Stativ aufgebaut, inklusive zweier gewaltiger Scheinwerfer, unter deren gleißendes Licht jede unrasierte Bartstoppel hoffnungslos enttarnt worden wäre.

Hennes wusste wirklich nichts von unseren Plänen, und als sein Freund Manfred (besser bekannt als Manni) – in voller Montur mit Helm und Hakengurt – ihn auf den Kutschbock geleitete, ist es durchaus möglich gewesen, dass einige Tränen nicht nur durch die blendende Sonne erzeugt wurden. Apropos, an diesem Morgen wurden viele von uns vom Sonnenlicht geblendet …

Im Autokorso ging es durch die Fahrzeughalle hinaus auf die viel befahrene, autobahnähnliche Frankfurter Straße. Vorneweg fuhr ein Löschgruppenfahrzeug mit eingeschaltetem Blaulicht, dann die Kutsche mit Hennes, Manni und dem

Kutscher. Danach Heinrich Osthoff mit seinem Wohnmobil und den Schluss bildete ich mit meinem PKW. Eigentlich hätte es sich dabei um eine nicht erlaubte Umzugsgesellschaft gehandelt, wenn, ja wenn nicht Jochen Flesch gewesen wäre. Hatte er nun eine Sondergenehmigung vom Polizeipräsidenten bekommen oder vom Innenminister (oder gar von beiden)? Ich weiß es nicht mehr so genau, aber er hatte es geschafft. Und so zockelten wir bis zur nächsten Ausfahrt mit ca. vierhundert und zwei Pferdestärken durch den frühen Tag.

Ausfahrt Benrath und dann zur Einfahrt Benrather Schloss. Hier, wo normalerweise nur unser damaliger Landesvater (Bruder) Johannes Rau bei Staatsempfängen vorfahren durfte, lenkte nun erstmalig in der modernen Neuzeit eine Kutsche ihre eisenbereiften Holzräder durch den sorgfältig geharkten Kies. Der liebenswürdige Herr Ritzenhofen, seines Zeichens Kastellan dieses nordrhein-westfälischen Kulturguts, ließ es sich nicht nehmen, seinen Freund Hennes samt seiner Mannschaft persönlich zu begrüßen. Das hieß, erneuter Fototermin und dann wieder aufsitzen.

Von nun an ging es romantisch über kleine Wege in den Stadtteil Flehe, wo die besten und treuesten Freunde von Hennes in ihrem landwirtschaftlichen Anwesen ein urgemütliches Frühstück vorbereitet hatten. Familie Schäfer und sein Patenkind Florian empfingen uns mit offenen Armen und es wurde ein sehr schöner, langer Vormittag. Zum Abendessen lud Hennes ein. Der Fleher Hof war für diesen Tag sein und alle kamen. Es war fast wie eine Hochzeit auf dem Lande, wir spürten viel von der Ursprünglichkeit solcher Anlässe, durch die offene Herzlichkeit und besonders durch die reichhaltige Küche. Die Atmosphäre unterschied sich deutlich von dem vielfach hektischen Feiern in der Großstadt.

Außerdem hatten wir natürlich unsere »nicht gerade üppige Kasse« entsprechend geplündert und Hennes ein würdiges Abschiedsgeschenk überreicht.

Ein Mann, vor dem ich den Hut ziehe, einer, der die Höhen und Tiefen der Düsseldorfer Berufsfeuerwehr intensiv mitgeprägt und miterlebt hatte und auch in seiner Führungsposition Mensch geblieben war, starb wenig später an seinem schweren Krebsleiden.

Wir sahen uns wieder – alle, bis auf den einen –, als wir ihn an einem herbstlichen Morgen seiner heimatlichen Fleher Erde übergaben.

Einer der Besten hatte uns verlassen.

Lieber Gott, nimm ihn zu Dir!

Der neue Dienst

Die Bundesrepublik unterliegt im letzten Jahrzehnt tief greifenden Veränderungen. Veränderungen, die manchen hart treffen und seine Existenz erschüttern oder gar vernichten. Das Computer-Zeitalter hat uns voll im Griff. In allen Gebieten wird Personal abgebaut, wenige Wirtschaftszweige bleiben ungeschoren. Die berechtigte Angst, seinen Arbeitsplatz zu verlieren, befällt den Manager ebenso wie den Arbeiter. Großkonzerne verlagern ihre Produktionsstätten ins »billigere« Ausland. So genannte sozialverträgliche Personalabbaumodelle werden erarbeitet und vorgestellt, als wären sie die Allheilmittel zur Gesundung der Wirtschaft. Dabei gesunden nur die sowieso schon Vermögenden, viele Tausende Arbeitsplätze werden wegrationalisiert. Die Jugendarbeitslosigkeit lässt die Kriminalitätsraten steigen. Die Städte ersticken in ihrem Dreck, Sprayer (besser: Schmierer) drücken ihren abstoßenden Stempel auf jede noch so kleine freie Mauerstelle, jede Fassade und jede S-Bahn. Die Gesellschaft scheint sich zu teilen in die Wohlhabenden und die Armen, in die Fleißigen und die Faulen, in die mit und die ohne Arbeit. Und die wiederum in unverschuldet Arbeitslose und in Schmarotzer.

Sind meine Ausführungen zu hart? Schwarz/Weißmalerei? Nun, ich bin kein Sozialwissenschaftler, aber ich erkenne einen Trend in unserem Land, der stark amerikanische Züge aufweist. Die Politiker haben dem, so scheint es, nichts entgegenzusetzen. In der Öffentlichkeit präsentieren sie sich durch Profilierungs- und Machtkämpfe, anscheinend immer nur das nächstgelegene Wahlkampfziel im Blick.

Und die Feuerwehr? Wie stellt sich eine Großstadtwehr solchen Veränderungen, die sich hauptsächlich in einer kommunalen Sparpolitik niederschlägt. Denn auch wir wurden nicht vom Stellenabbau verschont. Insgesamt sechzig Arbeitsplätze im mittleren feuerwehrtechnischen Dienst wurden nach erfolgter Pensionierung nicht mehr besetzt. Im Klartext heißt das: 60 Feuerwehrmänner weniger, obwohl wir sowieso schon unterbesetzt fuhren. Kein Branddirektor lässt seine Männer gerne gehen, aber hier entschieden Politiker und nicht die erfahrenen Männer vor Ort. Sie kennen die Basis, wissen, wie oft wir unser Leben riskieren müssen und sind gezwungen, durch diese Maßnahmen das Risiko durch die personelle Unterbesetzung noch zu erhöhen. Wir konnten durch diesen katastrophalen Personalmangel nicht mehr mit unserem alten Drei-Schichten-System arbeiten. Entsprechend musste ein neues System her, in dem mit weniger Personal mindestens die gleiche Leistung erbracht werden kann. Das hört sich an wie die Quadratur des Kreises: Ein neues System zu entwickeln war nicht nur eine äußerst schwierige Aufgabe, sondern auch eine undankbare! Sie erzeugte viel Ärger unter den Feuerwehrmännern. Seine Ursachen waren vielfältig, entstanden aber vor allem durch das Fehlen von Hintergrundinformationen. Um dem entgegenzusteuern, veranstaltete die Branddirektion viele Informationsveranstaltungen und veröffentlichte eine Menge erklärende Schriften, die das neue Arbeitsmodell der gesamten Feuerwehr transparenter machten.

Eine unabhängige Firma hatte auf der Basis einer für Berufsfeuerwehren revolutionierenden Arbeitszeitregelung ein rechnergestütztes Modell entworfen. Unserem Personalchef Stephan Boddem war es gelungen, dieses Modell weiter zu entwickeln und in die Tat umzusetzen. Und um allen Nörglern und Skeptikern den Wind aus den Segeln zu nehmen, ja, um im Gegenteil die Motivation in den Vordergrund zu stellen, wurde dank des Einsatzes von Personalchef und Direktorium die gesamte Belegschaft am Entscheidungsprozess beteiligt. Es fanden so genannte Workshops statt, in denen frei gewählte Vertreter der Feuerwehrleute in dieses neue System eingearbeitet wurden. Ich konnte mich glücklich schätzen, als ein Vertreter meiner Wache dabei zu sein.

Die Stadt hat viel Geld für ihre Feuerwehr investiert und Initiative gezeigt. Eine Investition, die sich als gut und richtig erwiesen hat, denn nur ein gut informierter und motivierter Mitarbeiter bringt seine volle Arbeitsleistung ein. Ist daher Düsseldorf besser als die anderen Städte? Wohl kaum. Aber hier wurde endlich einmal praktiziert, was an der Basis so oft gefordert wird: Transparenz in den Entscheidungen – mehr noch, echte Mitbestimmung.

Mit dem Vater dieses Modells, Stephan Boddem, verbindet mich eine lange Freundschaft. Gemeinsam hatten wir bei der Feuerwehr begonnen und schon in der Vorbereitungszeit die Feuerwache 1 unsicher gemacht. Im Grundausbildungslehrgang hatte er nicht nur uns, seine Kameraden, sondern auch seine Ausbilder mit seinem phänomenalen Wissen und seinem erstaunlichen Gedächtnis beeindruckt. Zusammen haben wir auf der Feuerwache 3 unseren Alarmdienst begonnen, und gemeinsam haben wir sogar unsere ersten eigenen Wohnungen in einem Haus gehabt. In mehr als 20 Jahren haben wir uns zwar etwas aus den Augen verloren, aber trotzdem schmerzt es mich, wenn ihn manchmal Kollegen für Dinge kritisieren, die ohne seine – nach außen nicht erkennbare – Einflussnahme wesentlich schlechter ausgefallen wären. Das ist der Tribut einer solchen Position, sie macht vermutlich manchmal einsam, aber ich hoffe, nicht unglücklich.

Mit der neuen Diensteinteilung arbeiten wir jetzt schon geraume Zeit. Nicht mehr wie früher in drei Schichten, heute gibt es nur noch die erste und die zweite Tour. Nachteilig ist für meinen Geschmack, dass wir jetzt nicht mehr wie früher unsere Dienste über das gesamte Jahr kennen, sondern der variable Dienstplan für jeden Monat neu erstellt wird. Dafür haben wir mit dem neuen Modell ein Mitspracherecht bekommen, das ausgesprochen demokratisch auf unsere Wünsche eingehen kann. Jede Wache besitzt bei der Dienstplangestaltung große Selbständigkeit und wir können Freiwünsche äußern, Dienste tauschen und umsetzen. Das verlangt aber auch hohe Kompromissbereitschaft, denn die Arbeit muss ja letztlich doch getan werden, d. h., jeden Tag muss eine Mindestzahl von Feuerwehrmännern anwesend sein. Unsere Truppe wurde neu zusammengesetzt, leider verließen uns dabei viele vertraute Kollegen. Sie wurden versetzt, verließen die Wache und Neue kamen von einer anderen Wache zu uns. Ich hatte das Glück bleiben zu können und der Feuerwehralltag stellte sich bald wieder ein. Leider wurden auch die Hausposten mit den Telegraphisten aufgelöst und automatisiert.

Apropos, verschiedene Berufsfeuerwehren haben inzwischen ihr reges Interesse am Düsseldorfer Arbeitszeitmodell bekundet.

Inzwischen fielen die welken Blätter haufenweise von den Bäumen. Herbstliche Regenschauer verwandelten Alleen in rutschige Fahrbahnen. In dieser Zeit häufen sich die Verkehrsunfälle!

Wir kamen gerade mit unserem Notarztwagen aus der Universitätsklinik und befanden uns auf der Rückfahrt zur Wache. Da erhielten wir einen neuen Einsatzauftrag.

»Sie fahren Stettiner Straße in Höhe 49. Anforderung von RTW; hilflose Person auf der Straße.«

Ich bestätigte den eingegangenen neuen Einsatz und noch während ich mit der Leitstelle sprach, gaben wir Gas und eilten mit eingeschalteten Sondersignalen zum Einsatzort. Mit 92 km/h donnerten wir die Frankfurter Straße herunter, Endgeschwindigkeit unseres Motors, und bogen links in die Stettiner Straße ein. Bald konnten wir den RTW mit laufenden Blaulichtern vor uns am Straßenrand stehen sehen.

Offensichtlich hatten meine Kollegen den Patienten bereits im Fahrzeug. Wir packten unsere Taschen sowie den Koffer und das EKG-Gerät und stiegen in den RTW.

»Hallo, Jochen. Was ist geschehen?«, fragte der Notarzt meinen Kollegen Jochen Flesch.

»Unterzuckerung, wir haben gestickst, knapp 20 bis 30. Blutdruck 180 zu 90. Atmung okay. Die Frau ist von Passanten bewusstlos auf der Straße gefunden worden.«

»Sehr gut, mit dir kann man arbeiten.«

»Thomas, das ist doch immer so, entweder man kann es oder eben nicht.«

»Martin, zieh doch bitte zwei Glucose auf und ich brauche auch eine Infusion.«

»Schon unterwegs.«

Doktor Frankenhauser stach eine Nadel in eine Unterarmvene, um die Medikamente dem Kreislauf zuzuführen.

Die Gabe von hochprozentiger Zuckerlösung bei bewusstlosen und unterzuckerten Patienten wirkt immer wieder verblüffend. Man kann es mit dem Phönix, der wieder geboren aus der Asche auffliegt, vergleichen. Gerade noch wie narkotisiert, schlägt der Patient, kaum dass die Zuckerlösung im Blutkreislauf angekommen ist, die Augen auf. Meist ist er dann noch etwas desorientiert, aber auch das vergeht in den nächsten Minuten. So auch bei unserer Patientin, in der ich Frau Behlemann wieder erkannte, die ihr Kind im Treppenhaus zur Welt gebracht hatte. Jetzt öffnete sie ihre Augen. Sie blickte mich genau an und lächelte matt.

»Oh, wie schön, da ist ja der Doktor, mit dem ich ein Kind habe.« kam es über ihre Lippen. Wir konnten nicht anders und lachten alle. So gerne ich auch bei der Geburt von Kindern dabei gewesen bin, und das ist einige Male vorgekommen, so ehrlich kann ich versichern, nur einen einzigen Sohn zu haben: meinen Robert. Wer weiß, vielleicht wird er eines Tages an meiner Stelle Menschen retten, Brände löschen und sich für andere in Gefahr begeben.

Der Teufel und der Gottesmann

Tiefe Dunkelheit herrschte im dritten Schlafraum auf der rechten Seite der Wache. Lediglich durch den schmalen Schlitz des nicht ganz zugezogenen Vorhangs fiel ein fahler Lichtstreif vom schwach beleuchteten Innenhof wie ein langer weißer Finger auf den Fußboden. Ich lag mit offenen Augen im Bett. Längst hatte sich der Stundenzeiger meiner phosphoreszierenden Armbanduhr über die Drei hinweg bewegt, dennoch – der Schlaf stellte sich nicht ein. Die Ereignisse der vergangenen Stunden tanzten in wilden Bildern vor meinem geistigen Auge – zu gestresst waren die Nerven – zu angespannt die belasteten Muskeln und Sehnen. Von gegenüber hörte ich die ruhigen, gleichmäßigen Atemzüge meines Kollegen Achim.

»Martin, schläfst du schon?«, drang da seine Stimme leise an mein Ohr.

»Nein, aber ich dachte, du schläfst schon!«

»Kann sein, dass ich mal kurz eingeschlafen bin, aber ich werde immer wieder wach.« Wir schwiegen, jeder hing seinen Gedanken nach. Dann, nach einer Weile:

»Du hast verdammt viel riskiert heute.«

»Meinst du?«

»Das hätte schnell ins Auge gehen können. Stell dir vor, der hätte wirklich geschossen!«

»Ach was, dann hätte ich ihm meinen Fangleinenbeutel zugeworfen …«

»Und dann«, unterbrach er mich, »was dann?«

»Dann kommt der Abwehrreflex und in dem Moment hätte ich ihn angesprungen.«

»Ich glaube, ich spinne. Du bist jetzt schon über vierzig und machst immer noch so'n Mist.«

»Danke! Das aus deinem Mund ist ja wohl ein Witz. Wenn sich hier einer aufführt wie ein junges Heißblut, dann doch wohl du!«

»Ich bin ja auch der zweifellos Jüngere von uns beiden.«

»Ha, ha, die vier Jahre. Außerdem können sich die jungen Burschen bei mir noch eine Scheibe abschneiden – du natürlich ausgenommen!«

»Dein Glück, dass du das sagst, sonst wäre ich nämlich 'rüber gekommen, um dem Opa den Hintern zu versohlen.«

»Oho, träume ich oder bettelt da einer um Prügel?! Aber ich vergreife mich ja nicht an Kindern, weil ...« Paff! Ein Kissen kam angeflogen, traf mich trotz der herrschenden Dunkelheit mitten ins Gesicht.

»Drecksack!« Zwei Kissen flogen zurück.

»Tja, Junge, vorbei. Das ist so, im Alter sieht man eben nicht mehr so gut!«

»Ich will sofort mein Kissen wieder haben!«

»Sofort!« Ich saß aufrecht im Bett – großer Fehler! Der zweite Treffer streckte mich nieder. Na warte, Rache ist mein. Schon hatte ich eine neue Angriffsstrategie entwickelt, da schepperte es wie bei einem Gewitter durch unser Zimmer.

»Ruhe, ihr Säcke, wir wollen schlafen!«

Ah, die Nachbarn hatten die Aktion: »Blechpapierkorb im Schlafraum« durchgeführt.

»Die Mimöschen von nebenan«, entrüstete sich Achim, und schon hatten wir uns verbrüdert. Jetzt galt es keine Schwäche zu zeigen. Krieg ist Krieg, da spielt die Uhrzeit keine Rolle. Wir mussten es dem Jungvolk zeigen! Alter Feuerwehrtradition entsprechend, füllten wir im Badezimmer einen Eimer mit kaltem Wasser, alles auf Strümpfen und so leise wie möglich. Ebenso leise schlichen wir zum »feindlichen« Zimmer. Die bevorstehende Tat, so simpel wie ruchlos, bedurfte keiner Absprache. Generationen vor uns hatten sich dieser, dem Einsatz nachempfundenen Taktik bedient. Türe aufreißen, »Alarm« schreien, Licht einschalten und sofort den Eimer mit mächtigem Schwung in die Flammen – Pardon! – über die Feinde schütten. Danach empfiehlt sich unbedingt der unverzügliche Rückzug. Denn nicht immer ist der Gegner eingeschüchtert, sondern sinnt sofort auf Vergeltung.

Wir hatten Glück! Nach dem »mutigen«, blitzartigen Rückzug und der anschließenden Verbarrikadierung unserer Zimmertür geschah nichts mehr. Erst am nächsten Morgen im Waschraum drohte man uns mit Vergeltung zu einem nicht genau definierten Termin.

Während wir abwartend in unseren Betten lagen, sprachen wir nochmals über den in den Abendstunden erlebten Einsatz.

Es war kurz vor 20:00 Uhr. Die meisten Feuerwehrmänner saßen in der großen Küche beim Abendessen. Einige wanderten mit ihren belegten Broten und Wasserflaschen in den Fernsehraum, um sich die Nachrichten anzusehen.

Der Alarm veränderte die Ruhe des Wachlebens schlagartig. Noch während die Durchsage über die Lautsprecher in alle Bereiche der Wache dröhnte, liefen wir eilig zu den Rutschschächten.

»Einsatz für Zug 1, Zug 6, Zug 7, den Sprungretter Feuerwache 1, den C-Dienst Feuerwache 1 und 7, den B-Dienst Feuerwache 1. Person droht von Kirchturm zu springen, ... straße in Benrath.«

Die schweren Dieselmotoren dröhnten. Aus der taghell erleuchteten Fahrzeughalle bohrten sich die Scheinwerferkegel über die breite Frankfurter Straße in das Dunkel des Abends. Die eigens für uns geschaltete Ampelanlage signalisierte grünes Licht. Es herrschte wenig Verkehr an diesem Abend und noch bestimmten spätsommerliche Temperaturen unsere Einsatzkleidung. Dennoch, um die dicken Hosen und Stiefel kamen wir nicht herum.

Seit der Umstrukturierung unserer Dienstzeiten hatten uns viele Kollegen verlassen, teils durch Pensionierung, teils durch Versetzungen auf andere Wachen. So brauste ich an diesem Abend mit meinem neuen, aber genauso erfahrenen Kollegen Klaus Seibert mit dem Tanklöschfahrzeug hinter den beiden vorausfahrenden Feuerwehrdieseln her. Gespenstisch zuckten die Blaulichter in der Dunkelheit. Wir hatten die Martinshörner ausgeschaltet, eine einsatztaktische Maßnahme, um die betroffene Person psychisch nicht noch mehr zu stressen. Schwerfällig quälten wir uns nun durch die engen, dicht geparkten Straßen der Benrather Innenstadt. Oft blieben rechts wie links nur wenige Zentimeter Spielraum – aber was wissen die parkplatzsuchenden Anwohner schon von unseren Problemen.

Endlich bogen wir in die ... straße ein. Weit voraus ragte auf der linken Seite der riesige alte, aus Backstein gemauerte Kirchturm zwischen mittelgroßen Mehrfamlienhäusern empor. Beim Näherkommen erkannten wir, dass Turm und angebautes Kirchenschiff mit einem Arbeitsgestell eingerüstet waren.

Wache 7 hatte bereits Stellung bezogen. Vor dem Hauptportal war die ganze Straße mit roten Autos verstopft, dazu mehrere Polizeifahrzeuge und natürlich die unvermeidbaren Privatwagen der Gaffer, die uns die Weiterfahrt unmöglich machten. Notgedrungen parkten wir ca. 100 m von unserem Einsatzort entfernt.

»Die Leiter muss durch!«, rief der Chef. Das galt uns allen. Truppweise knöpften wir uns Wagen für Wagen vor. Wenn noch jemand drin saß, ging es relativ einfach. Die Fahrer mussten ihre Autos eben auf den Gehweg setzen. Von vorne arbeiteten sich die Polizisten uns entgegen und nach kurzer Zeit hatte sich eine Gasse gebildet, die dem Maschinisten zur Durchfahrt mit seiner 30 m Drehleiter ausreichte.

Aus der Ferne drang sehr schwach das Tatü-Tata weiterer anrückender Kräfte an mein Ohr – dann war nichts mehr zu hören. Auch sie hatten die lauten Sirenen abgeschaltet, mussten also doch schon in unmittelbarer Nähe sein. Gut, dass die Durchfahrt jetzt frei war.

Mittlerweile war die Polizei Herr der Lage. Der Bereich des gesamten Kirchplatzes war mit rotweißem Flatterband abgesperrt. Das war bei der sich ständig vergrößernden Menschenmenge auch nötig. Die Gier der Massen nach Sensationen hat sich seit den mittelalterlichen, öffentlichen Hinrichtungen auf Marktplätzen nicht sonderlich verändert.

Wir hatten keine Zeit nach oben zu blicken, um den Bedauernswerten zu suchen, dessen Stimme schrill aus der Höhe herunter brüllte. Die Leitern wurden in Stellung gebracht – an jeder Seite eine. Riesige Ventilatoren bliesen vor dem Eingangsportal ein überdimensionales Sprungkissen auf. Dazu wurden fingerdicke Stromkabel ausgerollt, Scheinwerferstative aufgebaut und benzingetriebene Stromerzeuger angeworfen. An den Seiten des Kirchenschiffes bliesen Pressluftflaschen zischend große Sprungpolster auf. Dennoch, jeder Feuerwehrmann weiß – wenn einer springen will ... wir können nicht jeden Zentimeter abdecken!

Es hatte nur wenige Minuten gedauert, generalstabsmäßig stand alles, wo es hingehörte. Jetzt kam die psychologische Phase. Vorausgesetzt, es gab eine Chance dazu. Es gab sie!

Durch ein Megaphon sprach ein Polizist in ruhigen, klaren Sätzen auf den Mann ein, den ich von meiner Position aus nicht sehen konnte, ich hörte immer nur seine schrille, sich überschlagende Stimme. Offensichtlich war Alkohol im Spiel. Dann erreichte uns eine gefährliche Information: Er sollte eine Pistole haben; und er drohte, auf jeden zu schießen, der sich ihm nähere.

Jetzt konnte ich den Mann sehen. Kurz wurde er vom hellen Licht unserer Scheinwerfer erfasst. Er zuckte zurück, kletterte flink wie ein Eichhörnchen von der vierten auf die fünfte Arbeitsgalerie und turnte von da aufs Dach. Dann konnte ich ihn nicht mehr sehen. Ein Ziegelstein zerbarst beim Aufschlag auf dem asphaltierten Kirchplatz. Die Einsatzleiter der Polizei und der Feuerwehr stimmten mögliche Vorgehensweisen ab, aber der Lebensmüde diktierte den Ablauf des weiteren Geschehens. Die großen Scheinwerfer müssten abgestellt werden, sonst würde er schießen. Mit zäher Geduld redete der Polizist am Megaphon immer wieder auf den Mann ein. Er machte seine Sache gut, fand ich. Es war mucksmäuschenstill dort unten, trotz der großen Menschenmenge. Nur die ruhige Stimme eines einzelnen Polizisten und die lauten Forderungen des Mannes auf dem Dach waren für alle zu hören.

»Ich bin der Teufel! Holt den Pfarrer! Ich spreche nur mit dem Pfarrer!«

Neben mir erschien Wolfgang Maurer, er hatte C-Dienst an Wache 7. Wir sprachen leise miteinander. Dabei erfuhr ich, dass der Pfarrer längst da war. Er diente einigen Polizisten als Führer auf dem Weg in den rückwärtigen Glockenstuhl. Planten die etwa einen möglichen Zugriff von dieser Seite aus?

»Ich geh' jetzt auch da hinauf. Ich muss mir ein Bild von der Situation dort oben machen. Hast du eine Lampe dabei?« Ich nickte und klopfte an die Seite, an der die McLight hängt.

»Okay, dann komm mit.« Wir gingen in einem großen Bogen vom vorderen Eingang an der Längsseite des Kirchenschiffes bis fast zu dessen Ende. Dort gelangten wir durch eine kleine offen stehende Eichentür in einen winzigen Raum, dessen gekalkte Wände das ehemalige Weiß nur noch erahnen ließen. Tiefe Dunkelheit umgab uns, als wir die schmalen, aber überhohen Steinstufen einer engen Wendeltreppe emporstiegen. Rechter Hand wand sich ein flaches Eisen, als Handlauf dienend, mit in die Höhe. Es endete abrupt nach einer Vielzahl nicht gezählter Stufen vor einem hölzernen Absatz.

Wolfgang, der voranging, hatte seine eingeschaltete Lampe mit der Innenhand abgedunkelt, so dass nur ein spärlicher Lichtschein den Aufstieg erhellte. Ich hatte ganz auf ein Licht verzichtet und mich dicht hinter ihm gehalten. Jemand stand bereits auf dem erreichten Absatz und die beiden flüsterten miteinander. Dann wandte Wolfgang sich mir zu und flüsterte mir ebenfalls ins Ohr:

»Wir müssen jetzt ganz leise sein. Möglichst kein Licht. Der Pfarrer ist mit einigen weiteren Polizisten weiter oben. Wir folgen ihnen jetzt, aber Vorsicht – von hier an beginnt das hölzerne Gebälk des Glockenturms.« Ohne Licht – unmöglich – trotz seitlicher Holzgeländer konnte man sehr leicht abstürzen. Dennoch verdunkelte ich den starken Strahl meiner Taschenlampe. Nach kurzer Zeit hatte sich das Auge an das Dämmerlicht gewöhnt. Es ging immer noch nach oben. Jetzt aber auf alten Holzbohlen, durch ein Gewirr von Balkenkonstruktionen, an denen man sich schnell den Kopf stoßen konnte. Wir überquerten kleine waagerechte und schräg ansteigende Brücken, unter uns die runden Wölbungen gipsverputzter Kirchenkuppeln. Rostige Drähte spannten sich von dort zu den alten Balkenkonstruktionen. Wer da runterfiel ...

Über uns konnten wir schummeriges Licht erkennen. Dann erreichten wir eine kleine Gruppe Männer, die in der Nähe eines der Turmfenster standen, die von unten winzig wirkten. Hier oben allerdings, in seiner unmittelbaren Nähe erschien es gar nicht mehr so klein.

Ein einzelner Mann stand an dem Geländer, das ihn vielleicht drei Meter von dem nach innen geöffneten Fenster trennte. Er redete eindringlich auf den Lebensmüden ein, der wohl in unmittelbarer Nähe war, den wir aber nicht sehen konnten. Er uns aber auch nicht, und das war gut so, denn er wollte nur mit dem Pfarrer sprechen. Das war also der Pfarrer, ich konnte ihn bei dem fahlen Licht kaum erkennen. Jetzt kam er zu uns.

»Er ist weg«, sprach er leise. »Er will, dass ich zu ihm raus komme, nur ich alleine!«

Obwohl er flüsterte, hörte ich das leise Zittern und die Angst in seiner Stimme. Einer der Polizisten winkte ab.

»Kommen Sie, wir gehen runter.« Der »Abstieg« ging genauso geräuschlos vonstatten, wie der Aufstieg. Als wir endlich durch die kleine eisenbeschlagene Eichenpforte ins Freie gelangten, fühlte ich mich sichtlich wohler.

Nach einer kurzen Besprechung stand die weitere Vorgehensweise fest: Der Pfarrer sollte den angehängten Rettungskorb der Drehleiter besteigen, die parallel zum Kirchenschiff stand. Damit konnte er hoch hinaus bis in die unmittelbare Nähe des Lebensmüden gefahren werden, um ihn zum Abstieg zu bewegen. Dem Mann Gottes wurde sichtlich mulmig zu Mute.

»Ich bin nicht schwindelfrei!«, warf er ein. »Also maximal bis zur dritten Etage – sonst steig ich da nicht ein!«

Das war eindeutig, Wir konnten es seinem blass gewordenen Gesicht ansehen, dass er es ernst meinte.

Alle Augen blickten nach oben. Der Mann turnte gerade wieder über den First nach vorne zum Hauptturm. Betretenes Schweigen. Ich zupfte Wolfgang am Ärmel.

»Wie wär's, wenn statt des Pfarrers einer von uns hochfahren würde? Ich bin sofort bereit. Ich gebe mich als Pfarrer aus und habe sicher eine reelle Chance, den Mann vielleicht sogar in den Korb zu bekommen.«

Wolfgang schien den Vorschlag zu überdenken; nach einigen Sekunden antwortete er mir:

»Warum nicht, ich denke, du bist der richtige Mann dafür.« Unser Gespräch war leise geführt worden. Er teilte den anderen den Vorschlag mit, leider ohne die nötige Zustimmung zu erhalten.

»Das ist Blasphemie!«, entrüstete sich der Pfarrer. »Ich werde auf keinen Fall dulden, dass sich jemand als Pfarrer ausgibt – auch nicht in einem solchen Fall!«

»Dann müssen wir es weiter mit dem Megaphon versuchen. Wenn der da oben wirklich bewaffnet ist, präsentiert sich jeder im Leiterkorb wie eine Zielscheibe. Das kann ich nicht verantworten.«

»Der Teufel wird siegen! Komm rauf zu mir, du Pfaffe! Ja! Ich bin der Teufel! Ich kämpfe nur mit dem Pfarrer! Wehe, es wagt einer mir zu nahe zu kommen ... ich schieße! Ich schieße! Ich bin der Teufel!« Es ging wie ein Ruck durch den Pfarrer.

»Fahrt mich zu ihm! Gott wird mich schützen.«

»Zweite Etage, nicht höher. Sie sind zwar ein mutiger Mann, Pfarrer, aber ich will mich nicht nur auf Ihren obersten Chef verlassen. – Also gut, Herr Maurer, lassen Sie bitte den Korb Ihrer Leiter fertig machen und geben Sie Ihren Leuten strikte Anweisung: Nicht über die zweite Etage hinaus!«

»Buchwald, Sie informieren Schmidt. Er soll dem Burschen mitteilen, dass der Pfarrer kommt. Aber er müsse ihm schon entgegenkommen. Er soll ruhig sagen, dass der Gottesmann nicht schwindelfrei ist. Okay, hoffen wir, dass es klappt. Und Sie, Herr Pfarrer, kommen bitte mit mir, ich möchte Ihnen etwas Warmes zum Anziehen geben.«

Aus den Augenwinkeln bemerkte ich noch den fragenden Blick des Pfarrers, es war vermutlich das erste Mal in seinem Leben, dass er eine schusssichere Weste tragen würde.

Ich selbst fühlte mich in meiner zur Untätigkeit verdammten Rolle mehr als unwohl. Ich brannte geradezu vor Tatendrang. Sicher, meine Erfahrung sagte mir, dass es das Klügste wäre, die vorhandene Gesprächsbereitschaft des Mannes mit stoischer Ruhe auszunutzen. Mit dieser psychologischen Zermürbungstaktik arbeitet oft die Zeit für uns. Oft – aber nicht immer. Und konnte man das Risiko nicht minimieren? Ich teilte meinem Einsatzleiter meine erneuten Überlegungen mit.

»Wir klettern durch das Gerüst am Hauptturm bis eine Etage über den Mann. Wenn er da hinten beschäftigt wird, kann er nicht sehen, was vorne geschieht. Dann schleichen wir über die Laufbohlen der Arbeitsplattform in seinen Rücken.«

»Und dann?«

»Das wird sich ergeben – auf keinen Fall lassen wir ihn höher klettern.«

»Vergiss nicht, dass er bewaffnet ist.«

»Noch hat keiner eine Waffe gesehen, trotz aller Ferngläser. Und ein Schuss ist auch noch nicht gefallen.«

»Was willst du machen, wenn er dich bemerkt? Wenn er doch eine Waffe hat und auf dich zielt?«

»Der wird mich nicht hören. Ich bin wie eine Katze und ...«

»Mit den Stiefeln!?«

»Die ziehe ich oben aus. Siehst du die offenen Durchstiege von einer Plattform zur anderen?« Ich deutete nach oben. Wolfgang nickte.

»Wenn er wirklich heruntersteigt und wir die Leiter genau vor einer solchen Öffnung platzieren, wird er, wenn er mit dem Pfarrer redet, auch da hocken.«

»Ja, und was bringt das?«

»Ich springe ihn an. Er hat keine Chance.«

»Du bist verrückt. Das Risiko ist viel zu groß!«

»Ist es nicht. Ich bin mir völlig sicher. Außerdem habe ich den Überraschungseffekt.« Ich spürte, wie mein Einsatzleiter mit sich rang.

»Warte hier, ich werde mich kurz mit den Kollegen von der Polizei besprechen.« Ja! Endlich geschah was. Seit über einer Stunde traten wir bereits auf der Stelle, jetzt kam endlich Bewegung in die Sache. Wolfgang Maurer kam zurück.

»Okay, es geht los. Wir steigen bis auf die vierte Galerie, bleiben aber hinter der Turmecke in Warteposition.«

»WIR?«

»Genau – Wir! Du denkst doch wohl nicht, dass ich dich da alleine hochgehen lasse.«

Er blickte mir in die Augen. In ihnen konnte ich alles lesen, angefangen mit »Du Teufelsbraten, du bist ein richtiger Draufgänger« bis »Ich werde dich schön kurz an der Leine führen, damit dir nicht die Pferde durchgehen.«

»Ich bleibe in ständigem Kontakt mit der Einsatzleitung der Polizei. Also keine übereilten Einzelaktionen. ICH bestimme, was wir da oben machen.« Schnell begaben wir uns zur Vorderseite, vorbei an den Menschenmengen, die dicht gedrängt hinter dem Absperrband gebannt nach oben blickten.

Gerade bestieg der Pfarrer den Rettungskorb. Ein mächtiger Scheinwerfer flammte auf, strahlte in die Richtung, in die sich die Leiter bewegen sollte.

»Macht das Licht aus!«, schrie es mit überschnappender Stimme von oben herab.

»Licht aus! Sofort!« Der Mann tobte vor Wut, riss und zerrte an den Metallstangen der Gerüstbalustrade. Dann flog ein riesiges Gerüstbrett herunter. Es knallte noch zweimal auf die unteren Metallstangen, überschlug sich, um dann laut krachend mehrere Meter vor der Kirchenwand auf den Boden zu schlagen.

»Komm, es wird Zeit hinauf zu klettern.«

Die Schatten, die unsere Gestalten auf den Asphalt warfen, verschwanden – man hatte die Scheinwerfer abgeschaltet. Auf einmal tauchte mein Kollege Klaus Seibert auf.

»He! Was habt ihr vor?«

»Wir gehen hoch. Da vorne – klettern«, erklärte ich knapp.

»Da bin ich dabei!« In seiner Stimme lag etwas, das keinen Widerspruch duldete.

»Okay, komm mit«, nickte Wolfgang. »Es ist sogar besser, wenn wir zu dritt sind. Habt ihr Eure Fangleinen mit?«

Wir deuteten stumm auf den Rücken. Jeder Feuerwehrmann trägt die dreißig Meter lange Rettungsleine in einem stabilen Segeltuchbeutel über der Schulter mit. Sie gehört zum unverzichtbaren Bestand der Ausrüstung, wenn es nach oben geht. Die ersten zwei Etagen mussten wir außen am Gerüst emporklettern. Die Bauarbeiter hatten die Leitern weggenommen, damit keine Kinder in das Gerüst klettern konnten. Einige kräftige Klimmzüge brachten uns aber trotzdem rasch in die Höhe. Danach wurde es einfacher. Die nächsten Arbeitsgalerien waren durch Innenleitern miteinander verbunden. Normalerweise tragen wir den Feuerwehrhelm immer, hatten aber diesmal darauf verzichtet. Auch das Feuerwehrbeil hatten wir unten gelassen, denn obwohl wir wie die Indianer schleichen mussten, so war kein Kampf mit dem Tomahawk geplant. Beide Ausrüstungsteile hätten uns außerdem stark behindert und zusätzlich durch Anstoßen an das Metallgerüst Lärm verursachen können, den wir strikt vermeiden mussten. Auf der vierten Arbeitsgalerie angelangt, kauerten wir an der linken Ecke des mächtigen Kirchturms und lugten vorsichtig schräg nach unten.

Von hier oben sah alles ganz anders aus. Unser Mann hockte tief in den Knien eine Arbeitsgalerie unter uns. Es war dem Polizisten am Megaphon also gelungen, ihn zum Runtersteigen zu bewegen. Mit den Händen hielt er sich an der Absperrungsstange fest, und schaute durch sie in die Tiefe hinunter. Er wirkte wie ein kleiner Gnom mit überlangen Armen. Dazu tönte seine schrille Stimme, als er den Pfarrer anschrie, der noch eine weitere Etage unter ihm aufrecht im Leiterkorb stand. Der Pfarrer war so weit vom Kirchturm entfernt, dass der Lebensmüde, selbst wenn er noch eine Etage tiefer kommen würde, ihn nicht erreichen konnte. Verstehen konnten wir ihn nicht.

Ich blickte auf die Zuschauermenge. Unwillkürlich musste ich an den Zirkus denken. Alle Hälse reckten sich nach oben, wo der Hochseilakt stattfand. Ich mag keinen Hochseilakt ohne Netz.

»He, was machst du denn?«, flüsterte Klaus fragend, als er sah wie ich mir meine Stiefel auszog.

»Na, siehst du doch. Mit den Stiefeln bin ich zu laut, wenn ich weiter kriechen will.«

»Bist du verrückt!?« Er hielt mich mit der Hand an der Schulter fest. Ich blickte ihn nur einmal grinsend an und legte mich vorsichtig platt auf den Bauch. Hinter mir tuschelten meine Kollegen miteinander.

»Du sollst warten«, kam es leise von Klaus. »Erst wenn Wolfgang grünes Licht gibt ...« Ich winkte beruhigend mit der Rechten. Mein Gott, worauf denn noch warten! Eine bessere Gelegenheit würde es vielleicht nie mehr geben.

»Was ist?!«

»Er spricht mit der Einsatzleitung.« Die Sekunden verstrichen – wertvolle Zeit – wie lange brauchten die denn noch?! Ungeduldig blickte ich zurück. Klaus schüttelte den Kopf.

»Warten!«

»Worauf?«

»Er will mit seiner Frau sprechen. Und wir werden solange nichts unternehmen.« Verdammt! Der Mann sprang auf, riss wild am Geländer. Er schrie und tobte.

»Teufel! Ich bin der Teufel!«, schallte es zu uns hoch. Und wieder packte er eine von den langen Bohlen, schmiss sie über die Balustrade gegen unseren Leiterkorb. Der Pfarrer bückte sich. Ein Aufschrei ging durch die Menge ... Einen knappen Meter am Korb rauschte die tödliche Bohle vorbei in die Tiefe. Das war knapp, sehr knapp.

Von unten drangen Wortfetzen an mein Ohr, dann wurde die Leiter gestartet. Langsam sank der Korb wieder zur Erde. Der Pfarrer dürfte wohl für weitere Aktionen ausfallen, dachte ich. Scheiße, der Kerl kletterte wieder nach oben. Hätte man mich doch nur gelassen. Aber nun war nichts mehr zu machen, nicht von dieser Position. Ich musste mich wieder um die Kirchturmecke zurückziehen, um nicht gesehen zu werden. Gebannt beobachtete ich, ob er noch höher kletterte als wir. Tat er das, hätten wir ebenfalls höher klettern müssen, denn er durfte uns auf keinen Fall im Nacken sitzen.

»Was ist? Geht er weiter?«

»Warte, warte«, ich winkte heftig ab ... »Er bleibt«, teilte ich den anderen erleichtert mit. Dennoch waren wir aufs äußerste gespannt. Wir befanden uns jetzt auf ein und derselben Arbeitsplattform. Wenn er kam? Und die Waffe? Hatte er eine? Er war unberechenbar, das zeigte seine Werferei mit den Brettern. Es sah so aus, als kletterte er höher. Ich gab ein taktisches Zeichen nach oben.

»Hallo! Gehen Sie nicht höher! Kommen Sie wieder herunter! Wir haben Ihre Frau!«, dröhnte es aus dem Megaphon. Der Mann zögerte, hielt inne.

»Wenn Sie da oben bleiben, kann Ihre Frau Sie nicht verstehen – oder?« Sehr gut, es gelang. Er kletterte wieder auf die untere Plattform zurück. Dabei verursacht er ziemlich viel Krach, die beste Gelegenheit ihm näher zu kommen. Aber es gab kein grünes Licht. Ganz offensichtlich setzte man unten erneut auf Überredungstaktik.

Die Scheinwerfer unten in der Tiefe waren aus. Man konnte uns also nicht erkennen. Wir dagegen sahen in dem Licht der Straßenlaternen deutlich eine Frau im langen dunklen Mantel mit ungeordnetem, offenen Haar neben dem Polizisten stehen. Gerade schien er ihr die Handhabung des Megaphons zu erklären. Sie nickte und umklammerte den roten Griff mit beiden Händen. Ihre Stimme klang leise, aber doch klar herauf. Wir verstanden jedes Wort. Sie weinte, brach ab, schüttelte energisch den Kopf. Dann, mit zitternder Stimme, setzte sie erneut an. Ihr Mann lauschte gespannt den Worten. Ganz weit beugte er sich vor, es sah so aus, als wolle er ihr entgegenkommen.

Die Menschen wagten kaum zu atmen, so als könnte jedes noch so kleine Geräusch den Monolog unterbrechen. Ich glaubte in den stillen Sprechpausen das mechanische Klicken der Fotoapparate hören zu können, so still war es. Mittlerweile schien nämlich die gesamte Presse angerauscht zu sein. Ich sah riesige Teleobjektive und Mikrophone an langen Stangen, die wie Spinnenarme aus der Menschenmenge herausragten.

Die Frau sprach von Kindern, sie war jetzt erstaunlich ruhig. Immer wieder nahm auch der Polizist das Megaphon, redete mit einfühlsamer Stimme beruhigende Worte. Es ging lange so. Wie lange? Ich wusste es nicht, wer zählte schon die Minuten, die zu Stunden wurden.

Kälte drang von den rohen Holzbohlen durch meine Jacke. Ich lag schon längere Zeit bäuchlings auf den Brettern. Was mochte jetzt wohl in seinem Kopf vorgehen? Da waren zwei, die sich einst nahe waren, zwei Menschen, die kleine Kinder hatten, Kinder, die sie liebten – Kinder, die ihre Eltern brauchten. Wir erfuhren nicht was geschehen war, wie es zu dieser Tragödie hatte kommen können. Wir sahen nur eine Phase aus dem Leben fremder Menschen, einen traurigen Teil und konnten kaum helfen. Da standen wir nun ohnmächtig mit unseren Hunderttausendmarksfahrzeugen, unseren technisch perfektionierten Geräten, den Pistolen in den ledernen Gürteltaschen und beobachteten den mutigen und verzweifelten Versuch einer Frau, einer Mutter, die Scherben ihres Lebens zu retten.

Ich war tief bewegt, nicht ein Rest meines abenteuerlichen Heldenmutes war noch übrig. Es war kein Platz mehr da für solche oberflächlichen Gedanken. Auch das ist ein Teil und der Preis unserer viel gepriesenen Zivilisation, der zu hohe Preis unserer Gesellschaft.

Plötzlich löste sich aus der kompakten Menschenmenge eine Person, beugte sich vor und huschte blitzschnell unter dem rotweißen Flatterband hindurch. Drei, vier rasche Schritte, dann stand der Mann unmittelbar vor der erschrockenen Frau. Ein Kamerablitz flammte auf, die Frau hob abwehrend ihre Arme empor …

»NEIIIIN!« Wut und Verzweiflung lagen in diesem Schrei, den kein menschliches Wesen ausstoßen konnte. Und doch kam es aus der Kehle des Mannes unter uns auf der Arbeitsgalerie. Schüsse peitschten durch die Nacht. Panik entstand. Ich sah nur noch, wie die Frau zu Boden gerissen wurde. Der Polizist warf sich über sie, schützte ihren Leib mit seinem Körper und seinem Leben. Menschen schrieen, rannten wild durcheinander, viele stürzten. Mehrere Polizisten stürmten auf das Gerüst zu. JETZT war sie da, die Sekunde, auf die ich gewartet hatte, es gab kein Halten mehr. Die Situation war eskaliert. Lärm schallte zu uns herauf. Ich brauchte keine Rücksicht mehr zu nehmen. Schnell huschte ich gebückt über die dunklen Bohlen nach vorne, dahin, wo der breite Durchstieg war, dahin, wo unser Mann lauthals brüllte und tobte.

»Kommt her, Ihr Schweine! Kommt nur und holt den Teufel!« Und er riss erneut eine der mächtigen, langen Bohlen aus ihrer Verankerung. Gleich war ich da, nur noch zwei Schritte trennten mich von dem Sprung durch das Loch auf die untere Plattform. Taghell flammten die grellen Scheinwerfer wieder auf, einen kurzen Moment nur war ich geblendet, aber dann sah ich ihn umso deutlicher direkt unter mir, sah, wie er auf den Holzbohlen kauerte, um sie herauszureißen. Jetzt musste ich springen, aber ich zögerte. War es Angst? Ich kann es bis heute noch nicht sagen. Kurz blickte ich mich um. Unmittelbar hinter mir war Klaus. Unsere Augen begegneten sich für den Bruchteil einer Sekunde, aber das genügte. Welche Ausdruckskraft liegt im menschlichen Auge. Ein Gefühl absoluter Sicherheit gab mir die Gewissheit einen zuverlässigen Partner hinter mir zu haben. Ich sprang dem Mann genau auf den Rücken. Wir rollten beide auf die Seite, dabei umklammerten meine Arme wie eiserne Ringe seine Arme und eine heftig atmende Brust. Nach der ersten Schrecksekunde schnaufte und brüllte er wie ein wildes Tier, aber da packten schon weitere kräftige Hände zu und bändigten den Mann, den ich alleine sicher nicht allzu lange hätte halten können.

Dabei blickten wir uns ein zweites Mal an. Ich hatte mich nicht getäuscht. – Danke Klaus. –

Harte Zeiten

Zuhause erwarteten mich schlechte Nachrichten. Meine Vermieterin verlangte von heute auf morgen hundert Euro mehr Miete. Diese Eröffnung machte sie mir, während ich an meiner Werkbank im Keller bastelte. Ich war wie vom Donner gerührt. Aber dieser Schlag ins Kontor kam nicht völlig unvorbereitet. Schon seit längerem hatten wir eine unübersehbare Veränderung in ihrer Stimmungslage bemerkt. Warum wussten wir nicht, hielten aber mehr denn je Garten und Haus wie ein Schmuckkästchen in Ordnung.

Mein Gott – 100 Euro – auf einen Schlag, das war happig, insbesondere, da wir erst vor zwei Jahren eine saftige Erhöhung bekommen hatten. Und das alles ohne einen anständigen Mietvertrag. Aber den bekam ich nicht! Wir waren ursprünglich mit dem Gentleman Agreement eingezogen, Haus und Hof in Ordnung zu halten. Dafür bezahlten wir relativ wenig Miete und das Haus sollte später in unseren Besitz übergehen. Von Adoption und Erbe war schon lange nicht mehr die Rede, heute nach mehr als zehn Jahren wurden wir nur noch geschröpft und ausgenutzt. Sicher, wir hätten einfach ausziehen können, aber im Laufe der Jahre hingen unsere Herzen sehr an allem und wir konnten diesen schönen Traum nicht aufgeben, die Realität nicht so zu sehen, wie sie sich darstellte. Das war auch von unseren Freunden längst erkannt worden. Außerdem waren da die vielen Investitionen, die wir im Laufe der Jahre getätigt hatten. Wir hatten alles so gemacht wie im eigenen Haus. Da war der Garten, dessen üppiger Pflanzenwuchs zu neunzig Prozent von uns stammte. Da war der Teich, die Pflasterwege und, und, und …

»He, schläfst du! Martin! Du bist dran!«

Ich schrak aus meinen Gedanken auf. Die Realität hatte mich wieder. Rechts von mir, nur eine Armeslänge entfernt, ging es rund acht Meter über die hölzerne Verkleidung des Steigturmes in die Tiefe hinunter. Addi hatte mir zwei 30 Meter lange Fangleinen umgebunden. An der einen sollte ich mich abseilen, mit der anderen sicherte er mich, falls etwas schief ging. Übungen wie diese erfordern volle Konzentration. Jeder Knoten muss sitzen, der kleinste Fehler kann hier tödlich enden.

Gravierender Unterschied zwischen unserer heutigen Übung und einem echten Einsatz war in erster Linie, dass wir beim Üben keinen Zeitstress hatten. Aber falsch gebundene Knoten, das Durchrutschen der Leine, oder einfach nur Unkonzentriertheit steigerten trotzdem das Risiko.

»Rambo, was ist!? Hose voll? Wir warten!« Scheiße, ich war nicht konzentriert, musste immer an diese verdammte Mieterhöhung denken. Ich hockte mich auf die Fensterbank, warf die Leine in die Tiefe. Das andere Ende war an einem eisernen Ring im Mauerwerk angebunden und lief durch Addis Sicherheitsgurt. Wie mechanisch glitt die Leine durch meine Handschuhhand. Ich federte mich mit beiden Füßen ab, gab immer zwei, drei Meter Seil und war schließlich unten. Dieter kam auf mich zu.

»Was war los Junge? Du bist anscheinend nicht richtig bei der Sache. Denk dran, im Einsatz ...« Seine breite Hand legte sich auf meine Schulter: »Wenn du Probleme hast und reden willst, kannst du jederzeit zu mir kommen, okay?«

Ich blickte in seine offenen Augen.

»Weißt du, es ist eigentlich nichts ... nur ... ach, Mist, das ist alles so ein Mist! Ich fühl mich so ... Unsere Vermieterin zieht mich so übern Tisch, ihr könnt euch das gar nicht vorstellen.«

Meine Kollegen hatten einen Kreis um mich gebildet. Sie waren meine Freunde und wussten über unser spezielles Arrangement Bescheid.

Jetzt konnte ich meinen Frust ablassen. Keiner sagte was, alle hörten still zu. Erst als ich mich ausgequatscht hatte, kamen die Kommentare, faire, ehrliche, ohne Spott. Sie hatten gespürt, dass es mich hart traf und ich nahm ihre Ratschläge ernst.

»Du musst da raus.«

»Mach Nägel mit Köpfen, kündige.«

»Die macht mit dir, was sie will, da hilft nur eins: entweder du bekommst sofort einen Mietvertrag oder du suchst dir etwas anderes.«

»Alles Blödsinn, die glaubt doch, ihn fest im Griff zu haben, du bist eben viel zu lieb. Glaubst du, ich oder die anderen hätten das mit sich machen lassen?« Natürlich nicht, ich wusste es nur zu genau. Ich neige dazu mehr an das Gute im Menschen zu glauben, als es angebracht ist.

»Kauf dir 'ne Eigentumswohnung und vergiss den ganzen Ärger, noch bist du nicht zu alt dazu. Soll die Tante doch sehen, ob sie noch mal so 'nen Dummen findet.«

Der Gedanke an eine Eigentumswohnung war mir auch schon häufiger durch den Kopf gegangen, hatten wir doch erst Mitte des vergangenen Jahres versucht, unsere Wohnung zu kaufen. Aber da hatten wir eine totale Abfuhr erhalten.

»Ich werde mich niemals von einem Teil meines Eigentums trennen, da wäre ich ja nicht mehr Herr im Haus. Nein, daraus wird nichts.« Und als ich dann auf den immer mal wieder angesprochenen und nie erhaltenen Mietvertrag zu sprechen kam, erwiderte sie nur:

»Was wollt ihr denn mit einem Mietvertrag, es geht euch doch so viel besser.« Und dann kamen die üblichen Floskeln vom fehlenden Vertrauen und so. Erstaunlicherweise schaffte sie es immer wieder, uns rumzukriegen und so zahlten wir mittlerweile eine stattliche Miete bei gleich bleibender Leistung in Haus und Garten.

Jäh wurde unser erregtes Gespräch von einer Alarmierung unterbrochen.

»Einsatz für Zug 6! Stettiner Straße ..., Person droht vom Dach zu springen!« Genau wie meine beiden Kollegen Achim und Jochen war ich immer noch in die Fangleinen eingebunden, als der Alarm losging. Ohne Hektik griffen verschiedene Hände zu und halfen beim Lösen von Knoten. Es geschieht häufiger, dass wir während der Übungen von echten Alarmen überrascht werden, damit lernen wir umzugehen.

Kurze Zeit später schoben sich die hydraulischen Tore nach oben und die schweren Diesel donnerten mit zuckenden Blaulichtern über die Frankfurter Straße. Die Anfahrt war allerdings so kurz, dass wir nicht einmal die Sirenen einschalteten. Für unsere neuen, jungen Kollegen bedeutete dies noch Spannung pur. Wir Älteren hingegen nahmen es wesentlich gelassener. Nicht, dass wir abgebrühte Kerle wären, nein, es war schlicht und einfach Routine. Und überhaupt, wie oft schon hatte man uns mit einer solchen Alarmierung heraus geklingelt – und es war nichts! Auch diesmal – wieder eine mutwillige Falschmeldung.

Gegen 16 Uhr überquerten wir die Frankfurter Straße wieder, diesmal in umgekehrter Richtung und ohne Sondersignale. In Gedanken sahen wir uns schon vor einer heißen Tasse dampfenden Kaffees sitzen, denn um diese Zeit trafen wir uns normalerweise in der geräumigen Küche, um aktuelle Dinge des Dienstbetriebes zu besprechen. Im gleichen Moment, als sich das hintere Hoftor elektrisch öffnete, meldete die Leitstelle einen neuen Einsatz.

»Sie fahren Koblenzer – Ecke Reinhold-Schneider-Straße. Brennendes Holz auf einem Abenteuerspielplatz.«

»Geräte anlegen!« rief Dieter nach hinten. Das galt Jochen und mir, wir beide bildeten heute den Angriffstrupp. Und für diesen gilt die alte Feuerwehrregel, der Angriffstrupp rettet und nimmt das erste C-Rohr (auch auf Spielplätzen). Wir saßen mit dem Rücken gegen die Pressluftatmer und legten uns die Bänder mit den Metallschnallen über die Schultern, zogen sie stramm. Anschließend das gleiche mit dem Bauchgurt. Die Handgriffe saßen, es blieb auch nicht viel Zeit; denn unsere neue Einsatzstelle war wieder nicht weit entfernt. Ich zog gerade die Bebänderung meiner Atemschutzmaske fest, da trieb uns der Wind den typischen Brandgeruch durch das geöffnete Fenster. Im gleichen Moment rief Addi, unser Maschinist:

»He, ihr Schlaffies! Diesmal wird es ernst, da vorne steigt ein mächtiger Rauchpilz hoch!«

Ich hatte keine Zeit mich umzublicken. Diese elende Fummelei mit dem Kinnriemen meines Feuerwehrhelms. Immer dasselbe! Na endlich – jetzt noch die dicken ledernen Handschuhe – fertig. Keine Sekunde zu spät, wir stoppen unmittelbar vor dem Spielplatzgelände. Laut und deutlich ertönen die Befehle unseres Chefs. Die Einsatzlage war übersichtlich.

»Angriffstrupp mit erstem C-Rohr vor! Ich will dann noch ein zweites C-Rohr, aber erst, wenn die Wasserversorgung steht!«

Diese Vorgehensweise war schon seit langer Zeit die Regel bei uns; durch den Personalmangel waren wir meist nicht in der Lage zwei Angriffe gleichzeitig vorzutragen.

Der Abenteuerspielplatz war nicht sonderlich groß. Bretter unterschiedlichster Längen und Breiten lagen kreuz und quer im völlig matschigen Erdboden, überall gab es tiefe Regenpfützen. Keine Überbleibsel der letzten Eiszeit, wie die dazwischen aufgehäuften Kies- und Sandberge vermuten ließen, sondern nur die Auswirkungen der unaufhörlichen Regenfälle der den letzten Tage.

Mit unserem Schlauch quälten wir uns über alle Fußfallen hinweg zu einem garantiert drei, wenn nicht gar vier Meter hohen architektonischen Meisterwerk, das nun gerade ein Raub der Flammen wurde. Bis auf einige Meter hatten wir uns heran gearbeitet, dann ließ der aufprallende Wasserstrahl Funken aus den brennenden Balken aufsteigen. Zischend und prasselnd schossen die Wasserfluten über tiefschwarz verkohlte Holzbalken. Große Mengen hellen Wasserdampfes vermischten sich mit beißendem, dunklem Brandrauch. Ohne Atemschutz hätte man schon nicht mehr so nahe an den Brand heran kommen können. Die Strahlungswärme war beachtlich. Einige neugierige Kinder, die sich zu nahe heran gewagt hatten, ergriffen panikartig die Flucht, als der Wind den dichten Rauch auf uns zutrieb und wir völlig darin verschwanden. Auf einmal wurden wir von einem feinen Schleier feuchten Wassers eingehüllt – das zweite C-Rohr hatte seine Stellung bezogen und so bekämpften wir mit vereinter Kraft das mehr und mehr zurück weichende Feuer.

»Mach Vollstrahl, Martin, wir reißen das ganze Bauwerk ein.«

Dieter stand plötzlich neben uns und erteilte seine Order. Der ungesunde, dichte Brandrauch hatte sich bereits verflüchtigt und gab den Blick auf ein rauchgeschwärztes Holzgerippe preis, dass nach seinem Aussehen zu schließen, ziemlich Einsturz gefährdet war.

»Addi! Fahr den Druck mal was höher! Wir reißen ein!«

»Okay!« Ein kleiner Zug am Gashebel des Pumpenstandes und das Wasser presste sich mit einigen bar mehr durch die Schläuche. Die sowieso schon bretterharten Schläuche schienen unter dem gewaltigen Druck bersten zu wollen. Aber das täuscht, denn tatsächlich sind sie für noch wesentlich höheren Druck ausgelegt. Immerhin schlug der scharfe Vollstrahl mit etwa zehn bar klatschend gegen die verkohlten Balken. Unter lautem Krachen stürzte die schwarze Ruine in sich zusammen. Bei ihrem Aufprall in den schlammigen Morast brachen einige der völlig verkohlten Balken mit einem letzten Funkenflug auseinander. Von dem einst so abenteuerlichen Bauwerk war nur noch ein qualmender Trümmerhaufen übrig geblieben.

Die in sicherer Entfernung stehenden Kinder ließen ein einstimmiges, beifällig-staunendes Raunen hören, als der Turm in sich zusammen fiel. Und kaum, dass wir »Wasser halt« gegeben hatten und unsere Schläuche wieder einrollten, schleppten diese unermüdlichen Baumeister schon wieder »neue« Balken und Bretter an, um auf dem frischen Abriss eine neue Konstruktion entstehen zu lassen.

Wir stanken penetrant nach Brandrauch, unsere Stiefel und Hosenbeine waren völlig mit schlammiger Erde verschmiert.

Die vorher dunkelrot gefärbten Schläuche lagen nun wie überdimensionale Lakritzschnecken schwarz verdreckt im Mannschaftsraum unseres Löschfahrzeuges. Dieser harmlose Einsatz würde uns noch eine geraume Zeit mit der Reinigung unserer Ausrüstung beschäftigen.

»Jochen, du siehst aus wie ein Schwein.«

Ich grinste in sein rußgeschwärztes Gesicht, in dem der Rand der Atemschutzmaske für eine exakte Grenze zwischen sauber und dreckig gesorgt hatte. Allerdings löste sich diese Grenze gerade auf, denn aus seinem strähnigen, schweißnassen Haar rannen dunkle Tropfen über sein Gesicht.

»Du solltest auch nicht gerade im Mädchenpensionat vorsprechen«, konterte er »Du siehst keinen Deut besser aus als ich.«

»Aufsitzen ihr Schwätzer!«, rief Dieter. Er tippte mir mit seinem Zeigefinger vor die Brust, rümpfte die Nase und spottete:

»Wenn deine Mama wüsste, wie du dich hier immer einsaust, dürftest du bestimmt nicht mehr wiederkommen.«

Auf dem Rückweg wurde gefachsimpelt.

»Na, ihr alten Männer, habt ihr endlich mal wieder ein Feuer löschen können?« Das galt uns. Ich blickte Jochen an, der hob die Augenbrauen, legte den Kopf zur Seite und deutet mit dem Daumen hinüber.

»Hör dir unser Küken an, noch die Eierschalen hinter den Ohren, aber über alte Hasen lästern.«

»Oho, von wegen Küken, an Wache 1 habe ich schon einige Feuer gehabt.«

Thorsten, unser Neuling, warf sich mächtig in die Brust. Breit war sie ja, die Brust, und mit muskulösen Armen daran. Er war noch jung und bestimmt über 1,80 m groß. Sein kurzes, semmelblondes Haar krönte über einem freundlichen, jungenhaften Gesicht. Mit ihm waren wir zufrieden. Doch – in letzter Zeit waren einige gute, neue Männer zu uns gekommen.

In der Vergangenheit

So hatte ich doch auch mal angefangen. Nur damals riskierte man besser keine dicke Lippe. Aber die Zeiten ändern sich und das ist manchmal auch gut so. Ich hörte wie meine Kollegen heftig debattierten und in der Erinnerung wurden die Feuer immer größer und die Einsätze immer gefährlicher.

»Damals, da hatten wir ... ja Junge, da träumst du von.«

Tja, ja, Angler und Feuerwehrleute. Ich lehnte mich gegen meine alte Lederjacke, schloss die Augen.

»Dobbelstein, Wache 1! Kronenberg, Wache 4! Huber, Wache 2! Stammer, Wache 1! Just, Wache 4! Schulte, Wache 1! Boddem und Meyer-Pyritz, Wache 3!«

Charly Kessels, unser Ausbildungsleiter, rief alle auf, wies jedem seine erste Feuerwache zu, auf der er sich zu melden hatte.

Die Zeit der Ausbildung war vorbei. Wir fieberten dem wahren Leben entgegen. Jetzt endlich war es so weit. Nun konnten wir beweisen, was wirklich in uns steckte! Keine Theorie mehr, weg von der Schulbank. Nie mehr:

»Definieren Sie den Flammpunkt, den Brennpunkt. Wie lautet der untere und obere Zündbereich von Methan? Erklären Sie den Blutkreislauf. Welche Webarten von Feuerwehrschläuchen kennen Sie? Wie stellt sich die Gewaltenteilung in der Bundesrepublik Deutschland dar? Erklären Sie den Notwehrparagraphen! Wie lange beatmen Sie ein durch das Eis eingebrochenes Kind? Wann wurde das ...? Wie lautet die Definition für ...? Wer kann ...? Warum ...? Rechnen Sie ..., schreiben Sie ...« Wir hatten bestanden!

»Feuerwehrmannanwärter Martin Meyer-Pyritz, Sie haben die Prüfung mit der Note zwei bestanden. Ab heute dürfen Sie sich »Feuerwehrmann« nennen – Herzlichen Glückwunsch!« Aber nach Feuerwache 3, oh nein, ausgerechnet nach Drei. Diese asbachuralte Wache, die in unserem Ausbildungslehrgang gehasst wurde wie die Pest (warum wusste keiner!).

Und dann der Tag X. Stephan Boddem und ich erschienen überpünktlich. Mein Gott, waren wir nervös! Aber die Feuerwehrmänner der Wache 3 nahmen uns vom ersten Tag an freundlich auf. Wir bekamen einen so genannten »Paten«, einen »Ziehvater«, der uns das alles beibrachte, was in der Ausbildung eben nicht vermittelt werden konnte. Heinrich Offermanns, ungekrönter Herrscher über die Schlosserei auf Wache 3, wählte mich als »Patenkind«.

»Ah, Schlosser gelernt. Der kommt zu mir.«

Es hätte mir nicht besser ergehen können. Stephan hatte ähnliches Glück. Wir waren in eine hervorragende Truppe geraten und bemühten uns, diesen Männern zu gefallen.

In der großen Mittagspause saßen wir in dem kleinen Garten, der sich unmittelbar hinter dem Feuerwehrhof erstreckte und an einem winzigen Parkplatz für unsere eigenen Autos endete. Zwei Rettungswagen hatten bereits alarmmäßig die Wache verlassen. Es gab jetzt noch zwei Krankenwagen, die so genannten Unfallreserven. Wir beide waren die Mannschaft des letzteren, das »letzte Bollwerk« zur Rettung von Menschenleben nach Unfällen, schweren Erkrankungen usw. Das zerrte an unseren Nerven. Immerhin waren wir zwei rein mit Theorie vollgestopfte Anfänger, die noch nie allein mit einem Rettungsfahrzeug rausgefahren waren.

Für gewöhnlich werden nicht zwei Neulinge zusammen ins kalte Wasser geschmissen, sondern das Team eines Wagens setzt sich aus »Alten Hasen« und Anfängern zusammen. Aber wir waren – wie gesagt – die letzte Bastion, eine sehr verzagte, denn jetzt ertönte der Gong zum dritten Mal. Die erste Unfallreserve brauste mit eingeschalten Sondersignalen zu einem

Verkehrsunfall. Wenn jetzt noch einmal Alarm gegeben wurde und nicht noch im letzen Moment eins von den ausgerückten Fahrzeugen zurück käme – dann, ja dann wären WIR dran!

Vierzig Stunden Erste Hilfe-Ausbildung hatten wir damals erhalten. Eine gute Ausbildung, ohne Zweifel – aber heute umfasst diese Ausbildung weit über dreitausend Stunden.

Es fuhr wie ein Blitz durch alle Muskeln und Nerven. Wie erstarrt blickten wir uns in die entsetzt aufgerissenen Augen. Kaum das der Gong verklungen war, spurteten wir wie zwei Supersprinter die wenigen Meter zur Fahrzeughalle. Das Blut rauschte in den Ohren, fast weit entfernt vernahm ich die Durchsage:

»Einsatz für die zweite Reserve Feuerwache 3 nach Unterrath, Habichtweg Nummer ... bei ... – Geburt!«

Geburt, ich dachte, mich trifft der Schlag. Auf einmal fühlten sich meine Hände schweißnass an. Ich blickte zu Stephan. Seine Knöchel schienen weiß durch die gespannte Haut und die Hände waren fest um das große Lenkrad des Mercedes geschlossen. Die Sirene dröhnte unbarmherzig in unseren Ohren, nie zuvor hatte ich sie als so laut empfunden. Puls bei 180, dessen war ich mir sicher ... ruhig, jetzt unbedingt ganz ruhig bleiben ... tief durchatmen. Was hatten uns Peter Matzke und Ulrich Dombrowski beigebracht? Ruhiges, sicheres Auftreten, Entbindungsbesteck mitnehmen, Blutdruck messen, Mutterpass, Lagerung, Nabelschnur durchtrennen, wenn ... und da ... und dann ...

Es war ein Wunder, die Autofahrer vor uns fuhren rechts ran, machten uns Patz. Wahnsinn! Das funktionierte ja tatsächlich. Jetzt die Ampel, Rot für uns. Langsam fahren, abbremsen, genau in alle Richtungen prüfen. Okay! Alles frei! Der Verkehr stand, wir überquerten die erste rote Ampel – pures Adrenalin!

Es mussten Hunderte von Kilometern und Stunden bis zu unserem Eintreffen gewesen sein, als ich mir die rote Kunstledertasche schnappte und mit der anderen Hand nach dem schwarz verpackten, sterilen Entbindungsbesteck griff. Stephan eilte mit der Sauerstoffflasche samt dazugehörigen Armaturen hinter mir die wenigen Stufen herauf, wo ein ungepflegter Mann mit strähnigem Haar aufgeregt auf uns einredete.

»Na los! Schnell! Schnell! Das Kind kommt gleich, kommen Sie schon, kommen Sie!« Er durchquerte vor uns zwei kleine schäbige Räume. Ich sah alte, schmutzige Tapeten auf schmucklosen Wänden, einen total abgewetzten, faltigen Teppich und eine verschlissene Cordcouch. Auf einem niedrigen braunen Holztisch stand eine ganze Flaschenbatterie, Aschenbecher quollen über und über die Mattscheibe des Fernsehers flimmerte ein stumpfsinniges Frühnachmittags-Programm.

Die auf der Couch liegende Frau wirkte unförmig auf mich. Ihr Alter war schwer einzuschätzen ebenso hätte ich nicht sagen können, wann ihr Schmuddelkleid das letzte Mal gewaschen worden war. Aber sie war sehr blass, atmete heftig und tief.

»Doktor, gut, dass Sie kommen.«

»Ich bin keine Arzt, aber wir werden Ihnen helfen«, sagte ich mit erstaunlich ruhiger Stimme.

»Ist das Ihre erste Geburt?«, fragte ich naiv, während ich ihr die Blutdruckmanschette umlegte. Matt lächelte sie mich an.

»Es ist meine Achte! Sie sind noch sehr jung. Keine Angst, das geht ganz von allein.« Hinter mir fing der Mann an zu toben. Offensichtlich war er angetrunken.

»Nun macht endlich was, egal ob das Kind okay ist oder nicht. Hauptsache die Frau bleibt ganz!«

Der Kerl widerte mich an. Was musste diese Frau durchleiden, von einem solch niederen Menschen nur zur Befriedigung seiner körperlichen Gelüste missbraucht zu werden.

Das Kind kam. Der uns gefolgte Notarzt auch. Das Kind war gesund, der betrunkene Vater kippte mit schwachem Kreislauf um und wurde von Stephan gerade noch aufgefangen. Als er die Augen wieder aufschlug, waren seine ersten Worte:

»Ist die Frau auch in Ordnung?« Und dann ganz leise: »Ich liebe sie doch.« Wir brauchten ein neues Entbindungsbesteck und mussten daher unmittelbar nach unseren Einsatz die Wache 1 anfahren.

Der Eindruck des soeben Erlebten saß sehr tief. Schlagartig waren wir mit einer Gesellschaftsschicht und einer Situation konfrontiert worden, die wir bis dahin nicht gekannt hatten. Und neues Leben war unmittelbar vor unseren Augen in diese Welt gekommen. Ob dieses Kind eine faire Chance haben würde?

Aber wir waren auch mächtig stolz. WIR hatten unseren ersten Einsatz gemeistert. Und dann gleich so etwas – eine Geburt – ein Ereignis, das nicht jeder erlebt. Mit dem gleichen siegesgewissen Lächeln, das sicher auch auf den Gesichtern der Cäsaren von Rom gelegen hatte, wenn sie im Triumphzug die ewige Stadt durchfuhren, eben mit diesem Lächeln knallte ich das offene Entbindungsbesteck auf die Theke der Atemschutzwerkstatt.

»Ein neues bitte!« Gleich würde der alte Haudegen auf der anderen Seite vor Ehrfurcht erzittern, Fragen stellen, uns die Hände schütteln wollen ... Nichts von alledem. Ohne eine Miene zu verziehen, griff seine fette Pranke das »geheiligte« Päckchen, zog es über die glatt gewetzte Holztheke. Dann drehte er sich wortlos um und verschwand in der Tiefe seiner endlos langen Schrankreihen. Wir blickten uns frustriert an. Wie ein Geist erschien der Dicke wieder hinter der Theke, knallte ein neues Entbindungsbesteck vor unsere Nasen.

»Da!«

Wie – Da! – Das konnte doch nicht alles gewesen sein, das gab es doch nicht! Und als könnte er das Unfassbare seines grausamen Verhaltens in unseren Augen lesen, stemmte er seine kurzärmeligen, dicken, haarigen Arme auf die Holztheke. Dabei lehnte er sich etwas vor und fragte mit listig blitzenden Augen:

»War wohl euer erstes!?«

»JAAAAA!«, ertönte es wie aus einem Mund. Dann zogen wir ab.

Auf dem Weg zurück zur Wache 3 dämmerte es uns, dass die Heldentaten von Neulingen nicht unbedingt die gebührende Beachtung fanden, die ihr naturgemäß zustand – fanden wir! Dennoch waren wir guten Mutes, als wir durch die Einfahrt auf unseren Feuerwehrhof fuhren.

»Der Chef will euch sehen!«, rief uns einer zu, nachdem wir das Hallentor wieder geschlossen hatten. Seltsam, obwohl wir nichts verbrochen hatten, beschlich uns sogleich ein mulmiges Gefühl. Ähnlich wie es den meisten Autofahrern geht, wenn sie in einer allgemeinen Verkehrskontrolle angehalten werden. Und das, obwohl sie keinen Alkohol getrunken haben und sich ihr Fahrzeug in guten, verkehrstüchtigen Zustand befindet.

Mit diesen unheilschwangeren Gedanken betraten wir das Büro unseres ersten Wachvorstehers Ewald Werner. Ewald Werner, genannt Pumpen-Ewald, weil er uns über alle Arten der im Feuerwehreinsatz befindlichen Pumpen unterrichtet hatte, war einer der alten Feuerfresser. Er genoss hohes Ansehen unter seinen Männern und war nicht nur ein exzellenter Einsatzleiter, sondern auch ein gerechter Chef, der auch mal fünfe gerade sein lassen konnte. Ebenso konnte er aber auch eine knüppelharte Seite zeigen, wenn es darauf ankam. Er residierte in einem alten, weiß getünchten Büro hinter einer riesigen Schreibmaschine und Bergen von Papier, die sich auf einem der typischen alten, hölzernen Schreibtische stapelten. Dieser Schreibtisch unterschied sich in nichts von anderen einfachen Büroschreibtischen, mit der Ausnahme, dass dieser vielleicht noch etwas älter war als der Chef selbst. Das Büro eines Wachvorstehers war schon was, da ging man nicht so einfach rein und raus. Auch das hat sich heute sehr gewandelt. Wir klopften an (ein Muss!).

»Herein!«, rief es von drinnen. Also – tief Luft holen, dann traten wir ein. Aber was war das? Da standen sie alle dicht gedrängt in dem kleinen Büro mit den hohen Altbauwänden und lachten uns an. Der Chef lehnte sich mit ausgestreckten Füßen in seinem Bürostuhl zurück, verschränkte die Arme genüsslich hinter dem Kopf und blickte uns in einer seltsamen Mischung aus Wohlwollen und Schadenfreude an.

»Mhm ... Geburt gehabt ... Mhm ... alles glatt gegangen ... freut mich ... gute Jungs ... bin zufrieden ... gratuliere.«

Wir glaubten vor Glück zu zerspringen. Alle schüttelten uns die Hände.

»Ist übrigens nicht ganz billig – so'ne Geburt ... altes Feuerwehrgesetz ... kostet 'ne anständige Runde. Aber ihr seid ja zu zweit, so und jetzt wieder an die Arbeit.« Damit waren wir entlassen. Die Runde gaben wir gerne aus und erfuhren im angenehmen Kollegenkreis von so mancher Geburt.

Es wurde Abend. Die erste Nacht auf der Feuerwache! Sechs Mann in einem Raum; sechs Betten, zwei schliefen, zwei schnarchten, zwei waren hellwach. Vor vier Betten standen Feuerwehrstiefel mit über die Schäfte gezogenen Hosenbeinen, und daneben auf den Holzstühlen, die zum Reinschlüpfen bereitgelegten Feuerwehrhemden. Nur vor zwei Stühlen standen verwaiste, einsame Stiefel. Waren die zwei, die sowieso nicht schlafen konnten, um ihre Kleidung gebracht worden? Nein, ganz anders. Welcher junge Feuerwehrmann konnte in der ersten Nacht Schlaf finden?! In einer Nacht, die so gefährlich lang war und wo uns der Gong jede Sekunde zu irgendwelchen Einsätzen rufen konnte. Einsätze, bei denen man sich blitzschnell ankleiden und an den langen Stangen in die Fahrzeughalle rutschen musste. Wie konnte man sich da entkleiden?! Wo doch jede Sekunde zählte. Mein Blick wanderte zur weißen Zimmerdecke. Eine schlichte Glaskugel hing an einer Metallstange herab. Im fahlen Dämmerlicht, das durch ein hohes, zweiflügeliges Holzsprossenfenster hereinschien, konnten meine an die Dunkelheit gewöhnten Augen den rechteckigen Lautsprecherkasten erkennen. Den Kasten, der immer erst knackte, bevor die Durchsage der Leitstelle kam.

Wie oft habe ich dieses unverwechselbare Knacken inzwischen vernommen. Wie viele Male habe ich mich danach auf die Bettkante geschwungen und die Füße in die Stiefel gesteckt, um sogleich die darüber gestülpte Hose hoch zu ziehen. Generationen von Feuerwehrmännern haben es vor mir getan, Generationen werden es nach mir tun.

Aber heute, an diesem ersten Tag waren die Nerven zu angespannt, war an Schlaf nicht zu denken. Stephan, der neben mir lag, ging es nicht anders. Ich fing an zu schwitzen. Angekleidet im Bett zu liegen, war wohl doch nicht so gut. Vielleicht sollte ich wenigstens das Hemd ... Jede weitere Überlegung wurde hinfällig. Der Lautsprecher knackte, gleichzeitig leuchtete die alte Deckenlampe selbsttätig auf.

»Es geht los«, schoss es mir durch den Kopf. Ich sprang geradezu aus dem Bett und prallte fast mit Stephan zusammen. Wir waren die ersten an der Rutschstange und düsten hinab in die Fahrzeughalle. Seltsam, niemand folgte uns, es hatte auch keine Durchsage gegeben. Irgend etwas war faul! Wir blickten uns an.

»Die haben uns verarscht!«

Nachdem wir die ausgetretenen Steinstufen nach oben gestapft waren, betraten wir leicht verlegen den Schlafraum. Alles war dunkel. Man stellte sich schlafend. Aber ganz so blöd waren wir auch wieder nicht und knipsten einfach das Licht an.

»Glaubt bloß nicht, wir wissen nicht, dass ihr wach seid!« Es hustete und prustete vor zurückgehaltenem Lachen unter allen Bettdecken. Aber dann platzte es förmlich heraus und lautes Lachen empfing uns, begleitet von spottenden Kommentaren.

»Ja wischt ihr, wenn's man so in voller Montur im Bett liegscht wie ihr schztwei, dasch musch man doch belohnen!« Das war der unverwechselbare Kommentar von Haschte, unserem Kollegen aus dem Schwabenland. Im wirklichen Leben heißt er Franz Schütz und ist ein netter Kerl; immer freundlich, immer hilfsbereit ... wie auch in dieser Nacht, als er extra für uns das Alarmlicht eingeschaltet hatte.

Okay, eine Lektion à la Feuerwehr, aber wir konnten ihnen nicht böse sein und jetzt zogen auch wir unsere Hosenbeine in echter Feuerwehrmanier über die Stiefel, legten unsere Hemden auf den Holzstuhl und uns selbst unter die blauweiß karierte Decken.

Zwei Minuten später ein echter Alarm! Jetzt lief alles anders: Knacken, Licht an, Durchsage, fliegende Bettdecken, rein in die Stiefel, Hosen hoch, Hemden über. Fast ein Tempo wie einstudiert. Geordnetes Gedränge vor dem Rutschschacht. Alles war taghell erleuchtet. An drei nebeneinander liegenden Stangen rutschten wir acht Meter tief in die Halle. Jacken überstreifen, Helme aufsetzen, einsteigen. Jeder hatte seinen festen Platz. Federbelastete schwere Holztore wurden entriegelt, sprangen auf, die Urkraft starker Dieselmotoren dröhnte durch die Fahrzeughalle. Im geordneten Zugverband verließen drei Feuerwehrfahrzeuge die Halle, lenkten auf die nachtleere Münsterstraße und fuhren in Richtung Altstadt. Es war ein richtiges Höllenspektakel, das Dröhnen der Martinshörner, gespenstiges Zucken der Blaulichter in spiegelnden Scheiben und auf Hausfassaden.

Eine Straßenbahn sollte brennen, auf der Kaiserstraße, in Höhe der Bolker Straße, einer der Haupteingangsbereiche zur »Längsten Theke der Welt«: der Düsseldorfer Altstadt. Es war die Nacht von Freitag auf Samstag, da war auch lange nach Mitternacht noch jede Menge Volk unterwegs. Hier vergnügt man sich bis in die frühen Morgenstunden in Kneipen jeglicher Couleur. Hier fließt das Altbier in Strömen und in lauwarmen Nächten wie heute bewegen sich die Menschen in hellen Scharen wie auf dem Rummelplatz.

Wir erblickten die Straßenbahn in einem undurchdringlichen Pulk von Menschen. Immer mehr schienen noch dorthin zu strömen. Da war für unsere Fahrzeuge kein Durchkommen mehr möglich. Wir fuhren so weit es gefahrlos ging weiter, mussten aber schon bald aufgeben, wollten wir nicht die neugierigen Gaffer unter unsere großen Räder bekommen. Der Chef hatte die Lage frühzeitig erkannt und entsprechende Befehle erteilt. Auf dem Dach der Straßenbahn brannte die

Lattenholzverkleidung, diese Konstruktion war früher noch üblich. Auf und hinter diesen Latten befanden sich Elektrobatterien.

Zu Fuß und mit den notwendigsten Ausrüstungsgegenständen bepackt, bahnten wir uns den Weg durch die Menschenmassen hindurch. Im Schritttempo folgten die Feuerwehrfahrzeuge. Hinter uns schloss sich die Menge wieder, vergleichbar mit einem Eisbrecher, der die Eisdecke aufbricht und hinter dem sich das Packeis in Sekunden wieder schließt.

Menschen waren nicht zu Schaden gekommen, wir hatten diesen Schwelbrand dann auch recht schnell im Griff. Aber ich hatte in dieser ersten Nacht erlebt, wie schwer uns die oft lebensrettende Arbeit von genau den gleichen Menschen gemacht wird, denen wir helfen wollen.

Gut zwei Stunden später lag ich wieder in meinem Bett in der Feuerwache. Schlafen konnte ich nicht mehr, aber es war auch nur noch ein Rest der sowieso kurzen Nacht übrig. Die Ereignisse des Tages nahmen meine Gedanken zu sehr gefangen …

»He, Martin! Aufwachen, wir sind wieder auf der Wache!«

»Wohl ein kleines Schläfchen gemacht, nach dem anstrengenden Feuer?!« Nein geschlafen hatte ich nicht, aber ich war in die Vergangenheit abgedriftet. In eine Zeit, die viel zu schnell vergangen war. Zwanzig Jahre fast, oder waren es mehr? Ich legte Thorsten die Hand auf die Schulter, blickte ihm in die Augen und lachte.

»WIR, wir werden noch so manches Feuer gemeinsam löschen, glaub es mir.«

Wie viel wiegt ein Pferd?

Ich hatte eine andere Hose angezogen und die Stiefel gewechselt, beides war zu nass, um es weiterzutragen. Nachdem wir auch unsere Fahrzeuge wieder auf Vordermann gebracht hatten, trafen wir uns in der Küche. Während wir auf den Kaffee warteten, lasen wir mit den noch leeren Kaffeetassen in der Hand die alten Neuigkeiten am schwarzen Brett. Der Kaffeeduft stieg uns bereits verführerisch in die Nase.

Der Alarmgong zerstörte den Traum vom »Schälchen Heißen«. Fluchend, aber frisch gewaschen und geputzt, rannten wir in die Fahrzeughalle. Es kommt nicht selten vor, dass uns ein Alarm vom Essen wegreißt. Manchmal stopft man sich noch einen übergroßen Bissen in den Mund und eilt kauend mit den anderen nach unten. Berufsschicksal! Alarm heißt: alles stehen und liegen lassen, dafür die Beine unter die Arme nehmen.

Mit dem Stichwort – Pferd in Baugrube – fuhren wir mit eingeschalteten Sondersignalen zum Garather Geflügelhof. Er liegt an der südwestlichen Peripherie Düsseldorfs, unmittelbar hinter den letzten, großen Gebäudekomplexen und ist ein Rest landwirtschaftlich genutzter Fläche vor den Ausläufern des Garather Waldes.

Noch vor dreißig Jahren hatte es hier überall so ausgesehen. Riesige Weideflächen erstreckten sich weitläufig, teils von alten, hochstämmigen Obstbäumen unterbrochen. Einige der heute zwar sehr dezimierten, aber immer noch großen Weiden gehörten zum Areal der Geflügelfarm. Der eigentliche Gebäudetrakt setzt sich aus zwei alten, lang gestreckten Backsteinhäusern mit Ziegeldach zusammen. Die dahinter liegenden

Weiden beheimateten nicht nur das Federvieh, sondern auch einige Pferde.

Uli Nagel, auch einer unserer Neuen, stellte plötzlich die Frage:

»Wie viel wiegt ein Pferd eigentlich?«

»Auf jeden Fall kaum weniger als du!«

Das kam von Helmut Hackin, dem dritten Neuling im Bunde. Uli ist kein Typ, der schnell beleidigt ist. Wenn einer immer gute Laune verströmt und stets den neuesten Witz erzählen kann, dann er. Gut, er ist etwas korpulent, dennoch ein durchtrainierter Kerl, der auf seinem Rennrad Zigtausende von Kilometern herunter spult. Die Energie und Ausdauer seiner muskulösen Beine kann gut mit der eines Profifußballers verglichen werden. Helmut, der im Bergbau zu Hause war, erhielt prompt eine schlagfertige Antwort.

»He, was weißt du denn von Pferden, die hier oben auf der Erde rum rennen. Du kennst doch nur Grubenpferde, und die sollen ja blind gewesen sein – wie du!«

»Na toll, ist ja ’ne hochqualifizierte Diskussion«, schaltete sich jetzt auch noch Jens Pohlkötter ein, womit der Gesprächsverlauf fest in der Hand der »Jungfeuerwehrmänner« war.

»Sieh an, unser kleiner Kölner Sielmann meldet sich zu Wort. Da bin ich aber gespannt, ob er mehr weiß.«

Jens’ Miene blieb völlig unbeeindruckt. Statt dessen gab er lächelnd einige nüchterne Daten bekannt:

»Das Pferd, lateinisch equus, ist ein Herden- und Fluchttier. Es gibt noch heute einige Wildpferdarten in Savannen und Steppen, davon stammen unsere Reitpferdearten ab. ESEL gehören übrigens auch in diese Großfamilie. Seien wir froh, wenn wir es nur mit einem Pony zu tun haben, denn ansonsten können wir so zwischen 700 kg bis 1.000 kg Lebendgewicht erwarten.«

Paff! Das saß. Wir blickten uns alle stumm an.

»Echt gut, Junge, du hast ja richtig Ahnung. Hast du etwa selbst so ’nen Gaul?«

»Nee, dafür fehlt mir die nötige Knete. Aber ein guter Feuerwehrmann sollte Bescheid wissen. Stell dir vor, es brennt auf so einem Reiterhof, dann ...«

»Holen wir dich!«

»Schluss mit dem Quatschen, wir sind gleich da.«

In der Tat bogen wir gerade in den für den Allgemeinverkehr gesperrten Zufahrtsweg ein. Er führte geradewegs auf die beiden Backsteingemäuer zu, endete vor einer hölzernen Barke, hinter der ein leicht schlammiger Fußweg weiterging. Niemand war zu sehen, weder Pferde noch Menschen. Wir hielten an und alle stiegen aus. Ein Mann mittleren Alters im großkarierten Flanellhemd und dunkler Cordhose kam um die Hausecke rum, winkte uns zu sich. Er machte einen recht gelassenen Eindruck. Offensichtlich schien es sich um keine besonders brisante Situation zu handeln und so ging unser kleines Grüppchen zu ihm. Er stellte sich als Besitzer des Geflügelhofs vor und führte uns um die Hausecke herum. Dort bot sich uns ein Anblick, der jedem Pferdefreund die Tränen in die Augen getrieben hätte. Ein falbes Pferd mit langer Mähne war mit den Hinterhufen in einen Schacht eingebrochen. Nur noch die Vorderbeine sowie Kopf und Hals ragten aus diesem äußerst engen Gefängnis heraus. Nackte Angst stand in seinen vor Schreck geweiteten, dunklen Augen. Verzweifelt versuchte das verängstigte Tier, sich durch Scharren der Hufe zu befreien. Hoffnungslose, vergebliche Versuche, die das arme Tier nur noch tiefer hinab zogen. Es war nass in dem engen Schacht, dessen Tiefe wir durch eine undurchsichtige, dreckige braune Brühe nur erahnen konnten. Es handelte sich um einen mit Fäkalien vermischten Wasserschacht, dessen Inhalt dem Pferd bis zum Bauch stand. Normalerweise wurde der rund 90 × 90 cm große Schacht von einer metallenen Platte abgedeckt. Vermutlich hatte Rost die Tragfähigkeit der Platte im Laufe der Jahre so geschwächt, dass sie unter dem Gewicht des Tieres eingeknickt war. Jetzt lag sie tief unten in der Brühe, sehen konnte man sie nicht. Es war auch nicht erkennbar, ob und wenn, wie sich das Tier verletzt oder eingeklemmt hatte. Nur eins war klar, wir mussten handeln und vor allem schnell, denn das verängstigte Tier rutschte immer wieder ein kleines Stück tiefer.

Der Besitzer dieser Geflügelfarm war auch Herr des Pferdes und erwies sich als umsichtiger, nervenstarker Partner. Seine Liebe zu diesem Tier hatte ihn, Gott sei Dank, nicht seiner logischen Denkkraft beraubt. Er berichtete, dass er nicht nur uns, sondern ebenfalls einen Veterinär angerufen hatte.

Jens, unser neu geborener Fachmann für Pferde, setzte seinen Helm ab, zog die dicken Lederhandschuhe aus und näherte sich dem verängstigten Tier. Mit beruhigendem Zuspruch gelang es ihm, sich ganz dicht neben seinen großen Kopf zu hocken, den er behutsam streichelte. Wie unendlich empfindsam ist doch die Seele eines Tieres, spürte es die Ruhe, die von dieser mitfühlenden Menschenhand ausging? Ahnte es vielleicht, wie wichtig es war, ruhig zu bleiben? Wer vermochte das zu sagen?

Jens blieb jedenfalls bis zum Ende neben ihm und das war gut, denn so konnten wir anderen die gefährlichen Arbeiten durchführen, die sonst mit Sicherheit nicht so glatt verlaufen wären. In solchen und ähnlichen Situationen stellen sich mitunter außergewöhnliche Fähigkeiten ein, von denen man unter normalen Umständen nie etwas erfahren würde. Fähigkeiten, die in einem stecken, die nie gelehrt und wahrscheinlich auch nicht gelernt wurden. Es ist das Leben selbst, die spontane Situation und der oft mutige Entschluss des Menschen, etwas zu tun, was getan werden muss, und man spürt, dass es richtig ist. Wie oft habe ich das in meinem Beruf selbst erlebt!

»Addi, ich will das Pferdehebegeschirr und die Mulde mit dem Dreibaum von Wache 7. – Helmut! Uli! Ihr entfernt hier den Weidezaun. Wir brauchen gleich richtig Platz. – Martin! Schnapp dir noch jemand, ich will zwei Steckleiterteile und mehrere Fangleinen.«

»Vielleicht sollten wir eine kleine Tauchpumpe herablassen!«, rief Jens uns zu, »Dann kann man mal sehen, ob er nicht doch unten eingeklemmt ist!«

»Gute Idee. Dann eh ... Addi, bring du die mit ...«

»Strom haben wir hier im Haus«, warf der Besitzer ein.

»Ist gut, danke, aber wir legen unsere eigene Leitung. Nicht wahr, Addi?! Mach mal alles klar, du weißt schon, Stromaggregat und so.« Hier bedurfte es keiner weiteren Erklärungen. Jeder erledigte seine Aufgabe, froh, nicht untätig da stehen zu müssen. Denn nichts ist schlimmer, als wenn einem die Hände gebunden sind. Und das war so, bis das dringend benötigte Spezialgerät von Feuerwache 7 eintraf. Wie langsam die Zeit doch verstreicht, wenn man wartet, dabei ist es manchmal nur ein subjektives Empfinden unter dem Eindruck des Geschehenen. Endlich hörten wir das erlösende Tatü-Tata der sich nähernden Kollegen.

Mit vereinten Kräften schleppten wir den mächtigen Dreibaum zur Einsatzstelle, richteten ihn über dem Pferd auf. Ein Kettenzug wurde in den ovalen, eisernen Ring der Spitze eingehängt. Mit seiner Hilfe wollten wir das Pferd heraus ziehen. Vorher mussten wir jedoch zwei breite, extrem reißfeste Gurte unter dem Bauch des Pferdes platzieren. Eine schier unlösbare Aufgabe. Aber meinem ideenreichen Kollegen Dieter Klüppel gelang dieses Meisterstück auf engstem Raum mit Hilfe eines gebogenen Drahtes beim zweiten Versuch.

Das Pferd wurde unruhig, zitterte, scharrte mit den freien Hufen auf dem schmalen Betonrand. Dieter musste seinen Arm tief am mächtigen Leib des Pferdes vorbei in den Schacht stecken. Eine gefährliche Sache. Nur wenige Zentimeter nach rechts und die Masse des Tieres würde ihn gegen den gemauerten Rand des Schachtes quetschen. Ich glaube, wir atmeten alle tief durch, als es geschafft war. Beim ersten Versuch musste sich Dieter blitzschnell zurück ziehen, sonst wäre genau dieses Malheur passiert.

Bis jetzt hing an dem Draht in einer Schlaufe nur eine dünne Schnur. Daran band wir die Gurte und zogen sie unter dem

Bauch des Pferdes durch. Das Schwerste war geschafft. Aber würde auch nichts verrutschen? Eine bessere Platzierung war nicht möglich, wie auch, bei der Lage. Es musste einfach funktionieren. Zu dritt zogen wir an der Kette. Die kleine Übersetzung vervielfachte die Muskelkraft, Zentimeter um Zentimeter hob sich das Pferd in die Höhe. Die breiten Gurte saßen etwas unglücklich zwischen Brust und Vorderbeinen des Pferdes, so dass sein massiger Leib mit den kräftigen Hinterbeinen daran zerrte. Besser konnten wir es jedoch beim besten Willen nicht schaffen. Das Pferd verhielt sich erstaunlich ruhig.

In knapper Entfernung von höchstens fünfzehn Metern standen zwei weitere Pferde, die die gesamte Rettungsaktion von Beginn an mit neugierigen Blicken verfolgt hatten. Große Nervosität war ihnen anzumerken. Immer wieder schnaubten und wieherten sie. Gaben sie ihrem Leidensgefährten zu verstehen, das sie in seiner Nähe seien?

Gott sei Dank, die Hinterbeine saßen nicht fest. Kraftlos hingen sie am Körper des Pferdes, Wasser tropfte in feinen Rinnsalen von den Hufen, vermischt mit rotem Blut, das aus einer Vielzahl kleiner klaffender Wunden rann.

»Schnell! Die Bohlen! Wenn die Hufe raus sind, sofort das Loch mit den Bohlen verschließen!«

»Achtung! Er wird gleich treten ... Vorsicht – Vorsicht, besonders hinten!« Die Warnung kam vom Pferdebesitzer. In der Tat mussten wir jetzt höllisch auf uns selbst aufpassen. Die Beine schienen nicht gebrochen und ein kräftiges Rucken ging durch Muskeln und Sehnen. Das Pferd zuckte, strampelte, aber noch hingen die Hufe frei in der Luft. Schnell schoben wir die bereit gelegten Bohlen, genauer gesagt die Gerüstbretter, über das noch offene Loch.

»Jetzt langsam herunterlassen!« Jens hielt noch immer Kontakt über ein kurzes Zaumzeug, das der Besitzer im Laufe der Aktion geholt hatte.

»Helmut! Nicht so schnell ablassen!« Nur noch wenige Zentimeter trennten die Hinterhufe von den Bohlen.

»Vorsicht jetzt, wenn er erst mal Fuß fasst, wird er sicher versuchen gleich loszugaloppieren.«

Jetzt war es so weit, die Hufe berührten das Holz – endlich wieder festen Untergrund. Sofort fingen sie an wild zu treten, aber noch hing der gesamte vordere Körperteil in der Luft.

»Aufpassen! Die Stützen!«

Unser Dreibaum geriet ins Rutschen, so heftig wurden die ungestümen Bewegungen des Pferdes. Einige Bohlen begannen zu rutschen.

»Festhalten! Jens pass auf! Nicht so nah ran! Zwei Mann an jede Stütze!«

Und dann stand er auf allen Vieren, am ganzen Körper zitternd, vor Anstrengung und durchgestandenem Stress schnaubend. Dieter löste die Gurte und ganz brav ließ sich das Pferd von seinem überglücklichen Besitzer am Zaum auf die sichere Weide führen. Sogleich näherten sich die anderen Pferde, schnaubten freudig und rieben ihre Nüstern zärtlich am geretteten Freund. Wir waren alle froh, dass keine ernsthaften Verletzungen vorlagen.

Eine kleine Schar Neugieriger, angelockt von unseren Feuerwehrfahrzeugen, sowie ein Zeitungsreporter hatten in gebührendem Abstand zugeschaut. Wenn es doch immer so wäre! Während wir unsere Gerätschaften wieder einräumten, fuhr der Tierarzt mit seinem Wagen vor. Gut, dass er nicht zu einem bösen Ende gekommen war. Es herrschte Hochstimmung. Nach einem herzlichen Abschied rollten unsere roten Feuerwehrfahrzeuge wieder auf ihre vorbestimmten Plätze in der Fahrzeughalle. Für dieses Tier hatte jeder gern seinen Kaffee sausen lassen.

Der Großvater von Jochen Flesch

Wenn einer herrliche Geschichten erzählen kann, dann Ludwig. Er besitzt einen fast englisch zu nennenden, trockenen Humor, der uns die Tränen in die Augen treibt. Wir saßen zur vorgerückten Stunde in unserer Küche und lauschten seinen Geschichten.

Damals war ich noch in der Ausbildung: Ludwig Peil und ich waren Aspiranten des gleichen Lehrganges. Uns verbinden nun schon über zwanzig Jahre Feuerwehr, arbeiten allerdings erst seit fünf oder sechs Jahren gemeinsam auf einer Wache und zusammen in einer Tour. Ludwig ist Feuerwehrmann, durch und durch. Vor einigen Jahren wurde er in den Personalrat gewählt und ist einer der wenigen, die noch an der Front kämpfen. Daher weiß er genau, wo uns der Schuh drückt. Und Druckstellen gibt es genügend. Ich beneide ihn nicht um seine Arbeit. Es ist nicht einfach, etwas zu bewegen und es dabei auch noch allen recht zu machen.

»... also ich mache zwei Infusionsflaschen fertig und dabei fallen diese kleinen runden Plastikplättchen aus dem Verschluss. Da steht der Kollege neben mir, wie gesagt ein Feuerwehrmann – kein Rettungsassistent, und ich sage ganz trocken: Hier, halt doch mal die Kontaktlinsen von dem Patienten. Der zieht die rabenschwarzen Lederhandschuhe aus und streckt mir seine großen Pranken entgegen.« Ludwig musste selbst lachen, während er erzählte.

»Und dann?«

»Ja, irgendwann waren wir so weit und fuhren in die Klinik. Und er stand immer noch da und hielt die »Kontaktlinsen« tapfer in seinen geöffneten Händen.« Jeder lachte, wir waren alle Rettungsassistenten und fanden diesen Scherz großartig.

»Ich habe ihm vor der Abfahrt auf die Schulter geklopft und gesagt: ›Schmeiß das Zeug weg, die braucht der jetzt nicht mehr.‹ Was meint ihr, was der für ein Gesicht gemacht hat.«

»Ich habe mal etwas Ähnliches erlebt, ist schon länger her. Damals war ich noch auf Wache 4. Wir saßen so wie jetzt in der Küche. Unser Chef ...«

Ende der Stories; es gab Löschzugalarm. Schlagartig verstummte das Gespräch. Jeder lauschte der Durchsage.

»Einsatz für Feuerwache 6, Feuerwache 7, den C-Dienst und den RTW Feuerwache 6 zur ... Straße in Reisholz. Vermutlich Kellerbrand.«

Ich riss den Riegel zum Rutschschacht auf. Kräftige Federn zogen die beiden Türflügel nach innen und sogleich leuchtete ein Strahler die dunkle Tiefe aus. Mit hundertfach geübter Routine fassten meine Hände die dicke Edelstahlstange, umklammerte sie mit den Beinen, ähnlich einem Turner, der ein Seil emporklettern will. Hier ging es allerdings abwärts. Sekunden später landete ich sicher auf dem federnden Moosgummipolster. Rechts und links von mir landeten Ludwig und Helmut. Dicht gefolgt von den anderen gaben wir eilig die »Landebahn« frei. Der Fernschreiber in der kleinen Zentrale ratterte immer noch. Ich sah Dieters breites Kreuz, seine Hände, die jetzt das lange Papier aus dem Fernschreiber rissen, der in diesem Moment sein Geklapper einstellte.

Draußen herrschte finstere Nacht. In unserer Fahrzeughalle dagegen war es taghell. Das automatische Alarmlicht ließ alle Reihen der Leuchtstoffröhren erstrahlen. Bei jedem Alarm wird hier die Nacht zum Tage.

Ich saß mit dem Rücken zur Fahrtrichtung gegen mein Atemschutzgerät gelehnt, das vor giftigen Gasen und Dämpfen schützt und mit seinen 17 kg Gewicht so hinderlich ist, dass ich es manchmal verfluche. Die gleiche Prozedur mit den elenden Gurtbändern wie heute schon einmal. Auf den Straßen herrschte Ruhe, optimale Fahrbedingungen – klar, es war weit nach Mitternacht. Das war aber auch der einzige Trost. Ich würde jetzt viel lieber im warmen Bett liegen, wie andere Menschen auch. Gleichzeitig mit mir zog Jochen den Kinnriemen seines Feuerwehrhelms fest.

»He Martin, Funkgerät an?«

»Ach Mist, vergessen.«

Das lange, schmale Funkgerät, das über eine Sprechgarnitur mit meinem Helm verschraubt ist, soll uns den Kontakt mit der Außenwelt ermöglichen! – Ha ha! Wir können da nur bitter lachen, denn oft gibt es Störungen oder wir bekommen, abgeschirmt durch dicken Stahlbeton, überhaupt keinen Empfang. Außerdem können wir mit den dicken Lederhandschuhen die filigranen Tasten und Knöpfchen nicht bedienen. Mittlerweile gibt es einen weiteren Knopf, etwas größer als ein halbierter Tischtennisball, der an einem zusätzlichen Kabel hängt und mittels Clip an der Jacke befestigt wird. Drückt man darauf, wird der Sprechkontakt hergestellt. Aber meist reißt das Ding ab, weil sich das Kabel irgendwo verhakt. Kurzum, das Zeug ist untauglich für Feuerwehrmänner im Brandeinsatz. Dennoch – besser als gar nichts. Mein Gegenüber griff helfend ein.

»So Junge, fertig. Und wenn das Scheißding wieder nicht funktioniert, einfach laut rufen. Helmut kommt dann und holt dich heraus. Du weißt doch, 'nen alten Bergmann kann nichts erschüttern. Und so ein Keller liegt ja nur ein paar Meter unter der Erde.« Wir hatten die Schnellstraße verlassen, donnerten jetzt parallel mit der S-Bahn in Richtung Reisholzer Bahnhof über eine schmale Straße. Addi ließ den starken Diesel mächtig beschleunigen – auf ein Tempo, das zu anderer Stunde unmöglich gewesen wäre.

Unter meiner Atemschutzmaske war das Sichtfeld eingeschränkt, dennoch sah ich im gespenstischen Zucken der Blaulichter genau, wo wir uns befanden. Schweigsam hockten wir auf unseren Plätzen, lauschten dem gleichförmigen Lärm der Fahrzeugsirenen, die jetzt sicher etliche Menschen aus dem Schlaf rissen.

Plötzlich und ohne jede Ankündigung stieg Addi voll in die Eisen. Reifen quietschten. Achtzehn Tonnen schoben über den Asphalt. Während das Antiblockiersystem einen Höllenlärm verursachte, flog der mir gegenüber sitzende Helmut ungebremst auf mich zu. Verzweifelt warf ich mich zur Seite, wollte dem Aufprall ausweichen, wurde aber durch die Gurtbänder meines in der Halterung verankerten Atemschutzgerätes auf Kollisionskurs festgehalten.

»Achtung!«, schrie Dieter von vorne, »Festhalten!«

»Scheißkerl! Der spinnt wohl!«, hörte ich noch Addi fluchen, dann ist er da, der Helmut, wie ein Geschoss, ganz dicht … Die harte Kante seines Feuerwehrhelms knallte vor das Glas meiner Atemschutzmaske – ich riss die Arme hoch, wollte den Aufprall mildern, da warf er sich im allerletzten Moment zur Seite, landete unsanft zwischen Jochen und mir auf dem freien Mittelplatz. Genauer gesagt, zwischen Jochen, Manni und mir, denn Manfred flog ebenfalls zu uns rüber. Jochen stöhnte unter seiner Maske und unter Mannis Gewicht. Den Zweien schmerzten sämtliche Glieder. Aber anscheinend war nichts Ernsthaftes passiert.

»Alles klar da hinten?«

»Wenn du deine Invalidentruppe meinst? Wir leben noch!«

»Aber nur ein bisschen«, jammerte Jochen.

Addi entgegnete, noch sehr erregt:

»Tut mir Leid, aber da kam so ein verdammter Trottel ohne Licht aus der Einfahrt heraus. Ohne Vollbremsung hätten wir den 100%ig platt gemacht.«

»Die Opas haben sich nur ein bisschen näher kennen gelernt!«, rief da Thorsten nach vorne. Als einziger hatte er sich auf seinem Platz halten können und lästerte fröhlich drauf los.

»Kenn ich«, antwortete Dieter. »Man nennt das auch Knochen werfen. Macht man eigentlich nur als Orakel!«

»Genau, vielleicht wollen die so erfahren, ob sie das Feuer heil überstehen.« Diese unliebsame, schmerzhafte Unterbrechung währte nur Sekunden. Nach dem Beinahe-Zusammenstoß ging die rasante Fahrt unvermindert weiter.

Meine Kollegen rieben sich die geschundenen Körperteile. Thorsten meinte, das sei alles eine Frage der körperlichen Disziplin. Man müsse eben in jeder Situation die Ruhe bewahren! Darauf sahen sich Manni und Helmut an, um dann gemeinsam über Thorsten herzufallen.

»So, Ruhe und Disziplin!? Wollen doch mal sehen, ob das Bürschlein immer noch ruhig sitzen bleibt!«

Ein stürmischer Zweiflankenangriff mit begeisterten Anfeuerungsrufen meinerseits hatte die sofortige Kapitulation zur Folge.

»Macht ihn fertig, den Grünschnabel!« Aber dann folgte seine schnelle Erlösung – wir hatten den Einsatzort erreicht.

Wir waren nicht die ersten. Zwei uniformierte Polizisten, genauer eine Polizistin und ein Polizist, erwarteten uns bereits. Außerdem standen trotz der nachtschlafenden Zeit schon viele Neugierige auf der Straße.

»Schon irgend etwas bekannt?«, fragte Dieter die beiden.

»Scheint der Keller von 87 zu sein. Stinkt mächtig im Treppenhaus, aber man kann noch herein.«

»Okay, danke. Dann wollen wir uns die Sache mal ansehen.« Mit diesen Worten begab er sich mit seinem Drehleiterführer zum Eingang von Haus Nummer 87, einem Eingang von mehreren in einem lang gestreckten achtgeschossigen Wohnblock. Vorher rief er uns noch zu:

»Legt mal ein C-Rohr zum Eingang! Angriffstrupp in Bereitstellung!«

Nun startete die sich an jeder Einsatzstelle wiederholende Routine, die jedoch immer wieder neu, spannend und elementar wichtig ist für den gesamten weiteren Verlauf des Einsatzes.

Der Chef erkundet die Lage, sammelt Informationen und bildet sich eine Meinung über das Schadensereignis. Mit diesen Informationen entwickelt er eine Strategie, wie die Sache am besten zu bewältigen ist. Er versucht, die Gefahrenschwerpunkte zu erkennen und erteilt seinen Männern entsprechende Befehle. Diese schwer wiegenden Momente der Entscheidungsfindung lassen meist keinen Spielraum für zeitraubende genaueste Untersuchungen, geschweige denn für langwierige Diskussionen des Für und Wider. Oft wird über das Leben von Menschen in solch wenigen Sekunden entschieden. Und oft steht und fällt die Existenz einer Familie oder einer ganzen Firma mit der Richtigkeit dieser Entschlüsse. Meist sind wir erfolgreich im Kampf gegen die Flammen, in der Abwendung der Gefahr – und doch muss manchmal Tribut gezahlt werden. Und jedes Mal ist einmal zu viel! Wir geben unser Bestes, wenn es dann aber einmal nicht gelingt, wenn ein Menschenleben zu beklagen ist, wer vermag dem Einsatzleiter die nagenden Zweifel an seinen Entscheidungen zu nehmen? Wer weiß von den schlaflosen Nächten mit der immer wiederkehrenden quälenden Frage: Hab ich alles richtig gemacht? Was wäre, wenn ich statt dessen ...? Hätte ich doch sofort ...?

Und da gibt es die Gutachter, die Untersuchungsausschüsse, Fachleute und solche, die es zu sein glauben, inklusive alle Besserwisser, die ohne Stress und Zeitdruck im Nachhinein seine Entscheidungen »schlau« zerpflücken. Nein – die Verantwortung konnte ihm keiner abnehmen, und so eilte Dieter Seiter los, machte seinen Job – und er machte ihn gut. Er wusste aber auch, dass er sich auf seine Truppe verlassen konnte. Jeder Handgriff saß. Rote Schläuche rollten über den breiten Gehweg bis zum Eingang, andere zu einem eilig aufgestellten Hydranten, der auf einer Wasserrohrleitung von 150mm Durchmesser saß. Genug, um der im Heck eingebauten Pumpe entsprechend Löschwasser zuzuführen. Keine zwei Minuten hatte es gedauert, bis das Herzstück unseres Löschfahrzeuges Wasser mit 6 Bar Druck zu einer Verteilerstelle vor dem Hauseingang presste. Von hier konnten drei Schlauchleitungen abgehen; eine davon kuppelten wir gerade an. Sie sollte uns bei unserem »Eintauchen« in die rabenschwarze, rußgeschwängerte Finsternis dieses unbekannten, riesigen Kellers das nötige Wasser liefern.

Ein Blick noch auf das Druckmanometer: 295 bar – Okay, der Luftvorrat musste für die nächsten 20 Minuten reichen. Zwar soll der Vorrat ca. 30 Minuten reichen, aber die Minuten schrumpfen unter der hohen körperlichen Belastung und dem dadurch vermehrten Sauerstoffverbrauch drastisch zusammen.

Jochen und ich standen uns Maske an Maske gegenüber. Jeder schraubte dem anderen seinen Atemanschluss fest, dann schalteten wir die Handscheinwerfer ein und verschwanden vor den Augen unserer Kollegen in dem undurchdringlichen schwarzen Kellereingang. Nur der nachgeschleppte, rote Feuerwehrschlauch verriet, dass hier gerade jemand die Treppe hinabgestiegen war. Schon nach den ersten drei Stufen waren wir so vom schwarzen Brandrauch umhüllt, dass unsere Scheinwerferkegel kaum einen halben Meter in die Finsternis drangen. Es war, als hätte ein urzeitlicher Riesenkrake zwei Taucher in seine finstere Tinte eingehüllt. Jetzt half nur noch der Tastsinn. Es war ein mühsames Vorankommen. Ich suchte mit der Rechten den steten Kontakt zur Kellerwand. Jochens Hand lastete auf meiner Schulter – ein lebensnotwendiger Kontakt.

Wehe dem Trupp, der sich hier verirrte, noch schlimmer, wenn man auch den einzigen Kontakt zur Außenwelt verlor – den mitgeführten Wasserschlauch. An diesem würden wir irgendwann zurück kriechen, zurück nach draußen – zurück ins Leben. Ohne ihn wären wir in dieser Finsternis gefangen und hilfloser als ein Sehender im verzwicktesten Labyrinth. Hier gab es keine Wegweiser, niemand sagte:

»Zum Feuer nach 10 m links abbiegen und weiter durch die dritte Tür nach rechts.« Nein, du bist blind! Deine Augen sind die Hände, die in dicken Lederhandschuhen stecken und diese »Augen« greifen immer nur 20 cm weit.

Meine griffen in diesem Moment in die Speichen eines Damenfahrrades. Es schepperte gewaltig, als der Drahtesel unmittelbar vor mir umkippte. Ich richtete es wieder auf. Keine Querstange, daher Damenrad. So etwas durfte man nicht einfach liegen lassen, ein zu gefährliches Hindernis für uns und jeden, der hinter uns kommen würde.

Unvermittelt knallte ich mit dem Kopf gegen irgend etwas Hartes. Ich tastete nach oben. Quer vor mir war ein Mauerabsatz oder ähnliches. Etwas tiefer griffen meine Hände ins Leere. Ich bückte mich, tastete vorwärts. Scheiße! Mülltonnen!

»Zurück, Jochen, ich glaube, wir hängen unter der Treppe fest.« Kostbare Zeit verstrich. Wir hatten noch nichts erreicht, außer in den zehn Metern den Kellerabstellplatz für Fahrräder und Mülltonnen zu entdecken.

Jetzt ging ich hinter Jochen. Der mit Wasser gefüllte pralle Schlauch folgt nur widerwillig unserer gezwungenen Kehrtwende. Da – wieder das gleiche Scheppern wie vorhin. War ja auch dasselbe Fahrrad. Diesmal war unser Schlauch der Übeltäter. Ich hörte Jochen schmerzhaft unter seiner Atemschutzmaske aufstöhnen. Das Fahrrad hatte ihn wohl höchst unsanft getroffen. Armes Schwein, dachte ich, ist wohl nicht dein Tag heute.

»Angriffstrupp für Zugführer – kommen! Angriffstrupp für Zugführer – kommen!«

Das galt uns. Ich presste die Rechte auf den Knopf, der außen an einer Brusttasche angeklemmt war.

»Ich höre – kommen!«

»Wie sieht es aus da unten? Habt ihr schon Kontakt? – Kommen!«

»Negativ, bis jetzt keine Feststellung, wir suchen noch!«

»Versucht mal den ersten Gang nach rechts! Dann ungefähr bis zu ... brzzz ... rrrrr ... ommen!«

»Dieter! Ich kann nicht alles empfangen! Wiederhole! – Kommen!« Ah, da ist er wieder.

»Den Gang rechts bis zur fünften Tür! – Kommen!«

Gut, das war deutlich. Wahrscheinlich hatten die draußen ein Kellerfenster geöffnet und sogar das Feuer entdeckt. Wie war das doch mit den Wegweisern?

Ich schätze, wir waren jetzt weitere 10 m in dem Gang vorgedrungen, als sich rechts die erste Abzweigung auftat. Das musste der bewusste Weg sein. Sehen konnten wir ihn nicht, aber die Kellerwand bildete hier einen scharfen 90° Knick, in dessen vorgegebene Richtung wir jetzt gingen. Der Schlauch machte Probleme. Irgendwo saß er fest. So sehr wir uns auch bemühten, er gab unserem Zerren und Ziehen keinen Millimeter nach.

»Elender Mist«, fluchte ich unter meiner Maske, aber es half nichts, wir mussten noch einmal zurück. Ich schubbelte mit meinen Stiefeln an dem glatten Schlauch entlang, eine Hand an der Kellerwand, die andere wie ein Schlafwandler geradeaus gestreckt. Das ging verhältnismäßig flott, hatte sich doch bis hierher kein weiteres Hindernis in den Weg gestellt. Ah, das war die Kreuzungsstelle der beiden Kellergänge. Ich verlor den Kontakt zur Wand, denn der Schlauch bildete hier einen großen Bogen. Ich musste auf die Knie runter und konnte mich nur noch am Schlauch voran tasten. Jochen folgte allen Bewegungen und klebte jetzt wie ein Kaugummi an meinen Stiefeln. Was war das? Der Schlauch verschwand unter einer festen Barriere. Es schien eine Kellertür zu sein. Ich ergründete die Sache genauer, führte den Scheinwerferkegel bis unmittelbar vor einen Lattenrost, denn den hatten wir hier vor uns. Er versperrte den Eingang zu einem wahrscheinlich dahinter liegenden Kellerraum. Da die Latten nicht bis tief auf den Boden reichten, hatte sich der Schlauch in einem großen Bogen darunter geschoben. Jetzt klemmte er zwischen denselben wie eine Nudel zwischen den Zinken einer Gabel. Ich richtete mich auf. Ein kräftiger Tritt von oben – er war frei.

»Angriffstrupp für Zugführer – Kommen!«

»Ich höre – Kommen!«

»Was ist los? Habt ihr das Feuer?«

»Nein, noch nicht! Hatten Probleme!«

»Braucht ihr Hilfe? Wie ist dein Luftvorrat? – Kommen!« Ich fasste Jochen am Ärmel. Man musste schon recht laut werden, um sich miteinander zu verständigen. Ich näherte mich daher seinem Ohr und schrie:

»Lass mal deine Luft sehen!« Er blieb stehen, so dass ich mich wie ein extrem Kurzsichtiger über die Zeiger seines Druckmessers beugte. Um überhaupt etwas erkennen zu können, führte ich den Strahl der Lampe ganz dicht heran. Anscheinend ging es denen da draußen nicht schnell genug, schon wieder nervte das Funkgerät.

»Angriffstrupp für Zugführer – Kommen!«

»Ja doch, ich höre!«

»Was ist los, warum meldet ihr euch nicht?«

»Alles klar bei uns! Druck reicht noch! Wir erkunden weiter – Ende!« Ich hatte wohl etwas schroff geklungen, denn prompt kam es zurück:

»Eh, Rambo, immer schön locker bleiben. Wir sind alle bei dir – Ende!«

Es gab keine Zeit für weitere Scherze oder lockere Sprüche. Den Verhältnissen entsprechend erreichten wir »schnell« unser abgelegtes Strahlrohr. Die Temperatur war hier unten deutlich höher als draußen. Das war völlig normal, da der Brandrauch viel von der Wärme des Brandes mit sich führte. Dennoch spürten wir nicht jene extremen Temperaturen, die in seiner unmittelbaren Nähe abgestrahlt werden und uns Feuerwehrmänner oft bis tief auf den Boden zwingen. Das bedeutete aber nicht, dass wir hier sicher waren. Zu viele unbekannte Risiken lauerten hinter jeder Tür, hinter jedem Mauervorsprung.

Brandtemperaturen in einem Keller können je nach Brandpotential sehr schnell 800° C und auch mehr erreichen. Führt man sich einmal vor Augen, was in diversen Kellerräumen lagert, ist das nicht verwunderlich: Wunderschöne Errungenschaften unserer chemischen Industrien wie Lacke, Farben, Sprays, Verdünner, Pinselreiniger, Fässer mit Heizöl, Kanister mit Sprit, Unmengen von sinnlosem Gerümpel, dazu ganze Hobbywerkstätten voller Holz, Leim und sogar Gasflaschen. Denken Sie nur einmal an Ihren eigenen Keller oder an den von Freunden und Bekannten und stellen Sie sich die unangenehme Frage: Was wäre wenn ...?

Ich fühlte die fünfte Tür. Das Türblatt ließ keine erhöhte Temperatur spüren. Ich zog daher einen Handschuh aus und glitt noch einmal mit der ungeschützten Hand über das Holz. Nichts, ein simples Vorhängeschloss sicherte den Keller vor unbefugtem Zutritt. Nur ein schwaches »Knack«, dann brach der Bügel unter der Hebelwirkung meines Feuerwehrbeils auf. Der dahinter liegende Raum war genauso finster wie der Gang, in dem wir eben noch standen. Nichts deutete auf ein Feuer hin. Keine Temperaturerhöhung, keine Brandgeräusche, kein Feuerschein. Hier waren wir offensichtlich am falschen Ort.

»Zugführer für Angriffstrupp – Kommen!«

»Ich höre – Kommen!«

»Wir sind hier im fünften Kellerraum. Da ist nichts. Wir gehen weiter – Kommen!«

»Das muss aber da sein, versuch es mal im nächsten Raum! – Kommen!«

»Okay, ich melde mich – Ende!«

Die nächste Tür folgte nach etwa 5 Metern. Ich spürte die Wärme schon durch den Lederhandschuh.

»Ich glaube, das ist es!«, schrie ich Jochen ins Ohr, »Das Türblatt kocht!«

»Bücken!«, schrie er zurück.

»Geht klar, ich knacke nur noch das Schloss!«

Ich ging davon aus, dass wir hier das gleiche Schloss vorfinden würden wie an der vorherigen Tür. Ich hatte mich nicht getäuscht. Wieder diente ein einfaches Vorhängeschloss als

Sicherheit. Als ich das Beil ansetzte, um den Bügel auf zu hebeln, drückte sich die Klinge ohne Kraftanstrengung durch das Türholz. Gleichzeitig gab das gesamte Türblatt nach. Ein sausendes, pfeifendes Geräusch ertönte. Jochen hatte es auch gehört und ich spürte, wie er meine Beine ergriff, um mich zu sich herunter zu ziehen. Aber ich hatte schon, kaum dass das Geräusch erklang, den Handgriff des feststeckenden Beils losgelassen und mich zeitgleich mit seinem harten Griff fallengelassen. Keine Sekunde zu spät.

Aus dem schwachen Pfeifen wurde im Bruchteil einer Sekunde ein mächtiges Heulen, ähnlich einer Kirchenorgel, der Pressluft verabreichen wird. Dann schoss eine lange, blau weiße Feuerzunge gierig über unsere Köpfe hinweg. Schlagartig erhellt sich der Kellerraum vor unseren Augen.

Wehe dem unvorsichtigen Feuerwehrmann, der vor der Türe stehen geblieben wäre. Wir hatten einen jener gefürchteten »Flash Over« oder auch »Feuerübersprünge« erlebt, die entstehen, wenn nach einem bis dahin schwelenden Brand frischer Sauerstoff zugeführt wird.

Wir waren etwas blass um die Nase geworden – auch wenn dies keiner sehen konnte. Jetzt aber rauschte der breit gefächerte Sprühstrahl in das Feuerloch. Zischend ergoss es sich über erhitztes Brandgut, verdampfte und entzog dem Feuer Temperatur und Kraft. Aber trotzdem, oder gerade deshalb blieben wir auf dem Boden liegen. Denn jetzt vermischte sich glühend heißer, heller Wasserdampf mit schwarzem, schmutzigem Brandrauch. Wenn der uns treffen würde, konnte es Brandblasen geben und einen »Satz heißer Ohren«.

Wir pusteten etliche Liter Wasser in den Keller, bis die Flammen in sich zusammen sanken. Hier und da flackerte es noch immer auf. Ich tastete nach der Sprechtaste des Funkgerätes – aber da war nichts! Statt dessen stieß mich jemand von hinten an. Nur schemenhaft konnte ich zwei Gestalten ausmachen, ebensolche »Marsmenschen« wie wir.

»Ihr sollt raus! Wir übernehmen!« Als Zeichen des Verstehens hielt ich meinem Gesprächspartner den erhobenen Daumen vor die Maskenscheibe.

»Okay, wir gehen raus! Komm Jochen!«

Noch immer war der Rückweg so verqualmt, dass wir höchstens zwei Meter weit sahen, aber es wurde besser und wir konnten bereits den Treppenabsatz erkennen.

Draußen begrüßte uns gleißendes Licht aus 1000 Watt Strahlern, eine ganze Armada von Feuerwehrfahrzeugen und Zuschauern wartete hier. Schwitzwasser stand in meiner Atemschutzmaske. Ahhh, der erste Zug frischer kühler Nachtluft drang in meine Lungen. Jemand half mir aus dem Pressluftatmer, tat das gut. Jetzt merkte ich erst, welches Gewicht mir von den Schultern genommen wurde. Ich sah Dieter. Mit seinem breiten Grinsen kam er auf mich zu.

»Was war los?«, rief er. »Wolltest du nicht mehr mit mir reden, oder …?«

»Wieso?«

»Ja, ich hab dich mehrmals angefunkt. Und dann, als nichts mehr von dir kam, hab ich die Jungs reingeschickt.«

»Du, ich hab nichts gehört. Im Gegenteil, ich wollte ja selbst sprechen, aber der dämliche Knopf war mal wieder ab.«

Bei diesen Worten fühlte ich noch einmal automatisch über die Jacke und stellte erschrocken fest. Nicht nur der Knopf, das gesamte Funkgerät war weg. Vermutlich war es beim Fallen lassen vor dem Flash Over aus der Tasche gerutscht, denn ich hatte nur noch die Sprechgarnitur am Helm.

»Kann natürlich sein, dass mir Jochen Flesch's Großvater das Funkgerät abgenommen hat, als er aus dem Keller kam.« Verständnislos blickte Dieter mich an.

»Wie? Jochens Opa?«

»Na, der Flash Over, der Urahne von Jochen! Hätte uns fast ganz schön eingeheizt.« Wir lachten, aber dann blickte Dieter ernst, als er fragte:

»Habt ihr es gewusst, oder war es einfach nur Glück?«

»Beides, wir waren sofort unten und trotzdem ... der alte ›Herr‹ ist verdammt schnell.«

»Eben, schnell wie der Blitz.«

»Wer ist eigentlich jetzt unten?«, wollte ich wissen.

»Dieter Klüppel und Andreas Krefta von Wache 7.«

»Und unsere?«

»Hat sich was mit Unsere – Keiner mehr da. Denkst du denn, wir haben hier nur Däumchen gedreht? Du kennst das doch. Wir mussten das Treppenhaus lüften, zwei alte Damen evakuieren, eine saß im Fahrstuhl fest. Die ist mit Rauchvergiftung im Krankenhaus – Manni übrigens auch – er hat sich die Kniescheibe gebrochen.«

»Nein!«

»Doch, bei dem Bremsmanöver ist er so hart mit dem Knie vor die Sitzplatte geknallt, dass es einen Rissbruch gegeben hat. Erst hat er noch die Zähne zusammen gebissen, du kennst ja Manni, aber dann ging es doch nicht mehr. Der Rettungswagen hat ihn gleich mitgenommen.«

Am frühen Morgenhimmel zeigte sich bereits ein feiner Schimmer des zu erwartenden Tageslichtes, wie wir gegen 4:30 Uhr müde unsere Feuerwache erreichten. Hinlegen lohnte sich nicht mehr, zu knapp war die Zeit bis zum regulären Wecken um 6:00 Uhr. Außerdem waren jetzt noch die üblichen Arbeiten am Fahrzeug und an der Ausrüstung zu erledigen. Ein wenig Wasser und Seife konnte den meisten ebenfalls nicht schaden. Jochen und ich stellten uns als erste unter die Dusche. Der schwarze Schmutz, der sich in allen Poren, Furchen und Rillen der Haut festsetzt, zeigte auch heute wieder seine hartnäckige Beständigkeit, so dass selbst der kasteiende Einsatz einer Wurzelbürste vor den letzten Resten kapitulierte. Meiner Unterwäsche erging es noch schlimmer. Kein Waschmittel und keine Waschmaschine dieser Welt hätten hier noch etwas retten können. Da galt es ein persönliches Opfer zu bringen.

Schließlich saßen wir wieder einmal vereint in der Kaffeeküche am großen Tisch. Es war immer noch der creme farbige Kaffee, denn nach wie vor benötigte ich viel, viel Milch und noch mehr Zucker.

Betreten mit Schuhen verboten

Die allmorgendliche Funkprobe gab es nicht mehr. Aber nach wie vor wurde der Dienstplan verlesen und die Aufgabenverteilung nochmals bekannt gegeben. Anschließend erfolgte die tagtägliche, immer gleiche Überprüfung der Fahrzeuge und Geräte. Fahrtenscheiben wurden ausgewechselt und, und, und ... Die »weiße Flotte« der Rettungs- und Notarztwagenbesatzung mischte ihre Desinfektionslösung und startete den nie endenden Kampf gegen das Millionenheer jener Winzlinge, die doch so verheerende Riesenkräfte besitzen. Ich überprüfte gerade den Medikamentenkoffer. Eine zerbrochene Glasampulle mit 40%-iger Glucoselösung hatte sich klebrig ausgebreitet. Ich ärgerte mich, so etwas sind Schlampereien, die man morgens nicht gerne vorfindet.

»Achim, sieh doch mal ins Fahrtenbuch, wann die das letzte Mal raus gefahren sind.«

Achim, heute Maschinist auf dem NAW, saß noch hinter dem Steuer. Er blickte in das kleine schwarze Fahrtenbuch, in das sämtliche Fahrzeugbewegungen eingetragen werden.

»Ho, ho, ho«, kicherte er in sich hinein: »Ein Uhr – halb drei und noch einmal um kurz vor fünf.«

»Und davor?«

»Zählt nicht, alles vor Mitternacht zählt nicht. Aber immerhin eins – zwei – drei ... insgesamt acht Einsätze!«

»Nicht schlecht, dann müssten wir ja heute Ruhe haben.« Neben uns stand der Rettungswagen mit dem Team Uli Nagel und Ralf Masuhr. Die beiden feixten.

»Von wegen nicht raus müssen. Wir werden euch immer nachfordern!« Die üblichen Wortgefechte! Das gehört mit zum Job. Ernst wird es schon von ganz allein.

Inzwischen hatte ich die letzten Reste des rasiermesserscharfen Ampullenglases entfernt. Es stimmte mich versöhnlich, dass die Kollegen eine so harte Nacht hinter sich hatten. Kleine Unachtsamkeiten können dann schon eher mal vorkommen, davon kann sich niemand frei sprechen. Aber es gibt auch Schlampereien, auffälligerweise immer bei den gleichen Kollegen. Seit der letzten großen personellen Umbesetzung war es aber wesentlich besser geworden und unsere jungen neuen Kollegen machten sich wirklich gut.

»Herr Schorn zum Wachführer! Herr Schorn zum Wachführer!«, ertönte es aus der Rundspruchanlage.

»Was will der denn schon wieder?! Ich bin gleich zurück.« Mit diesen Worten verschwand Achim, um – ja, um nicht wieder zurückzukehren. Kurzfristige Umdisponierung innerhalb der Wachmannschaft. Heinrich Osthoff, eigentlich Maschinist auf dem Löschgruppenfahrzeug, sollte als Koch auf der Wache bleiben; dreißig zusätzliche Mittagessen mussten gemacht werden, sowie 126 Brötchen zum Frühstück. So geht das oft an unserer Wache, wenn zusätzliche Seminare verpflegt, oder andere Gäste bewirtet werden müssen. Da kann der Koch nicht mit raus. Also musste Achim als Maschinist auf dem LF eingesetzt werden und ich bekam einen neuen Fahrer für den NAW. Mit Michael Heinz und Frank Berger waren wir nun eine relativ junge Truppe. Beide ausgezeichnete Rettungsassistenten und darüber hinaus eine Bereicherung unseres optischen Erscheinungsbildes. Michael ist mindestens 1.90 m lang und Frank dagegen keine 1.70 m (Ich hoffe, sie werden mir verzeihen, sollte ich hier lebensnotwendige Zentimeter unterschlagen haben). Als Teamführer bin ich zwar ein »alter Hase«, aber ich pflege immer einen kollegialen Führungsstil. Gerade im Rettungsdienst ist das Betriebsklima eines der entscheidenden Elemente für eine gut funktionierende Teamarbeit. Damit bin ich seit vielen Jahren gut gefahren. Das wichtigste aber ist die persönliche Befriedigung, die sich einstellt, wenn der Einsatz gut gelaufen ist und wir wirklich ohne überheblichen Stolz sagen können: »Super, das war eine gute Leistung. Wir sind ein echt starkes Team.« Ohne große Kommentare arbeiten wir Hand in Hand. Meist reichen ein paar knappe Bemerkungen und es läuft. Das wir gut gearbeitet haben, merken wir auch an der Zufriedenheit der mit uns fahrenden Ärzte. Kurzum, der wahre Lohn der Arbeit liegt in der Arbeit selbst. Die Kollegen mit der richtigen inneren Einstellung spüren das auch, spüren dass es hier um wesentlich mehr geht, als um einen Job, mit dem man sein Geld verdient.

Noch glänzte der frisch gereinigte Kunststoffboden feucht von der eben durchgeführten Wischdesinfektion. Noch stand die Krankentrage mit ausgeklapptem Rollengestell draußen vor der geöffneten Doppeltür des Hecks und auch Eimer, Schrubber und Putztücher lehnten am Fahrzeug, da ging es auch schon los. Von wegen Ruhe!

»Einsatz für den RTW Feuerwache 7 und den Notarzt Feuerwache 6 zum Verkehrsunfall am Straußenkreuz!«

Der Funkmeldeempfänger, den ich immer mitnehmen soll, steckte noch in seiner Ladekonsole. Mit wenigen raschen Schritten erreichte ich ihn und klemmte ihn am Gürtel fest. Michael schob die Krankentrage rein und Frank koppelte die »Nabelschnur« (unsere elektrische Versorgungsleitung) ab. Aus der Zentrale reichte mir Stan das eingelaufene Alarmfernschreiben. Wo blieb der Notarzt?

»Stan! Ruf noch mal durch!« Der Motor war gestartet, die Tore waren offen, die Ampel zeigte grün – Nur, wo blieb der Doc?

»Einsatz für den Notarzt! Einsatz für den Notarzt!«, tönte es durch sämtliche Lautsprecher. Da kam mit fliegenden Fahnen – Pardon – fliegendem Kittel, Frau Dr. König angespurtet. Das nasse Haar leicht auf Sturm.

»Meine Güte, nicht einmal in Ruhe duschen lässt man mich hier!«

Sie sprang hinten rein. Ich riss die Schiebetür zu. Clevererweise hatte sie sich ein Handtuch gegriffen. So konnte sie sich wenigstens auf der Anfahrt noch ein wenig die nassen Haare trocknen.

Nach 5 Minuten Alarmfahrt über die Schnellstraße bestellte uns der zuerst eingetroffene RTW ab.

»Oh nein! Das darf doch nicht wahr sein! Dafür springe ich aus der Dusche!«

Die Königin, wie wir sie nennen, ärgerte sich nicht wirklich, jedenfalls nicht lange. Sie ist zu sehr Profi, als dass sie Einsatzfahrten nicht kennen würde, die dann so abrupt enden.

Die Rücknahme der Alarmierung ist kein Fehler oder Fehlalarm, sie ist Teil unseres Sicherheitskonzepts. Der nächstgelegene RTW wird zeitgleich mit einem der drei in Düsseldorf fahrenden NAW's alarmiert; zwar nicht immer, aber in vielen Situationen. Hierin liegt die »Kunst« des Leitstellenpersonals, sie müssen aus den oft spärlichen Informationen die richtige Alarmierungsentscheidung treffen. Und auch bei uns gilt die Regel (ähnlich wie vor Gericht): im Zweifel für den Patienten. Und dann rollen wir. Wenn der RTW durch räumliche Nähe eher vor Ort ist, müssen sie entscheiden, ob der Notarzt benötigt wird oder nicht. Damit haben diese Kollegen gleichzeitig eine große Verantwortung.

Nachdem wir den heutigen Morgen so hektisch begonnen hatten, war es uns vergönnt, wenigstens das Frühstück in Ruhe zu genießen. Dann, um 10:45 Uhr, kam der zweite Alarm.

»Einsatz für den Notarzt! Hallenbad Benrath!« Und wieder brausten wir mit eingeschalteten Sondersignalen durch die Straßen. Schwimmbad, bei dem Stichwort denkt man unwillkürlich an Ertrinken. Dabei kann es sich doch auch um völlig andere Situationen handeln. Die Freibadsaison war lange vorüber, mit kühlen Temperaturen und viel Regen kündigte sich unweigerlich der Herbst an. Erstes Laub fiel von den Bäumen. Das bedeutete für uns, dass wir noch vorsichtiger fahren mussten. Eine schwierige Kombination von höchstmöglicher

Sicherheit bei gleichzeitig möglichst geringen Anfahrzeiten. Michael, unser Fahrer, lenkte den Notarztwagen in einer mehr als passablen Zeit auf den asphaltierten Platz vor dem Eingangsportal des Hallenbades.

Eine beleibte Frau im blauen Kittel erwartete uns bereits voller Ungeduld. Ihr roter Kopf, dessen schwarze Haare unter einem blauen Kopftuch hervorlugten, schien viel zu klein im Verhältnis zur Körpergröße und Masse. Sie japste und keuchte vor Anstrengung, als sie in ihren Gummilatschen vor uns her watschelte.

»Kommen! Schnell! Ich gehen und zeigen!«

Sie war tatsächlich erstaunlich schnell, dabei wackelte ihr Hinterteil so bedenklich, dass ich schon befürchtete, sie würde jeden Moment die Balance verlieren. So eilten wir, immer in ihrem Kielwasser treibend, weiter bis zu einer großen doppelflügeligen Glastür. Abrupt blieb unsere »zarte« Führerin stehen und breitete demonstrativ ihre feisten Ärmchen aus.

»Halt!«, ertönte ihre piepsige Stimme, dabei rollten die dunklen, kleinen Äugelchen und im Brustton der Überzeugung verkündete sie uns: »Betreten mit Schuhen verboten!«

Das saß! Verdutzt blickten wir uns an und blieben wirklich stehen. Dann aber zeigte unsere Königin, dass sie ihrem Namen alle Ehre machte. Im Bewusstsein ihrer Macht schob sie sich an uns vorbei und drängte die Hüterin der Pforte energisch zur Seite.

»Das gilt nicht für uns!« schmetterte sie ihr entgegen, begleitet von einem Blick, der jeden Widerstand brechen musste. Wir eilten hinterher. Hinter uns regte sich doch noch ein schwacher Widerspruch. So vernahm ich noch ein: »Nix gut, wenn das jeder machen!«

Die Königin blickte mich triumphierend an. »Die spinnt doch wohl, die Alte.«

Der feuchte, geflieste Gang führte geradewegs in das eigentliche Hallenbad. Wieder eine jener Blaubekittelten. Sie stand am Ende, winkte. Als wir dann das Wasserbecken erreichten, deutete sie stumm mit dem ausgestreckten Zeigefinger auf den Beckenrand. Es herrschte kaum Publikumsverkehr. Im Wasser erblickte ich nur zwei ältere Schwimmer und ein kleines Mädchen, das nah am gegenüberliegenden Beckenrand entlang paddelte.

Keine 3 Meter von uns entfernt hingen zwei junge Burschen im Wasser, höchstens 16 Jahre alt. Einer stützte sich mit dem rechten Arm auf der Schulter des anderen ab. Er sah kreidebleich aus. Ein sportlich gebräunter Mann in elegantem Tennisweiß kniete am Rand vor ihnen, redete ruhig auf sie ein. Er blickte kurz auf, als er uns kommen sah.

»Der Junge hat die Schulter kaputt. Sein Freund hier«, er deutete auf den zweiten, »ist ihm ins Kreuz gesprungen.« Mit einer viel sagenden Kopfbewegung deutete er zum Sprungturm: »Vom Brett.«

Die Königin blickte auf den zitternden, blassen Burschen.

»Sieht aus wie eine Schulterluxation. Aber zuerst muss er aus dem Wasser. So kann ich gar nichts machen.«

Meines Erachtens hätte der Bademeister längst zu dem Jungen, dem langsam die Kräfte schwanden, ins Wasser gehört.

»Hast du starke Schmerzen?«, fragte die Ärztin. Er war wirklich fertig und fing an zu weinen. Seinem Freund, von Schuldgefühlen geplagt, ging es auch nicht mehr gut. Immerhin hatten die beiden einige vergebliche Versuche gestartet, aus dem Schwimmbecken zu gelangen. Mit dem Resultat, dass der Verletzte eine größere Menge gechlortes Wasser geschluckt hatte und fast ertrunken wäre. Ich hatte mir während des kurzen Gespräches Schuhe, Hose und Jacke ausgezogen.

»Hör zu Junge – wie heißt du?«

»Peter«, antwortete er matt.

»Gut Peter. Pass auf, ich komme jetzt zu dir ins Wasser, dann helfe ich dir.«

»Was haben Sie vor, Herr Meyer-Pyritz?«, fragte die Königin.

»Sie wollen doch bestimmt ein Schmerzmittel geben?!«

Sie nickte.

»Natürlich«, und zu meinen Kollegen gewandt: »Sie können schon eine Tramal und eine Iono vorbereiten.«

Ich ließ mich neben den Jungs ins Wasser gleiten.

»So, jetzt bin ich bei dir. Wie sieht es aus? Kannst du deinen Arm noch etwas bewegen?« Aber da ging nichts mehr. Jetzt, wo Hilfe im Wasser war, konnte sich auch sein Freund nicht mehr halten. Er war wesentlich kleiner und schmächtiger als der Verletzte. Seine Handknöchel waren weiß bläulich verfärbt, so auch seine Lippen. Er zitterte und hatte nicht mehr genug Energie, um mit eigener Kraft aus dem Wasser zu kommen. Beiden konnte ich hier drin nicht auf einmal helfen, es musste noch einer mit rein.

»Frank, ich brauche dich hier drin. Aber zieht erst einmal den anderen aus dem Wasser.« Ich stützte den verletzten Jungen, während Frank und Michael den unverletzten aber total geschwächten anderen Jungen an den Armen fassten und aus dem Wasser zogen. Dann entledigte sich Frank ebenfalls seiner Oberkleider und sprang mit einem eleganten Kopfsprung ins Wasser. Direkt neben mir tauchte er wieder auf. Und genau das hatte ich auch vor – tauchen. Ich erklärte kurz mein Vorhaben, dann holte ich tief Luft und tauchte tief ab. Verschwommen erblickte ich die gespreizten Beine des verletzten Jungen über mir. Zwei, drei Züge unter Wasser und ich tauchte so unter ihm auf, dass er auf meinen Schultern saß. Während meine Hände den gefliesten Rand des Beckens ertasteten, hob ich ihn empor. Frank stabilisierte seitlich unsere zwei Mann Pyramide, so dass wir nicht umkippten. Ich behielt den Jungen solange auf meinen Schultern, bis das nunmehr verabreichte Schmerzmittel wirkte und wir ihn mit vereinten Kräften aus dem Wasser heben konnten. Die Damen in blau, die sich wundersam auf fünf vermehrt hatten, applaudierten. Ich grinste zu ihnen rüber, wo sie glucksend und kichernd in respektvoller Entfernung zusammenstanden. Wohl noch nie ’nen Feuerwehrmann in Unterhosen gesehen, dachte ich. Dann griff ich meine Schuhe, hielt sie demonstrativ empor und setzte mein strahlendstes Lächeln auf.

»Schuhe ausgezogen!«, rief ich ihnen zu, worauf sie wie ein Schwarm aufgeregter Enten unter lautem Geschnatter verschwanden.

Und unser jugendlicher Patient? Nun, der Rest war Routine für uns. Er hatte noch einmal Glück gehabt. Wie leicht hätte aus einer schmerzhaft ausgekugelten Schulter eine schlimme Tragödie werden können.

Engel im Eis

Mit dem Wechsel der Jahreszeiten müssen sich auch die Feuerwehren diesen Veränderungen anpassen und auf ein Einsatz spezifisches Vorgehen einstellen. Nicht, dass die Flammen weniger heiß wären, weil es im Winter kalt ist – nein – vielmehr gefriert uns das Wasser in den Schläuchen und die Hände in den Handschuhen. So ist das eben im Winter, zumindest wenn er so frostig war, wie in diesem Jahr.

Pausenlos schickte die Leitstelle sämtliche Drehleitern zu den schneebedeckten, hohen Häusern, von denen dicke Schneebretter auf die Gehwege zu stürzen drohten. Ein Anblick von echtem Seltenheitswert. Wann hatte es das letzte Mal so heftiges Schneetreiben in der Landeshauptstadt gegeben? Ich konnte mich nicht erinnern. Das normale Minimum Schnee löst sich sonst zu einer grauen, mit Salz vermischten Matsche auf, ließ Autofahrer fluchen, Nahverkehrsmittel zusammenbrechen, Fußgänger stürzen und Autowerkstätten frohlocken. Es war sowieso die Zeit, in der selbst die Gottlosen wieder beteten: Versicherungsgesellschaften beteten, dass die witterungsbedingte Schadensbilanz möglichst gering ausfallen werde – Geschädigte beteten, dass ihre Versicherung den Schaden ersetzen möge. Wettergemäß streiten sich Versicherungen und Geschädigte um kleine und große Summen. Es ist schwer nachzuvollziehen, warum Versicherungen, die ja angeblich immer knapp am Hungertuch nagen, in der Lage sind, millionenteure Paläste zu bauen. Die Frage: Wer zahlt an Wen? stellt sich für uns nicht. Wir schlugen Eiszapfen bei Arm und Reich von den Dachrinnen.

Zum x-ten Mal kletterte ich die aufgerichtete Leiter hinauf

und verfluchte mein Schicksal. Längst hatte meine durch privaten Schal und Mütze verstärkte Einsatzkleidung ihre Wärmewirkung aufgegeben. Siegreich hatte sich Väterchen Frost nicht nur meiner Hände und Füße bemächtigt, sondern ebenfalls eine erfolgreiche Verbindung mit dem Rest meines Körpers hergestellt. Ich hatte das Zählen der Sprossen aufgegeben. Der frühe Nachmittag war unter dem bleigrauen, tiefen Himmel noch genauso trüb wie der heutige Morgen, als wir schon vor der eigentlichen Ablösung hinaus fuhren. Immer und immer wieder kletterte ich diesem Himmel entgegen, wenn auch nur bis zur dritten, vierten oder gar fünften Etage.

Und wieder schlug ich die Feuerwehraxt gegen eine Reihe beeindruckend langer Eiszapfen. Die ersten hatten mich noch begeistert innehalten lassen. Zu schön war ihr Anblick, auch ohne die schillernden Farben, die ihnen die wärmende Sonne verlieh. Zu schön, sie so gedankenlos herab zu schlagen. Doch schon sehr bald verlor ich den begeisterten Blick für die filigranen, kristallinen Wunder der Natur. Irgendwann war es nur noch harte, mühsame Arbeit.

Erst gegen 11:00 Uhr die erste Tasse Kaffee – heißer Kaffee, welche Wohltat – gespendet von einer mitfühlenden Hausbewohnerin. Es gibt doch noch nette Menschen. In den ersten 18 Häusern, die wir teils von gefährlichen Eiszapfen, teils von überhängenden Schneemassen befreit hatten, war es anders gewesen. Wir sahen sie, hinter ihren Fenstern, in den warmen Stuben. Manchmal deuteten sie hilfreich nach oben oder zogen schnell ihre Gardinen zu. Es kam aber auch vor, dass sie tatsächlich zu uns heraus in die Kälte kamen, um uns noch weitere Häuser mit Schnee und Eis zu nennen. Wenn wir dann freundlich sagten:

»Rufen Sie doch bitte unter 112 unsere Leitstelle an, wir haben nämlich so viele Einsätze, dass wir nach einer Liste vorgehen, in die auch Sie eingetragen werden.« Dann zeigte nicht jeder Verständnis, und wir wurden manchmal sogar ausgeschimpft. Aber das will ich nicht weiter ausführen, denn überwiegend ist die Zusammenarbeit mit der Bevölkerung gut.

So fuhren wir weiter, kämpften einen schier aussichtslosen Kampf und die Stunden verrannen.

Anfangs war es etwas leichter, ich konnte mich in den eingehängten Rettungskorb stellen und von hier aus »bequem« meiner kalten Tätigkeit nachkommen. Dann aber, ich fuhr gerade wieder einmal nach unten, rutschte eine große Schneewehe auf mich herab. Vermutlich hatte sie sich gelöst, als ich mit der Axt eine Reihe dicker Eiszapfen abschlug. Ich konnte nicht mehr reagieren, es ging viel zu schnell! Der Schnee an sich wäre nicht schlimm gewesen, aber eine lose Dachpfanne wurde mitgerissen und traf genau den Bedienstand meines Leiterkorbes. Die Steuerung fiel aus. Das war das Ende unseres Rettungsgerätes.

Wir fuhren zur Wache zurück und mussten von da an wie in alten Zeiten zu jeder Dachrinne hinauf und dann wieder hinunter steigen. Das Fahren mit der Leiter, wenn jemand darauf steht, ist viel zu gefährlich und deshalb ein absolutes Tabu, einen Ersatzkorb gibt es leider nicht. Der einzige Trost, mein Kollege Manfred Spiller fror genauso wie ich. Getreu dem Motto – geteiltes Leid ist halbes Leid – kletterte mal er, mal ich.

»Los komm erst mal rein, du frierst ja wie ein Schneider.« In der Tat, die Kälte hatte vollständig von mir Besitz ergriffen.

»Oh, ist das schön warm hier.«

Ich setzte mich in das angewärmte Führerhaus. Die LKW-Gebläseheizung lief ununterbrochen. Ohne diese kleinen Aufwärmphasen wäre es nicht auszuhalten gewesen.

»Mensch Manni, hier geh' ich nicht mehr raus. Meine Finger sind so kalt, ich komm' gar nicht mehr aus den Handschuhen.«

»Gib mal her.«

Ich streckte ihm meine eisigen Hände entgegen. Vorsichtig zog er die von Schneewasser durchnässten Handschuhe herunter. Eines Tages wird es hoffentlich Gore-Tex Handschuhe auch für uns Feuerwehrmänner geben. Die Industrie bietet sie mittlerweile an, aber sie kosten natürlich Geld. Und es gibt leider keine großen Lobbyisten in der Stadt, die sich um die kalten Hände von Feuerwehrmännern sorgen.

Meine Finger waren weiß bläulich verfärbt. Manni blickte besorgt auf sie herab.

»Du bleibst jetzt solange hier drin, bis es wieder besser geht. Die sind ja schon halb erfroren.«

»Ach, es geht schon.«

»Nee, nee, es geht eben nicht. Mit solchen Fingern kannst du dich ja gar nicht mehr festhalten. Gleich steige ich erst mal wieder nach oben.« Dabei sah er auf seine Armbanduhr:

»Oh, eingefroren!«

»Sag bloß?«

»Kleiner Scherz«, lachte er, »aber es ist schon so spät, wir müssen doch irgendwann abgelöst werden.«

»Ich frage mal nach.« Mittlerweile spürte ich das schmerzhafte Kribbeln in den Fingern, das sich einstellt, wenn die Blutzirkulation die feinen Kapillargefäße wieder durchblutet. Eine gewisse Taubheit fühlte ich aber immer noch in den Fingerkuppen, als ich die Tasten des Funkhörers bediente. Es dauerte eine Weile, ehe sich die Leitstelle meldete.

»Wir müssen tanken und die Mannschaft wechseln«, teilte ich mit.

»In Ordnung, fahren Sie zur Wache. Vorher übernehmen Sie aber noch einen Einsatz. Ist ganz in der Nähe.«

Es folgte die Adresse sowie der Name des Anrufers.

»Okay, dann auf zum letzten Gefecht. Und danach geht's rein, lecker Essen, heißer Kaffee, ein gemütliches Zigarettchen ...« Manni schloss genüsslich die Augen.

»Also Teil eins und zwei ja, Zigarette nein«, entgegnete ich.

»Davon verstehst du nichts, so 'ne kleine Selbstgedrehte – das ist schon was Gepflegtes.«

»Dann schon lieber ein leckeres Stückchen Kuchen, damit kannst du mich locken.«

»Kuchen! Den gibt es heute, ich glaube von Tossi oder Jens, ich weiß nicht so genau, aber einer hat, meine ich, Geburtstag.«

»Na dann los, ehe die Anderen alles verputzt haben.«

Ich genoss die Wärme, während Manni auf den Bedienstand klettert und den gesamten Leiterpark einfuhr. Dann fuhren wir zu unserer nächsten und vorerst letzten Einsatzstelle.

Das alte Haus machte einen stark herunter gekommenen Eindruck. Schade um die ehemals schmucke Jugendstilfassade mit beeindruckend hohen Sprossenfenstern. Der Zahn der Zeit hatte überall deutlich seine Spuren hinterlassen. Abgeblätterte, vergilbte Farbe und schadhafte Kittstellen hielten mühsam die überwiegend blinden Gläser, von denen ein guter Teil Sprünge aufwies. Die wenigen schmuddeligen Gardinen hingen labbrig herunter und verstärkten nur noch den traurigen Anblick. Das Haus war Teil einer Reihe ähnlicher Gebäude, alle aus derselben Epoche. Allerdings war die Bausubstanz rechts und links deutlich gepflegter. Niemand erwartete uns, zumindest nicht auf der Straße. Ich blickte hinauf zur Regenrinne. Eine lange Reihe riesiger Eiszapfen hing mehr als 2 m von oben herab. In einem dicken, überquellenden Wulst fanden sie ihre Entstehung. Diese Eisbrocken wiesen ein stattliches Gewicht auf, das Abschlagen dieser Pracht bereitete mir kein Kopfzerbrechen, vielmehr der Gedanke, wie wir mit unserem Leiterpark herankommen sollten. Auf dem Gehweg standen nämlich riesige Linden, deren weit ausladende Äste wie die geschlossenen Schranken eines Bahnüberganges den Zugang verwehrten. Zu allem Übel wurde die einzige freie Stelle noch durch eine Straßenlaterne verdeckt.

»Das gibt nichts, Manni«, schüttelte ich den Kopf. »Da kommt man doch von keiner Stelle heran.«

Manni sagte nichts. Statt dessen machte er ein nachdenkliches Gesicht und wedelte skeptisch mit der linken Hand. Manni ist wirklich ein guter Maschinist, eigentlich schon mehr ein Spezialist – aber hier …

Gedankenverloren, als wenn er mit sich selber sprechen würde, meinte er, oder war es nur lautes Denken?

»Wir können es schaffen. Man müsste erst den Leiterpark ein Stück ausfahren, über die Seite schwenken und dann, bevor es weiter nach oben geht, die ganze Leiter um drei, höchstens vier Meter zurücksetzen . . ., dann wäre man da. Also noch hochfahren natürlich.«

»Die Leiter darf aber nicht gefahren werden, wenn der Leiterpark draußen ist«, entgegnete ich. So, als hätte er meinen Einwand nicht vernommen, sinnierte er einfach laut weiter.

»Man könnte natürlich auch . . .; ja, so geht's! Martin, alles klar!« Für mich war nichts klar, dennoch antwortete ich:

»Wenn du meinst.« Dabei lag nicht der geringste Hoffnungsschimmer in meiner Stimme.

»Lass mich nur machen«, Manni verbreitete souveränen Optimismus. »Geh ruhig schon und klingle bei den Schmitts. Ich setze derweil die Leiter in Position.«

»Soll ich nicht lieber . . .«

»Nee, lass man, dat is Manni spezial«, grinste er.

Eigentlich hätte er es nicht schaffen dürfen, weil es ja nicht gehen konnte. Aber irgendwie mussten die Gesetze der Physik einen Augenblick geschlafen haben. Wie auch immer, die Leiter stand keine 5 Minuten später in Stellung. Ihre Spitze ragte so dicht an die Eiszapfen heran, dass ich sie mit der bloßen Hand hätte ergreifen können. Seelenruhig, mit unbeteiligtem Gesicht blickte Manni mich an. Er wusste genau, dass ich staunte und daher antwortete ich frech: »Genau so hätte ich es auch gemacht! Aber – nicht schlecht, wirklich nicht schlecht.«

»Wenn das so ist, kannst du sie ja nachher zurück fahren.«

»Gott bewahre!« Ich spreizte alle zehn Finger von mir. »Dann gehe ich doch lieber noch mal hoch, Eis hacken.«

»Was ist mit den Schmitts, hat sich da keiner gemeldet?«

Ich zuckte mit den Achseln: »Ich habe mehrmals geklingelt, da tut sich nichts.«

»Und bei den anderen?«

»Ebenfalls tote Hose, aber wir können ja abbrechen«, feixte ich, ». . . es ist doch keiner da.«

»Bist du wahnsinnig! Jetzt, wo die Leiter steht, mach bloß, dass du nach oben kommst! Sonst gibt es keinen Kuchen!« War schon seltsam, dass uns niemand geöffnet hatte. Aber vielleicht hatten die Hausbewohner auch aufgegeben, auf uns zu warten. Wer weiß, wann sie angerufen hatten. Wir waren jedenfalls gewillt, unsere Arbeit durchzuführen, egal, ob nun jemand da war oder nicht. Ich hatte mir ein Stück Seil um den langen Holzstiel der Feuerwehraxt gebunden und konnte sie damit wie ein Gewehr am Riemen auf dem Rücken tragen. Auf die Idee war Manni gekommen, nachdem mir einmal fast die gefährliche Axt aus den klammen Fingern geglitten wäre.

Langsam stieg ich Sprosse um Sprosse in die Höhe. Die Eiszapfen hingen über der vierten Etage. Ab der ersten Etage gab es schmale, gemauerte Balkone. Auch hier Spuren der Verwitterung: abgeplatzte Mauerteile, Risse. Sie sahen wenig Vertrauen erweckend aus und ich hätte mich auf solch einen Balkon nicht mehr gewagt.

Ich spürte schon wieder die Kälte, wie sie vom vereisten Metall der Leiter durch das ja immer noch feuchte Leder meiner Handschuhe in die Finger kroch.

Ich erreichte den letzten Balkon unterhalb der Dachrinne. Mehr zufällig sah ich in sein Inneres und erschrak – da lag eine Frau. Sie lag auf dem Rücken, leblos, nur mit einem seidenen Bademantel bekleidet und barfuss. Von diesem Moment an hatten die Eiszapfen ihre Bedeutung verloren. Die Schrecksekunde war schnell vorbei und das systematische Denken setzte wieder ein. Ich rief die Frau an – keine Reaktion. Hier war dringend medizinische Hilfe erforderlich. Hoffentlich war es nicht schon zu spät! Manni, der mich bei der Kletterei immer im Auge behielt, merkte sofort, dass irgend etwas nicht stimmte.

»Was ist los?«, rief er, dabei legte er seine Hände wie einen Trichter an seinen Mund. Da ich von meiner Position nichts unternehmen konnte, rief ich zurück:

»Ich komme runter!«

Wie schnell sich auf einmal meine Füße bewegten, so als

seien alle Mühen der letzten Stunden wie weggeflogen. Unten besprachen wir schnell die Art und Weise unseres weiteren Vorgehens. Es zeigte sich wieder einmal, wie deckungsgleich oft die Gedanken zweier erfahrener Feuerwehrmänner sind. Daher bedurfte es keiner großen Worte. Wir mussten schnellstmöglich zu der Frau gelangen und ebenso schnell den Notarzt alarmieren. Da, wie ich festgestellt hatte, niemand im Hause war, war der Weg über die Leiter der schnellste. Allerdings musste sie ein wenig versetzt werden, damit ich von der Leiterspitze auf den Balkon gelangen konnte.

»Ruf du den Notarzt, ich bringe die Leiter in Position!«

»Notarzt zur Einsatzstelle! Leblose Person auf Balkon gefunden. Schickt jemanden, um die Tür zu öffnen. Wir werden über die Leiter einsteigen! – Ende!«

Ich klemmte den Funkhörer zurück in seine Halterung und sprang aus dem Führerhaus. Verdammte Matsche! Kaum, dass mein linker Fuß den Boden berührt hatte, glitt ich auch schon aus. Ich flog der Länge nach auf den Rücken, und schlug hart mit dem Hinterkopf auf. Gut, dass ich den Helm trug. Ohne ihn hätte es mindestens eine dicke Beule gegeben. Aus den Augenwinkeln sah ich Mannis erschrockenes Gesicht, das sich, kaum dass ich mich umständlich aufrappelte, zu einem breiten Grinsen verzog. Mein Kopf brummte und ich rieb mir das schmerzende Hinterteil. Doch wie so oft – war auch dieser Sturz glimpflich verlaufen. Für weitere Schadensdiagnosen hatte ich keine Zeit, öffnete das Rollofach und griff eine 30 m lange Leine, die mir gleich wichtige Dienste leisten sollte.

»Super stunt«, kommentierte Manni, als ich bei ihm vorbei kletterte. Ich konterte mit einem geistreichen:

»Blödmann!«

Während ich weiter hoch kletterte, zog Manni den Werkzeugkasten aus einem anderen Fach und rannte damit zur Haustür. Wir versuchen immer über zwei Wege zugleich zum Einsatzort vorzudringen. Nicht immer ist das möglich, hier mussten wir aber unbedingt den Rettungsweg über die Treppe für unseren Notarzt öffnen.

Leider war es nicht möglich, so ohne weiteres von der Leiter auf den Balkon zu steigen. Schon vorher hatte es ja erhebliche Probleme gegeben, überhaupt einen Stellplatz zu finden und daher ragte die Leiterspitze jetzt über den Balkon hinaus. Knappe 3 m trennten mich von seiner Balustrade. Das war das Maximum, das Manni herausgeholt hatte. Wenn niemand auf dem Balkon läge, hätte ich den Sprung aus dieser Höhe gewagt. Andererseits hatte ich aber den nicht ganz unberechtigten Verdacht, dass dann dieses baufällige Altertum mit mir und der Frau abstürzen könnte.

Die dicken, nassen Handschuhe waren jetzt nur noch hinderlich. Ich zog sie aus, warf sie auf den Balkon unter mir. Es klatschte satt beim Auftreffen auf dem nassen Estrich. Was war das? Hatte sie sich nicht gerade bewegt? Hatte sie das Geräusch gehört? Nein, sie lag so leblos wie vorhin. Und doch meinte ich, ... oder bildete ich mir das nur ein? Gleich würde ich Gewissheit haben – gleich. Ich würde ihren Puls tasten und sie in die Wohnung tragen, ich würde, würde, würde ... ging es mir durch den Kopf, während meine Hände das doppelt gelegte Seil mit einem Mastwurf am Leiterpark anknoteten.

Sie war schön, diese Frau. Das wachsbleiche Gesicht hatte etwas Friedliches, mit ihren Lippen konnte sie – wenn sie warm und rot wären – sicher zauberhaft lächeln. Doch jetzt, wo das Leben aus ihnen gewichen schien, blutleer und blass, wie unwirklich erschienen sie mir. Stirb nicht! Stirb mir jetzt bloß nicht weg, schönes Wesen! Ich bin gleich bei dir! Ich warf das Seil ebenfalls hinunter auf den Balkon, schlang den Doppelstrang durch den Haken meines Sicherheitsgurtes und ließ mich herab.

Später habe ich über meine Gedanken nachgedacht. Wie oft müssen wir erleben, dass der Tod ein Leben holt. Jedes Mal ist es schlimm, immer wieder bedrückend und doch – da gibt es Unterschiede: Oft reißt der Tod eine brutale Bresche in das

Leben. Tragische Unfälle, die Jung und Alt ereilen. Fassungslos müssen wir mit ansehen, dass all unser Bemühen ein Haschen nach dem Wind ist. Aber es gibt auch den gnädigen Tod, der von unsäglichem Leid erlöst, selbst in jungen Jahren. Und die Alten? Haben sie nicht auch ein Recht, Frieden zu finden nach der Last der langen Jahre?

Doch jetzt und hier empfand ich ein mächtiges Verlangen, dem Tod die Beute zu entreißen. Es war ähnlich wie bei einem Kind. Ist das angeboren? Ist es Instinkt? Ein Kind, dessen Atmung ausgesetzt hat, fordert immer viel, viel mehr. Einmal habe ich ein kleines Mädchen über zwei Stunden beatmet. Es war vergebens, wir wussten das alle – und doch ... Die Einsicht in die Nutzlosigkeit des Tuns wird bei alten Patienten wesentlich stärker von logischen Gesichtspunkten diktiert. Das heißt aber nicht, dass wir deshalb oberflächlich werden, der Tod wird nur eher akzeptiert.

Das Seil glitt durch den Metallhaken. Ich federte in den Knien, als meine Stiefel den Boden des Balkons berührten. Rasch klinkte ich das Seil aus und beugte mich zu meiner schönen Patientin. Mit den Fingerkuppen suchte ich den Puls an ihrem Hals. Wie kalt sie sich anfühlte. Ein weniger erfahrener Mann hätte sie vielleicht für tot gehalten. Aber sie lebte. Wie der sanfte Schlag eines Falters, spürte ich den matten Puls. Ihre Atmung war so flach, dass ich sie kaum feststellen konnte. Wie lange mochte sie hier schon liegen? Ich tastete ihren Kopf ab. Meine Vermutung erwies sich als richtig, am Hinterkopf fühlte ich eine starke Schwellung. Vermutlich war sie gestürzt und dabei mit dem Kopf aufgeschlagen. Sie hatte das Bewusstsein verloren und so lag sie sicherlich schon eine längere Zeit hier draußen in der Kälte. Durch die starke Unterkühlung arbeitete ihr Organismus auf Sparflamme, daher die verminderten Vitalfunktionen. Sie reagierte nicht mehr auf Ansprechen, auch Schutz- und Schmerzreflexe zeigten keinerlei Reaktion. Die Frau befand sich tatsächlich an der Schwelle des Todes, wenn nicht bald die medizinische Hilfe eintraf, die ich ihr jetzt nicht geben konnte. Ich beugte mich über ihr Gesicht, legte meine Lippen über die ihren und ließ meine warme Atemluft in die kalten Lungen einströmen. Denn, obwohl sie selbst atmete, waren ihre Züge so schwach, dass sie aus eigener Kraft nicht mehr genügend Sauerstoff aufnehmen konnte. Sauerstoff – zur Zeit das Wichtigste für sie – und Wärme. So erhielt sie durch meine Mund-zu-Mund-Beatmung mehr Leben als jedes Beatmungsgerät hätte geben können. Aus ihrem mittellangen, braunen Haar tropfte kaltes Wasser auf meine Hand, mit der ich den schlanken Hals stabilisierte. Mit jedem neuen Atemzug kam das Leben zurück, ich konnte es regelrecht spüren. Ich atmete synchron und gab noch einige Atemzüge zusätzlich, da ihre Frequenz immer noch unzureichend war. Sie war jetzt so weit, dass ich sie einen Moment allein lassen konnte. Ein Blick noch in die leblosen, geweiteten Pupillen. Würden diese Sterne wieder glänzen? JA! JA! Sie würden, diese Frau wird gerettet, weil ich es so will, redete ich mir ein. Ich hatte längst den Boden medizinischer Realität verlassen, ich war zum Spielball meiner Emotionen geworden, obwohl mein Handeln noch von logischen Überlegungen geleitet wurde.

In der Ferne vernahm ich die Sirene des Alarmfahrzeuges. Ich betete inbrünstig, dass das der Notarzt sein möge. Die Balkontür stand weit auf. Mit wenigen schnellen Schritten eilte ich durch die Räumlichkeiten auf der Suche nach einer Decke. Dabei entging mir nicht, dass diese Wohnung nicht nur äußerst sauber, sondern auch höchst stilvoll eingerichtet war. Ein erstaunlicher Gegensatz zu dem verwahrlosten Eindruck, den das Haus sonst machte.

Im Schlafzimmer fand ich eine weiße Alpakadecke auf einem Sessel liegend. Mit dieser eilte ich zurück auf den Balkon. Irgendwer klopfte laut an die Wohnungstür. Vermutlich Manni, der nach der Überwindung der Haustür jetzt hier Einlass begehrte. Ich legte die wärmende Decke über den leblosen Körper. Diesmal rannte ich durch das Wohnzimmer über den langen schmalen Flur zur Tür. Von innen steckte ein dicker Schlüsselbund.

»Lebt sie?« war seine erste Frage, nachdem ich geöffnet hatte.

»Ja, aber sie ist ohne Bewusstsein, total unterkühlt ... ich konnte sie alleine noch nicht hereinholen.«

Während dieser Erklärung eilte ich auch schon wieder zurück.

»Sie sieht schön aus, wie ein Engel aus Eis«, sagte Manni leise, so als könne er sie durch ein lautes Wort in ihrer Ruhe stören. Draußen hielt der Notarztwagen vor der Tür.

»Wir sind direkt unter dem Dach, die Tür steht auf, ihr könnt uns nicht verfehlen!«, rief ich vom Balkon herunter. Ich kniete neben ihr, als sie hereinkamen. Frau Dr. König hörte sich meine knappen Auskünfte an.

»Gut, dass Sie sie nicht hereingeholt haben. Sie darf nur wenig bewegt werden, aber zuvor möchte ich ihre Körpertemperatur messen. Aber da lassen Sie mich selbst ran – von Frau zu Frau.«

Ludwig Peil winkte mich an die Seite.

»Was ist?«

»Hör zu, Wache 6 ist raus, Wache 7 ebenfalls. Da scheint was Dickes zu sein am Reisholzer Hafen. Ihr sollt direkt nachkommen. Also mach dich vom Acker, das packen wir hier auch ohne euch.«

»Hast du ein Schwein.«

»Ja!«, lachte er, »manchmal ist es eben gut mit dem Notarzt zu fahren!«

»He, Manni! Wir müssen los!«

Er blickte mich fragend an.

»Warum so eilig? Lass uns doch wenigstens mit den Jungs die Trage herunter bringen.«

Im Prinzip hatte er Recht, so lief das immer, aber er wusste ja noch nicht, welche Informationen ich gerade erhalten hatte. Frau Dr. König schaltete sich ein:

»Fahren Sie ruhig, das dauert hier sowieso länger. Wir werden hier in der Wohnung eine ›Hibler-Wärmepackung‹ machen. Ein Transport ist momentan lebensgefährlich.«

»Martin schau mal aus dem Fenster, ich denke das wird was Größeres!«

Frank, der mir diese Worte zurief, blickte gerade hinaus. In der Linken die Infusionslösung hochhaltend, ließ er mit Rechts die Flüssigkeit auf den Balkon tropfen. Ich sah hinaus. In den bleigrauen Himmel hatte sich im Süden ein riesiger schwarzer Rauchpilz gebildet.

»Oh Scheiße, Manni ... und da müssen wir hin.«

Die anderen riskierten ebenfalls einen kurzen Blick. Lang genug für die Königin, um Kritik zu üben.

»He, Männer! Hier wartet die Arbeit. Könnte ich jetzt bitte die Glucose haben?! Aber angewärmt!«

Schon wollten wir hinaus eilen, da packte mich Ludwig am Arm.

»Pass auf, fahr jetzt aber nicht direkt dorthin, sondern erst auf die Wache. Wir haben euren Leiterkorb repariert.«

»Super, danke und bis gleich!«

»Von wegen bis gleich, macht euren Mist gefälligst alleine aus!«

Wir hörten nicht mehr, was uns noch hinterher gerufen wurde. In Windeseile sausten wir die hölzernen Stufen des alten Treppenhauses hinunter, erreichten die Leiter.

Ach, die Leine, schoss es mir durch den Kopf. Die musste natürlich erst gelöst werden, bevor wir weiterfahren konnten. Mein Blick flog nach oben, dahin, wo ich sie erst vor wenigen Minuten angebunden hatte. Da erkannte ich, dass ich nicht mehr hoch zu klettern brauchte.

Frank, der eben mit der Infusion in der Balkontür gestanden hatte, reichte sie an die Ärztin weiter.

»He, Micha, guck mal«, sagte er, »da hängt noch ihre Leine.«

»Na, hoffentlich denken sie daran, bevor sie die Leiter wieder ablegen«, antwortete Michael.

»Oh, oh, das kann gefährlich werden. He, Lang, nimm den Frank auf die Schultern und bindet das Ding los!« Diese Anweisung kam von Ludwig und wurde just in dem Moment in die Tat umgesetzt, als ich nach oben blickte. Frank warf die gelöste Leine herunter, er winkte noch kurz und verschwand dann aus unserem Blickfeld.

»Gut, die beiden!«

»Mhm, das war stark, schade, dass man in solchen Momenten keinen Fotoapparat dabei hat«, antwortete ich.

»Da musst du eben nicht mit mir, sondern mit Stan fahren«, flachste Manni, während er auf den Führerstand der Leiter stieg und den Motor startete. Ich holte mir die Leine, legte sie in große Schlaufen über meinen Arm und verstaute sie anschließend in dem selben Fach, aus dem ich sie zuvor entnommen hatte. Dann meldete ich mich über Funk bei der Leitstelle. Was ich zu hören bekam, ließ in der Tat auf einen größeren Einsatz schließen. Brand in einer Lagerhalle des Reisholzer Hafen.

»Zu Ihrer Information, es wurde Alarmstufe 5 ausgelöst. Melden Sie sich bei Ihrem Zugführer oder sprechen Sie über Funk die Leitstelle vor Ort an.«

Ich erhielt eine eigens dafür freigeschaltete Funkfrequenz, die wir nach Verlassen unserer Feuerwache einschalten sollten.

Die Fahrt zur Wache erfolgte mit Sondersignalen. Alarmstufe Fünf, das war ein ganz großes Ding. Wenn dazu noch eine Leitstelle am Einsatzort eingerichtet wird, waren zeitintensive Lösch- und Rettungsarbeiten zu erwarten.

Erneutes, leichtes Schneetreiben hatte eingesetzt. Das schlechte Winterwetter trieb die Menschen in ihre Häuser. Kaum einer zeigte sich draußen, zumal jetzt die richtige Zeit für einen Sonntagnachmittagskaffee war. Ein Kaffee, von dem wir vorerst nur träumen konnten.

Die Autofahrer krochen über die glatten Straßen. Es waren nur so wenige, dass wir glaubten, dass die Gassi gehenden Hunde in der Überzahl wären. Aber das konnte uns nur recht sein, denn dadurch gelangten wir in relativ kurzer Zeit vor das geschlossene Gittertor unserer Wache. Ich sprang raus und gab den Code in das Tastenfeld ein, worauf sich das Rolltor zur Seite öffnete.

»Martin, ich fahre direkt zur Tankstelle, kommst du mit dem Schlüssel raus?!«

»Geht klar, mal sehen, ob überhaupt noch ein Mensch drin ist.«

Ich vermutete, dass ich niemanden mehr antreffen würde, so war es auch, die hohe Fahrzeughalle wirkte ohne die roten Autos noch größer. Einsam standen einige Halbschuhe, die von ihren Besitzern gegen Stiefel eingetauscht worden waren, verloren in der verwaisten Halle. Wieder betätigte ich einen Türcode, dann gelangte ich in unsere kleine Zentrale. Früher hatten hier meine Kollegen ihre Arbeit gemacht. Hugo Bragoner zum Beispiel, später dann Ludwig Schmitz. Sie waren einfach weg rationalisiert worden, zugunsten von automatischen Türen. Seelenlose Automaten mit permanenten, technischen Macken hatten Menschen verdrängt, Menschen mit liebenswürdigen Schrullen, aber eben Menschen und deren Arbeitsplätze. Schade!

Ich war allein. Der benötigte Schlüssel für die hauseigene Tankstelle lag am gewohnten Platz. Es war gut, dass wir tankten, immerhin hatten wir schon die Hälfte unseres Dieseltanks verbraucht, und der Betrieb einer Leiter benötigte eine Menge Kraftstoff.

Anschließend hoben wir den reparierten Rettungskorb in seine Halterung. Eigentlich hätten wir nun losfahren müssen, aber auch Feuerwehrmänner haben menschliche Bedürfnisse, und so verteilten wir uns auf jene weltberühmten Orte, zu denen, wie die Geschichte zu berichten weiß, selbst der Kaiser zu Fuß ging.

Roter Himmel über Düsseldorf

Was hätte uns davon abhalten können, noch schnell in die Küche zu laufen und eine Tasse Kaffee aus einer der wahrscheinlich vollen Wärmekannen zu trinken? Wir hatten ihn uns doch sicher verdient. Und dennoch verschwendeten wir beide keine Zeit an diesen verführerischen Gedanken. Man mag es belächeln, aber das ist einer der Punkte, die den wahren Feuerwehrmann auszeichnen. Immerhin waren wir ja nicht völlig entkräftet, so dass es ein Gebot der Vernunft gewesen wäre, erst einmal den eigenen Körper zu stärken, bevor man sich weiteren Strapazen aussetzt, denen ein geschwächter Organismus nicht begegnen könnte. Nein – wir spürten bereits jene innere Spannung, die großen Ereignissen voraus geht, die einen nicht inne halten lassen. Wir wussten, dass sicher jeder Mann gebraucht würde.

Die 30 Meter-Leiter stand mit laufendem Motor vor dem Ausfahrtor. Vom Rot der üblichen Feuerwehrfarbe konnte man fast nichts mehr erkennen. Dicker, schmutziger Schneematsch hatte sich respektlos die Dominanz über unser Fahrzeug für hoheitliche Aufgaben erzwungen.

Ich staunte nicht schlecht, als ich die Tür zum Beifahrersitz öffnete.

»Schon besetzt«, lachte es mich an. Es war Joachim Töpfer (Spitzname Willi), ein Kollege der Freiwilligen Feuerwehr Garath, die auf unserer Wache mit stationiert ist und hier auch ein Fahrzeug stehen hat. Aber er ist nicht nur in der Freiwilligen, sondern hat vor etlichen Jahren seinen ursprünglichen Beruf aufgegeben und ist zur Berufsfeuerwehr gewechselt. Jetzt macht er beides. Kein Einzelfall. Viele Kollegen sind zusätzlich in der Freiwilligen Feuerwehr. Nicht nur wegen verschiedenen angenehmen Freizeitgestaltungen, sondern aus Überzeugung, aus Idealismus, und weil sie etwas Sinnvolles in ihrer Freizeit leisten können. Denn davon opfern sie viel, aber sie tun es gerne, eben freiwillig. Bei dieser Gelegenheit möchte ich deutlich klarstellen, dass die Tätigkeit einer Freiwilligen Feuerwehr etwas anderes ist, als Bierchen trinken, Fahnen schwingen und Blaskapelle spielen. Sicher, das gibt es – warum auch nicht. Aber diese Männer und Frauen retten, löschen, bergen und schützen genauso wie wir – unentgeltlich – und stehen Seite an Seite mit uns an der Flammenfront. Sie riskieren Kopf und Kragen für andere – sie sind eben Feuerwehrmänner! Und so ein »Lumpenhund« saß da auf meinem Platz!

»Komm rein«, sagte er und rutschte rüber.

In einer Drehleiter diesen Typs ist Platz für drei.

»Seid ihr alarmiert worden?«, fragte ich.

»Ja, aber es ist schon einige Zeit her. Ich war bei Freunden, deshalb bin ich so spät dran. Die anderen sind wahrscheinlich längst alle im Einsatz.«

»Da hast du aber Glück, dass wir gerade auf der Wache waren«, entgegnete ich.

»Was man so Glück nennt.« Manni war bereits losgefahren und deutete nach vorne. Unsere Augen wanderten von seinem bedenklichen Gesicht in die Richtung, in die er zeigte. Der Rauchpilz, den wir vorhin bereits vom Balkon aus erkennen konnten, rückte bedrohlich näher. Das heißt, wir rückten ihm auf den Pelz, einem Pelz, der sich schwarz und in riesiger Ausdehnung über das gesamte Hafengebiet erstreckte. Gebannt lauschten wir den Meldungen aus unserem Funkgerät. Wie angeordnet, hatte ich mit Verlassen der Feuerwache die neue Frequenz eingestellt. Eine Frequenz, die ausschließlich diesem Einsatz und seinen Fahrzeugen zugeordnet war. Alle ankommenden sowie abgehenden Meldungen wurden aus einem vor Ort stationierten Leitstellenwagen koordiniert, ausgewertet und dann bei Bedarf in die zentrale Leitstelle an Wache eins weiter geleitet. Diese mobile Leitstelle war gleichzeitig Treffpunkt des Krisenstabes.

»He, der Franz ist selbst draußen«, meinte Manfred.

In der Tat, auch ich erkannte seine Stimme. Franz Hitz ist einer der Chefs unserer Leitstelle. Gerade konnten wir hören wie er folgende Mitteilung machte: »A-Dienst ist unterwegs zur Einsatzstelle.«

»Wer hat denn bei euch heute A-Dienst?« fragte Joachim.

»Keine Ahnung wer von den Goldfasanen dran ist«, antwortete Manni. Goldfasane nennen wir die Männer des höheren Dienstes mit goldenen Ärmelabzeichen, daher der Spitzname. Sie rücken für gewöhnlich erst dann aus, wenn übergeordnete Schadenereignisse mehrere Feuerwachen beanspruchen. Darunter gibt es den B-Dienst sowie den C-Dienst, die bei Einsätzen von »geringerem« Schadenausmaß die Leitung sowie die Koordination mit den Zugführern der einzelnen Feuerwachen übernehmen. Dabei darf man nicht annehmen, dass die so genannten geringeren Einsätze wirklich klein und einfach sind. Vom Brand einer Wohnung bis zur Evakuierung bei Bränden in Schulen oder Altenheimen ist alles vertreten. Andererseits stellt ein schlichter Zimmerbrand für die Betroffenen oft die zentrale Katastrophe ihres Lebens dar, ist aber für eine Großstadtwehr kein bedeutendes Ereignis, oft nicht einmal mehr als zwei Zeilen in der örtlichen Presse wert. Angesichts Zigtausender Einsätze jedes Jahr auch nicht verwunderlich.

»Heute ist Stephan dran«, meinte ich.

»Boddem?«

»Genau der.«

»Und B-Dienst?«

»Kronenberg.«

»Ist das nicht der mit den grauen Haaren?«

»Richtig.« Und im Stillen dachte ich: Horst hatte schon während unserer gemeinsamen Grundausbildung graue Haare. Das ließ ihn irgendwie älter wirken, seriöser, dabei waren wir im gleichen Alter. Horst Kronenberg genießt hohes Ansehen unter den Kollegen, auch bei mir. Er hat auf dem Weg nach oben seine Menschlichkeit bewahrt. Damals war er auch menschlich, damals als wir gemeinsam pfuschten und heimlich Informationen bei den schweren schriftlichen Arbeiten in unserem Lehrgang austauschten. Gut, dass wir zusammen in einer Bank saßen. Nur schade, dass Stephan damals nicht neben uns saß, denn dann hätten wir gar nicht mehr selber denken brauchen. Er hatte damals schon mehr Fachwissen als mancher Ausbilder.

Je näher wir der Einsatzstelle kamen, um so mehr Pkws fuhren mit uns. Ganz offensichtlich hatte sich bereits ein kleiner Katastrophentourismus entwickelt. Es schneite immer noch. Das Schneetreiben war jetzt so stark geworden, dass wir sehr vorsichtig fahren mussten. Viele Wahnsinnige überholten uns. Das gleiche Fehlverhalten wie bei der Raserei im Nebel. Dann aber mussten wir drei lauthals lachen.

»Ende der Fahnenstange Jungs!«

Mehrere Polizeifahrzeuge hatten die gesamte Breite der Straße abgesperrt. Hier war kein Durchkommen mehr für Privatautos. Relativ früh, dachte ich. Aber um so besser, dann würden wir bei unseren Arbeiten wenigstens nicht von hinderlichen Gaffern bedrängt. Später sollte es sich herausstellen, dass diese Vorsichtsmaßnahme vermutlich vielen das Leben gerettet hatte. Ein gutes Stück weiter blitzten die ersten Blaulichter. Natürlich hatten wir uns über Funk angemeldet. Auf der Straße winkte ein Feuerwehrmann mit einer Kelle. Manfred stoppte die Leiter. Ich hatte die Seitenscheibe heruntergekurbelt.

»Wache 6«, rief ich ihm aus dem offenen Fenster zu. Ich kannte den Mann nicht.

»Sehe ich. Hallo Martin! Ihr fahrt bis zur Kurve dahinten, immer weiter geradeaus an allen Fahrzeugen vorbei. Dann geht nach etwa 100 m ein riesiges Tor nach links. Da müsst ihr rein. Da steht auch ein weiterer Kollege, der euch einweist.«

»Sag mal, wieso kennst du mich und ich dich nicht?«

»1987, Rettungssanitäter! Ich hatte da so'n Schleifer als Ausbilder!« Er verzog keine Miene bei diesen Worten.

»Na Klasse, und jetzt schickst du mich deshalb ins Feuer!«, lachte ich.

»Man sieht sich, macht's gut!«, winkte er uns zu und unser Fahrzeug setzte sich wieder in Bewegung. Willi blickte mich von der Seite an.

»Hast du den nicht erkannt?«

»Ne, absolut nicht. Aber das geht mir oft so. Ich habe so viele Jahre Leute ausgebildet, da kann ich mir unmöglich alle merken. Aber die Kerle kennen mich immer noch.«

Als wir in die Kurve einfuhren, sahen wir zum ersten Mal das flammende Inferno. Rechts wie links der Straße standen sie: Feuerwehrfahrzeuge von unterschiedlichen Wachen mit laufenden Dieselmotoren. Alles was nicht unmittelbar an der Front eingesetzt wurde, stand hier auf Abruf. Dazu rollten pausenlos Tanklöschfahrzeuge im Pendelverkehr an uns vorbei. Ihre 5.000 l Tanks holten Wasser aus entlegenen Hydranten, denn hier auf dieser Straße war anscheinend alles angezapft, was an unterirdischen Rohrleitungen zur Verfügung stand. Ganze Schlauchbündel zeugten davon. Sie belegten den verschneiten Gehweg und liefen alle in die gleiche Richtung – die, in die wir fuhren. Linker Hand begleitete uns eine mannshohe Mauer, über die wir von unserer erhöhten Position gut blicken konnten. Mehrere Lagerhallen, jede an die 100 m und mehr lang, füllten den Platz dahinter. Eine von ihnen brannte in ihrer ganzen Länge und Breite. Wir sahen den roten Hahn (so nannte man im Mittelalter die Feuersbrunst), seine Flammen schlugen gewiss über 10 m aus dem stark zerstörten Hallendach. Darüber quoll der gigantische Rauchpilz in die Höhe. Die Luft war erfüllt von Prasseln und Pfeifen, Jaulen und Brodeln! Das Feuer wütete mit aller Macht. Hier konnte keiner mehr rein. Hier konnten wir nur noch dafür sorgen, dass sich dieser gierige Moloch nicht ausweitete. Aus respektvoller Entfernung schossen daher unzählige Strahlrohre Wasser in diese Höllenglut. Selbst in unserer Entfernung spürten wir die Strahlungswärme. Das, was hier aufgrund der winterlichen Temperaturen als angenehm empfunden wurde, steigerte sich jedoch mit jedem weiteren Meter zur bestialischen Hitze.

»Ihr fahrt hier rechts runter!«, rief uns der nächste Einweiserposten zu.

»Alles klar! Wie weit?« Ich musste brüllen, um das Höllengeräusch des Feuers zu übertönen. Mein Gegenüber brüllte zurück.

»Fritz ist mit der Freiwilligen Feuerwehr etwa 100 m weiter! Da sind auch deine Leute!«

»Danke!«

»Viel Glück!« hörte ich noch, aber es ging schon weiter.

»Halt dich bloß rechts Manni!«

»Klar, bin doch nicht blöd«, er deutete mit dem Daumen zu seiner Linken: »Wenn ich nur etwas weiter rüber fahre, wirft der Lack Blasen!«

Das war nicht übertrieben. Wir fuhren an Fahrzeugen vorbei, die von der Strahlungshitze schwer gezeichnet waren. Es gab da verschiedene Lkws und Baufahrzeuge, die man nicht mehr rechtzeitig weg gefahren hatte. Etliche brannten bereits und mussten nun ebenfalls gelöscht werden. Wir kamen nur langsam voran, fuhren Schritttempo. Überall lagen Schläuche. Ich sah Männer von den Feuerwachen eins, sieben, drei ...

»He, Dieter!«

»Rambo!«, rief er zurück. Dieter Seiter, mein alter Chef. Mensch, so sah man sich wieder, es musste nur mal richtig brennen. Dieter war vor einiger Zeit versetzt worden und jetzt hatten wir Fritz Horn. Ein völlig anderer Typ, auch von großer Statur, aber eher ruhig, sachlich. Ich kannte ihn bereits von meiner Zeit auf Wache 2. Mit ihm hatten wir auch wieder einen guten Chef bekommen. Nicht alle Wachen sind mit ihren Zugführern zufrieden. Wir hatten mal wieder echtes Glück gehabt.

Ich erblickte Fritz als ersten. Er ragte aus der Menge seiner Männer heraus, winkte als er uns sah. Meine Seitenscheibe war noch immer unten. Fritz hatte offensichtlich selbst schon Kontakt mit dem Feuer gehabt. Sein Gesicht, von Brandrauch geschwärzt, ließ ihn wie einen Dschungelkämpfer aussehen. Schweißperlen rannen unter seinem Feuerwehrhelm hervor.

»Du siehst gut aus! Man könnte meinen, du hast keine Leute mehr und machst alles selbst!«

»Komm du nur erst mal aus deinem sicheren Auto raus. Fünf Meter nach links und du hast keine Augenbrauen mehr! Hallo Willi! Auch hier?« Aber dann wurde er ernst. Wir erhielten Order, bis zur Ecke der Halle vor zu fahren.

»Hängt den Korb an und setzt das Wenderohr auf. Euer Wasser holt Ihr euch bei Addi. Der steht mit seinem LF gleich hinter dem Container. Gebt mir über Florentine Bescheid, wenn ihr so weit seid. Ich muss jetzt zum Einsatzleitwagen. Wir haben eine kleine Lagebesprechung. – Ach und Willi, dein Chef, der Sassen, steht genau auf der anderen Seite, melde dich da! Also, ich muss los!«

»Okay, Jungs, ich verschwinde!« Wir verabschiedeten uns von Willi, der hart am Rand der angrenzenden Nachbarhalle zur gegenüber liegenden Seite marschierte, um dort seine Kollegen von der Freiwilligen Feuerwehr zu treffen.

Manni brachte die Leiter in Stellung. Zuvor hängten wir den Rettungskorb an und befestigten den Wasserwerfer in seiner Halterung. Addi hatte uns längst bemerkt. Er rollte einen B-Schlauch in unsere Richtung. Die Kupplung knallte genau bis vor meinen Stiefel. Besser konnte es gar nicht passen. Ich versuchte den Schlauch an den Kugelhahnverteiler der Leiter anzukuppeln. Verdammt ging das schwer.

»Manni! Bring mal einen Kupplungsschlüssel!« Manni hob die rechte Hand mit dem gewünschten Hilfsgerät empor, links schleppte er den 30 Meter-Schlauch, eine Speziallänge für die Drehleiter. Er schmiss mir den Schlauch vor die Füße.

»Man denkt doch mit«, lachte er und kuppelte den B-Schlauch selbst an. »Na, noch kalt?«

»Vergiss es, ich bin jetzt schon am ölen!« Spontan musste ich an meinen Engel im Eis denken. Ob sie jetzt auch wieder warm war, ruhig atmete und wieder lächeln konnte? Lebte sie oder waren wir doch zu spät gekommen? Ich hatte keine Zeit weiter darüber nach zu denken – ein dumpfer Knall dröhnte in unseren Ohren. Der Boden bebte, dann ein grelles Pfeifen wie von einem überdimensionalen, gigantischem Silvesterheuler. Zuerst waren wir wie gelähmt. Dann blickten wir uns gleichzeitig um und sahen, wie etwas raketengleich aus dem Hallendach in den rauchschwarzen Himmel flog.

»Deckung!«, schrie Manni und hechtete unter die Drehleiter. Ich saß noch in der Hocke, ließ mich ebenfalls blitzschnell zur Seite fallen und rollte zu ihm unter die Leiter. Da lagen wir, schielten hinter den Zwillingsreifen hervor und erwarteten den Einschlag jenes empor geschleuderten Geschosses. Aber nichts geschah. Also musste das Teil woanders runter gekommen sein. Aber wo? Wir krochen aus unserem sicheren Unterstand hervor. Ich sah zu Addi. Der hatte es genau wie wir gemacht und kam auch gerade unter seinem LF hervor.

»Das war eine Gasflasche!«, rief er herüber. Ich nickte. Verdammte Sauerei, wenn da noch mehr waren, na dann »Gute Nacht!« Manni schien den selben Gedanken zu haben wie ich. Er teilte mir seine Befürchtung mit.

»Wenn das eine Gasflasche war, und ich wette 1:1.000 das war eine, dann ist das hier eine ganz heiße Kiste. Ich habe schon mal erlebt, was passiert, wenn eine Azetylflasche hoch geht. Das Ding hat eine massive Mauer durchschlagen und ist erst etliche 100 m weiter aufgeschlagen. Und wie sauschwer so eine Flasche ist, weißt du ja selbst.«

»Achtung an alle Einsatzkräfte! Ich wiederhole – An alle Einsatzkräfte! Ziehen Sie sich unverzüglich hinter die Fahrzeuge zurück! Wir rechnen mit mehreren Explosionen durch Druckgasflaschen!«

Wir blickten uns an. Die Nachricht empfingen wir über meine eingeschaltete Florentine. Die in Hallennähe postierten

Feuerwehrmänner legten ihre Strahlrohre auf die Erde. Wie Marsmenschen kehrten sie zu ihren Fahrzeugen zurück. Ihre silbrig glänzenden Hitzeschutzanzüge waren ein unverzichtbares Muss in der unmittelbaren Nähe dieser extremen Temperaturen. Sicher waren sie froh, aus diesen Dingern wieder heraus zu können. Bis auf die eingesetzten Wasserwerfer und die starken B-Rohre, die aus sicherer Deckung weiter eingesetzt werden konnten, gab es erst einmal »Wasser Halt«. Die neue höchst brisante Situation verlangte nach einer neuen Strategie.

Aus der Richtung, aus der wir eben gekommen waren, näherte sich ein Einsatzfahrzeug mit eingeschaltetem Blaulicht. Es war der geländegängige Mercedes vom B-Dienst. Drei Männer stiegen in einiger Entfernung aus. Sie hielten genau in der Höhe eines Stahlcontainers, der unmittelbar an der brennenden Halle stand. Ich konnte nur einen erkennen, Fritz. Ein anderer winkte zum Einsteigen, während er selbst bereits einen Fuß in den Wagen gesetzt hatte.

»Mal sehen, was die sich ausgedacht haben«, meinte Addi zu uns, denn wir beide hatten uns ebenfalls hinter sein LF zurück gezogen. Der Mercedes hielt direkt bei uns.

»Sind alle Mann hier?«, rief Fritz kaum, dass er ausgestiegen war.

»Ja, alle da«, antwortete Addi und fügte hinzu: »Ein guter Maschinist hat immer alles griffbereit.« Allzu viele waren wir aber nicht. Gerade mal sechs Mann. Wir bildeten einen engen Kreis um Horst Kronenberg. Er lächelte, als er seine gefährliche Mitteilung machte. Dabei gab er uns die Hand.

»Martin – Addi – Achim – Manni – euch kenn ich noch nicht!?«

»Helmut Hackin.«

»Ulrich Nagel.«

»Hallo, freut mich.« Dann erläuterte er die auf uns zukommende gefährliche Arbeit.

»Tja, so sieht's aus. Seid ihr dabei?«

Keine Frage, ich antwortete für alle.

»Wir sind Feuerwehrmänner Horst. Es gilt, wir sind dabei!« Ich blickte in die Runde. Helmut hob seinen Daumen und die anderen folgten seinem Beispiel.

»Etwas anderes hatte ich auch nicht erwartet.« Horst sah jedem von uns in die Augen. »Glaubt mir, es ist eine Scheiß Entscheidung. Aber einer muss es machen!« Fritz schaltete sich ein.

»Je schneller wir anfangen, desto geringer ist das Risiko. Ich habe noch Heinrich Osthoff und Axel Schleußer angefordert. Die waren drüben bei der Freiwilligen Feuerwehr und werden gleich zu uns stoßen.«

Es war wirklich eine verdammt gefährliche Arbeit, die wir ausführen sollten. Der Container, den sich die drei eben angeschaut hatten, war ein so genannter Werkstattcontainer und enthielt zwei komplette Schweißgasflaschenbatterien. Wir hatten es hier also mit einer hoch brisanten Zeitbombe zu tun, die von der Strahlungswärme irgendwann so aufgeheizt werden würde, dass sie zwangsläufig hochgehen musste. Der folgende Druckgefäßzerknall würde verheerende Schäden – selbst in einigen Hundert Metern Entfernung – anrichten. Und wenn eine, aus dem Inneren der brennenden Halle herauskatapultierte Gasflasche ausgerechnet hier einschlagen würde – das wär's dann!

Fritz erteilte seine Befehle: »Martin und Manni – ihr seid noch frisch. Flammschutzanzüge und Pressluftatmer anziehen. Ihr schlagt das Drahtseil vom Rüstwagen an den Container.«

»Schaffen wir das mit unserem kleinen Rüstwagen?«

»Wir bekommen den großen Rüstwagen von Wache eins!«

»Wer fährt?«

»Das macht alles Wache eins. Ihr übernehmt lediglich das Drahtseil, anschlagen und sofort wieder weg, okay?« Wir nickten.

»Gut, dann rüstet euch aus. Achim, Helmut, ihr nehmt jeder ein C-Rohr.« Er deutete auf uns. Ich hörte ihn noch sagen: »Uli, du verlegst schon mal die B-Leitung zu dem Container.

Wenn Axel und Heinrich gleich kommen, sollen sie dir helfen. Ihr drei seid ausschließlich für die Kühlung dieser verdammten Blechkiste zuständig!«

»Und wer kühlt uns?« Diese mehr im Scherz ausgesprochene Frage fasste Fritz allerdings etwas ernster auf.

»Die Sache ist ernster, als ihr meint. Die zwei stecken relativ sicher unter ihren Hitzeschutzanzügen, aber ihr? Ihr müsst immerhin so nah ran, dass ihr das Wasser zwischen Container und Hallenwand spritzten könnt. Wie sieht es aus Addi, kannst du die Jungs von hier aus mit einem weiteren C-Rohr solange nass halten, bis der Container weg gezogen ist?« Addi grinste. Seine Antwort fiel entsprechend genüsslich aus.

»Klar, nichts lieber als das!«

Uli rollte bereits die entsprechenden Schläuche aus.

»Danach kriege ich aber neue Klamotten!«, rief er, »und einen heißen Tee mit einer extra Portion Rum!«

Wir kümmerten uns nicht mehr um die anderen, und holten uns frische Pressluftatmer aus dem Fach in unserer Leiter. Ebenso die Atemschutzmasken. Jetzt lief alles wie am Schnürchen. Addi und Fritz halfen uns in die Hitzeschutzanzüge. Früher aus Asbest, werden die Anzüge heute aus ungefährlicheren Fasern hergestellt und man ist für einige Zeit gegen extreme Temperaturen geschützt; ja man kann sogar durch Flammen gehen. Allerdings entwickelt man in ihnen eine sehr hohe Eigentemperatur und muss einen sehr stabilen Kreislauf besitzen. Irgendwie komme ich mir in ihnen immer vor wie ein Brathähnchen in einer Alutüte. Die bleiben auch lecker warm. Allerdings sind die Hähnchen bereits tot und ich verspürte nicht das geringste Verlangen, mein Leben in diesem Schwitzkasten zu beenden. Fritz hatte sich ebenfalls ein Atemschutzgerät angelegt.

»Für alle Fälle«, meinte er. Dann zogen wir los – Richtung Container.

Der große Rüstwagen von Feuerwache 1 stand bereits in Position. Unter der Gold verspiegelten Schutzscheibe konnte ich nicht erkennen, wer ihn fuhr, zumal der Fahrer sich eine Löschdecke übergehängt hatte. Auch er musste sehr dicht an die brennende Halle heran fahren, um den Zugwinkel möglichst klein zu halten.

Unsere Hände steckten in dicken Fäustlingen, darunter noch die normalen Feuerwehrhandschuhe. Damit ließen sich jedoch nur grobe Arbeiten ausführen. Ich packte die große Drahtseilschlaufe und zog das Seil aus dem Maul an der Frontseite des mächtigen Rüstwagens. Tief hinten saß – von außen nicht sichtbar – die Seiltrommel. Der Maschinist hatte die Trommelbremse gelöst und so zogen wir das Seil zu dem riesigen Container. Ein Schauer aus Tausenden feiner Wassertröpfchen umhüllte uns auf diesem Weg. Ein weiterer »Regen« spülte über den Rüstwagen, aber dennoch bildeten sich an seiner lackierten Seitenwand Blasen. So stark war die Hitze! Das Seil schien uns immer schwerer, es hing wie Blei an meinem Arm. Ich atmete heftig. Nur noch acht oder neun Meter. Wir stampften wie zwei Ackergäule, den Oberkörper weit vor geneigt, den Kopf gesenkt. Schritt für Schritt kamen wir dem Ziel – einer großen angeschweißten Metallöse – immer näher.

Es handelte sich um einen jener rechteckigen, sehr stabilen Blechcontainer, wie sie auf Tiefladern oder Bundesbahnwaggons transportiert werden. Damit man sie hochheben kann, besitzen sie mehrere dieser Ösen. Das ganze Ding stand auf fest montierten Eisenkufen und sah verdammt schwer aus. Hoffentlich würde das unser Rüstwagen schaffen. Ich hatte so meine Zweifel. Ich blickte hoch, sah die Öse ganz nah. Was ich allerdings nicht sehen konnte, war ein langer Riss, der sich in der blechernen Hallenwand gebildet hatte und immer weiter auf klaffte. Erst reichte es gerade um eine Zeitung durch zu schieben, dann schon eine Faust.

Flammen leckten gierig an der äußeren Fassade. Uli, Heinrich und Axel hatten das dicke B-Rohr so weit nach vorne gezogen, bis die Hitze unerträglich wurde.

»Auf den Bauch! Wir müssen runter auf den Bauch! So schaffen wir es nicht!« Heinrich hatte recht. Ganz tief unten ließ es sich etwas besser aushalten und man bietet der Hitze auch nicht so viel Körperfläche.

»Heinrich für Zugführer sechs kommen!«

»Was ist Fritz?«

»Ihr müsst näher heran! Sonst reicht es nicht! Das Wasser muss zwischen Container und Halle!«

»Weiß ich, aber die Hitze ist zu stark, näher geht nicht!«

»Lass die zwei alleine und komm zurück. Ich gebe dir die Löschdecke, da kriecht ihr drunter!«

»Okay, ich komme!«

Heinrich informierte seine beiden Kollegen und eilte dann in gebückter Haltung zurück. Fritz, der bereits die Löschdecke in der Hand hielt, sprach mit seinem Maschinisten.

»Wie sieht es aus? Steht die Leitung? Erreichst du sie auch noch?« Addi blies die Luft mit einem bedenklichen »Puh« aus.« Also, wenn sie nicht weiter gehen, klappt es – aber mehr ...«

»Kannst du nicht den Pumpendruck etwas höher fahren?«

»Sicher, aber dann werden die zwei da nicht mehr so ruhig liegen. Das wird zu gefährlich, den Schlauch können die dann nicht mehr halten!«

»Na gut, dann eben noch eine Länge dazwischen, die verglühen sonst!«

Heinrich kam angerannt. Er keuchte.

»Also ich hab ja schon einiges erlebt, aber das ist Wahnsinn! Macht uns bloß nass, es ist die reinste Hölle!«

»Soll ich dir schon mal 'ne Ladung verpassen?«

»Ja los, mach es!« Heinrich klappte sein Visier vom Helm herunter. Addi griff nach dem Strahlrohr. Da sprang Heinrich wie von einer Tarantel gebissen zur Seite.

»HALT! Meine Zigaretten!« Er griff in eine seiner Brusttaschen, holte eine Packung Glimmstängel heraus und warf sie in das LF.

»So, jetzt meinetwegen!« Es sah sehr sonderbar aus, wie

mitten im Schneetreiben und bei eisiger Kälte ein Feuerwehrmann einen anderen mit seinem kräftigen Wasserstrahl abduschte. Und das alles vor einer Kulisse, die einem Hollywood Action Film zur Ehre gereicht hätte.

Wir waren nicht die einzigen, die fieberhaft mit Hochdruck gegen das übermächtige Feuer ankämpften. Die Feuerwehrmänner der Wache 1 hatten unter hohem persönlichen Risiko zwei mächtige Wasserwerfer in ein gewaltsam geöffnetes Hallentor platziert. Sie mussten lange, stabile Erdanker durch die Asphaltschicht treiben, damit der starke Wasserdruck die Werfer nicht umriss. Diese schwere körperliche Arbeit wurde in den gleichen, silberglänzenden Flammschutzanzügen verrichtet, in denen wir gerade schwitzten.

Schwitzen war gar kein Ausdruck für die Menge an Körperflüssigkeit, die aus allen Poren drang, sich zu kleinen Rinnsalen vereinte und die Kleider durchfeuchtete, wie bei einem Saunagang. In der Innenmaske meines Atemschutzes stand das Wasser und ich spürte, wie es mir auch den Rücken herunter lief, die Beine abwärts, um sich in den Stiefeln zu sammeln. Schwer und tief ging mein Atem, die Sicht wurde immer schlechter. Ein nebelartiger Belag bildete sich innen auf der Scheibe meiner Atemschutzmaske. Ich hob den Kopf. Im gleichen Moment stieß mich Manni in die Seite. Keinen Moment zu spät. Fast wären wir vor den Container gelaufen.

Verdammt! Die Öse saß ziemlich hoch, wesentlich höher als sie aus der Entfernung ausgesehen hatte. Wir sahen uns etwas ratlos durch die beschlagenen Scheiben an. Keiner sagte was. Unsere Luft war zu kostbar. Ich deutete nach oben und dann auf den metallenen Schäkel in Mannis rechter Hand, danach auf mich. Er nickte, hatte verstanden. Wir ließen das Drahtseil fallen und ich nahm den Schäkel, um ihn – als der Längere von uns beiden – einzuhängen. Vergeblich – ich streckte mich, stellte mich so weit wie möglich auf die Zehenspitzen – es reichte nicht! Jetzt hätte ich Michael Heinz heißen müssen. Fünfzehn Zentimeter mehr, oder wenigstens zehn! Was war zu tun? Wir hatten weder die Zeit zurück zu gehen, um eine Leiter zu holen, noch gab es irgend jemanden, der uns jetzt hätte helfen können. Und wieder einmal war es Manni, der eine rettende Idee spontan in die Tat umsetzte. Improvisation heißt das Zauberwort. Improvisieren, das bedeutet für Feuerwehrmänner, mit dem was man hat – oder auch nicht – schnellstmöglich einen Mangel zu seinen Gunsten beseitigen.

Manni, der mein vergebliches Bemühen um mehr Körpergröße mit ansah, stieß mich ein zweites Mal in die Seite. Er deutete auf seinen Rücken. Ungläubig sah ich ihn an. Wie um alles in der Welt sollte ich denn in dieser Ausrüstung auf seine Schultern steigen?! Aber er wartete erst gar nicht meine Reaktion ab, sondern legte sich sogleich bäuchlings auf den Boden. Nicht schlecht, dachte ich: Manfred Spiller, du Teufelskerl! Du bist nicht nur ein exzellenter Drehleitermaschinist, du bist ja selbst eine Leiter! Und als solche gebrauchte ich ihn jetzt. Behutsam stellte ich mich auf seinen Rücken, der noch durch den Pressluftatmer erhöht wurde. Ohne Probleme konnte ich nun den metallenen Schäkel durch die Öse schieben. Wäre es ein offener Haken, so hätten wir einfach nur das Auge unseres Drahtseils einhängen können. Jetzt stieg ich wieder von Manni's Rücken, hob das Drahtseil auf und stellte die Schraubverbindung zwischen Schäkel und dem genannten Auge her.

Im Einsatzleitwagen herrschte Hochbetrieb. Vor Ort wussten wir davon nichts, aber hier gab es nur noch ein Thema: Die wenige hundert Meter entfernte Andockstelle für Erdölprodukte mit ihren hohen runden Treibstofftanks, die vom angrenzenden Rhein durch Tankschiffe aus Rotterdam befüllt wurden, stand im Mittelpunkt des Geschehens

Der leitende Branddirektor, Armin Harbort, hatte seinen Führungsstab um sich geschart und ließ sich den Stand der Lage erklären.

»Die Entfernung von unserer Einsatzstelle bis zum ersten Tank beträgt knapp 400 m – Luftlinie.« Horst Kronenberg zeigte auf eine überdimensionale Stadtteilkarte, die sämtliche Details dieses Industrieviertels erkennen ließ.

»Die gefundene Azetylflasche hat nach ihrer Explosion das Hallendach zerschlagen und ist genau hier gefunden worden.« Er deutete auf die Freifläche in unmittelbarer Nähe des ersten Tanks.

»Wir müssen mit weiteren Explosionen rechnen. Bis jetzt ist die Lage immer noch nicht unter Kontrolle und ein Innenangriff liegt außerhalb unserer Möglichkeiten.«

»Ich weiß, Herr Kronenberg, leider können wir das Risiko nicht ausschalten. Welche Möglichkeiten stehen uns noch zur Verfügung meine Herren?« Unter den Führungskräften herrschte angespannte Stimmung, denn mit jeder Entscheidung luden sie sich hohe Verantwortung auf. Im Hintergrund saßen die Leitstellendisponenten in ständigem Funkkontakt mit den Einsatzleitern, den Zugführern und sonstigen Ansprechpartnern vor Ort. Sie sammelten die Meldungen, werteten teilweise schon aus und gaben sie weiter. Jürgen Müller reichte seinem Chef eine Nachricht.

»He, Franz! Mitbekommen? Das Löschboot wird in ca. 3 Minuten eintreffen.«

»Okay, Eintreffen in 3 Minuten. Herr Harbort! Tschuldigung.«

»Ja Herr Hitz?«

»Das Löschboot trifft in 3 Minuten ein.«

»Danke, endlich eine gute Nachricht. Damit steht uns eine ausreichende Wasserversorgung von der Rheinseite her zur Verfügung.« Er blickte in die Runde. »Der Absperrbereich wird unverzüglich erweitert. Ich will keine Risiken eingehen. Das gilt auch für unsere eigenen Leute!« Natürlich wusste jeder in dieser Leitstelle, dass ein Risiko für die Einsatzkräfte vor Ort nicht auszuschalten war. Aber die Gefahren sollten trotzdem so gering wie möglich gehalten werden. Denn sie war da, die

Gefahr – hautnah schwebte sie über uns – in Form tickender Zeitbomben: Azetylenflaschen, Sauerstoffflaschen, und möglicherweise weiteren Druckgefäßen mit Propan, sowie Stoffen, von deren Existenz wir noch nichts wussten.

Heinrich Osthoff rannte mit der Löschdecke in gebückter Haltung zu seinen beiden, am Boden liegenden Kollegen.

»Ah, endlich was zum Kuscheln!«

Es gibt keine noch so gefährliche Situation, der Uli Nagel nicht seine humorvolle Seite abgewinnen kann. Addi, der Maschinist, hatte selbst ein C-Rohr in der Hand. Von seinem Fahrzeug wurden jetzt drei Rohre gespeist mit einer Gesamtwasserlieferung von sechshundert Litern pro Minute. Da, auf einmal versiegte der Wasserstrahl.

»Was zum Teufel ist ...« Addi blickte auf die traurigen Tropfen, die noch aus seinem Strahlrohr rannen, dann zu den Kollegen unter der Löschdecke.

»Scheiße! Die sitzen, bzw. liegen auf dem Trockenen!« Er ließ sein Strahlrohr fallen und sprintete zum Pumpenstand. Mit einem Blick hatte er die gefährliche Situation erfasst. Die Wasserzufuhr war durch irgend einen Umstand, den er von seiner Position nicht erkennen konnte unterbrochen worden.

»Zugführer sechs für Maschinist kommen ... he, Fritz! Hörst du mich, kommen!«

»Was gibt's Addi?«

»Komm her, die Wasserförderung ist unterbrochen!«

»Mist«, fluchte Fritz, »gerade jetzt.«

Sein besorgter Blick wanderte von den dreien unter der Löschdecke zum Container. Das war gerade der Moment, als ich mich bemühte, den Schäkel in die Öse zu stecken.

Draußen auf der Straße hatte die Polizei die Order erhalten, den Absperrbereich in großem Bogen um die Einsatzstelle zu erweitern. Der logistische Teil stellte einen gewissen Routineakt dar. Sicher, es gab hier und da uneinsichtige Gaffer und fluchende Autofahrer, aber damit wurden die Beamten vor Ort schon fertig. Eine Besonderheit allerdings stellte die vorsorgliche Stilllegung der Schifffahrt auf dem Rhein dar. Trotz aller Sperren, ließ es sich aber nicht vermeiden, dass irgendwelche Unverbesserliche bis in die unmittelbare Nähe der Einsatzstelle vordrangen.

So auch eine Gruppe von Jugendlichen, die man nicht zu den sittsam Braven zählen konnte. Sie lungerten zwischen den Feuerwehrfahrzeugen herum und fummelten an verschiedenen Geräten, bis sie recht unsanft von einigen Feuerwehrmännern zum Teufel geschickt wurden. Ein kleines Wortscharmützel rief zwei in der Nähe stehende Polizisten auf den Plan und ruck zuck wurde das Grüppchen bis hinter die Absperrung geschickt.

Ob es der reichliche Alkohol war, oder die militante Gesinnung der Punks, wie auch immer, man fühlte sich ungerecht behandelt und sann auf Rache. So kam es, dass die Gruppe über Umwege wieder zurückfand und sich mit ihren Springmessern über unsere Wasserschläuche hermachte. Der Moment war günstig. Keiner in der Nähe und drei, vier, fünf der so überaus wichtigen Zuleitungen unserer Wasserversorgung fielen ihrer blinden Wut zum Opfer. Man sah sie noch wegrennen, das war aber auch das Einzige.

In hohen Fontänen schoss das Wasser nutzlos aus den zerstörten B-Schläuchen. Im Nu hatten sich große Teichpfützen gebildet, die schnell zu Eis gefroren. Wir reagierten zwar sofort, dennoch dauerte eine Weile bis die Wasserversorgung wieder stand. Zeit, in der die Flammen weiteren Schaden anrichten konnten, der sonst nicht entstanden wäre.

Bis jetzt hatte der permanente Wasserstrahl, von den Dreien unter der Löschdecke abgefeuert, sein Ziel erreicht und das Schlimmste verhindert. Dennoch hatte er den faustgroßen Riss in der Hallenwand nicht stoppen können. Er vergrößerte sich zusehends. Lange hellgelbe Flammen leckten mit laut pfeifendem Geräusch gegen die verbeulte Blechwand des Containers. Keiner von uns konnte die Lüftungsschlitze sehen, die den Flammen Einlass gewährt hatten, so dass das Feuer nun auch im Inneren des Containers schwelte. Nur der Mangel an Sauerstoff hatte bislang einen offenen Brand verhindert. Dafür stieg die Temperatur kontinuierlich an.

Mit ohrenbetäubenden Knall zerbarst eine zweite Druckgasflasche irgendwo in der riesigen Lagerhalle. Wir ließen uns flach auf den Boden fallen. Ich hätte besser gleich liegen bleiben sollen, dachte Manfred, als er sich wieder unten befand. Meine Güte, das ist ja wie im Krieg! Ich zuckte zusammen. Ein lautes Pfeifen drang an mein Ohr. Oh Gott, die Gasflasche kommt auf uns zu gerast, schoss es mir durch den Kopf. Aber nichts geschah – kein Treffer – kein Aufschlag – wir lebten noch. Nur das Pfeifen blieb. Manfreds Pressluftatmer war der Übeltäter. Der Luftvorrat ging zur Neige, was durch dieses durchdringende Geräusch angezeigt wird. Wir rappelten uns auf und bewegten uns schnell in Richtung Addi und seinem Löschgruppenfahrzeug. Schräg seitlich von uns näherten sich unsere anderen drei Kollegen. Sie hatten auf Wasser hoffend noch eine Weile ausgeharrt, waren dann aber von Fritz zurück beordert worden.

In unserem Rücken spannte sich das Drahtseil. Der große Rüstwagen leistete, was in seinen Kräften stand. Langsam bewegte sich der schwere Container von seinem ursprünglichen Standplatz weg. Doch nach maximal fünf, sechs Metern ging nichts mehr. Die angreifende Zuglast war so hoch oben angeschlagen, so dass – den Gesetzten der Physik entsprechend – ein guter Teil der Kraft gegen die Erde abgeleitet wurde. Als Ergebnis wölbte sich der Asphalt, der in der Nähe der Halle von der Brandhitze aufgeweicht worden war, vor den Containerkufen auf wie die Bugwelle vor einem Schubschiff.

Wir kippten die überdimensionalen Kopfhauben unserer Hitzeschutzanzüge nach hinten und blickten zurück. Mein Pressluftatmer begann nun ebenfalls sein Pfeifkonzert.

Sei's drum, wir hatten unseren Auftrag erfüllt. Leider ohne den erhofften Erfolg, denn wir sahen jetzt wie der Container endgültig festsaß.

Die Hallenwand riss auf. Riesige Langflammen schlugen ein Blechteil von ca. vier Metern Breite und acht bis zehn Metern Höhe wie einen Briefkastenschlitz empor. Aus ihm quoll dunkler, dichter Brandrauch hervor und stieg mit glühenden Funken in die Höhe, um sich dort mit der riesigen Rauchwolke zu verbinden. Trotz unserer verstärkten Bemühungen, das Feuer unter Kontrolle zu bringen, tobte es mit unverminderter Stärke im Inneren der brodelnden Halle.

»Wasser kommt wieder!«

Addis Ruf wurde mit Erleichterung aufgenommen. Die Vorgänge draußen kannten wir ja nicht und so schimpften wir über die »Deppen«, die irgendwo gepennt haben mussten.

Von der linken Hallenseite her näherten sich drei Kollegen der Freiwilligen Feuerwehr Garath. In einem von ihnen erkannte ich Willi Töpfer wieder, der mit uns hergefahren war. Die beiden anderen waren unter ihren Ruß verschmierten Gesichtern nicht zu erkennen. Und überhaupt, wie sahen sie denn aus!? Sie ähnelten mehr Schmutz überzogenen Schneemännern als Feuerwehrmännern. Wie ein Eispanzer spannte sich die hart gefrorene Einsatzkleidung um die frierenden Gestalten. Die Burschen hatten in einem selbstlosen, verwegenen Einsatz den überaus wichtigen Zugang im seitlichen Hallenbereich geöffnet. Da keine weiteren Flammschutzanzüge zur Verfügung gestanden hatten, begaben sie sich nur unter dem permanenten Wasser zweier C-Rohre an diese gefährliche Aufgabe. Ihr Einsatzleiter Sassen hatte sie anschließend unverzüglich zu uns geschickt, da in jedem Moment ein Sammeltransport für solche Härtefälle hier eintreffen sollte.

Auch wir hätten liebend gerne unsere durchnässte Kleidung gewechselt. Ging aber nicht – noch nicht. Lediglich Heinrich, der sich in einer ähnlichen Verfassung wie die drei befand, sollte ebenfalls mitfahren. Fritz schickte alle vier sofort in den warmen Mannschaftsraum des LF's. Gerade, als er die nächsten taktischen Schritte absprechen wollte, traf der Mannschaftstransporter, ein VW Bus ein. Es gab ein lautes Hallo, denn dem Fahrzeug entstiegen mehrere wohlbekannte Kollegen. Alle sauber, trocken und taufrisch.

»He, Schmied! Wo kommst du denn her? Ich denke, du hast heute frei!« Erwin lachte mich herzlich an und legte seine Hand auf meine Schulter.

»Ihh! Patschnass wie eine Windel!« Er verzog das Gesicht, und erklärte dann, dass er und die anderen aus der Freizeit aktiviert worden seien, um uns schlappen Säcken mal unter die Arme zu greifen: »Sonst wird das hier ja nie was!« und er deutete mit weit ausladender Geste mitleidsvoll auf das flammende Inferno hinter uns.

»Hoffentlich hast du deinen Schmiedehammer dabei, um das Feuer auszuschlagen.« brüllte es aus dem Fenster des LF.

»Na klar.« Das war Uli, dessen breites Grinsen sogleich erschien. »Hier ist der Hammer, Junge!« Erwin hob die Faust. Seinen Spitznamen – Schmied – verdankte er seinem alten Beruf, Landmaschinenschlosser. Sein außergewöhnliches Geschick mit Feuer und Eisen hatte ihm zwangsläufig diesen Ehrentitel eingebracht und jeder wusste Bescheid, wenn man vom Schmied erzählte.

Fritz presste sein Funkgerät ans Ohr: »Seid mal still! Ich verstehe kein Wort, es reicht, wenn es da hinten rauscht und zischt!«

Er erhielt Order, alle auszuwechseln. Die völlig durchnässten Kollegen sollten zum Kleiderwechsel auf die Wache, die übrigen zum aufgebauten Verpflegungscontainer. Die »Neuen« übernahmen solange die Einsatzstelle. Das ließen wir uns nicht zweimal sagen. Unter lautem Hallo ging es in den Bus.

»He! Was ist mit dir Fritz?« Er hob bedauernd die Achseln.

»Ihr wisst doch, der Kapitän geht mit seinem Schiff unter!« Wir fuhren los. Es war verdammt eng, saßen doch mehr Leute hier drin als eigentlich erlaubt waren, aber wir brauchten ja nur bis nach draußen auf die Straße fahren. Ich warf noch einen Blick zurück. Da standen sie, meine Kollegen. Toll, dass sie gekommen waren und wie gut, dass unsere Direktion sich entschlossen hatte, angesichts der Lage die dienstfreien Feuerwehrmänner zu alarmieren. So etwas geschieht wirklich nur in absoluten Ausnahmefällen und so ging mir durch den Kopf, dass es hier um mehr gehen musste als »nur« um diese Lagerhalle.

Fritz teilte seine neuen Leute ein. Erwin Siebert und Helmut Kniebusch übernahmen das B-Rohr. Wolfgang Kierstein besetzte den Maschinistenposten und Horst Stein bildete mit Dirk Ixkes ein neues Team im Flammschutzanzug. Sie sollten das Drahtseil wieder vom Container lösen, denn der damit fest verbundene Rüstwagen war so nicht mehr einsatzbereit, wurde aber dringend an einem anderen Platz benötigt. Es sollte ein Himmelfahrtskommando werden, dass die beiden ihr Leben lang wohl nicht wieder vergessen würden.

Während man sich an den unterschiedlichsten Schauplätzen erneut ausrüstete, denn da wo die Wachen Eins, Drei, Vier, Sieben und die Freiwilligen Feuerwehren Garath und Himmelgeist arbeiteten, waren ebenfalls neue Kollegen eingetroffen, erreichten wir den Verpflegungscontainer. Hier draußen herrschte ein reges Treiben wie in einem Taubenschlag. Ein permanentes Kommen und Gehen von Feuerwehrmännern in voller Montur, verdreckt mit schwärzlichen Gesichtern, manche abgespannt, andere lachend, die meisten nass mit übergehängten Wolldecken, und alle – fast alle – mit dampfendem Kaffee in den klammen Händen. So weit das Auge blickte, überall rote Autos. Der gesamte Fahrzeugpark der Feuerwache Eins war vertreten. Besonders hoch her ging es am Atemschutzgerätewagen. Laufend wurden leere Geräte gegen neue Pressluftflaschen ausgetauscht. Die Schlange der Wartenden riss gar nicht ab und ich erblickte Kollegen, die ich schon lange nicht mehr gesehen hatte.

»He, Kai!«

Ich winkte rüber. Aber Kai Kieselbach war zu beschäftigt, er sah mich nicht. Den wievielten Pressluftatmer machte er wohl gerade fertig, und es war sicher nicht der Letzte.

»Ach Mann! Pass doch auf!«

Ich erhielt einen Rempler von hinten, so dass mir der heiße Kaffee über die Hände schwappte. Ärgerlich drehte ich mich um. Mir gegenüber stand mein alter Lehrgangskamerad Jürgen Just. Sofort verflog aller Missmut. Er lachte mich an.

»Martin, du hier...?«

»Und nicht in Hollywood«, ergänzte ich. »He, du Wahnsinniger, du hast mir die Pfoten verbrannt.« Ich schüttelte die Reste des Kaffees von meinen Händen.

»Hier«, Jürgen bückte sich und pappte etwas matschigen Schnee in beide Hände. »Für dich! Zum Kühlen.«

»Ne, danke.«

Mein Blick fiel ablehnend auf den schmutzigen Schnee. Von seinem ursprünglichen Weiß war nicht mehr viel übrig. Ich schätzte, dass auch in größerer Entfernung der widerlich stinkende Brandrauch seinen rußigen Stempel hinterlassen hatte.

»Wo bist du denn eingesetzt? Bestimmt irgendwo im Trockenen, kleines gemütliches Eckchen, oder so.«

»Ja von wegen, gemütliches Eckchen. Ich kam mir vor wie ein Grillhähnchen in der Alutüte.«

Er zog ein Gesicht wie Sauerteig. »Und dann waren da noch so zwei Spinner, die nur Mist gemacht hatten.«

»Wieso?«

»Na ja, ich saß in unsrem Rüstwagen, sollte einen riesigen Container wegziehen. Aber die Blödmänner haben das Seil völlig falsch angeschlagen. Da ging eben nix mehr.« »So, zwei Spinner, Blödmänner!? Das waren wir, du Eierplätzchen!«

»Ihr? Etwa du?« Seine Augen waren ganz groß.

»Allerdings!«

»Ich wusste es, der Charli Kessels hat dir eben doch nichts Gescheites beigebracht.«

»Eh Jürgen, bei aller Freundschaft, glaub mir, es ging gar nicht anders«, beteuerte ich. Sein Blick war ungläubig.

»Du willst mir doch nicht weismachen, dass es keinen tieferen Anschlagpunkt gegeben hat?«

»Doch, genau so war es, aber ... wenn du nicht mehr in den Muskeln hast ... da können wir ja nichts für.«

»Okay, Schwamm drüber.«

Und mit der Mine eines Weinkenners resümierte er: »Ich werde mir die Sache gleich noch mal genauer ansehen.« Daraus sollte allerdings nichts mehr werden. Ein weiterer Kollege trat zu uns.

»Hallo Namensvetter! Meine Güte, hier ist ja alles vertreten was Rang und Namen hat. Grüß dich Martin.«

»Jürgen, was machst du denn hier? Arbeiten bestimmt nicht.«

»Vorsicht, auch wenn meine Uniform noch sauber ist, ist das kein Indiz für Faulheit. Du weißt doch, es gibt auch eine Qualität des Geistes. Im übrigen solltet ihr mal für einen Moment das Lachen einstellen. Da kommt nämlich meine Arbeit, und die wollen total erschöpfte Feuerwehrmänner sehen.«

Wir blickten in die angegebene Richtung. Jürgen winkte einer Gruppe Presseleute zu, die sich mit Kameras und diversen umhängenden Leder- sowie Aluminiumkoffern bewaffnet näherten. Jürgen Leinweber war nicht nur der Leiter der Feuerwachen sechs und sieben, sondern ebenfalls einer der Pressesprecher der Feuerwehr Düsseldorfs. Die Gruppe hatte uns jetzt erreicht. Er erklärte:

»Sie sehen hier unseren Verpflegungscontainer. Die Männer, die hier stehen haben bereits mehrere Stunden härtester Arbeit hinter sich und es steht ihnen noch eine schwere Nacht bevor! Möchte jemand einen Kaffee? Greifen Sie zu, wir werden dann bald mit einem Wagen unmittelbar an verschiedene Einsatzpunkte gefahren.«

»Warum fahren wir nicht sofort?«, rief einer der Presseleute.

»Zurzeit sind alle unsere Fahrzeuge unterwegs, ich ... Moment bitte. Ich erfahre gerade über Funk, dass unser Auto doch bereit steht. Sie können aber trotzdem einen Kaffee trinken.« Und dann fügte er hinzu: »Ich kann nämlich auch einen vertragen.« Alles schmunzelte. Nachdem sich die meisten mit dem so beliebten Getränk gestärkt hatten, wurden ein paar Fotos geschossen und mit verschiedenen Feuerwehrmännern gesprochen, so wurde auch ich angesprochen:

»Na, Herr Meyer-Pyritz, auch hier?« Etwas ratlos sah ich dem großen, schlanken Mann mittleren Alters ins Gesicht.

»Wie? Schon vergessen?«

»Ach ... Herr Classen, Sie sind es. Wie geht's?«

Er machte eine ausladende Geste.

»Sie sehen doch, Sie haben Arbeit und ich auch.«

Ich lachte.

»Ja, das kann man wohl sagen.«

»Übrigens, was macht denn Ihr Buch? Ich dachte es sei längst fertig.«

»Ist es eigentlich auch, aber finden Sie mal als unbekannter Schriftsteller einen Verleger!«

»Nicht aufgeben, das Buch ist gut. Und hier, so was«, er zeichnete einen umspannenden Kreisbogen in die Luft, »so was muss da rein!«

»Geht klar!«

»Meine Herren, wenn ich Sie jetzt bitten darf. Der Wagen steht bereit.«

»Tschüs Herr Meyer-Pyritz, halten Sie die Ohren steif. Ich will was von Ihnen hören!«

Damit verschwand er und mit ihm die gesamte Presseschar. Auch meine Kollegen und ich mussten wieder ran. Ein Feuer nimmt keine Rücksicht auf Pausen, die Menschen benötigen und erst recht nicht auf die von Feuerwehrmännern. Irgendwie empfand ich es doppelt schlimm nach dem wärmenden Kaffee und dem, wenn auch nur kurzen Aufenthalt im beheizten Container, in diese elende, kalte Nacht zurückkehren zu müssen.

Mittlerweile war der Zeitpunkt, an dem man von Abend spricht, lange vorbei. Allerdings wurde die Dunkelheit an zahllosen Stellen von grellen 1000-Watt Strahlern erhellt. Das immer noch lodernde Feuer warf auch weiterhin sein unruhiges Licht und die zuckenden Schatten sprangen wie wild gewordene Geister über das Heer der behelmten Gegner, die ohne Unterlass aus allen Rohren Tausende Liter Wasser pro Minute in die Höllenglut schleuderten. Wir hatten Teilerfolge errungen, aber der so sehnlichst erhoffte Durchbruch lag noch in weiter Ferne.

Diesmal mussten wir unseren Weg zu Fuß zurücklegen. Den Luxus eines Bustransfers hatte es nur vorhin gegeben, weil einige Kollegen zum Kleiderwechsel zur Wache gefahren wurden. Nur diesem Zugeständnis war es wohl zu verdanken, dass es nicht noch mehr Erkältungskranke in dieser frostigen Nacht des Feuers gegeben hatte.

Wir marschierten mit strammen Schritten dicht an der inneren Seite der Umfassungsmauer. Entlang des gesamten Weges zogen sich die endlosen Schlauchleitungen. Ihre ursprüngliche rote Farbe war längst mit gefrorenem Weiß überzogen. Überall bildeten sich mehr oder minder große Eisflächen. Man musste höllisch aufpassen, um nicht auszurutschen. Und wer hier sein Strahlrohr etwas zu lange zudrehte, erhielt keinen Tropfen Wasser mehr. Sein Schlauch bestand dann nur noch aus Stangeneis. Sicher warteten unsere Kollegen voller Sehnsucht auf uns, denn hier, wo uns das Letzte an physischer Leistung abverlangt wurde, muss jeder ab und zu mal verschnaufen.

Da! Wieder dieser scharfe, Mark und Bein durchdringende Knall! Wie ein Mann lagen wir alle am Boden. Wie eine riesige Silvester-Rakete raste ein greller Feuerball über unsre Köpfe hinweg Richtung Rhein. Ein allgemeines »Ahhhhh!« begleitete seine Erscheinung.

»Ach du Scheiße! Da hinten sind doch die Tankbehälter!« Geschockt schauten alle Axel an.

»Was seht ihr mich an? Ich kann doch nichts dafür!«, rechtfertigte er sich.

»Eh, Männer, wir gehen in die falsche Richtung!«

Uli hatte unsere tiefe Betroffenheit mit seinem trockenen Humor schnell gelöst. Die restlichen Meter legten wir dennoch in tiefem Schweigen zurück. Jeder dachte vermutlich das Gleiche wie ich: Was ist wenn …?

Fritz war nicht mehr da. Statt seiner empfing uns Siggi Hellweg.

»Ha, da staunt ihr, was? Ja Jungs, das ist wahrscheinlich das letzte große Ding. Da muss der Siggi doch noch mal kommen, bevor er in Pension geht.«

Wir staunten nicht schlecht. Er also auch. Irgendwann hatten wir auf der Wache darüber gesprochen, was wir machen würden, wenn wir aus der Freizeit alarmiert würden. Wie viele hatten gesagt, sie wären weit weg, krank und, und, und. Aber heute, jetzt wo der Fall X eingetreten war, da standen sie hier. Seite an Seite mit ihren Kollegen, hatten sie sich allen Unkenrufen zum Trotz als Kameraden herausgestellt, auch wenn dieses Wort heute in Vergessenheit geraten ist.

»Los! Alle Mann hinter das Fahrzeug! Lagebesprechung!« Siggi hatte immer den instinktiven Riecher für das Praktische. Und hinter dem Fahrzeug standen wir nicht nur geschützter, es war auch etwas leiser, man musste nicht so laut zu schreien. Wir bildeten einen engen Kreis um unseren Chef. Es ist wichtig die Anweisungen exakt zu verstehen, um sie wirklich korrekt ausführen zu können. Solche Besprechungen sind weder ein Plauderstündchen, noch eine Diskussionsrunde. In knappen Sätzen muss jedem die Situation erläutert und die Aufgaben verteilt werden. Alle Führungskräfte werden entsprechend geschult, es ist ein wichtiger Teil der Strategie. Nur wenn jeder genau weiß, was er zu tun hat, läuft der Einsatz planmäßig ab. Das Einzige was sich nicht an den Plan hält, ist das Feuer. Leider ist es der Hauptakteur und so sehen sich die Einsatzleiter immer wieder gezwungen, die Lage ständig neu zu überprüfen und ihre Maßnahmen den veränderten Gegebenheiten anzupassen. So eine große unübersichtliche Einsatzstelle kann naturgemäß ein Einzelner nicht mehr überblicken. Daher müssen die gesamten Einzelinformationen von den verschiedenen Schauplätzen in einer Zentrale gebündelt, ausgewertet und als daraus entstehende Handlungsanweisung zurückgeleitet werden. Es ist ein wenig wie in der Politik: An der Basis wird gearbeitet, auf Bezirksebene wird debattiert, in den Ländern wird regiert und im Bund wird überregional beschlossen. Wer glaubt, dass dabei immer alles reibungslos läuft, denkt schlichtweg zu blauäugig. Dennoch gibt es kein vergleichbares Modell, das auch nur annähernd ebenso erfolgreich wäre. Die ganze Sache steht und fällt mit der Qualität der Leitenden und mit der Bereitschaft zu sinnvoller Kommunikation auf der Basis gegenseitigen Anerkennens. Aber das ist ein heiß diskutiertes Thema, das überall zu finden ist, wo viele Menschen miteinander arbeiten. Ausbaufähiges Wissen und Können ist eben nicht immer ein Garant für hohe menschliche Qualitäten.

Unser Siggi besaß sie und er konnte auch sicher sein, dass seine Männer fest hinter ihm stehen würden.

»Passt auf. Du, du, du, du und du, ihr geht sofort zum Einsatzleitwagen. Ihr trefft euch da mit Kollegen von anderen Wachen und werdet vom B-Dienst zu verschiedenen neuen Einsatzplätzen eingeteilt.« Wir blickten uns fragend an. »Ich kann euch nur soviel sagen, dass wir einen neuen Gefahrenschwerpunkt haben – die Tanklager da hinten am Hafen. Okay, marschiert los. Alles Gute, Männer!«

Grußlos zogen die fünf ab. Hier war keine Zeit für lange Verabschiedungen, es zählte jede Minute.

»Die werden wahrscheinlich dort auf Fritz treffen, der schon seine Unterweisungen erhält«, teilte uns Siggi mit. »So, weiter. Ich will euch nicht unnötig Angst einjagen, aber wir müssen damit rechnen, dass dieser verdammte Container in die Luft fliegt. Angeblich sind da Schweißgasflaschen drin. Nach unseren Berechnungen haben wir noch maximal zehn Minuten. Dirk und Horst sind immer noch nah dran. Martin und Manfred, ihr beide bekommt ebenfalls einen Flammschutzanzug und werdet die beiden unterstützen. Es gibt einige Öffnungen durch die Ihr CO_2 reinsprühen werdet. Macht euch fertig. Erwin und Michael, ihr helft beim Anziehen.«

Kurze Zeit später: Michael half mir gerade das schwere Oberteil des Flammschutzanzuges über den Pressluftatmer zu ziehen, als Siggi erneut zu uns kam. Sein freundliches, offenes Gesicht sah bedenklich aus.

»Hört mal, ich weiß, ihr habt heute schon einen sehr harten und langen Tag hinter euch und wenn das hier vorbei ist«, er sah uns tief in die Augen, »also wenn das Ding mit dem Container gelaufen ist, dann verspreche ich euch für die nächsten paar Stunden Ruhe. Ich brauche es euch ja nicht zu erklären, es geht hier um alles, wenn der hochgeht ... dann Gnade uns Gott.«

Keiner sagte was. Manni brummelte nur irgend etwas in seinen nicht vorhandenen Bart, dann schlossen sich die Kopfhauben über uns.

Wieder legten wir diesen Weg zurück, einen Weg, auf den ich herzlich gern verzichtet hätte. Die elende, große Scheiß-Angst blieb aus, auch wenn meine Gedanken und Phantasien mir den zerberstenden Container vorgaukelten. Ich verdrängte diese Bilder und dachte an meinen Engel im Eis vom Nachmittag. Was aus ihr wohl geworden war?

So kurz der Weg auch war, so lang währten doch meine Gedanken, bis mich die Realität wieder voll in Anspruch nahm.

Dirk und Horst erwarteten uns bereits. Sie befanden sich etwa zehn Meter seitlich vom Container, eine Anzahl CO_2 Feuerlöscher stand neben ihnen. Dirk hielt uns eine Kreidetafel vor die Nase. Eine Abbildung zeigte genau die wenigen Einlassöffnungen, durch die das Löschmittel eindringen sollte. Die Gefahr eines gigantischen Flash Over mit anschließender

Explosion durch Öffnen der regulären Eingangstür konnte nicht riskiert werden. So nahm sich also jeder von uns zwei der tragbaren CO_2-Feuerlöscher und suchte die entsprechenden Stellen auf.

Es war der helle Wahnsinn. Man hatte mittlerweile zwei gigantische Wasserwerfer so in Stellung gebracht, dass der gesamte Container, wir natürlich auch, unter einem wahren Wasserfall standen. Zwischen Flammenfront und dem Container sendete ein Hydroschild seine schützende Wasserwand zusätzlich in die Höhe.

Wir wateten in dieser Wasser-Eis-Pampe wie auf einer wabernden Glibberschicht. Dreitausend Liter Wasser wurden Minute für Minute von zwei eigens aufgefahrenen Feuerwehrfahrzeugen durch die Schläuche gepumpt. Ohne die gigantischen Lenzpumpen unseres Feuerlöschbootes im angrenzenden Rhein wären selbst die groß dimensionierten Rohrleitungen der Stadtwerke damit überfordert gewesen, denn es flossen ja nicht nur bei uns, sondern noch an unzähligen Stellen rund um die Halle Unmengen von Wasser in die Flammen. Nicht ohne Erfolg. Teilweise drangen Feuerwehrmänner schon in Bereiche vor, die ihnen bislang durch die Wärmestrahlung und andere gefährliche Umstände verwehrt gewesen waren.

Ich hatte meinen zweiten Feuerlöscher geleert, da hörte ich die Stimme von Siggi aus dem umgehängten Funkgerät.

»Los zurück! Höchste Gefahr!«

Ich ließ den Löscher fallen, rannte – nein schlitterte mehr nach rechts, wo Manni stand, der noch nicht Bescheid wusste und stieß ihn unsanft an.

»WEG! WEG!«, brüllte ich, so dass es selbst ein Schwerhöriger hören musste. Dann stolperten wir vorwärts, trafen mit Dirk und Horst zusammen, die ebenfalls den schnellen Rückzug antraten. Es war der reinste Eiertanz, den wir auf unserem hastigen Weg zum Fahrzeug zurücklegten. Je schneller wir versuchten voran zu kommen, desto gefährlicher verlief diese Schlidderpartie. Überall hatten sich die endlosen Wassermassen ausgedehnt und je weiter sie vom Feuer entfernt waren, desto schneller verwandelten sie sich in harte glitzernde Eisschichten. Ich verlor die Balance, knallte der Länge nach hin. Einem Reflex folgend griff ich Halt suchend nach meinem Vordermann. Meine unförmigen Handschuhe glitten an seinem folienartigen Schutzanzug ab, dennoch reichte dieser Kontakt, um auch ihn zu Fall zu bringen. Ich erkannte nicht mehr, wer neben, noch wer hinter mir war. Jedenfalls versuchten wir uns gegenseitig hoch zu helfen. Ein sehr zweifelhaftes Bemühen, das leider nicht von Erfolg gekrönt war.

Aus meinem Funkgerät dröhnte mir eine Stimme in den Ohren: »LIEGEN BLEIBEN! Bleibt um Gottes willen unten! Hört ihr mich?! UNTEN BLEIBEN!«

Ich wusste nicht, ob alle diese Information erhalten hatten. Jedenfalls klammerte ich mich an einem Bein fest, dessen Träger es gerade geschafft hatte, wieder aufzustehen, um nach meinen festen Griff erneut wieder umzufallen. Nur Dirk und ich hatten ein Funkgerät unter unserem Schutzanzug hängen, so wussten also auch nur wir beide, dass Liegen bleiben angesagt war. Horst und Manfred dagegen gaben sich alle erdenkliche Mühe, uns gegen allen Widerstand aufzurichten. Naturgemäß mussten unsere »Gegner« unterliegen. Nicht nur das Eis war auf unserer Seite, auch die Unförmigkeit des Flammschutzanzuges mit all dem schweren Zeug und dem Pressluftatmer darunter ließ ihnen keine Chance. Und das war auch gut so. Erst als wir alle wieder vereint mit den Köpfen am Boden lagen, konnte ich die anderen aufklären. Meine Lungen keuchten, ich musste mich zwingen, tiefe lange Atemzüge zu nehmen, dazwischen wurden die Worte mehr rausgestoßen.

»Unten ... bleiben ... nicht weiter ... hört ihr ... unten bleiben!« Sie hatten verstanden. Wir rückten dicht aneinander. Von weitem hätte ein Uneingeweihter uns sicher für einen von Eis überzogenen kleinen Hügel gehalten. Aber die, die uns beobachteten, wussten, hier lagen vier Menschen und ihnen war auch klar, dass sie uns jetzt gepackt hatte, diese elende große Scheiß-Angst. Jeder von uns hatte sie, denn wir wussten genau, warum wir nicht weiter laufen sollten. Ich rechnete mit einer fürchterlichen Druckwelle.

Lieber Gott, lass mich nicht sterben – bitte! Steh uns bei …! Hatte Siggi erst jetzt wieder gerufen, oder etwa schon viel eher?

Später sagte er mir, er habe unentwegt mit uns geredet, hatte uns seine Nähe spüren lassen.

»He, Dirk, Martin, bleibt schön unten! Hört ihr …? Nur nicht nervös werden, okay! Wir haben alles unter Kontrolle, aber … IHR MÜSST UNBEDINGT SCHÖN LIEGEN BLEIBEN. He! Antwortet mal oder seid ihr knatschig mit mir?!«

»Nee, nee Siggi, geht schon. Wir rühren uns nicht von der Stelle!«

»Brave Jungs, immer schön hören, was ich sage. So, ich mach jetzt 'ne kleine Funkpause und bin gleich bei euch. – He! Kopf runter!«

Nach seiner letzten Äußerung hatte ich den Kopf in seine Richtung blickend gehoben. Schnell senkte ich ihn wieder. Dirk, der ebenfalls alles hören konnte, unterrichtete die anderen. Was mochten die vorhaben? Wir warteten angespannt.

Siggi hatte uns seit dem Gang zum Container immer fest im Auge behalten. Neben ihm stand der B-Dienst. Horst Kronenberg hatte aus seinem Fahrzeug das Fernglas geholt und an die Augen gesetzt. Ohne das Glas zu senken, sprach er weiter: »… und wenn ich sage – Jetzt –, pfeifst du deine Männer sofort zurück.«

»Worauf du dich verlassen kannst, Horst.«

Die beiden richteten unverwandt ihren Blick in ein und dieselbe Richtung.

»JETZT!«

Sofort drückte Siggi auf die Sprechtaste und donnerte uns an.

»Los zurück! Höchste Gefahr!« Doch kaum einen Augenblick später kam sein: »LIEGEN BLEIBEN!«

Aufgeregt griff er Horst in den Arm: »Was ist!? Fliegt uns die Kiste um die Ohren?!«

»Siggi! Nicht, ich sehe ja nichts mehr!«

»Was ist? Sag schon! Das sind meine Jungs, die da liegen!« Siggi wartete die Antwort nicht ab, er brüllte aus Leibes Kräften:

»SCHMIED! SCHMIED!«

Der, etliche Meter entfernt, zuckte zusammen, Horst Kronenberg ebenfalls. Siggis Ruf konnte Tote erwecken.

»He, Schmied, lass den Mist fallen! Komm her!«

»Was hast du, Siggi?«

»Pass auf Erwin, siehst du die Jungs da?«

»Na klar, bin ja nicht blind.« Erwin blieb ganz locker. »Scheiß Situation, die liegen schön platt wie ne Flunder. Und ihr meint, dass die Druckwelle sie nicht weg fegt?!«

»Wenn die jetzt hoch kommen ...« Horst blickte die beiden ernst an.

»Null Chance!«

»Ich krieche rüber, die kriegen eine Leine in die Hand und wir ziehen sie zu uns. Ist doch alles vereist!«

»Genau das dachte ich auch. Nimm die 60 m vom Höhenrettungsgerät!«

»Bin schon unterwegs! ADDI!«

Ohne weiteres abzuwarten, eilte der Schmied zum Fahrzeug. »Addi, Höhenrettungsgerät!«

»Was habt ihr vor?« Addi öffnete das entsprechende Fach, nahm den reißfesten Rucksack mit dem gewünschten Seil heraus.

»Wir werden die Jungs rüber ziehen.«

»Wer geht?«

»Ich.«

»Gut.« Da gab es kein langes Fragen, kein Zögern. Erwin schulterte den Pressluftatmer.

»Man weiß ja nie«, meinte er.

»Die Decke!«

Addi befestigte kunstgerecht die schützende Löschdecke.

Sie hing über Erwins Rücken wie ein weiterer Silber glänzender Burnus.

»Guter Mann«, meinte Horst Kronenberg, »soll nur bloß aufpassen!«

»He, Erwin!«

Erwin, die Leine in der Hand, blickte herüber.

»Was?«

»Immer flach am Boden bleiben!«

Siggi machte ein taktisches Zeichen mit der Hand. Aber Erwin dachte anders. Wenn ich bis zu denen robbe, wie Lurchi Salamander, kann es doch längst zu spät sein. Und so rannte er, so schnell es auf dieser Schlitterbahn ging, auf uns zu.

»MANN! Runter! ... Spinnt der, oder was?!«

Aber Erwin kam uns immer näher. Dann, die letzten Meter trennten uns noch, hechtete er wie ein Rugby Spieler über die Eisfläche.

»JAAAAA! Er hat es! Er hat es!«

Meine Kollegen strahlten. Wir packten das dargebotene Seil mit beiden Händen. Am anderen Ende zogen alle mit vereinten Kräften, so dass wir wie auf einem Schlitten flott aus dem unmittelbaren Gefahrenbereich rutschten. Keine zwei Minuten später konnten wir uns erheben. Irgendwie hatte ich Pudding in den Beinen.

»Lass uns lieber hinter das Fahrzeug gehen.«

Diesem Vorschlag folgten wir gerne.

Mittlerweile hatte sich alles, was zwei Beine besaß, in Sicherheit gebracht. Natürlich waren auch die anderen Feuerwehrleute von der zu erwartenden Gefahr unterrichtet worden, so dass jeder seine Vorsichtsmaßnahmen treffen konnte. Teils lagen, teils hockten wir hinter dem großen Löschfahrzeug, so dass wir unten durchblicken konnten. Gebannt starrten alle Augenpaare auf den Container.

»Oh, oh! Er bekommt dicke Backen!«, rief Uli.

In der Tat, die Blechwände schienen sich wie bei einem Ballon aufzuwölben. Dann ein lautes tiefes »PLOPP«! Die Türe riss aus den Angeln, flog zwei drei Meter und rutschte über das Eis. Ein heller, runder Flammenball folgte unmittelbar hinterher ... dann war Ruhe. Was? Mehr nicht? Das konnte doch nicht alles gewesen sein?! Aber es folgte keine weitere Explosion. Die allseits gefürchtete Zerknall der im Container befindlichen Schweißgasflaschen blieb aus.

Eigentlich idiotisch! Wir hätten tanzen sollen vor Freude, aber statt dessen machte sich eine lähmende Ernüchterung breit. Wir sahen uns betreten an. Einer begriff es als Erster – Uli Nagel.

»He, ihr Spinner! Ich habe das Gefühl, ihr wart ganz heiß drauf!? Leute, das ist doch kein Action Film. Seid froh, dass wir noch leben!«

Er hatte Recht und es kam wieder Leben in die Bude.

»Okay, packen wir es also wieder. Aber bevor sich einer dem Container nähert, will ich selbst sehen, ob ich aus sicherer Entfernung mit dem Fernglas da rein schauen kann.«

Horst Kronenberg entfernte sich, und wir?

»Auf ihr faulen Säcke! Ihr wollt doch nicht ewig hier liegen bleiben!« Siggi lachte bei seinen erlösenden Worten. Alle rappelten sich wieder hoch, nur ich blieb liegen.

»Eh! Was ist mit dir? Brauchst du ’ne extra Einladung?«

»Moment mal, hast du mir nicht vorhin versprochen, wenn das mit dem Container vorbei ist, hätte ich Ruhe!?«

Die anderen lachten, aber Siggi grinste nur.

»Noch steht das Ding und wie ich unschwer sehe, brennt der sogar noch. Also hoch mit dir, fauler Sack!«

»Wortbrüchiger Kerl, wie lange hast du noch bis zur Pension?«

Die ganze Nacht schufteten wir noch wie die Wilden. Mit dem nahen Morgen flammte das Feuer nur noch an wenigen Stellen auf, aber ein riesiger Glutberg erforderte noch einen weiteren Tag harter Arbeit. Arbeit, die unsere ablösende Tour übernahm. Es hatte keine Verletzten gegeben, zumindest keine ernsthaft

Verletzten, aber mehrere wurden von Husten, Schnupfen und Fieber heim gesucht.

Wir hatten wieder einmal viel Glück gehabt. Die ganz große Katastrophe war aus geblieben, wie leicht hätte es anders enden können.

Wir wissen das, aber wir machen weiter, setzen uns ein für die Menschen in unserer Stadt, löschen, retten, bergen und schützen.

Wir tun, was man von uns erwartet, von uns,
den

FEUERWEHRMÄNNERN.

Anhang

Atemschutz: Hier meist Pressluftatmer, die auf dem Rücken getragen werden. Sie ermöglichen Feuerwehrleuten, unabhängig von der Umluft, in Verbindung mit der Atemschutzmaske, zeitlich begrenzt in verqualmten Bereichen zu arbeiten.

B-Rohr: Stahlrohr zum Löschen, kann je nach Art des Einsatzes 400 oder 800 Liter Wasser pro Minute abgeben.

B-Schlauch: (Auch Bertha genannt) Schlauch von 75 Millimeter Durchmesser und 20 Meter Länge.

C-Schlauch: (Auch Cäsar genannt) Schlauch von meist 55 Millimeter Durchmesser und 15 Meter Länge.

Fahrzeuge der Feuerwehr:

LF: Löschgruppenfahrzeug, geeignet für maximal neun Personen. Sehr umfangreiche Ausstattung für vielseitige Einsätze. Das Fahrzeug besitzt einen eigenen Wassertank, einschließlich Pumpe.

DL: Die Drehleiter, mit meist nur zwei Mann Besatzung. Die übliche Leiterlänge beträgt 30 Meter. Moderne Leitern besitzen einen Rettungskorb.

RW: Rüstwagen. Zweimannfahrzeug mit einer Ausstattung für umfangreiche, technische Rettungseinsätze.

TLF: Tanklöschfahrzeug. Besetzt mit meist zwei Mann. Großer Wassertank (ab 5.000 Liter Wasser plus 500 Liter Schaummittel) und eigener Pumpe.

KTW: Krankentransportwagen mit zwei Sanitätern. Für einfach Transporte in Kliniken oder Verlegungen.

RTW: Rettungstransportwagen mit zwei oder drei Rettungsassistenten. Wird überwiegend bei Notfällen und Unfällen eingesetzt. Zur Ausstattung gehört eine umfangreiche medizinische Ausrüstung.

NAW: Notarztwagen mit drei Rettungsassistenten und einem Arzt. Wird überwiegend bei lebensbedrohlichen Zuständen, bei Not- und Unfällen eingesetzt. Er hat im Vergleich mit dem RTW eine umfangreichere Ausrüstung sowie Notfall-Medikamente.

Fangleine: 30 Meter lange Leine zur Rettung und Selbstrettung aus oberen Etagen. Dient auch zum Hochziehen von verschiedenen Geräten.

Feuerlöschkreiselpumpe: Speziell für die Förderung von Löschwasser gestaltete Pumpe, die in vielen Feuerwehrfahrzeugen eingebaut ist. Meist befinden sie sich in einem separaten Pumpenraum im Heck, aber auch vorne vor dem Motor, als Frontpumpe. Tragkraftspritzen sind seperate Pumpen die

Feuerwehrschutzanzug: Der normale Einsatzanzug aus schwer entflammbarem Stoff, zusammen mit Helm, Handschuhen und Stiefeln.

Flash Over: (Feuerübersprung) Gefährliches, blitzartiges Aufflammen nach einem Schwelbrand in einem geschlossenem Raum. Entsteht bei erneuter Sauerstoffzufuhr.

Fluchthaube: Eine Rettungshaube, die gefährdeten Personen in verqualmten Räumen zur Rettung über den Kopf gestülpt wird.

Gefahrgutverordnung/Gefahrgutkennzeichnung: Gesetzliche Bestimmung zur Kennzeichnung von gefährlichen Stoffen und

Gütern beim Transport. Erkenntlich durch orange Warntafeln oder andere vorgeschriebene Symbolzeichen (auf LKW, Bahnwaggons oder diversen Transportbehältern).

Hakengurt/Sicherheitsgurt: Ein besonders breiter und stabiler Gürtel mit Karabinerhaken und speziell geformten Ösen. Trägt der Feuerwehrmann im Einsatz mit angehangenem kleinem Feuerwehrbeil.

Hiebler Packung: Besondere Art einen stark unterkühlten Menschen wieder aufzuwärmen.

Inkorporation: Aufnahme von Substanzen in den Organismus, wie z. B. das Einatmen von radioaktivem Staub oder Dämpfen.

Inkubationszeit: Zeit vom Beginn einer Ansteckung bis zum Ausbruch der Krankheit.

Intubation: Das Einführen eines Endortrachealtubus (Luftschlauch) über Mund oder Nase eines Menschen in die Luftröhre, der darüber künstlich beatmet wird.

I-Transport: (Infektionstransport) Transport eines Patienten mit einer meldepflichtigen, ansteckenden Krankheit in einem Kranken- oder Rettungswagen unter besonderen Sicherheitsvorkehrungen.

Katastrophenschneidgerät: Schneidbrenner mit einer Acetylen/Sauerstoffflasche. Die ungefähr 3000°C heiße Flamme zertrennt Metall und wird vor allem zur Bergung von eingeklemmten Menschen bei schweren Unfällen eingesetzt.

Kettenzug: Tragbares Hebe- und Lastgerät, dessen Zugwirkung über eine Kette läuft.

Schwerschaumrohr: Erzeugt einen zähen Schaum aus Wasser und Schaummittel für spezielle Löscheinsätze.

Strahlrohr: Das wassergebende Handstück, das an den Feuerwehrschlauch gekuppelt wird. Es gibt unterschiedliche Größen mit verschiedenen Düsen und Absperreinrichtungen.

Vakuummatratze: Spezielles Rettungsgerät in der Größe einer Matratze. Ideales Traggerät für Wirbelsäulenverletzungen oder Patienten mit Knochenbrüchen im Becken- und Beinbereich. Die Matratze passt sich der Körperform an.

Volumenmangelschock: Lebensbedrohliche Kreislauferkrankung, ausgelöst durch Mangel an Körperflüssigkeit, z. B. hohem Blutverlust, Erbrechen, Schwitzen.

Danksagung

Viele haben dazu beigetragen, dass dieses Buch erscheinen konnte. Mein besonderer Dank gilt:

- meinem Kollegen Manfred Spiller und seiner Lebensgefährtin,
- Susanne Heyden und Christhild Dreischulte von der Deutschen Flugambulanz,
- meinen Ausbildern, allen voran Charlie Kessels, die mir das nötige Fachwissen vermittelt haben,
- meinen Wachabteilungsführern – ganz besonders Hennes Keup und Dieter Seiter – die mit mir durch dick und dünn gegangen sind,
- meinem Kollegen Peter Küpperbusch, der mir das Leben gerettet hat,
- Jürgen Leineweber, meinem derzeitigen Wachführer und Pressesprecher für seine freundliche Unterstützung

sowie meinem Sohn Robert für seine fleißige Lektoratsarbeit und seine notwendige konstruktive Kritik.

Doch was wäre dieses Buch ohne meine Feuerwehrkameraden – sie haben mich in all den Jahren begleitet, leisteten das Gleiche wie ich, standen mir in unzähligen Einsätzen zur Seite und sind mir gute Freunde geworden. Sie alle namentlich aufzuführen, ist nicht möglich. Stellvertretend danken möchte ich darum dem Leitenden Branddirektor von Düsseldorf Armin Harbort und der Branddirektion der Berufsfeuerwehr Düsseldorf für ihre freundliche und hilfreiche Unterstützung, ohne die dieses Buch nicht erschienen wäre.

September 2003 *Martin Meyer-Pyritz*